Kari Vanadis
Vanity Falling
Academy of Sins

Kari Vanadis liebt das geschriebene Wort. Am wohlsten fühlt sie sich im Fantasy-Genre, wo sie ihre eigenen Welten erschaffen kann, sie experimentiert aber auch gern mit anderen Einflüssen. Dabei legt sie Wert auf graue Charaktere, die Geschichten außerhalb von Gut und Böse erzählen. Mit »Secrets of Dublin: Verbotene Zauber« veröffentlichte sie 2023 ihren Debütroman. Wenn Kari nicht gerade schreibt, verliert sie sich in stundenlanger Recherche um Kuriositäten, die sie zu neuen Geschichten inspirieren. Ihr Zuhause ist bei ihrem Mann und den zwei Töchtern in Kiel.

Kari Vanadis

Vanity Falling

Academy of Sins

PIPER

ISBN 978-3-492-50845-2
© Piper Verlag GmbH, Georgenstraße 4, 80799 München 2025
www.piper.de
Für einen direkten Kontakt und Fragen zum
Produkt wenden Sie sich bitte an: info@piper.de
Redaktion: Stephanie Kempin
Satz auf Grundlage eines CSS-Layouts
von digital publishing competence (München)
mit abavo vlow (Buchloe)
Covergestaltung: Emily Bähr, www.emilybaehr.de Covermotiv:
Bilder unter Lizenzierung von Shutterstock.com
genutzt
Kapitelzierden: Designed by Freepik
Printed in the EU

I loved you
as Icarus loved the sun.
Too close.
Too much.

Dieser Text enthält Themen, die triggernd wirken können. Eine Aufzählung findet sich im Folgenden.
Wir wünschen ein bestmögliches Leseerlebnis.

— Physische, psychische und sexuelle Gewalt, unter anderem gegen Schutzbefohlene
— Gefangenschaft und Folter, Blut
— Tod und Mord, Verlust von Freunden und engen Familienangehörigen
— Trauer und Trauerverarbeitung
— Erwähnung von Suizid und selbstverletzenden Verhaltens
— Religion und Glauben, religiöses Trauma
— Panikattacken
— Erwähnung emotionalen und sexuellen Missbrauchs
— Diskriminierung einer Personengruppe
— Gaslighting, Manipulation
— Folgen psychischer Misshandlung, psychische Probleme
— Drogen- und Alkoholmissbrauch, Sucht
— Erbrechen

Personenverzeichnis

Order of Saints

Warden
Testa, Gabriele: Inquisitor
Esra, Rafael: Richter
Murray, Edith: Ausbilderin
Lambert, René: Ausbilder
Callaham, Veland: Warden
Chandler, Nikolai: Adept, 4. Rang
Snyder, Arthur: Adept, 3. Rang
Sideri, Chrysander: Adept, 3. Rang
Yudin, Asher: Adept, 2. Rang
Berkeley, Olivia: Adeptin, 2. Rang
Durfort, Laurent: Adept, 2. Rang
Khan, Victoria: Adeptin, 2. Rang
Crowley, Nolan: Adept, 2. Rang

Divines
Sideri, Markos: High Divine
Mazur, Amelia: Divine, Krankenstation

Archivists
Darnell, Eirene: Erste Archivarin
Hadid, Nadim: Bibliothekar

Vicious

Van Hoven, Ruben: Lord Rector der Academy of Sins
Dean of Pride
De rosa, Ginevra: Dean of Envy
Jovanović, Stane: Dean of Greed
Bennett, Alaric: Dean of Wrath
Solberg, Liv: Dean of Lust
Forrester, Rufus: Dean of Gluttony
Walsh, Caius: Dean of Sloth
Weyand, Esther: Mistress of Greed
Sterling, Sybil: Mistress of Sloth
Barroso, Rahel: Vicious of Pride
Lancaster-Elmsworth, Callum: Vicious of Envy
Pine, Elliot: Vicious of Envy
De Santis, Vergil: Vicious of Greed
Åkesson, Eden: Vicious of Wrath
Lykke, Ann: Vicious of Wrath
Tahan, Sabeela: Vicious of Lust
Veselý, Pavel: Vicious of Lust
Wagner, Nika: Vicious of Gluttony

Weitere Personen

Barroso, Mateo: Rahels jüngerer Bruder
Barroso, Flavio: Rahels älterer Bruder
Vicente, Maria: Resident assistant
Fitz-Maurice, William: Angestellter

8

Lucifer beging die erste und schlimmste aller Sünden. Er fiel, und mit ihm alle Aeterni und ihr Himmelreich. Seine Knochen zerschmetterten.
Und so soll fortan jeder Knochen im Leib desjenigen gebrochen werden, der seinem Vorbild folgt und sich durch Hochmut zu der Macht eines Gottes erhebt.

Satan starb in den Flammen.
Und so soll fortan jeder verbrannt werden,
der seinen Zorn nicht kontrolliert.
Belphegor erfror.
Und so soll fortan jeder erfrieren,
der sich der Trägheit hingibt.
Mammon erstickte.
Und so soll fortan jeder ersticken,
der sich der Habgier schuldig macht.
Asmodeus verblutete.
Und so soll fortan jeder bluten,
der von Lust besessen ist.
Baal wurde vergiftet.
Und so soll fortan jeder vergiftet werden,
der in Völlerei ausschweift.
Leviathan ertrank.
Und so soll fortan jeder ertränkt werden,
der in Neid verfällt.

Die sieben Urdämonen waren geboren, ihre Sünden unter die Menschen zu bringen. Die Vier Heiligen erschlugen jeden einzelnen von ihnen. Doch mit ihrem Tod war die Sünde nicht beseitigt, sondern breitete sich in Gestalt der Vicious über die Welt aus, um sie ins Chaos zu stürzen.

Allein der Order of Saints bewahrt die Menschen davor. Seine Wächter kämpfen in Weisheit, Gerechtigkeit, Tapferkeit und Mäßigung bis zum letzten Atemzug gegen die Sünde.

(aus dem Codex des Order of Saints)

Prolog
Vincere aut mori.

Siegen oder sterben.

Der Geruch verbrannter Erde lag in der Luft. Rahel schmeckte Asche auf ihren Lippen und wusste, dass sie nicht von dem Feuer stammte, das sich seinen Weg über den trockenen Boden fraß und jeden Gedanken an Flucht erstickte. Es war die Asche, die sie selbst hinterließ, der letzte Rückstand dessen, was sie einmal ihr Leben genannt hatte – und in diesem Moment verlor. Sie entstammte zerschlagenen Hoffnungen und einer ungeträumten Zukunft. Als sich Rahel mit der Zunge über die Lippen fuhr, schmeckte die Asche nach dem letzten Kuss, den sie auf die Stirn ihres Bruders platziert hatte.

Wenn ich heute sterbe, dachte sie grimmig, dann hoch erhobenen Hauptes, und meine Asche soll noch wochenlang die Gassen der Cañada Real überschwemmen, auf dass sie niemals vergessen, was sie verloren haben.

Die Warden hatten sie überrascht, waren plötzlich in

den Innenhof eingedrungen, hatten die Wellbleche scheppernd aus ihren geflickten Verankerungen gesprengt und die roten Ziegel der Mauer wie Bauklötze auseinandergenommen. Sie waren zu viert gekommen – drei Warden in schwarz-goldenen Uniformen und ein Vicious, mit emotionslosem Blick in ihrem Schatten. Einem von ihnen hätten sie sich entgegenstellen können, zwei von ihnen wären sie mit hohen Verlusten entkommen, den Vicious hätte Rahel in die Knie gezwungen. Doch vier stellten eine Übermacht dar, der sich jeder vernunftbegabte Mensch unterworfen hätte. Spätestens beim Anblick ihrer strahlenden Schwerter, die von jahrhundertelanger Verwüstung sprachen.

Rahel jedoch hatte nicht eine Sekunde mit dem Gedanken an eine Kapitulation verschwendet. Sie drangen hier ein, in ihr Heiligtum, ihr Zuhause, mischten ihre Anhänger, ihre Familie auf – und erwarteten, dass sie sich stellte? Nicht mehr als ein verächtliches Lachen hatte sie für sie übrig, nichts anderes als ihre ungezügelte Macht würde sie ihnen zur Antwort geben.

Ein Leben voller Verehrung und Reichtum hätte sie mit offenen Armen willkommen geheißen. Stattdessen hatte Rahel die Cañada Real gewählt, das größte Elendsviertel Europas, den Schmutzabtreter vor den Toren Madrids. Seit Jahren wartete man auf die Katastrophe, mit der die Unerwünschten ausgelöscht werden sollten, oder versuchte, sie selbst herbeizuführen. Doch ebenso wenig, wie sie ihnen den Kampfgeist nehmen konnten, ließen sie sich dieses Land, ihre Häuser nehmen – so heruntergekommen sie auch waren. Rahel hatte die Entscheidung getroffen, diese Menschen zu beschützen und sie in eine bessere Zukunft zu führen. Und wenn jemand ihr das, was sie geschaffen hatte, entreißen wollte – dann würde sie darum kämpfen. Oder bei dem Versuch sterben.

Doch da war auch eine leise Stimme, die voller Verachtung für ebenjene Menschen sprach. Dass sie nicht vorher darüber informiert worden war, dass sich die Wächter näherten, konnte nur eines bedeuten: Rahel war verraten worden.

Ein Warden schritt inmitten der Panik, die ihr Überfall gestiftet hatte, auf sie zu. Das Schwert in der Hand, mit entschlossenem Blick und tödlicher Eleganz unter der eng anliegenden Uniform, doch Rahel ließ sich davon nicht beeindrucken. Sie selbst stand etwas erhöht auf Stufen, die hinauf zu einer Terrasse führten, und hatte sich während der vergangenen Sekunden nicht bewegt. Nun verschränkte sie in einer herrischen Geste die Arme.

»Du bist mickrig.

Deine Uniform kann nicht kaschieren, was sich darunter verbirgt: ein schwaches Individuum, nicht stark genug, mehr zu empfinden als Unterwürfigkeit für jene, die dir deinen Willen diktieren.

Ich bin Rahel, und die Menschen der Cañada Real beschützen mich. Ich bin mächtig.

Bleib stehen.«

Der Warden verzog das Gesicht zu einer Grimasse, und einen Moment lang legte Rahel alle Gewissheit, dass er es nicht wagen würde, sie anzufassen, in ihre Gedanken. Trunken vor heraufbeschworenem Siegesmut verschwamm ihre Sicht, und ein angenehmer Schmerz durchlief ihren Körper in einer trägen Welle. Sie nahm ihn an, umfing ihn mit ihrem Sein. In diesem Moment *glaubte* sie ihre Worte nicht nur – und sorgte dafür, dass der Warden sie ebenso als seine Wahrheit annahm –, sie formte sie zu einer neuen Wirklichkeit.

Und sein Geist gehorchte ihr. Bevor er die erste Stufe betreten konnte, blieb er stehen und schwankte. Jegliche Farbe wich aus seinem Gesicht, während er sich verängstigt umsah, als würde er die Situation zum ersten Mal richtig wahrnehmen. Wer nicht rechtzeitig vom Innenhof auf die Straße geflohen war, hatte sich oben bei Rahel auf die Terrasse zurückgezogen. Doch der Warden sah nicht länger abgerissene Gestalten, sondern Krieger, die mit allem, was sie hatten, für Rahel kämpfen würden. Ihre Heilige. Ihre Göttin.

Als die anderen beiden Warden, ein Mann und eine Frau, zu ihm aufrückten, war er bereits einen Schritt zurückgewichen. Rahel nutzte ihre Macht, um ihre Wirklichkeit weiter zu dehnen und auch um sie zu schließen. Sie würde die drei Wächter darunter zermalmen. *»Ihr werdet euch aus der Cañada Real zurückziehen oder hier und heute sterben«*, flüsterte sie ihnen ein, und es spielte gar keine Rolle, ob sie vorhatte, das in die Tat umzusetzen. Entscheidend war, dass sie keinen Moment daran zweifelte.

Die Frau hatte eine Hand auf die Schulter des Warden gelegt, der sich Rahel bereits unterworfen hatte, und schrie ihm irgendwas ins Ohr. Der andere Mann dagegen atmete zischend ein, als Rahel ihm ihre Wirklichkeit aufzwingen wollte. Er murmelte etwas, das sie nicht verstand, und streckte seine Hand in einer schnellen Geste nach ihr aus. Wie ein Keil, der ins Eis geschlagen wurde, zerbrach er den Schleier, den sie gewoben hatte. Seine Splitter bohrten sich in ihren Geist und verletzten ihn dort, wo er am empfindlichsten war: in ihrem Hochmut.

»Versuch das noch mal, und wir töten dich auf der Stelle!«, zischte der Warden. Während der andere in sich zusammensackte und von der Frau nach hinten gedrängt wurde, setzte er den ersten Schritt auf die unterste Stufe.

Jemand bewegte sich zu ihrer Rechten. »Rahel, wir müssen hier weg!« Mateos Stimme war kaum mehr als ein angsterfülltes Raunen, und ihr wurde klar, dass es keine Bewegung nach vorne, sondern nach hinten gewesen war.

Sie drehte den Kopf, um in das Gesicht ihres jüngeren Bruders zu sehen. Seine Augen waren geweitet, als würde er nicht glauben, was sich vor ihm abspielte. Auch die anderen, die sich hier oben bei ihr befanden, waren unruhig.

Nicht Mateo.

»Nein«, erwiderte Rahel mit schneidender Stimme. »Es gibt keinen Ausweg. Ich bin verraten worden. Sie werden uns finden und uns alles nehmen, was wir erschaffen haben. Wenn ihr jetzt aufgebt, ist das nicht nur mein Todesurteil, sondern auch das eure.« Sie alle waren gefangen in dieser Illusion und wären ohne sie verloren. Rahel am allermeisten.

Sie blieben standhaft, obwohl Rahel merkte, wie ihr die Kontrolle immer mehr entglitt. Es war Jahre her, seit sie damit angefangen hatte, sie zu ergreifen, und inzwischen war es so natürlich wie das Atmen geworden. Und mindestens genauso überlebenswichtig. Wenn sie damit aufhörte, würde sie in den Staub getrampelt werden.

Sie schirmte sich vor den anderen ab und sah ihren Bruder an, allein ihn und niemanden sonst. Sie erlaubte ihm, sie zu sehen, wie er sie schon lange nicht mehr gesehen hatte. Rahel presste die rissigen Lippen zusammen, die nicht mehr verheißungsvoll von einer besseren Zukunft sprachen, sondern nach Mitgefühl dürsteten. Sie schloss für einen Sekundenbruchteil die Augen, deren dunkles Braun nicht mehr unerbittlich jeden niederstarrte, der sich ihr entgegensetzte. Tiefe Schatten darunter zeigten, wie müde sie war. Ihre Hände glitten zitternd über ihr schweiß- und staubverkrustetes Gesicht und streckten sich dann nach ihrem Bruder aus.

»Mateo, ich brauche dich.« Wenn Mateo den ersten Schritt machte, würden weitere folgen. Er vertraute ihr, und sie vertrauten ihm, wenn Rahel sie nicht mehr erreichen konnte. So war es schon immer gewesen. Er war ihnen näher, als sie ihnen jemals sein könnte. Mateo war einer von ihnen, während sie selbst schon immer etwas anderes gewesen war.

Etwas, an dem die Sünde haftete, das spürten sie.

Sein Blick wurde weich, von bedingungsloser Liebe erfüllt. Dass er so viel fühlte, hatte sie schon immer an ihm bewundert. »Rahel, *mi querida hermana*.« Er strich ihr eine verirrte schwarze Locke zurück. Ganz kurz genoss sie die Berührung, als die Furcht sie überkam, dass es die letzte sein könnte. Vielleicht hatte Flavio recht gehabt. Vielleicht hätte sie Mateo niemals in diese Sache mit reinziehen dürfen.

Dann verhärtete sich seine Miene, und Mateo trat an ihr vorbei, dem Warden in den Weg. »Wir lassen nicht zu, dass ihr unserer Rahel etwas antut!«

Zeitgleich setzten die anderen einen Schritt nach vorn, und Rahel verschwand in ihrer schützenden Mitte.

In einem Moment flatterte der Blick des Warden noch alarmiert durch die Menge, im nächsten trat die Frau in gleicher Uniform auf sie zu.

»Verblendete Wichser«, knurrte sie, griff mit der Hand, die nicht das Schwert führte, an ihren Gürtel und hob etwas in die Höhe, das Rahel erst auf den zweiten Blick als schmale Sanduhr erkannte. »*Veritas liberabit vos!*« Die Wahrheit wird euch befreien. Damit drehte sie das Glas, und der dunkle Sand begann in einem feinen Rinnsal auf die andere Seite zu rieseln.

Es war wie ein Ruck, der durch Rahel ging und sie ihres Atems beraubte. Sie bekam kaum mit, wie die anderen beiden Warden es der Frau gleichtaten und dabei immer wieder voller Inbrunst die Worte sagten, die in ihren Ohren widerhallten. Wie ein Gebet. Und wie ein solches vereinte es ihre Kraft, die sich geballt gegen Rahel wandte.

Sekundenlang kämpfte sie dagegen an. »*Beschützt mich!*«, schmetterte sie ihren Anhängern entgegen. Nichts als Angst erhielt sie als Antwort. Die Kontrolle entglitt ihr wie ein Seil, an dem sie hing und Stück für Stück mit brennenden Handflächen nach unten rutschte. Wenn sie das Ende erreicht hätte, würde sie fallen. Verbissen klammerte sie sich an die letzten Zentimeter.

»*Ihr seid stärker als sie, ihr seid die Kinder der Cañada Real, habt unzähligen Gefahren getrotzt. Auch diese werdet ihr abwenden!*« Vereinzelt stürmten die Leute nach vorn, brüllend eine Machete oder ein Brecheisen schwingend, mit dem sie sich unter ihresgleichen behaupteten. Nicht aber gegen die Warden.

»Vicious!«, rief einer von ihnen mit befehlsgewohnter Stimme nach hinten zu ihrem Schoßhund. Rahel verstand nicht sofort, was er tat, denn sie hatte nur bei einer einzigen Gelegenheit mit einem anderen Vicious zu tun gehabt. Weder spürte sie seine Macht kommen noch schaffte sie es, ihm irgendetwas entgegenzusetzen, ohne dass ihr das Seil endgültig entglitten wäre. Sie musste mit ansehen, wie der Kampfgeist aus ihren Leuten wich. Einige ließen sich ergeben zu Boden sinken, anderen schwanden jegliche Kräfte und jeglicher Antrieb. Die Trägheit griff um sich und verpestete ihre Seelen, besänftigte sie mit dem Versprechen, dass alles gut werden würde, und überzeugte sie von der Aussichtslosigkeit ihrer Gegenwehr.

Wen der fremde Vicious nicht erreichte oder bezwingen konnte, wurde von den Warden gerichtet. Sie vollstreckten das Urteil schnell und mit harten Mienen, denn für sie stand die Schuld dieser Menschen fest. Es war ein Verbrechen, jemanden wie sie, eine Sünderin zu schützen. Rahel erzitterte, als sie fünf von ihnen mit ihren Schwertern töteten. Sie starben wegen ihr. Für sie. Weil sie es so gewollt hatte.

Der Rest geriet im Angesicht des Todes endgültig ins Wanken. Sie rissen sich von Rahels Kontrolle los, die wie ein Peitschenhieb auf sie zurückschnellte.

Sie landete auf den Knien. Es war, als würden um sie herum immer mehr Lichter erlöschen, die sie zuvor so mühevoll entzündet hatte. Nun war es Panik, von der die Luft erfüllt war, Schreie und Flüche, die immer lauter wurden, bevor sie irgendwann verstummten.

Konnten sie tatsächlich innerhalb kürzester Zeit zerstören, was Rahel sich über Jahre hinweg aufgebaut hatte? Sie wollte es nicht glauben, durfte sich dieser Verzweiflung nicht hingeben. Doch als sie aufsah und dem Blick ihres Bruders begegnete, der wie sie vor dem Warden kniete, der über ihnen aufragte, holte sie die Gewissheit ein, gescheitert zu sein. Es hatte niemals einen Ausweg gegeben. Sie war nur zu stolz gewesen, es sich einzugestehen.

»Rahel ... was hast du getan?!« Mateos Stimme überschlug sich vor Entsetzen. Er sah nun nicht länger das, was sie ihn sehen lassen wollte, oder das, was sie ihm erlaubte, dahinter zu sehen. Sondern das Monster, zu dem Rahel geworden war.

1

Etiam sanato vulnere cicatrix manet.

Auch nachdem die Wunde verheilt ist, bleibt eine Narbe.

Die sieben Laster schmückten das Portal der Academy of Sins wie eine beständige Warnung. Groß und Furcht einflößend erhob es sich an dem gotischen Außenwerk, Jahrhunderte alt, und fungierte als stilles Versprechen: über die Vicious zu wachen und über sie zu richten. Die Reliefs führten ihnen vor Augen, was mit jenen geschah, die sich ihrem Laster vollständig verschrieben.

Eine ausgemergelte Figur mit viel zu langen Fingern streckte sich nach unendlichen Schätzen aus, doch alles, was sie erreichen konnte, war ein Totenschädel. *Avaritia* stand darüber. Habgier.

Voller Begehren drückte sich eine nackte Gestalt dem Betrachter entgegen, den Mund zu einem verzückten Schrei geöffnet, während ihre Rippen splitternd den Brustkorb durchbrachen. *Luxuria.* Wollust.

Das Gesicht zu einer Grimasse verzerrt und zähnefletschend stand ein Sünder in Flammen und wurde von ihnen verbrannt. *Ira* war der Zorn.

Superbia betitelte das wohl schlimmste aller Laster. In ihrem Hochmut setzte sich eine geflügelte Gestalt die Krone auf das eigene Haupt, bevor sie fiel, die Schwingen gebrochen, der Körper zerschmettert.

Mit einem unstillbaren Hunger verzehrte eine weitere Figur alle Speisen, während die restlichen Menschen am Tisch hungerten und starben, bis sie es ihnen als Letzte gleichtat. *Gula* bedeutete Völlerei.

In Neid, *Invidia*, waren die Augen des Sünders auf dem vorletzten Relief überall, sodass er die Schlange nicht bemerkte, die sich über seinen Arm und schließlich um seinen Hals wand. Drohend riss sie das Maul auf, als würde sie die spitzen Giftzähne jeden Moment in sein Gesicht schlagen.

Die letzte Figur schließlich hing mit geschlossenen Augen über einer untergehenden Sonne, wirkte leblos, während sich die Dunkelheit über sie senkte. Sie verkörperte die Trägheit. *Acedia.*

Asher hatte nie verstanden, warum sie diese Erinnerung brauchten, wenn sie täglich mit den Vicious zu tun hatten. Was konnte lehrreicher sein, als den Lastern selbst ins Auge zu blicken? Zu spüren, wie sie einen in Versuchung führen wollten, mit anzusehen, welchen schmalen Grat die Vicious beschritten. Dennoch bewunderte er die Kunstfertigkeit des Reliefs jedes Mal aufs Neue, wenn er Wachdienst hatte.

»Augen nach vorn, Yudin!« Natürlich lief just in jenem Moment, während er in seine Betrachtung versunken war, Ausbilderin Murray an ihnen vorbei. Sofort straffte Asher sich und erwartete, sie würde auf das Portal zusteuern. Stattdessen folgte sie dem Weg zum Tower

House. Es klammerte sich in circa zwei Kilometern Entfernung an die Steilküste der Insel, und von hier aus waren nur die obersten Stockwerke sowie der Wehrturm über die baumlose Hügellandschaft hinweg zu erkennen. Wie weiß-graue Tupfer waren die grasenden Schafe darauf verteilt, bevor Kliff und Wolkentürme aufeinandertrafen.

Asher warf einen Blick zurück in die Richtung, aus der Murray gekommen war. Das Refugium, der Rückzugsort des Order of Saints, befand sich dort. Es lag außerhalb der Mauern der Akademie und wurde durch eine eigene Wehranlage geschützt. Es war ihnen erlaubt, sich dort gelegentlich von den Einflüssen der Vicious zu erholen und reinigen zu lassen, ansonsten diente es vor allem der Führungsriege. Doch was wollte Ausbilderin Murray am Tower House? Dort befand sich der einzige Zugang zur Insel. Ein altertümlicher Aufzug fuhr hinab zu einem unterirdischen Hafen in der Steilküste. Noch nie hatte Asher mitbekommen, dass Murray die Gelegenheit genutzt hatte, die Fähre zum Mainland zu nehmen. Sie gehörte quasi zum Inventar der Akademie, war genauso unverrückbar wie die vielen Statuen und Büsten in den Gärten.

Der Orden hatte sich auf den Orkney Islands eine unüberwindbare Basis geschaffen, von der aus er ganz Europa von den Einflüssen der Vicious befreite. *Sindaray* nannten die Einheimischen die nördlich von Kirkwall gelegene Insel, die allein der Verwaltung des Ordens unterstand. Insel der Sünder. Barsch hatte Murray den Adepten einmal erklärt, dass sie besser daran täten, die Insel nicht nach ihren Gefangenen, sondern nach ihren Wächtern zu benennen.

Nolan und Victoria, mit denen er Wachdienst hatte, unterhielten sich leise.

»Ich habe gehört, sie bringen einen Dämon hierher. Zu Schauzwecken. Vielleicht bekommen wir heute Abend noch was zu sehen.« Nolan grinste Victoria zu, die nur verächtlich schnaubte. Von ihnen war sie die Einzige, deren Hand auf dem Knauf ihres Schwertes lag, wachsam und jederzeit bereit, es einzusetzen. Als würde sie genau das herbeisehnen.

»Freu dich nicht zu früh. Ich habe gehört, es ist nur eine weitere Sünderin, keine Dämonin.« Sie ließ sich nicht mal zu einem Blick in Nolans Richtung herab, der zwei Meter zu ihrer Rechten stand, während Asher die Position zu ihrer Linken einnahm.

Die salzige Meeresbrise trug Nolans Lachen heran. »Mehr Vicious heißt doch nur, dass …«

Der Rest seines Satzes ging in dem Ächzen des Portals unter, das sich in diesem Moment hinter ihnen öffnete. Die Reliefs teilten sich und gaben kurz den Blick in den Innenhof der Akademie frei, bevor sie sich wenige Sekunden später wieder aneinanderfügten.

Ein Mann mit Vollbart und schulterlangem Haar trat zwischen sie. Sein Blick hinter herabhängenden Augenlidern streifte die drei Wächteradepten nur kurz, bevor er sich an den Horizont vor ihnen heftete.

Victoria fand ihre Fassung als Erste wieder. In einer fließenden Bewegung zog sie ihre Waffe.

Auch Asher zückte sein Schwert, normaler Stahl statt heiliger, bis sie sich ihre dritte Reliquie verdient hatten, und rückte näher an Victoria heran. Im ersten Moment hätte er es nicht weiter hinterfragt, dass der Vicious die Akademie verließ. Das geschah gelegentlich – wenn sie zu einer Mission abberufen wurden oder im Refugium vorstellig werden sollten. Allerdings nie ohne Begleitung eines Warden.

Ruben van Hoven, einer der sieben Deans und Lord Rector der Akademie, erinnerte sich Asher an seinen Namen, weil er versucht hatte, sich zumindest jene zu merken, die hochrangigen Vicious gehörten. Jeder der Prodekane stand einem der sieben Laster vor und koordinierte die Master der Akademie. Diese wiederum lehrten die studierenden Vicious den Umgang mit ihrer Macht. Asher fühlte sich stets unwohl in ihrer Gegenwart, weil sie eine gewisse Autorität ausstrahlten – und innehatten. Und das widersprach dem, was ihnen als angehende Warden eingeschärft worden war. Sie sollten über den Vicious stehen, und überall sonst taten sie das auch. Nur in der Academy of Sins herrschten andere Regeln.

»Was wollen Sie hier, Sünder?«, verlangte Asher mit schneidender Stimme zu wissen. Auch wenn Victoria und Nolan sonst kaum ein Wort mit ihm wechselten, so konnte er sich in diesem Moment doch ihres Rückhalts sicher sein. Im Angesicht der Vicious waren sie alle Brüder und Schwestern. Meistens erfüllte ihn das mit Erleichterung, da er in allem anderen allein stand. Doch manchmal erschien es ihm wie eine einzige Farce.

Van Hovens dunkle Augenbrauen senkten sich. »Schön, dass ihr jungen Wächter euren Pflichten so zuverlässig nachkommt. Wir sollten uns alle ein großes Stück von euch abschneiden, nicht wahr?«, grollte er. »Aber ihr werdet nicht in die Verlegenheit kommen, mich aufhalten zu müssen. Ich habe nicht vor, diese Mauern zu verlassen.« Eine breite Treppe führte vom Eingangsportal zum Kiesweg. Er sah vielsagend auf seine Füße, mit denen er auf der letzten Stufe stand.

»Hochmut«, stieß Victoria aus.

Der Dean of Pride neigte das Haupt in einer beinahe freundlichen Geste, würde ihr kein solcher Spott anhaften. »Wäre das hier eine Unterrichtsstunde der Warden, hättest du für diese Erkenntnis sicher die volle Punktzahl bekommen. Verzeih mir, dass mich das Offensichtliche nicht beeindruckt.«

»Was wollen Sie außerhalb des Portals?«, setzte Asher erneut an.

Van Hoven griff in die Innenseite seines Cabans. Alarmiert umklammerten die drei Warden ihre Schwerter fester, doch er zog nur eine dünne Zigarette sowie ein Feuerzeug hervor, mit dem er diese entzündete. Verwirrend genug, da in der Akademie jegliche Laster verboten waren. Für den Lord Rector gab es offenbar Ausnahmen. »Ich bin hier, um etwas zu überprüfen. Genug davon, zurück auf eure Posten. Ignoriert meine Anwesenheit, wenn ihr euch damit besser fühlt.«

Ashers Hand glitt zu dem kleinen Spiegelstein, der in einer metallenen Fassung um seinen Hals hing. Das Amulett war die erste Reliquie, die jeder Warden erhielt, und verlieh ihnen die Fähigkeit, zu erkennen, wann ein Vicious seine Macht nutzte. Außerdem erlaubte es ihnen, die von ihnen erschaffenen Albträume zu sehen. Doch nichts deutete darauf hin, dass der Lord Rector sie gefügig gemacht und seinen Hochmut gegen sie eingesetzt hatte.

»Ausbilderin Murray wird davon erfahren«, drohte Victoria ihm noch an, was van Hoven nicht einmal ein müdes Lächeln entlockte.

Dass es eine Vicious und keine Dämonin war, die sie zur Akademie abführten, verriet Asher allein ihre menschliche Gestalt. Außerhalb der Akademie wurden Sünder getötet, die hoffnungslos verloren waren, hier nur, wenn sie sich in Dämonen verwandelten. Normalerweise durften sie die Akademie nur besuchen, wenn sie genügend Kontrolle über ihre Macht hatten, um ausgebildet zu werden. Die Warden mussten diese Vicious hergebracht haben, um die Adepten zu lehren, wie eine Sünderin aussah, die dazu nicht mehr fähig war.

Sie wurde von vier Warden inklusive Murray umringt und war in Ketten gelegt worden. Eiserne Schellen lagen um ihre Handgelenke, untereinander und mit einem Ring um ihren Hals verbunden, und weitere Ketten führten an beiden Seiten zu je zwei Warden. Die Arme vor die Brust gelegt schritt sie mit starrem Blick voran. Königlich. Als wäre sie keine Gefangene, sondern die Personen um sie herum lediglich ihre Leibwächter. Beim Näherkommen konnte Asher Einzelheiten an ihr ausmachen, das schwarz gelockte Haar, die hellbraune Haut und die dunklen Augen.

Dunkle Augen, die ihm in diesem Moment begegneten – und sich direkt in seine Seele brannten.

Wild und unbezwingbar.

Niemand würde diese Frau brechen. Sie wollte diese Welt brennen sehen, und die Welt würde brennen. Für sie. Und wenn sie es verlangte, würde auch er brennen.

Ihre Willensstärke überrollte Asher unvorbereitet, als sie sich in seinem Blick verhakte und ihm nicht erlaubte, wegzusehen. Selbst wenn er es gekonnt hätte, hätte er es womöglich nicht getan. Etwas in ihm wollte den Blick nie wieder von ihr abwenden, denn es kam ihm in diesem Moment wie die schlimmste aller Sünden vor. Und etwas in ihm ... wollte sie von diesen Ketten befreien und sich gegen diejenigen richten, die er gerade noch als seine Brüder und Schwestern bezeichnet hatte. Als er sich dieses Gedankens bewusst wurde, versteifte sich Asher mit einem leisen Keuchen.

»Yudin!«, fuhr Murray ihn an. »Wende dich ab! Alle

Reliquien nützen dir nichts, wenn du sie nicht einsetzt, verdammt noch mal!«

Asher riss sich los. Es bereitete ihm beinahe körperliche Schmerzen, sie nicht mehr ansehen zu dürfen. Nein, das ist nicht richtig, dachte er. »Ich ... Hat sie ...?«

»Ja«, knurrte einer der anderen Warden, den er nicht kannte. »Sie kann nicht damit aufhören, hält die Illusion aufrecht, als hätten wir sie nicht schon längst enttarnt.«

Ein verächtlicher Laut zu seiner Rechten ließ Asher herumfahren. Sein Herz raste mittlerweile, während sein Geist nur langsam akzeptierte, hereingelegt worden zu sein. Victoria hatte die Augen zusammengekniffen. »War ja klar, dass ausgerechnet du auf ihre Macht anspringst, nicht wahr, Yudin?«

Was Nolan ein unterdrücktes Grunzen entlockte, bohrte sich eiskalt in Ashers Brust. Hatte er als Einziger nicht sofort erkannt, was die Vicious, oder Dämonin, tat? Seine Kehle wollte sich zuschnüren, doch er kämpfte mühsam um Beherrschung. Später, nicht jetzt, sagte er sich. Ich habe mich schon genug zum Narren gemacht.

Die Prozession blieb am Fuße der Treppe zum Portal stehen. Ein weiteres Mal musterte er die Vicious, wobei er diesmal ihren Blick mied. Kein Zweifel, sie war ganz und gar menschlich, und doch ... strahlte sie etwas Dämonisches aus. Als würden sich die Schwingen bereits wie Schatten hinter ihren Schultern ankündigen, ihr Gesicht erste Risse zeigen, obwohl dort keine waren. Es war ihre ganze Ausstrahlung, die eine einzige Sünde war.

Als sie Ashers Verwirrung bemerkte, hob sich einer ihrer Mundwinkel.

Zorn rauschte durch seine Adern, genährt von der Demütigung, die er wegen ihr erlitten hatte. Er sollte seine Reliquien einsetzen? Das konnte Murray haben.

Asher konzentrierte sich auf die Reliquie, die als Gürtel um seine Hüfte lag, und wisperte: »*Fiat iustitia et pereat mundus!*« Dabei machte er eine Handbewegung nach vorne, als würde er etwas beiseiteschieben – die Illusion, in die sich die Sünderin hüllte.

Sie erbebte, und im nächsten Moment fiel ihre Übermächtigkeit in sich zusammen. Das Hoheitliche und Überhebliche verschwanden, zurück blieben purer Zorn und Trotz, die ihr Gesicht zu einer Grimasse verzerrten. Ihr Strahlen verging und ließ nichts als eine übel zugerichtete und erschöpfte junge Frau zurück.

Mit einem Keuchen hatte sie den Kopf gesenkt, sah nun aber wieder auf. Asher begegnete ihrem Blick voller Genugtuung, weil sie ihn nicht länger für sich einnehmen konnte. Dass sich trotzdem etwas in ihm regte und seine Haut mit einem eigenartigen Kribbeln überzog, ignorierte er eisern.

»Glückwunsch«, sagte sie, die Stimme vor Hass triefend. »Freut mich, dir etwas Stolz geschenkt zu haben.«

»Ich sagte, du sprichst nur, wenn es dir erlaubt ist!«, fuhr der fremde Warden sie sofort an. »Und jetzt öffnet uns das Portal, Adepten. Sie wird noch heute Abend verurteilt werden.«

Nun erhob van Hoven die Stimme, dessen Anwesenheit Asher tatsächlich beinahe vergessen hatte. »Und da wollen Sie den Adepten gleich mal eine Show bieten? Wie außerordentlich lehrreich das für sie sein wird.« Der Sarkasmus in seiner Stimme war schwerlich zu überhören. »Aber sagen Sie, wo haben Sie sie aufgegriffen? Und was lässt Sie denken, sie wie eine Dämonin abschlachten zu können?«

Unwillig wandte sich der Wächter dem Vicious zu.

»Kann mich nicht daran erinnern, dir Rechenschaft schuldig zu sein, Sünder.«

Ausbilderin Murray trat einen Schritt nach vorn. »Ist schon in Ordnung. Ich habe den Lord Rector herbestellt, damit er die Lage einschätzen kann. Er wird uns begleiten.«

»Ist das so.« Seine Miene verfinsterte sich. »Ich habe schon immer gesagt, dass ihr Warden, die ihr hier in der Akademie dient, viel zu verweichlicht von diesen Möchtegern-Gelehrten und ihren Titeln seid. Würde euch nicht schaden, ab und zu mal rauszukommen, zu sehen, wie es dort wirklich zugeht, und ein paar von ihnen zu erledigen.«

»Wir bewachen sie, damit ihr da draußen weniger zu tun habt. Niemand von uns würde zögern, einem Dämon sein Ende zu bereiten«, erwiderte Murray.

Täuschte Asher sich, oder blieb ihr Blick eine Sekunde zu lang an ihm hängen? Er neigte bekräftigend den Kopf, wobei ihm eine seiner hellbraunen Strähnen ins Gesicht fiel.

Einen Moment glitzerte es gefährlich in van Hovens Blick. »Danke, das war sicher sehr lehrreich für Ihre Adepten. Nein, für alle hier.«

»Ihr werdet alle großartige Schlächter abgeben, wenn ihr mal groß und stark seid.« Die gefangene Vicious lachte bitter auf. »In welcher Hölle bin ich hier bitte gelandet?« Erneut strömte ihr der Hochmut aus jeder Pore, diesmal düster, als wollte er sie alle in die Knie zwingen.

Dieser Eindruck endete schlagartig, als sich die Faust des Warden in ihren Magen bohrte. Sie ächzte, krümmte sich zusammen. Und sah dann hasserfüllt zu ihm auf, dachte nicht daran, den Blick zu senken. Er rammte sein

Knie in ihren Unterleib. »In die Hölle werden wir dich zurückstoßen, Miststück!«

Asher wünschte sich, es würde ihn mit derselben Genugtuung wie gerade eben noch erfüllen, als er ihren erstickten Schrei hörte. Stattdessen breitete sich nur bittere Galle in seinem Mund aus. Er wusste, dass es notwendig war, die Vicious mit fester Hand zu führen und zu bestrafen. Es gehörte zum harten Alltag an der Akademie. Allein deshalb blieb seine Miene unbewegt.

»Genug«, brummte Murray, bevor der Warden ein weiteres Mal zuschlagen konnte. »Nimm das Urteil nicht vorweg. Das steht dir nicht zu.«

»In der Tat«, ergänzte der Lord Rector. »Es steht noch nicht fest, was mit ihr geschehen soll.«

»Ich lasse euch nicht über mein Schicksal bestimmen!«, sprach die Vicious so klar und deutlich, dass Asher sich wünschte, sie hätte einfach den Mund gehalten. Und tatsächlich ließ die Reaktion keine Sekunde auf sich warten. Der nächste Schlag traf sie ins Gesicht.

»Natürlich nimmst du deinesgleichen in Schutz«, höhnte der Warden, während er seine Faust ausschüttelte und sich zu van Hoven umwandte. Hinter ihm spuckte die Sünderin hustend blutigen Speichel aus, und die Ketten um ihren Körper klirrten, als sich ihr Gewicht auf sie senkte. Die anderen beiden fremden Wächter ruckten erbarmungslos an ihnen, bis sie sich wieder selbst auf den Beinen halten konnte.

Mit einer Geste befahl Murray, das Portal zu öffnen, und endlich kamen Victoria und Nolan dem nach. Als sich die Prozession an ihm vorbei in Bewegung setzte, glaubte Asher für einen Moment, Angst in der Miene der Vicious zu erkennen. Einmal durch diese Tür, gäbe es kein Entrinnen mehr. Ihr Urteil erwartete sie bereits.

Gut so, Angst wird dich Demut lehren, dachte er noch, dann starrte er wieder auf das Relief und seine unheilvollen Darstellungen.

Noch am selben Abend, kurz nach der Wachablöse, fanden sich alle Adepten auf den Rängen der Arena ein. Nicht im Kerker, wo die Vicious bei Vergehen bestraft wurden. Auch nicht im großen Hörsaal, wo sie sich zu Lehrzwecken versammelten. Sondern an dem Ort, an dem Dämonen hingerichtet wurden und die Warden ihre Reliquien verdienten.

»Sie wollen ein Exempel an ihr statuieren.« Olivia hatte sich neben Asher aufgestellt und die Worte gedankenverloren gemurmelt, während sie das Geschehen in der Arena verfolgte.

Weiterhin lag die Vicious in Ketten, nun an Metallstreben befestigt, die sich zu allen vier Seiten um sie herum erhoben. Sie dienten normalerweise dazu, Dämonen zu sichern, sodass ihre menschliche Gestalt geradezu zerbrechlich inmitten des Konstrukts wirkte. Bizarr. Van Hoven befand sich davor und blickte aufmerksam in die Reihen der Adepten, die zwar geordnet dastanden, sich aber noch leise unterhielten. Neben ihm befanden sich Murray sowie der fremde Warden.

Oh, und wie sie über dein Schicksal bestimmen werden, dachte Asher grimmig. Er schluckte den Kloß in seinem Hals herunter. Immer wieder war er die Situation vor den Toren im Geiste durchgegangen und hatte sich gefragt, warum er ihrem Einfluss sofort erlegen war. Und Nolan und Victoria nicht. Warum er den brennenden Blick der Vicious noch immer auf der Haut spürte, obwohl die Illusion längst gebrochen war.

Zweifel fraßen sich durch Ashers Herz, seit er die Ausbildung in der Akademie begonnen hatte. Jeden Tag kämpfte er sie nieder, und damit gleichzeitig gegen das, was andere in ihm sahen, sobald sie herausfanden, wer seine Eltern gewesen waren. Sie waren an der wichtigsten Aufgabe eines Warden gescheitert: der Versuchung durch die Vicious zu widerstehen. Das hatte ihren Tod sowie die ewige Verachtung für die Familie Yudin nach sich gezogen. Wenn die Leute ihn ansahen, sahen sie seine gefallenen Eltern. Wenn er sich gegen einen Vicious stellte, um ihn in seine Schranken zu weisen, erwarteten sie, dass er scheiterte. In allem, was er tat, musste er sich beweisen, als wäre er nicht besser als die Sünder, deren Schritte überwacht werden mussten. Jede Anstrengung verdoppeln. Nie war es genug.

Und es schmerzte. Es schmerzte, dass er nicht um seine Eltern trauern konnte. Dass er jeden Tag an ihre Hinrichtung erinnert wurde, weil sie an diesem Ort stattgefunden hatte. Dass auch andere Adepten ihre Eltern im Kampf gegen die Vicious verloren hatten und ihrer in Heldengeschichten gedachten, während er die Existenz seiner eigenen am besten verschwieg.

Asher wandte sich an Olivia. »Sie ist zwar noch keine Dämonin, aber ich schätze, sie halten sie für nicht rehabilitierbar und haben sie zu Anschauungszwecken hergebracht.«

Seine Freundin aus Kindheitstagen nickte. Sie war eine der wenigen, die über den Makel seiner Vergangenheit hinwegsah, weil sie Asher bereits vorher gekannt hatte. Wie immer saß ihre schwarze Uniform perfekt, und die beiden goldenen Streifen am hochgeschlossenen Kragen, die sie wie ihn selbst als Adeptin zweiten Ranges auszeichneten, glänzten in der untergehenden Sonne. Sie warf ihm unter dem Pony ihres Kurzbobs einen schnellen

Blick aus stechend blauen Augen zu. »Wie das beim Council ankommen wird, ist dagegen die andere Frage.«

Asher folgte ihrem Blick zur anderen Seite der Arena, wo keine Adepten die Ränge füllten, sondern Vicious. Die sechs anderen Deans sowie die Grandmaster der Akademie. Auch wenn sie den Warden und dem Order of Saints unterstanden, verloren die Vicious in der Akademie nicht jegliche Rechte. Es gab Abmachungen und Regelungen, vor allem in Bezug auf die Befugnisse, die sie untereinander hatten. Unerlässlich, um eine Zusammenarbeit zu garantieren, die letztlich das Ziel dieser Einrichtung war. Früher hatte der Orden Jagd auf die Sünder gemacht und sie von seinen Wächtern richten lassen, und das Urteil war immer der Tod gewesen. Heute appellierten die Divines an die Menschlichkeit, die es zu bewahren galt. Sie waren ihre Geistlichen, die ihre Seelen rein hielten, während die Warden als Schwertarm des Ordens vor allem körperlich gestählt wurden und die Archivare von ihren intellektuellen Fähigkeiten ausgezeichnet wurden. Mäßigung, Tapferkeit, Weisheit – und der Richter sorgte für Gerechtigkeit innerhalb ihrer Reihen. Das waren die vier Tugenden, denen sich der Order of Saints verschrieben hatte.

Solange ein Vicious seine dämonische Bestimmung ablehnte und bereit war, zu lernen, durfte er am Leben bleiben. Denn es war weitaus effektiver, sie mit ihren eigenen Waffen zu bekämpfen. Innerhalb der Akademie durften Warden nur Todesstrafen gegen Vicious vollstrecken, die sich bereits in Dämonen verwandelt hatten.

Das Gatter der Arena öffnete sich, und Inquisitor Testa betrat das Zentrum, in eine dunkelrote Uniform gehüllt, deren Cape sich hinter ihm aufbauschte. Auf seiner Brust prangte das Wappen des Ordens, ein Schwert, zu dessen beiden Seiten sich je ein Flügel ausstreckte. Begleitet wurde er von weiteren Warden der Führungsriege, die vom Refugium aus sämtliche Aktivitäten der Vicious überwachten. Unter dem herrischen Blick ihrer Ausbilderin nahmen die Adepten Haltung an, und das Gemurmel verstummte schlagartig. Das hier war keine nette Abendveranstaltung.

Der Inquisitor begrüßte Murray, Callaham und van Hoven mit einem kurzen Nicken, bevor seine Habichtaugen zu der gefangenen Vicious glitten. Sekundenlang musterte er sie, was sie nicht mal registrierte, da ihr Blick starr auf die untergehende Sonne hinter den obersten Rängen gerichtet war. Ihr Haupt war in das orangene Licht getaucht, und erneut ertappte sich Asher bei dem Gedanken, dass sie etwas Königliches an sich hatte.

»Ausbilderin Murray, setzen Sie die Adepten ins Bild.« Testa musste nicht einmal großartig die Stimme erheben, so still war es geworden.

Die ältere Frau trat einen Schritt nach vorn und räusperte sich. »Diese Vicious ist vor einer Woche von Warden Callaham und seiner Einheit aufgegriffen worden. In einem Elendsviertel Madrids, in der berüchtigten Cañada Real, hat sie Hochmut nicht nur verbreitet, sondern sich ihrem Laster vollends verschrieben.«

Callaham nahm das zum Anlass, um zu ergänzen: »Die Anhänger der *Santa Rahel*, wie sie diese Vicious getauft haben, sind der festen Überzeugung gewesen, nur sie allein könnte ihnen Erlösung bringen und sie aus ihrem Leben im Elend führen. *Verdorbene Rahel* wäre der passendere Name gewesen. Sie hat diese Menschen mit ihrem Hochmut vergiftet und ausgenutzt, zu Aufständen gegen die Obrigkeit gezwungen, die unzählige Todesopfer nach sich gezogen haben. Das ganze Viertel ist von ihr infiltriert worden, sodass es lange genug gedauert hat, sie aufzuspüren. Und dann hat sie ihre Leute gegen uns eingesetzt, obwohl sie ganz genau gewusst hat, dass es ihr Todesurteil sein würde.« Voller Verachtung deutete er auf die Vicious, die sich immer noch nicht rührte. »Damit hat sie sich der schlimmsten aller Sünden schuldig gemacht: Sie hat sich selbst zu einer Göttin erhoben, in vollem Bewusstsein, was sie tut. Und wie die Dämonin, die sie in Wahrheit ist, muss sie nun fallen.«

Die Zustimmung erhob sich nicht hörbar, doch sie war zwischen den Rängen zu spüren. Auch Asher schloss sich diesem Urteil still an. Was diese Vicious getan hatte, war abstoßend. Menschen zu manipulieren, sodass sie sich für sie sogar in den Tod gestürzt hatten, enttarnte ihre wahre Boshaftigkeit – und das wahre Ausmaß ihrer Macht.

Als hätten sie sich abgesprochen, erhob nun van Hoven das Wort. Einzig Callahams säuerlicher Gesichtsausdruck verriet, dass er es lieber gesehen hätte, wenn der Lord Rector den Mund gehalten hätte. »Wenn sie sich ihrer Sünde vollständig verschrieben haben soll«, konstatierte der Lord Rector in aller Gelassenheit, »warum haben wir hier eine Vicious vor uns und keine Dämonin?«

Asher runzelte die Stirn. Auch er konnte sich keinen Reim darauf machen, wie die Sünderin ihre Menschlichkeit bisher behalten haben sollte. Wenn sie ein ganzes Viertel unter ihre Kontrolle gebracht hatte und Menschen für sie gestorben waren, hatte sie sich weit mehr als nur einen kleinen Fehltritt geleistet. Je häufiger Vicious ihre Sündenmacht nutzten und diese annahmen, desto schneller wurden sie zu Dämonen. Und begingen sie eine besonders schwere Sünde, verwandelten sie sich sofort. Doch bis auf ihre Unheil verkündende Ausstrahlung deutete nichts auf eine dämonische Natur hin.

»Eine Frage der Zeit«, erwiderte Callaham. »Ihre Seele ist verloren, und es wäre fahrlässig, sie in der Akademie zwischen den Adepten herumlaufen zu lassen.«

»Sie wendet ihre Sündenmacht ungezügelt an«, bekräftigte nun auch Murray. »Sie ist eine Gefahr für jeden hier.«

»Und dennoch«, grollte van Hoven, wobei er Callaham überging, der bereits den Mund geöffnet hatte, »haben wir nicht abschließend geklärt, warum sie trotz allem, trotz der offensichtlichen Sünde, nicht zur Dämonin geworden ist.« Nun wandte er sich an Testa direkt, der etwas abseits stand und sich die Ausführungen mit unbewegter Miene angehört hatte. Asher hatte diesen Mann noch nie lächeln gesehen. »Inquisitor, ist es nicht so, dass Warden innerhalb der Akademie keine Vicious töten dürfen, solange sie nicht zu Dämonen geworden sind? Bestrafen, in Ketten legen, züchtigen, einsperren, ja – aber den Tod bringt ihnen erst die Verwandlung ein.«

Gespannt richteten sich alle Blicke auf den Inquisitor. Er rieb sich übers Kinn und ließ sich Zeit mit seiner Antwort. Dabei entging Asher nicht, wie sich seine Augen beim Blick in die Reihen des Councils verengten. »Wenn diese Vicious noch keine Sünde begangen hat, die ihre Seele verdammt hat, ist auch nicht der Tod ihr Urteil, nein.« Sein Mund verzog sich zu einem schmalen Strich. »Allerdings stimme ich zu, dass eine Gefahr von ihr ausgeht, die wir nicht einschätzen können. Wenn sie der Sünde widerstehen kann, soll sie das beweisen. Indem wir ihre Menschlichkeit auf die Probe stellen.«

2
Etiam innocentes cogit mentiri dolor.

Selbst Unschuldige zwingt der Schmerz zur Lüge.

Vor Rahels innerem Auge fielen die Warden auf die Knie und ergaben sich ihr. Ihr und ihrem Hass, den sie auf jeden Einzelnen von ihnen verspürte für das, was sie ihnen angetan hatten. Sie wünschte sich die Verachtung für den Orden herbei, die sie die letzten Jahre ihres Lebens begleitet hatte und jedes Mal aufgeflammt war, wenn sie ihre sogenannten Tugenden gepredigt hatten, während Menschen verhungert und ihren sinnlosen Gesetzen zum Opfer gefallen waren. Doch die letzten Tage hatten an ihr gezehrt. Ein ums andere Mal war ihr bewiesen worden, wie machtlos sie gegen die Wächter war. Sie hatten sie zu Boden geschmettert, immer und immer wieder, wie oft sie sich auch erhoben hatte.

Langsam schwanden Rahel die Kräfte, und ihre sorgsam errichtete Fassade begann zu bröckeln. Darunter kam die Angst zum Vorschein, was nun aus der Cañada Real werden würde. Aus ihrer Familie. Aus ihrem Bruder. Aus ihr selbst. Sie wusste nicht, wohin die Warden sie gebracht hatten, was mit Mateo passiert war und wie sie ihren Fängen entkommen konnte. Nur eines wusste sie mit einer schrecklichen Gewissheit: Sie wollten sie töten. Warum sie dies noch nicht getan und Rahel erst an diesen düsteren, kalten Ort verfrachtet hatten, konnte sie mittlerweile zumindest erahnen. Doch es machte das Unausweichliche nicht weniger gewiss.

Und je schwächer sie wurde, desto mehr gewann die lauernde Stimme in ihrem Inneren an Macht, die ihr Verderben versprach. Ihnen allen – und Rahel selbst.

»Du glaubst doch wohl nicht wirklich, dass dich das retten wird.«

Ruckartig versteifte sie sich und richtete sich in ihren Ketten auf. Die Warden hatten sie direkt nach ihrer Ankunft in ein klammes Gewölbe gebracht und dort zurückgelassen, natürlich nicht, ohne ihre Ketten in der Wand hinter ihr zu verankern. Durch ein Gitter in der Decke fiel etwas Licht in den Raum, und sie konnte nur erraten, was sich dort oben befand. Inzwischen hatten sich ihre Augen an die Dunkelheit gewöhnt, sodass sie den Schatten, der an den Stufen zur eisenbeschlagenen Tür stand, schnell ausmachte. Ein weiterer Warden, seiner Silhouette nach zu urteilen, aber mehr konnte sie nicht erkennen.

Rahel verengte die Augen, während sich etwas Heißes durch ihre Adern fraß. »Fick dich!« Für eine klügere Beleidigung fehlte ihr gerade die Kraft. Trotzdem erfüllten diese zwei Worte sie mit Genugtuung.

Der Schatten löste sich von den Stufen und kam auf sie

zu. Er stieß einen missbilligenden Laut aus und sprach leise: »Behandelt man etwa so einen Verbündeten?«

Noch bevor Rahels Verwirrung einsetzte, war er dicht bei ihr. Er packte sie mit zwei Fingern unter dem Kinn und hob ihr Gesicht an, sodass sie zu ihm aufsehen musste. Da die einzige Lichtquelle sich nun hinter ihm befand und von ihm verdeckt wurde, konnte sie seine Züge trotzdem kaum ausmachen. »Wie sehr du auch kämpfst, wie sehr du dich auch wehrst, das wird es ihnen nur einfacher machen, dich zu töten. Sie stechen so lange auf dich ein, bis sich das Monster aus seinem Käfig befreit. Aber das Monster in dir ist noch nicht stark genug, und das wird deinen Tod absolut sinnlos machen.«

»Lass mich los!«, zischte Rahel und zerrte links und rechts an den Schellen, die es ihr nicht erlaubten, ihre Arme zu heben. Mühsam stemmte sie ihre Fingerkuppen gegen seinen Bauch, doch sie hätte genauso gut gegen eine Wand aus Stein drücken können. Der Warden mit der Stimme so dunkel wie die Nacht und so weich wie das Mondlicht rückte sogar noch dichter an sie heran, sodass sie seinen Atem auf ihrer Haut spürte. Sein herber Duft hüllte sie ein. Mit einem Hauch von … Lilien? »Fass mich nicht an!« Sie hasste es, sich so hilflos zu fühlen.

»Oh, Rahel. Du tätest besser daran, mir zuzuhören.« Er wisperte ihren Namen nur, und doch war es seit Tagen das erste Mal, dass jemand sie damit ansprach. Als Vicious bezeichneten sie Rahel immer nur, oder Dämonin. Sie konnte nichts dagegen tun, dass ihr Atem ihr zitternd entwich.

»Was bringt das schon?«, wollte sie wissen. Ihre Stimme kratzte unangenehm in ihrer trockenen Kehle. »Wenn du mir nur meinen eigenen Tod vorhersagst. Genau das ist es doch, was ihr alle wollt.«

»Ich will nicht, dass du stirbst, Rahel.« Er drehte ihren Kopf leicht zur Seite und näherte sich ihrem Ohr, in das er flüsterte: »Lässt du mich dir helfen?«

Seine Nähe überflutete ihre Sinne. Gänsehaut breitete sich über ihren ganzen Körper aus. Warum kam er ihr so nahe, redete mit solch samtener Stimme auf sie ein, sprach von Rettung? Rahel schnappte nach Luft und befreite sich mit einer ruckartigen Bewegung aus seinem Griff, wobei ihre Hände erneut gegen ihn drängten. Einen Moment hielt er ihr noch stand, dann rückte er endlich von ihr ab.

»Wenn du mir helfen willst, dann löse diese Ketten und lass mich gehen.« Sie unterdrückte das bittere Lachen und legte stattdessen Autorität in ihre Stimme. Ganz natürlich bediente sie sich der Macht. Solange sie sich daran klammerte, konnte sie nicht zusammenbrechen.

Der Warden zerschmetterte ihren Hochmut zwar nicht, schien aber auch nicht darauf anzuspringen. Er entfernte sich einige Schritte in die Schatten, von wo aus er sie beobachtete. »Glaubst du immer noch, das würde dich hier rausbringen? Oder es würde reichen, deine Ketten zu lösen? Nein, du wirst den harten Weg gehen müssen, ob du willst oder nicht.«

Rahel schnaubte. Was konnte härter als das sein, was sie ihr bereits angetan hatten? »Und warum solltest du mir diesen Weg weisen?«

»Lerne, zuzuhören! Ich sagte bereits, dass ich deinen Tod nicht will«, erwiderte der Fremde scharf.

»Warum willst du nicht, dass ich sterbe?« Er konnte nicht ernsthaft erwarten, dass sie seinen Worten glaubte.

»Wir nähern uns den wichtigen Fragen. Es wäre ein sinnloser Tod, und ich sähe es lieber, wenn du dein Potenzial entfalten würdest.« Seine Uniform raschelte leise. »Doch dafür musst du ihnen weismachen, dass du menschlich bist.«

Der Sonnenuntergang war wunderschön. Es sah aus, als würde der Himmel in Flammen stehen, ganz anders als die grauen, trostlosen Wolken, die über der Insel gehangen hatten, als man sie über das stürmische Meer hierhergebracht hatte. Das letzte Licht am Horizont versprach Hoffnung. Oder ihren Untergang.

Rahel hatte sich bewusst vor den Worten der Menschen verschlossen, die über ihr Schicksal bestimmten, als hätte sie jegliches Recht darauf verwirkt. Es interessierte ohnehin niemanden, was sie zu sagen hatte, und die hilflose Wut brachte sie nur aus dem Gleichgewicht. Auch den Blick in die Ränge der Adepten hatte sie aus diesem Grund gemieden. Wie sie sie anstarrten, als wäre sie ein Monster, in neugieriger Erwartung, was mit ihr geschehen würde. Stattdessen wappnete sie sich für das, was ihr nun bevorstand. Denn der fremde Warden, der sich ihr noch nicht einmal vorgestellt hatte, behielt recht: Sie sollte ihnen beweisen, dass sie noch menschlich war.

Rahel atmete tief ein, dann fixierte sie den Warden, der als Einziger in der Arena zurückgeblieben war und sich ihr gegenüber aufgestellt hatte. Es war derjenige, den sie Callaham nannten, derjenige, der in der Cañada Real vor ihr auf der Treppe gestanden hatte. Nur allzu lebhaft sah sie vor sich, wie sein Schwert einen ihrer Anhänger durchbohrte. Bevor sie Mateo erreicht hatte, zog er ihn an den Haaren brutal nach hinten und von ihr weg. Dann stürzte er sich auf sie. Alles danach versank in Dunkelheit, denn sie war erst wieder aufgewacht, als sie bereits von der spanischen Küste abgelegt hatten. Ihre Fragen nach ihrem Bruder waren mit Schweigen und jeder Versuch, ihre Fähigkeiten anzuwenden, mit Schlägen bestraft worden.

»Du wirst leiden, wie ich gelitten habe. Hoffe nicht auf meine Gnade.«

Callaham verzog das Gesicht und schüttelte den Kopf. »Ein sinnloser Versuch. Das hier wird ein schnelles Ende nehmen.« Mit gezogenem Schwert kam er auf sie zu.

Die Ketten an den Metallverankerungen waren gelöst worden und man hatte ihr eine Klinge hingeworfen, die sie nun aufhob. Trotzdem wusste Rahel, dass sie nicht gewinnen konnte, indem sie den Warden mit dem Metall durchbohrte. Die Waffe fühlte sich ungewohnt in ihren Händen an, denn normalerweise waren es ihre Worte und Gedanken, auf die sie sich verließ. Der mysteriöse Fremde in ihrer Zelle hatte deutlich gemacht, dass das hier kein Kampf werden würde, bei dem sie eine faire Chance auf Rache erhielt. Sie musste den Warden irgendwie dazu bringen, von ihr abzulassen.

Eine Illusion musste her. Die mächtigste, die sie je erschaffen hatte. Rahel schloss die Augen und reckte ihr Gesicht dem letzten Licht des Tages entgegen. Die Sonne war längst nicht so kräftig und wärmespendend wie in ihrer Heimat Spanien, aber wenn das Licht durch ihre Lider drang und mit dem Staub der Arena unter ihren Schuhen, fühlte es sich fast so an, als wäre sie wieder dort. In ihrer Erinnerung erschien einer dieser endlosen Sommerabende, während denen sie mit Mateo und Flavio durch die Gassen gestreift war. Sie waren mit einer geklauten Wassermelone bis zu den Hügeln gelaufen, die an das riesige Kieswerk anschlossen. Schon damals, bevor die Macht über ihren Hochmut erwacht war, war Rahel vor ihren Brüdern auf und ab marschiert und hatte Visionen der großartigen Zukunft erschaffen, die ihnen bevorstand.

Während Mateo ihr mit leuchtenden Augen gelauscht hatte, hatte Flavio nur den Kopf geschüttelt und sie ausgelacht. Jahre später war er nicht mehr unter ihren Zuhörern gewesen.

Rahel atmete tief ein und aus, bevor sie alle Kraft aus diesen Erinnerungen zog und sich stattdessen dem Hier und Jetzt zuwandte.

Das hier war keine Arena. Sie stand wieder in dem Innenhof, der ihr Zuflucht und schließlich Zuhause geworden war. Aus den baufälligen Mauern hatten sie das Beste gemacht und ihnen neuen Glanz verliehen. An eine der kalkweißen Außenfassaden hatten die Kinder mit Kreide eine bunte Landschaft gemalt. Mit dem nächsten Regen würden ihre Bilder weggespült werden. Ganz ähnlich wie ihre Hoffnungen und Träume.

Auf den Rängen standen keine Wächter, die ihren Tod wollten. Es waren ihre Anhänger, die sich versammelt hatten, um den Warden zu bestrafen, der ihre Vision zunichtegemacht hatte. Sie trauerten um die Gefallenen und hofften auf Gerechtigkeit. Ein Zeichen würde genügen, und sie würden sich auf ihn stürzen, doch es war an Rahel, ein Urteil zu fällen.

»Es ist in Ordnung.« Sie öffnete die Augen und sah nicht in die Gesichter der Warden, sondern in die der Menschen der Cañada Real. Sonnengebrannt und ausgemergelt. »Ich spüre euren Schmerz.«

Ihr Schmerz rührte von dem, was sie verloren hatte. Nichts auf der Welt würde ihr das zurückbringen. Kein Tod wäre genug. Sie stockte kurz, als sie Mateo inmitten der anderen sah. Einen Moment hielt er ihren Blick, dann nickte er ihr zu, voller Liebe. Er wusste, dass sie das Richtige tun würde.

Schließlich wandte sie sich dem verurteilten Warden

zu. In leicht gebeugter Haltung war er stehen geblieben und umklammerte sein Schwert mit beiden Händen, als würde es ihm jeden Moment entgleiten. Seine Kieferknochen mahlten, und Rahel sah die Mordlust in seiner Miene. Gleichzeitig war dort Furcht. Er hatte nicht damit gerechnet, dass sie nach allem noch so viel Macht übrig hatte.

Sie reckte das Kinn und blickte kalt auf ihn herab. »Es ist in Ordnung«, wiederholte sie. »Lass das Schwert fallen.«

Er keuchte auf. Seine Hände bebten, während die Ader an seinem Hals pulsierte. Ganz langsam ließ er den Arm sinken, lockerte seinen Griff, seine Schultern sackten herab ...

Und wenn er die Waffe fallen ließ, was würde dann geschehen?

›Täusche ihnen vor, noch menschlich zu sein. Alles andere wird dich dein Leben kosten.‹ Das hatte der Wächter gesagt. Obwohl Rahel ihm nicht traute, ergaben seine Worte Sinn. Doch was sie hier tat, bewies nicht ihre Menschlichkeit. Bereits jetzt spürte sie, wie ihr all das, was sie einst ausgemacht hatte, entglitt. Nur noch einen Schritt weiter und sie würde sich verlieren. Sie hätten ihr eigentliches Ziel erreicht und eine Dämonin aus ihr gemacht. Dann würde sie nichts mehr daran hindern, Rahel zu töten.

Hochmut ließ keinen Zweifel zu. Es war nur der Anflug eines Gedankens gewesen, trotzdem zerbrach er die Illusion. Ein unangenehmer Ruck ging durch Rahel. Als die Macht auf sie zurückgeschleudert wurde, tat sie etwas, das sie seit Jahren nicht mehr getan hatte: Sie verleugnete sie.

Statt ihn zum Teil ihrer selbst werden zu lassen, stieß

sie den Hochmut von sich. Sie gab die Illusion auf und lenkte ihre Macht nach außen von sich weg. Als hätte sie ein Pflaster abgerissen, tat es kurz weh, bevor sich Erleichterung einstellte. Ihr entfuhr sogar ein leises Seufzen. Gleichzeitig ließ sie das unbrauchbare Stück Eisen fallen.

Zu ihrer Rechten erhob sich ein Schatten.

»Bei den Vier Heiligen.« Der Warden keuchte. Dann rief er: »Ich brauche hier Verstärkung!«

Rahel folgte seinem Blick schräg neben sich. Da stand er, der Grund, warum sie irgendwann damit aufgehört hatte, ihren Hochmut abzulehnen. Ihn anzunehmen war so viel einfacher und sicherer für die Menschen in ihrer Umgebung, wenn die Alternative ein Albtraum war, der über sie herfiel. Und dieser Albtraum, der aus ihrer zerbrochenen Illusion geboren worden war, war größer als alles, was sie jemals erschaffen hatte. Gerade kauerte er sich noch zusammen, dann öffnete er die Schwingen. Sein Kopf war augenlos und sein Körper bestand aus schwarzen Schatten. Ohne sie zu beachten, wandte er sich den Rängen der Arena zu. Die Warden drängten sich zusammen und zogen ihre Schwerter.

Während Unruhe am Rand der Arena entstand und sich nun auch die ersten Adepten dem Albtraum stellten, hätte Rahel beinahe die Klinge übersehen, die auf sie zuraste. Im letzten Moment warf sie sich zur Seite und entging dem tödlichen Streich.

»Du wirst sterben, Dämonin!« Der Warden hatte die Augen weit aufgerissen. In ihnen wirkte der Nachhall von Rahels Illusion. Es war ihm egal, dass sie selbst sie beendet hatte. Er wollte ihren Tod.

Erneut holte er aus. Ihr erster Impuls war es, im Geiste nach ihm zu greifen. Der Albtraum war die ultimative Ablenkung, und sie könnte ihre Kontrolle wie eine Schlinge um den Warden ziehen und ihn ganz und gar brechen, sogar dazu zwingen, seine wertvollen Reliquien abzuwerfen, seinen einzigen Schutz gegen ihren Einfluss.

Doch dann fragte sie sich, was ein Mensch an ihrer Stelle tun würde. Einem übermächtigen Feind gegenüber, ohne Aussicht auf Entkommen. Ein Mensch, der sich nicht des Lasters Hochmut bediente. Was würde Mateo tun?

Rahel fiel auf die Knie. Übelkeit überkam sie, als sie den Kopf neigte und schützend die Hände hob. Alles in ihr widerstrebte dem, was sie hier tat. Sie heuchelte Demut. Und bettelte um ihr Leben. »Bitte töte mich nicht«, würgte sie hervor und hoffte, dass es laut genug gewesen war. »Ich ergebe mich. Bitte, ich möchte nicht sterben.«

Im selben Moment erkannte sie, dass es die Wahrheit war. Sie wollte weiterleben, auch wenn sie es nicht verdient hatte. Es war ein befreiendes Gefühl, sich das einzugestehen, und es rüttelte heftiger als jeder Schlag und jede Demütigung an ihren Mauern.

Sie zuckte zusammen, als die Klinge neben ihr aufschlug. »Was sagst du da?«, brüllte der Warden. Er griff in ihre dunklen Locken und riss ihren Kopf in den Nacken, was ihr einen schmerzerfüllten Laut entlockte. »Sag das noch mal!«

Rahel biss die Zähne aufeinander. Die Tränen strömten ihr unaufhaltsam über das verkrustete Gesicht. Sie brannten auf ihrer Haut, in ihren Augen, die sie kaum offen halten konnte. Tränen um Mateo und die Cañada Real. Und sie war müde. So unendlich müde nach diesen Tagen.

Sie hatten sie gebrochen. Für diesen Moment. Weil es das Beste für sie war.

»Ich möchte nicht sterben«, wiederholte sie mit bebender Stimme. »Bitte töte mich nicht.«

Die Klinge schwebte wieder über ihr. Sie wusste nicht, ob ihre Worte den Warden nicht überzeugt hatten oder er sich ohnehin durch nichts davon abbringen lassen würde, sie zu töten. Doch bevor er das tun konnte, wurde er aufgehalten.

»Inquisitor, die Vicious hat sich ergeben! Sie ist keine Dämonin! Callaham darf sie nicht erschlagen!« Der vollbärtige Mann, der sich bereits zuvor gegen ihr vorschnelles Todesurteil ausgesprochen hatte, war hinter dem Warden erschienen.

»Callaham!«, donnerte es von irgendwo hinter Rahel. »Senken Sie die Waffe!«

Der Schmerz auf ihrer Kopfhaut wurde stärker, erst dann ließ der Warden endlich von Rahel ab. Sie verlor das Gleichgewicht und fiel nach vorn auf ihre Hände. Und dort blieb sie einfach, ließ über sich ergehen, was nun folgen würde.

»Wir haben den Albtraum erschlagen«, hörte sie jemanden sagen. »Allerdings müssen ein paar der Adepten dringend auf die Krankenstation und versorgt werden.«

»Gut, lassen Sie einen zusätzlichen Divine rufen und kümmern Sie sich darum.« Die Stimme, die Callaham zuvor den Befehl erteilt hatte, befand sich nun vor Rahel. »Sieh mich an, Vicious!«

Langsam hob Rahel den Kopf und sah widerwillig zu dem Warden in der dunkelroten Uniform auf, den alle als Inquisitor bezeichneten.

»Warum sollten wir dich verschonen?«

Rahel schluckte herunter, was sie in Wahrheit darauf erwidert hätte, und sagte: »Ich bin keine Dämonin. Und ich sehe ein, wann ich verloren habe.«

»Warum hast du das zuvor nicht?«

Ihr Kiefer spannte sich an. »Mein Hochmut stand mir im Weg?«

»Und dir tut leid, dass du ihn so maßlos eingesetzt hast und ihm vollständig verfallen bist? Dass du all diese Menschen geblendet und dich zu ihrer Heiligen erhoben hast?«

Lüg einfach. Sag ihm, was er hören will, versuchte sie sich einzureden. »Nein.«

Der Vicious zu seiner Rechten öffnete den Mund, doch der Inquisitor gebot ihm mit einer Handbewegung, zu schweigen. Seine Habichtaugen fixierten Rahel. »Nein?«

Kurz überlegte sie, ob er es gewesen sein könnte, der sie in ihrer Zelle besucht hatte, doch seine Stimme klang ganz anders. Und der Lilienduft fehlte. Immer noch strömten Tränen über ihre Wangen und tropften in ihr wirres Haar. »Nein. Ich habe das getan, um diesen Menschen Hoffnung zu geben. Sie haben nichts. Selbst ihre Existenz ist ein Verbrechen in den Augen der Polizei. Und dennoch haben sie sich gegenseitig bekämpft. Ich habe sie geeint und ihnen eine Perspektive gegeben.« Rahel schluchzte und reckte das Kinn. »Sie hatten etwas Hochmut verdient.«

Sie hielt dem ausdruckslosen Blick des Inquisitors stand. Im Grunde war es ihr egal, was er von ihr hielt.

»Sie können ja kaum noch an sich halten, van Hoven«, konstatierte er schließlich, ohne Rahel aus den Augen zu lassen. »Also bitte, Ihre Einschätzung?«

»Diese Vicious hat es vielleicht gewagt, sich zu einer gottgleichen Gestalt zu erheben. Aber ihr ist die Schwere ihres Vergehens nicht bewusst gewesen. Sie ist davon ausgegangen, etwas Gutes zu tun.«

»Etwas Gutes mit einer Sünde.« Der Inquisitor hatte die Stimme gesenkt. »Ein Widerspruch in sich.«

Van Hoven nickte. »Ich kann mir keinen anderen Reim darauf machen. Das hat ihre Menschlichkeit erhalten. Die sie gerade eben bewiesen hat.« Seine Stimme nahm einen drängenden Unterton an. »Sie ist noch in der Lage, ihr Laster abzulehnen, das hat der Albtraum gezeigt. Wenn Sie sie trotzdem hinrichten ...«

Endlich brach der Inquisitor den Blickkontakt, um sich van Hoven zuzuwenden. »Sie vergessen dabei die Illusion, in die sie uns alle kurz zuvor noch gestürzt hat. Und die schiere Größe des Albtraums.«

»Diese junge Frau hatte um ihr Leben zu fürchten, Inquisitor«, erwiderte der Vicious ernst, doch es schwang keinerlei Mitgefühl in seinen Worten mit. »Der Albtraum ist einem letzten Rundumschlag entsprungen, das heißt nicht, dass sie jedes Mal solch ein Monster erschaffen wird. Sie ist nur eine Vicious, wie alle anderen an dieser Akademie auch. Und für diese gelten Regeln.«

Warum setzte er sich für sie ein, wenn ihm nichts an ihr lag? Rahel ahnte, dass es ihm dabei um etwas anderes ging, das nur entfernt mit ihrer Person zu tun hatte. Auch die Spannung zwischen ihm und dem Inquisitor machte das deutlich. Im Grunde war es ihr egal. Sie würde nur nicht so naiv sein, so etwas wie Dankbarkeit ihm gegenüber zu empfinden.

»Sie wird zurück unter die Arena gebracht. Wir brauchen einen Warden, der zu ihrer persönlichen Bewachung eingesetzt und entsprechend instruiert wird. Erst dann wird es ihr erlaubt sein, in der Akademie zu bleiben.« Damit drehte sich der Inquisitor um und entfernte sich.

Rahel ließ sich zurück auf ihre Unterschenkel sinken, bis sie die Hände von dem staubigen Boden lösen konnte, ohne das Gleichgewicht zu verlieren. Van Hoven trat auf sie zu und sagte irgendetwas zu ihr, doch ihr Blick glitt über die mittlerweile geleerten Ränge der Arena. Weder fand sie ihren Bruder noch die Sonne. Sie war beinahe vollständig untergegangen und erhellte nur noch den Horizont, irgendwo fern von diesem Ort, hinter dem Meer, das sie von nun an hier einsperrte.

3
Non timebo mala.

Ich fürchte kein Übel.

»Sag mir bitte nicht, dass du das wirklich getan hast.«

Asher schnürte das obere Ende seines Seesacks zu. Prüfend ließ er seinen Blick noch einmal über seine dünne Matratze und den geöffneten Kleiderschrank gleiten.

»Das kann nur ein Scherz sein ... Das ist eine *schlechte* Idee, Asher!«

Er öffnete die Schublade seines Nachtschränkchens, doch das Foto seiner Eltern, das er dort versteckte, befand sich bereits in seinem Seesack. Trotzdem tastete er noch einmal ins Innere.

»Sag mal, hörst du mir überhaupt zu?!«, empörte sich Olivia nun.

Gleichzeitig kicherte Laurent auf dem Bett an der gegenüberliegenden Wand des Zimmers. »Er hört dir definitiv nicht zu.«

»Ich höre dir zu«, stellte Asher klar und drehte sich endlich zu seiner Freundin um. Er wollte nach dem Seesack greifen, doch kurzerhand schnappte sie sich sein Handgelenk, um ihn daran zu hindern.

»Ach, wirklich? Und du hältst es nicht für nötig, mich

mal aufzuklären? Bei den Vier Heiligen, manchmal bist du so …« Sie stieß einen frustrierten Laut aus.

»So Asher?«, half ihr Laurent grinsend auf die Sprünge.

Olivia nickte bekräftigend. »So Asher.«

Er runzelte die Stirn. »Schön, dass ihr euch wenigstens darin einig seid.«

»Nicht wahr? Eine Premiere! Das sollten wir feiern!« Laurent grinste, doch sie rollte nur mit den Augen.

»Und du bist so Laurent. Nicht hilfreich.«

»Mir macht es nichts aus, das Zimmer eine Weile für mich allein zu haben.« Er zuckte nonchalant mit den Schultern.

»Oder für immer, weil Asher das nicht überleben wird«, erwiderte Olivia scharf. Ihr Griff um sein Handgelenk wurde fester, als er versuchte, sich daraus zu befreien. »Asher, das wirst du nicht überleben.«

Sie hatte Angst um ihn. Er sah es in ihren Augen, die ihn stumm darum baten, das, was sie für einen Fehler hielt, rückgängig zu machen. Doch es gab kein Zurück mehr. »Danke für dein Vertrauen in meine Fähigkeiten.« Damit riss er sich endlich von ihr los, trat einen Schritt zurück und lehnte sich mit dem Rücken gegen die Wand. »Zufälligerweise hatte ich aber nicht vor, dabei zu sterben.«

»Es geht mir nicht um deine Fähigkeiten, Asher. Du gehörst zu den Besten unseres Jahrgangs – aber jeder von uns würde an dieser Aufgabe scheitern. Niemand von uns ist dafür bereit.« Jetzt griff sie an den Kragen ihrer Uniform. »Deshalb sind hier auch zwei goldene Streifen und nicht drei.«

Asher fuhr sich mit einer Hand übers Gesicht. »Das weiß ich alles. Ich weiß, dass es hart wird. Du wirst mir vielleicht widersprechen, aber ich bin nicht dumm.«

»Aber warum tust du dir das dann an?«

»Weil ich es muss!« Unweigerlich war seine Stimme lauter geworden und seine Hände griffen in sein Haar. »Du verstehst das nicht, Olivia. Sie hätten früher oder später sowieso einen Weg gefunden, mich auf die Probe zu stellen – und dann wäre ich vielleicht daran gescheitert, weil sie genau das gewollt hätten, ja. Ich greife dem nur vor. Um mich endlich zu beweisen. Damit sie endlich mehr als meine verfluchten Eltern in mir sehen!«

Olivias Lippen hatten sich schockiert geöffnet. »Asher …«

Er kniff die Augen zusammen und glitt erneut mit den Händen über sein Gesicht. Ich habe ihr zugenickt, dachte er. Ich habe sie dort unten in der Arena gesehen und um ihr Leben gefürchtet. Ich habe ihr vertraut, dass sie Callaham bestrafen wird, und ich habe mich von ihr geliebt gefühlt. Weil sie es so gewollt hat. Doch das konnte er Olivia nicht erzählen, schon gar nicht, wenn Laurent dabei war. Warum nur war er so anfällig für die Illusionen dieser Vicious? Asher würde keine Ruhe finden, solange er sich ihr nicht stellte. Und genau dafür hatte er gesorgt, indem er sich freiwillig für ihre Bewachung gemeldet hatte.

Laurent hüstelte. »Soll ich kurz rausgehen?« Er klang nicht so, als würde er es ernst meinen.

»Es ist meine einzige Möglichkeit, als Warden respektiert zu werden. Ich kann das. Ich werde das überleben. Ich muss es«, fügte er erklärend hinzu, nun deutlich ruhiger.

»Aber du hast doch noch nicht einmal deine Reliquie der Tapferkeit. Ohne das Schwert eines Warden wirst du nur halb so viel gegen die Albträume ausrichten können, wenn du dort zwischen ihnen bist. Oder gegen eine Dämonin.«

»Murray macht eine Ausnahme für mich. Sie klärt das mit Inquisitor Testa, damit ich möglichst bald die Prüfung ablegen und mein Schwert bekommen kann. Und wenn ich mich bei meiner neuen Aufgabe gut schlage, darf ich mir danach vielleicht die letzte Reliquie verdienen.« Alle vier Reliquien würden ihn zu einem voll ausgebildeten Warden machen. Er lächelte schwach. »Das sagte sie zumindest. Der Inquisitor wird da wohl das letzte Wort haben.«

»Du kannst es wohl gar nicht erwarten, uns alle zu überflügeln, was?«, murmelte Laurent.

Asher warf ihm einen finsteren Blick zu. »Darum geht es doch gar nicht.«

Er hob beschwichtigend die Hände und zuckte mit den Achseln. »Wenn du meinst.«

Olivia schüttelte den Kopf. »Du übernimmst dich. Es ist zu viel.«

Er trat vor und legte seine Hände auf ihre Schultern, um sie eindringlich anzusehen. »Ich werde es schaffen. Du hast es selbst gesagt, ich gehöre zu den Besten unseres Jahrgangs.«

»Es geht mir nicht darum, dass du mit dem Stoff hinterherhängen könntest, Asher. Sondern um alles andere, um die Nächte. Du wirst sie rund um die Uhr bewachen müssen, inmitten all der anderen Vicious. Und neben den Warden dritten und vierten Ranges werden sie dich schnell als Schwächsten unter ihnen ausmachen und sich auf dich stürzen.«

Olivia redete ihm nicht gut zu oder tröstete ihn mit irgendwelchen Halbwahrheiten. Sie glaubte tatsächlich nicht, dass er das überleben würde. Obwohl ihre ehrlichen Worte mehr wert waren als jedes falsche Versprechen, hätte er sie in diesem Moment lieber nicht gehört.

Asher seufzte und schnappte sich endlich seinen See-sack, um ihn sich über die Schulter zu werfen. Dann drängte er sich an seiner Freundin vorbei. »Ich werde euch auf dem Laufenden halten, wie es um mein Überle-ben steht.« Er nickte Laurent zu, der lässig die Hand hob. Mit der Türklinke schon in der Hand, drehte er sich noch einmal um. Seine Miene wurde weich, als er Olivia zulä-chelte, die ihn mit zusammengekniffenen Lippen beob-achtete. »Hoffen wir mal, dass du nicht recht behalten wirst.«

Es war bereits spät, als er den Ausbildungstrakt der Adep-ten verließ, in dem sie während des ersten und zweiten Ranges getrennt vom Rest der Akademie untergebracht waren. Gespenstisch hing der Mond über den Mauern. In der Ferne brachen sich die Wellen an der Steilklippe, was bis hierher als leises Rauschen vernehmbar war.

Über das Außengelände näherte er sich der Arena, in der er noch vor wenigen Stunden der Verurteilung der Vi-cious beigewohnt hatte. Es kam ihm vor, als wäre seitdem viel mehr Zeit vergangen, so viel war passiert, so viel hat-te sich verändert.

Auf seinem Weg begegneten ihm einige Wächter, manchmal kaum von den Statuetten zwischen den He-cken zu unterscheiden. Auch am Eingang zum Gewölbe unter der Arena hatten zwei von ihnen Posten bezogen. Als sie ihn aufhielten, nannte er seinen Namen und sie ließen ihn passieren. Er gelangte in einen weitläufigen Bogengang, der unterhalb der Tribünen verlief und des-sen vergitterte Ausgänge hinaus ins Zentrum der Arena führten.

»Yudin. Auf ein Wort.« Murray löste sich aus einem

Gespräch mit einem anderen Warden. Callaham, wie Asher erkannte. Der Mann runzelte die Stirn.

»Yudin?«, wiederholte er, und Asher war die Art und Weise, wie er den Namen seiner Familie aussprach, nur allzu vertraut.

Murray winkte ab. »Später.« Sie führte Asher eine Treppe hinab und einen schmaleren Gang entlang, bis zu einem kleinen Nebenraum, in dem Kisten und Waffenständer lagerten.

»Ich frage dich ein letztes Mal, Yudin, obwohl ich es unter anderen Umständen nicht tun würde. Aber das hier ist eine Ausnahmesituation: Fühlst du dich dieser Aufgabe gewachsen?« Murray lehnte sich gegen einen halbhohen Schrank und stützte sich mit einer Hand darauf ab, was das Holz zum Knarzen brachte.

Asher umfasste den Riemen seines Seesacks. Auch wenn Murray es sich nicht anmerken ließ, wussten sie beide, dass das hier eine rein formelle Frage war, auf die es im Grunde nur eine Antwort gab. Die Ausbilderin hätte seinem Vorschlag gar nicht erst zugestimmt, wenn sie ihm einen Rückzieher erlauben würde. »Ja.«

Sie fixierte ihn. »Das hier ist keine freundliche Rückversicherung, ob ich dich auf deine Verantwortung hin in den Tod schicken darf, Yudin. Ich biete dir hier eine echte Chance, dem Ganzen den Rücken zu kehren und zu den anderen Adepten deines Ranges zurückzugehen. Also, ich frage dich noch mal: Bist du dir sicher, dass du das tun willst?«

Nun war sich Asher nicht mehr so sicher, ob sie ihm nicht doch einen Rettungsanker entgegenwarf und wollte, dass er ihn nutzte. Absolut ungewöhnlich für die Ausbilderin. Ihm war bewusst, in welche Gefahr er sich begab. Warum nur ging jeder hier davon aus, dass er es nicht schaffen würde? »Ich ... Ja.« Er straffte sich. »Ich weiß, worauf ich mich einlasse.«

Murray brummte, und er konnte nicht einschätzen, ob es wohlwollend oder verärgert war. »Dann bleibt mir nicht viel mehr, als dich dem Kommando von Ausbilder Lambert zu unterstellen. Er wird dein direkter Ansprechpartner dort drüben sein, und solltest du Probleme mit den Vicious bekommen – oder im Speziellen: dieser Vicious –, zögere nicht, dich an ihn zu wenden. Ich werde es dich wissen lassen, sobald dein Reliquienschwert zur Verfügung steht, dann wirst du ins Refugium einberufen.«

»Verstanden.« Die Akademie war ihm nicht fremd, und natürlich hatte er während seiner Ausbildung bereits des Öfteren mit den Vicious zu tun gehabt. Doch von nun an würde er rund um die Uhr zwischen ihnen leben. Sie bewachen.

»Noch etwas.« Murray zögerte plötzlich, was Asher sofort aufmerken ließ. »Es ist an mich herangetragen worden, dass man es lieber sähe, wenn die Vicious früher als später fällt. Und fallen wird sie, daran besteht kein Zweifel.«

Asher dachte an den Warden, der sie in der Arena beinahe umgebracht hatte. Eben noch hatte er sich mit Murray unterhalten – war es darum gegangen? Als hätte die Ausbilderin seine Gedanken gelesen, schüttelte sie den Kopf. »Damit meine ich nicht ausschließlich Callaham. Er hat sich schon genug geleistet, indem er beinahe regelwidrig ein Todesurteil vollstreckt hätte.«

Als Murray schwieg, fragte Asher nach: »Sie klingen so, als sollte ich irgendetwas Bestimmtes ... tun? Ich werde nicht zögern, die Vicious zu töten, sobald sie ihrem Laster verfällt und zur Dämonin wird, falls Sie das damit meinen.«

»Es ist mehr als das. Eventuell dürfen wir nicht warten, bis das geschieht. Falls es irgendwie möglich ist … Nun, lass sie auflaufen. Du wirst rund um die Uhr an ihrer Seite sein, da lernst du ihre Schwächen schnell kennen. Nutze das, um ihrem Leben so schnell wie möglich ein Ende zu bereiten.«

Asher öffnete den Mund. Und schloss ihn wieder. Was für eine Art von Befehl sollte das sein? Kein offizieller, dafür tat sie zu geheimnisvoll. »Ich soll … dafür sorgen, dass sie zur Dämonin wird?«

Das widersprach allem, was er gelernt hatte. Genau das sollte er verhindern, nicht herbeiführen.

»Das, oder es so aussehen lassen, als wäre sie zu einer geworden, was ihren Tod rechtfertigt.«

Seine Fingerkuppen traten weiß hervor, als er den Riemen seines Seesacks fester umklammerte. Das war noch schlimmer. Damit würde er einen Menschen töten, keine Dämonin. Damit würde er sich selbst einer Sünde schuldig machen.

Murray nickte, zweimal, als müsste sie auch sich selbst von ihren Worten überzeugen. »Man sähe es gern, wenn diese Angelegenheit in den nächsten Wochen erledigt wäre.«

Asher hätte nur zu gern gefragt, wen sie damit meinte, war sich aber bewusst, dass sie ihm das nicht anvertrauen würde. »Ich bin mir nicht sicher, ob ich diesen Befehl richtig verstanden habe.« Oder ob er ihn überhaupt richtig verstehen wollte.

»Was gibt es daran nicht zu verstehen, Yudin?«, fand Murray plötzlich zu alter Form zurück.

»Ich denke nur nicht, dass ich …«

»Ich weiß«, ließ sie ihn nicht aussprechen. »Es ist wahrscheinlich, dass die Vicious es ohnehin nicht lange machen wird. Falls doch, versuche, ihre wahre Natur aus ihr herauszukitzeln. Und wenn auch das nicht hilft ... Nun, deine Sünden werden dir jederzeit im Refugium vergeben, das weißt du.«

Was sie damit andeutete, ließ ihn sprachlos zurück.

»Hast du verstanden, Yudin?«

Er atmete tief durch, dann nickte er. »Jawohl, Ausbilderin Murray.« Wenn sie wollten, dass er die Dämonin tötete, würde er das tun. Über alles andere wagte er jetzt noch nicht nachzudenken.

»Sehr gut. Dann wartet dort deine Sünderin. Du wirst sie zu den Schlafkammern der Vicious begleiten und dein neues Quartier beziehen.« Sie deutete auf eine Tür, die ihm bisher nicht aufgefallen war. Als sie an ihm vorbeiging, legte sie ihm noch einmal die Hand auf die Schulter. »Viel Glück.«

Sekundenlang verharrte Asher in dem verlassenen Raum. Murrays Worte hatten ihn aufgewühlt. Keine gute Voraussetzung, um sich der Vicious zu stellen. Er setzte sich dennoch in Bewegung und riss die zweite Tür auf.

Van Hoven drehte sich zu ihm um. Hinter ihm saß die Vicious, die Hände vor sich auf dem Tisch verschränkt. Sie trug nicht länger das dreckige Tanktop, in dem sie hier angekommen war, sondern ein dunkel gemustertes Flanellhemd. An ihren Handgelenken war es umgeschlagen, sodass er Striemen erkannte, die von den Handschellen stammen mussten. In einer Ecke stand ein Wasserkübel, aus dem es noch leicht dampfte.

»Yudin?« Erneut ärgerte Asher sich über den Unterton, der auch in van Hovens Stimme mitschwang. »Eine interessante Wahl.« Er klang ganz und gar abfällig, verabschiedete sich aber mit einem Nicken von der Vicious und steuerte auf die Tür hinter Asher zu. »Sie durfte sich bereits waschen und umziehen, und ich habe sie über die wichtigsten Punkte ins Bild gesetzt. Allen voran die Tatsache, dass die Academy of Sins von nun an ihr Lebensmittelpunkt sein wird.«

Neben ihm blieb der Lord Rector noch einmal stehen und drehte sich zu der Vicious um. »Das ist Asher Yudin, Wächteradept zweiten Ranges. Er ist derjenige, der zu deiner Bewachung eingeteilt worden ist.« Damit ließ er sie allein.

Asher spürte ihren musternden Blick auf sich und achtete darauf, ihn nicht direkt zu erwidern. Stattdessen starrte er auf einen Punkt knapp über den schwarzen Locken der Vicious. Ob sie ihn wiedererkannte? War ihr bewusst, was sie mit ihm in der Arena angestellt hatte? Er widerstand dem Drang, nach seiner Spiegelreliquie zu tasten. Stattdessen horchte er in sich hinein und achtete auf die Zeichen, die man ihm beigebracht hatte. Doch momentan deutete nichts darauf hin, dass sie ihr Laster gegen ihn einsetzte. Er sah sie so, wie sie dort saß, frisch gewaschen, aber entkräftet und von unzähligen Prellungen gezeichnet. Die aufgeplatzte Lippe musste Callaham ihr verpasst haben.

Sie rührte sich noch immer nicht.

»Vicious ...«, setzte er an.

»Rahel«, unterbrach sie ihn sofort. »Du wirst mich Rahel nennen. Ich habe genug davon, dass ihr Warden euch anscheinend nicht mal einen einfachen Namen merken könnt.«

Ihre Stimme klang fest, und sofort versteifte sich Asher. »Dir steht es nicht zu, mir Befehle zu erteilen.«

»Dass du mich mit meinem Namen ansprechen sollst, und nicht nur mit einer Bezeichnung, die du wie ein Schimpfwort ausspuckst, ist für dich ein Befehl? Wie unterschiedlich unsere Auffassungen von Höflichkeit doch sind.«

Jedes ihrer Worte stellte eine Provokation dar. Er musste sich von Anfang an gegen sie behaupten. »Vicious ist nun einmal das, was du bist.«

Sie stützte in gespieltem Erstaunen das Kinn auf die Hand. »Wirklich? Dann ist es gut, dass du mich immer wieder daran erinnerst. Vielen Dank dafür.«

»Lass das«, knurrte er.

»Was genau?«

»So hochmütig zu sein.«

Sie ließ die Hand sinken, und plötzlich bekam ihr Blick etwas Lauerndes. »Sündige ich damit etwa, *Wächter*?«

Sie machte sich über ihn lustig. Nein, nicht nur über ihn, sondern über alles, was er verkörperte. »Wenn das deine Art ist, mit anderen Menschen umzugehen, kann ich daran schwerlich etwas ändern.« Er gab sich betont kalt. »Was eine Sünde ist, werden sie dir hier schon noch früh genug beibringen.«

Rahel legte den Kopf schief. »Das ist irgendwie genau die Art von Antwort, die ich von jemandem wie dir erwartet habe.« Sie führte nicht näher aus, was sie damit meinte, und Asher hatte das Gefühl, dass er das auch gar nicht wissen wollte. »Gut, fahre fort.«

Verwirrt starrte er sie an.

»Du wolltest vorhin etwas sagen. *Vicious, die ich von nun an bei ihrem Namen nennen werde, ...*«, half sie ihm auf die Sprünge und seufzte müde.

Warum nur hatte er das Gefühl, sie würde ihm erlauben, weiterzusprechen? Das hier fühlte sich so falsch an. Er war der Warden, er sollte die Situation in der Hand haben. »Ich werde dich jetzt zu den Schlafkammern der Vicious bringen.«

Sie lächelte freudlos. »Warum hast du das denn nicht gleich gesagt?«

Asher schluckte seine Erwiderung herunter. Wenn es sich vermeiden ließ, sollte er sich nicht auf ihre Spielchen einlassen. Das taten Warden nicht. Außerdem war es genau das, was sie wollte.

Er öffnete die Tür und ließ ihr den Vortritt. Dezenter Seifenduft umhüllte sie, darunter etwas Warmes, Erdiges, das sofort etwas in ihm ansprach. Es kribbelte in seinem Nacken, und unauffällig griff Asher nach dem Amulett. Wieder fiel ihm nichts auf. Es war wohl einfach nur der ihr eigene Duft.

Das Gewölbe hatte sich inzwischen geleert, nur einige Angestellte wuselten noch umher und vor der Arena standen weiterhin zwei Warden Wache. Als sie Rahel sahen, legten sie alarmiert die Hände an ihre Reliquienwaffen. Schnell gab Asher ihnen ein Zeichen, woraufhin sie sich zwar nicht entspannten, aber ihre Schwerter immerhin nicht zogen.

Nach den ersten Metern draußen wurde Rahel langsamer. »Geh weiter«, wies Asher sie angespannt an. Was hatte sie vor? Würde sie bereits jetzt einen Befreiungsversuch wagen? War ihre Läuterung eine einzige Farce gewesen, während sie eigentlich nur auf diesen Moment gewartet hatte?

»Ich weiß nicht, wohin«, zischte sie.

Ein Großteil der Fassade der Akademie und auch das Außengelände waren von Laternen erleuchtet – wichtig für die Warden, damit sie keinen Vicious im Schutze der Nacht übersahen. Trotzdem war es gerade zwischen den Hecken, von denen die Arena eingefasst war, dunkler als irgendwo sonst.

»Ich kenne den Weg nicht. Geh du vor.«

»Auf keinen Fall«, stellte Asher klar. »Du gehst voran, ich sage dir, wo du abbiegen musst.«

Sie schnaubte ungehalten. »Wie umständlich ist das denn? Auf keinen Fall.«

Weil er befürchtete, dass sie immer noch in Sichtweite der Wachen waren und ihnen jederzeit patrouillierende Warden begegnen konnten, schloss er zu ihr auf und zog sie am Arm mit sich. »Schön, dann gehen wir eben nebeneinander. Aber pass auf, dass du Schritt hältst.« Er wollte sie ganz bestimmt nicht in seinem Rücken haben.

Rahel fuhr unter seiner Berührung zusammen und entzog sich ihm abrupt. »Fass mich nicht an!« Vielleicht hatte sie herrisch klingen, ihn mit Hochmut dazu zwingen wollen, doch ihre Stimme klang schmerzverzerrt. Sie presste ihre Arme dicht an ihren Körper und hielt das Handgelenk, nach dem er gegriffen hatte, umklammert.

Betroffen runzelte Asher die Stirn und brachte noch einige Zentimeter mehr Abstand zwischen sie. »Entschuldige«, murmelte er, bevor er wusste, was er tat.

Sie erwiderte noch nicht einmal etwas Hochmütiges darauf, sondern passte sich nur stumm seinem Tempo an. Aus dem Augenwinkel bemerkte er, wie sie fröstelnd die Arme verschränkte.

Sie betraten das Hauptgebäude der Akademie durch einen der Seiteneingänge. Vor ihnen eröffnete sich ein Raum mit hoher Decke, an dessen Wänden Lampen orangenes Licht zwischen den Säulen verteilten. Ein riesiger Kronleuchter hing über der hölzernen Galerie. Ihre Schritte hallten über die blankweißen Fliesen, bevor sie von dem dicken Teppich gedämpft wurden, von dem die Stufen nach oben bedeckt waren. Die Treppe beschrieb eine Rechtsbiegung. Oben angekommen musste Asher sich kurz orientieren, bevor er Rahel über die Galerie weiterwinkte und den Anfang eines langen Flurs betrat. Auch hier herrschte nur gedämpftes Licht, verstärkt durch den Mond, der zu ihrer Linken durch die hohen Fenster schien.

»Die Schlafkammern für die Vicious, die hier studieren ...«

»Studieren? So nennt ihr das?«

Warum musste sie ständig etwas Abfälliges einwerfen? »Ihr lernt, mit eurer Sündenmacht umzugehen, und mehr, sofern ihr dazu bereit seid. Lord Rector van Hoven wird dich sicher darüber aufgeklärt haben.« Asher hatte die gespenstische Stille eigentlich nur mit Erklärungen füllen wollen, bereute das aber bereits. »Jedenfalls befinden sich die Schlafkammern hier im ersten Stock. Die Lehrenden und alle anderen Vicious, die hier in der Akademie leben, schlafen woanders. Ihnen steht mehr Privatsphäre zu, weil die Wahrscheinlichkeit, dass sie im Schlaf einen Albtraum erzeugen, viel geringer ist.«

Von der Seite bemerkte er Rahels Stirnrunzeln. »Im Schlaf Albträume erzeugen?«

»Das passiert vor allem den Vicious, die noch nicht lange an der Akademie sind, sehr oft. Du willst dein Laster im Traum unbewusst einsetzen, beispielsweise wenn du davon träumst, dich über andere hinwegzusetzen. Oder wenn ein Vicious der Lust einen erotischen Traum hat.« Warum war ihm denn ausgerechnet das jetzt eingefallen? Ihre Ausbilder hatten das Beispiel gern genutzt, weil es so eingängig war, trotzdem hätte sich Asher lieber eines anderen bedient. Hastig fuhr er fort. »Jedes Mal, nachdem du deine Sündenmacht eingesetzt hast, nimmst du das Laster entweder an oder lehnst es ab. Das Annehmen ist hier in der Akademie verboten, weil es die Vicious irgendwann, wenn sie das zu oft tun oder eine besonders schwere Sünde begehen, zu Dämonen macht. Beim Ablehnen kompensiert sich das, was ansonsten in dir geblieben wäre, nach außen und nimmt die Form eines Albtraums an. Während du schläfst, tust du das automatisch und erzeugst einen Albtraum.«

»So etwas mache ich nicht«, erwiderte Rahel prompt.

Asher verkniff sich ein Knurren. »Du tust das unbewusst und merkst es gar nicht. Während du noch schläfst, ist der Albtraum bereits auf und davon, um irgendwo Menschen heimzusuchen. Da diese ihn nicht sehen können, sind sie ihm schutzlos ausgeliefert, während er sich an ihnen nährt und ihre Gedanken mit Ängsten vergiftet. Ängste, die sie zu Sünden treiben. Unsere Reliquien ermöglichen es uns Warden, Albträume zu sehen – allerdings macht uns das auch zu ihren bevorzugten Zielen. An der Akademie erschlagen wir jeden, der entsteht, ob unbewusst in der Nacht oder bewusst am Tage.«

»Wie überaus nobel von euch«, brummte Rahel, doch sie war nicht ganz bei der Sache. »Und Vicious, die ihr Studium abgeschlossen haben, passiert das im Schlaf nicht?«

Sie erreichten das Ende des Flurs und bogen nach rechts in einen kürzeren Gang ein. Gemälde, die im Zwielicht kaum zu erkennen waren, zierten die Wände. »Du lernst hier Kontrolle über dich selbst, um auch im Schlaf keine Sünden zu begehen, genau. Und die Albträume zu kontrollieren. Das wird dir alles noch erklärt.« Sie machten vor einer großen Doppeltür Halt. »Jetzt geht es erst einmal zu den Schlafkammern.«

4
Incepto ne desistam.

**Möge ich nicht vor meiner Bestimmung
zurückweichen.**

Das alles hier konnte nicht ihr Ernst sein. Rahel hatte keine Ahnung, wer auf die Idee gekommen war, mitten im Nirgendwo eine Bastion der Läuterung zu errichten und die Vicious dort zusammenzuscharen. Die Macht aller sieben Sünden an einem Ort zu vereinen und sie von Männern und Frauen bewachen zu lassen, die nichts von der Welt wussten, außer dem, was sie zu wissen glaubten. Es war bekannt, dass die Warden Vicious fingen und für ihre Zwecke einspannten, doch niemals hätte Rahel eine Akademie erwartet. Ein Gefängnis unter dem Deckmantel einer Lehranstalt.

Noch weniger verstand sie, warum sich all diese Macht nicht schon längst gegen ihre Wärter gerichtet hatte. Van Hoven hieß der Vicious, der sich als Lord Rector und Dean of Pride vorgestellt hatte. Er vertrat die Sünder des

Hochmuts – zu denen von nun an auch Rahel gehörte. Bei seinen Worten hatten sich ihre Schluchzer in ein verzweifeltes Lachen verwandelt, das ihren ganzen Körper durchgeschüttelt hatte. Niemals würden die Aussicht auf einen akademischen Grad und ein aufgeschobenes Todesurteil genügen, um sich in ein neues Leben unter der Herrschaft der Warden zu fügen. Die anderen mochten Demut oder gar Dankbarkeit heucheln, oder vielleicht versprachen sie sich wirklich Erlösung davon, gegen ihre Sündenmacht zu kämpfen und ihre Natur zu verleugnen. Vielleicht waren sie froh über diese einzige Möglichkeit, einem Leben ständiger Verfolgung und Angst zu entgehen. Es war ein Handel, der jeden Dämon vor Neid erblassen lassen würde. Im Austausch gaben sie alle Kontrolle und jedes Recht auf Freiheit auf, während die Warden sie nach Belieben benutzten.

Van Hoven hatte noch eine ganze Menge mehr gesagt, und jedes seiner Worte hatte unterstrichen, dass sie sich entweder fügte und ihr Schicksal akzeptierte oder ihr Widerstand sie letztlich das Leben kosten würde.

Der Warden, der von nun an für ihre Bewachung zuständig war, konnte noch viel weniger ihr Ernst sein. Warum ausgerechnet er, der es ihr schon bei der ersten Begegnung so leicht gemacht hatte, ihn zu täuschen? Er *bettelte* förmlich darum, dass sie es wieder tat. Es war so verlockend. Zu verlockend. Er stellte ihre ganz persönliche Versuchung dar.

Asher Yudin erwartete, genau wie alle anderen, dass sie ihren Hochmut gegen ihn einsetzte. Und genau deshalb tat sie es nicht. Noch nicht.

Wenn er sie weiter mit diesen traurigen honigbraunen Augen ansah oder sinnlos repetierte, was sie ihm eingetrichtert hatten, würde sie vielleicht nicht mehr an sich halten können. Seine hohen Wangenknochen, der blasse Teint und das breite Kinn verliehen ihm etwas Attraktives, genau wie sein braunes, leicht gekringeltes Haar, das er sich hinter die Ohren gestrichen hatte. Nur machte es das leider überhaupt nicht leichter. Die Versuchung ging nicht davon aus, dass er hochmütig genug war, um ein leichtes Opfer für sie abzugeben. Er war viel zu demütig, und weil er ihren Hochmut so dringend gebraucht hätte, fiel es Rahel umso schwerer, sich zu zügeln. Sie hatten ihr einen Appetitanreger vor die Nase gesetzt und lauerten jetzt darauf, dass sie zuschnappte. Um das zu erkennen, hatte Rahel nur wenige Minuten gebraucht. Fraglich war, ob Asher das ebenso bewusst war. Was auch immer sie ihm erzählt hatten, er schien jedenfalls fest entschlossen, seiner Pflicht wie ein braver Warden nachzukommen.

Selbst wenn sie irgendwelche Ambitionen gehabt hätte, sich noch in dieser Nacht über ihn herzumachen, fehlte ihr die Kraft dafür. Sie spürte die Strapazen der vergangenen Tage in jedem Muskel und bis in ihre Nervenenden. Für die Aufteilung der Schlafkammern hatte sie kaum einen Blick übrig, nachdem ein wirklich mies gelaunter Warden sie in Empfang genommen und Asher für weitere Anweisungen zurückbehalten hatte. Das Quietschen der Tür, als diese hinter ihr geschlossen wurde, jagte ihr eine Gänsehaut über den Rücken, doch kaum war sie allein mit Dunkelheit und Stille, wankte Rahel auf das einzelne Bett zu, das in dem schmalen Raum stand. Ohne die fremden Sachen, die man ihr gegeben hatte, auszuziehen, ließ sie sich darauf fallen. Die Flut ihrer schwarzen Locken ergoss sich über das Kopfkissen, in das sie ihr Gesicht vergrub. Ihr Herz schlug schmerzhaft in ihrer Brust, als sich ein erstickter Schrei aus ihrer Kehle löste. Sekundenlang gab sich Rahel den düstersten Rachefantasien hin, zu denen sie fähig war – und die nächste übertraf die vorherige und die davor. Erst dann erschlaffte ihr Körper und erlaubte ihr, sich um ihre Wunden zu kümmern. Die äußerlichen, die sie nun als dumpfes Pochen überall spürte, sowie die seelischen. Mit bleischweren Gliedern drehte sich Rahel auf die Seite, zog die Decke bis ans Kinn und rollte sich zusammen.

Sie vermisste Mateo, sie vermisste ihre Heimat. Ihr Bruder, der einen ebenso wilden Lockenkopf hatte wie Rahel, hätte jetzt auf dem Bauch gelegen und ihr im Schein der einzelnen Kerze gelauscht. Sie hätten überlegt, wie sie an mehr Generatoren herankommen konnten, um die wiedererrichteten Behausungen nach der letzten Räumungsaktion mit Strom zu versorgen. Mateo hätte ihr von den Sorgen der einzelnen Familien berichtet, während Rahel sich ihre Namen ganz genau eingeprägt hätte, um sie am nächsten Tag zu besuchen. Im Grunde genommen tat sie nichts, als ihren Geist aufzurichten und nach vorn schauen zu lassen. Doch es genügte, damit die Leute nicht aufgaben. Es genügte, damit sie sich unter ihrer Führung versammelten und jene Menschen, von denen das Viertel wirklich zugrunde gerichtet wurde, verjagten. Und es genügte, um sie als Heilige zu bezeichnen, die sie beschützten. Sie und ihre Familie.

Die Sorge um ihren jüngeren Bruder fraß sich durch Rahels Brust, während sie um das weinte, was sie verloren hatte. Er durfte nicht eines dieser Dinge sein. Er musste am Leben sein – bei Flavio, dem Ältesten von ihnen. Flavio, der sich das Haar so kurz schor, dass die eingefallenen Wangen darunter hervorstachen, der Rahel als Kind mit seiner hageren Statur stets wie ein Riese vorgekommen war. Er würde Mateo vorhalten, dass er sich niemals auf ihre Visionen hätte einlassen dürfen, ihn als verblendet bezeichnen und schließlich seufzend in seine Arme ziehen, während er um Rahel weinte. Denn sie würde nie wieder zu ihnen zurückkehren, und Flavio wusste, dass es besser so war.

Hier war ihr alles fremd, selbst der Duft der steifen Bettwäsche, die bald tränennass war, und die Kälte, die sich tiefer in ihre Knochen fraß, als die Wärme der Sonne jemals reichen würde. Die beeindruckende Architektur und der Glanz der edlen Inneneinrichtung, die ihr auf dem Weg über die Galerie begegnet waren, konnten nicht über die wahre Natur dieses Ortes hinwegtäuschen. Von solcher Pracht hatte sie in der Cañada Real nur träumen können. Nie hatte sie sie mehr abgestoßen.

In dieser Nacht erlaubte sich Rahel, schwach zu sein. Denn ab morgen würde sie in jeder Sekunde ihres Lebens kämpfen, genau wie die letzten vierundzwanzig Jahre.

Die Schlafkammern waren verdammte Gefängniszellen. Rahel war von dem Geräusch der Bolzen, die aus ihren Verriegelungen glitten, geweckt worden. Nach und nach waren Schritte und Stimmengewirr über den Flur geklungen, während sie das kleine vergitterte Fenster in der Tür angestarrt hatte. Es war ihr gestern nicht aufgefallen, ebenso wenig, dass hinter ihr abgeschlossen worden war. Oder dass die Tür aus einem dunklen Metall bestand und viel zu massiv für die restliche Einrichtung wirkte. Neben ihrem einfachen Bett befanden sich noch ein kleiner Nachttisch, über dem ein Spiegel hing, sowie ein hölzerner Kleiderschrank. Die Tapete war bis auf eine geblümte Bordüre weiß und schlicht, und der Boden bestand aus abgenutzten Dielen.

Außerdem besaß das Zimmer kein Fenster.

Sie ahnte, dass diese Maßnahmen etwas mit den Albträumen zu tun hatten, von denen Asher ihr erzählt hatte. Davon zu erfahren, dass sie diese nachts unbewusst erschuf und entließ, hatte sie beunruhigt. Trotzdem spürte sie ihren Hass auf die Warden neu aufflammen, als sie sich vorstellte, von nun an jede Nacht eingesperrt zu werden. Gut so, dachte sie, während sie den Schmerz der vergangenen Stunden wie eine Hülle abstreifte.

Mit einem schalen Geschmack im Mund und einem flauen Gefühl im Magen setzte sich Rahel auf ihre Bettkante. Das Flanellhemd war zerknittert. Sie hatte keine Ahnung, woher sie neue Kleidung bekommen sollte, ihr Magen würde bald damit anfangen, sich selbst zu verdauen, ihre Muskeln schmerzten – und sie wehrte sich gegen den Gedanken, dass das hier von nun an ihr Leben sein sollte.

Irgendwann erschien Ashers Gesicht vor dem Gitterfenster der Tür, und nachdem Rahel keine Anstalten machte, ihr Zimmer von selbst zu verlassen, öffnete er sie. Er setzte einen Schritt in den Raum hinein, bevor er mit angespannten Schultern stehen blieb und irgendetwas davon redete, sie zu einem Ort innerhalb der Akademie zu schleifen und ihre Kursliste zu holen.

Asher sah müde aus, mindestens ebenso müde, wie sie sich fühlte. Seine Haut war noch blasser als gestern und Schatten zeichneten sich unter seinen Augen ab. Hatte er die Nacht ebenso unruhig verbracht wie sie? Sicher hatte er weder etwas zu betrauern gehabt noch war er eingesperrt gewesen. Trotzdem stand er hier in freudiger Erwartung, seine Pflichten zu erfüllen. Rahel hingegen hätte gern erst einmal die Leere in ihr gefüllt, auf vielfältige Weise.

Der Kloß in ihrem Hals schwoll an und kroch ihre Kehle hinauf. »Ich schwöre dir, Wächter, wenn du nicht gleich deinen Mund hältst, dann stopfe ich ihn dir.« Ihr brennender Blick traf Asher und ließ ihn – endlich – verstummen.

»Beeindruckend, wie schnell du den Dreh mit ihnen raushast.« Die Stimme ließ ihn herumfahren, was Rahel den Blick auf eine junge Frau eröffnete, die in der Tür hinter ihm aufgetaucht war. Ihre langen blonden Haare fielen ihr offen über die Schultern und erzählten von Mittsommernächten und ihre blauen Augen von klaren Bergseen. Sie hatte die Arme verschränkt und löste sich vom Rahmen, um das Zimmer zu betreten. Neugierig funkelte sie sie an. »Mit den Warden, meine ich. Und wie man mit ihnen sprechen sollte.«

Hinter ihr folgte ein junger Mann, der auf der Schwelle stehen blieb. »Eden, Vorsicht«, murmelte er, die Hände betont lässig in den Hosentaschen, doch das konnte nicht über den restlichen Eindruck hinwegtäuschen. Seine Augen lagen tief und dunkel umrandet in ihren Höhlen. Die feinen Züge seines Gesichts, die aristokratisch anmuteten, wirkten angespannt, seine vollen Lippen zerbissen. Wie feine Federn umgab sandfarbenes Haar seinen Kopf. Sein Blick war auf Asher gerichtet, der die beiden Neuankömmlinge feindselig musterte – Vicious, wie Rahel vermutete.

Die Blonde ließ sich weder von ihm noch von ihrem Freund beirren, als sie bis vor Rahel trat. Sie trug eine helle Bluse, die an den Ärmeln weiter ausfiel, und einen beigen Mantel über dem Arm. »Beachte Callum gar nicht. Er ist manchmal etwas ... zu vorsichtig.«

Ein leises Scharren war die Antwort darauf.

Rahel wusste nicht, ob sie schon bereit war, sich auf neue Menschen einzulassen, ob Warden oder Vicious. Gestern noch hatte man sie zusammengeschlagen, und heute sollte sie neue Freundschaften schließen? Auch wenn sie diesen Kampf verloren hatte und nicht in ihr altes Leben zurückkonnte – das neue drängte sich ihr allzu schnell auf. Mit unbewegter Miene blieb sie sitzen, als sich ihr die Vicious näherte.

»Du bist die, wegen der sie gestern so einen Aufstand in der Arena gemacht haben, richtig?« Sie ließ sich durch Rahels Haltung nicht verunsichern. »Ich bin Eden und gehöre Haus Zorn an. Und der Charmebolzen hinter mir ist Callum. Sein Laster ist der Neid.«

Besagter Charmebolzen stieß ein unwilliges Brummen aus. »Eden, wir sollten wirklich nicht …« Erneut flog sein Blick zu Asher, bevor er sein Gesicht ruckartig abwandte und die Lippen aufeinanderpresste.

Rahel sah nun ebenfalls zu Asher, der sich mit drei Vicious in einem Raum sichtlich unwohl fühlte. Trotzdem war er noch nicht eingeschritten, sondern beobachtete sie nur mit wachsamem Blick. Als würde er jederzeit mit einem Angriff rechnen – und sich bis aufs Blut verteidigen. Ein Gedanke, der Rahel gefiel.

»Ich bin Rahel.« Die letzte Nacht, die vergangenen Tage waren ihr durch ein leises Kratzen in der trockenen Kehle anzumerken. Auch ihre aufgeplatzte Lippe schmerzte immer noch. »Und ja – wegen mir haben sie gestern so einen Aufstand gemacht.«

»Wusste ich es doch«, sagte Eden mit einem breiten Grinsen, das dem unschuldigen Ausdruck auf ihrem Gesicht etwas Düsteres verlieh. »Wenn du möchtest, kannst du dich uns anschließen. Wir gehen frühstücken.«

Rahel überlegte nicht lange. Frühstück war genau das, was sie jetzt brauchte, und solange sie damit Ashers Tatendrang und dieser Gefängniszelle entging, war ihr alles recht. »Gut, ich komme mit.« Sie erhob sich und stand nun vor Eden, die einen halben Kopf kleiner war als sie.

Wieder grinste sie und wiederholte »Gut«, bevor sie mit einer unwirschen Handbewegung in Ashers Richtung wies. »Dann brauchst du diesen Warden nämlich nicht mehr dafür, der offensichtlich nicht instruiert worden ist, dass die Schlafkammern der Vicious nicht ohne wirklich guten Grund zu betreten sind.«

Diese Regelung würde sie sich auf jeden Fall merken – ob sie nun der Privatsphäre der Vicious oder dem Schutz der Warden diente. Die Anspannung im Raum wuchs auf ein kaum erträgliches Maß. Hatte Asher nichts davon gewusst oder bewusst dagegen verstoßen? Als Eden sich zur Tür umwandte, war er mit einem Schritt an Rahels Seite. »Sie braucht mich sehr wohl«, widersprach er finster. Rahel hätte ihn gern auf die Ironie dieser Worte hingewiesen, denn wenn sie etwas ganz sicher nicht brauchte, dann ihn. »Ich werde diese Vicious nicht aus den Augen lassen.«

Als hätte sie sich verhört, stemmte Eden die Hände in die Hüften. »Wie bitte?! Mit welchem Recht glaubst du ...«

»Meine *Befehle* lauten, sie nicht aus den Augen zu lassen«, präzisierte Asher mit fester Stimme.

»*Sie* ist wirklich beeindruckt, mit welcher Inbrunst du sie verfolgst«, zischte Rahel spöttisch. Und nur, um ihn zu provozieren, rückte sie einen halben Schritt näher an ihn heran. Asher reagierte sofort und wenig überraschend mit einem Griff zu seinem Amulett, was ihr nur ein Schnauben entlockte.

Mit hochgezogenen Augenbrauen sah Eden von Asher zu Rahel. Du wirst diesen dreisten Warden doch wohl in seine Schranken weisen?, schien sie sagen zu wollen. Sie erwartete es von ihr, vielleicht wegen des Rufs, der ihr vorauseilte, vielleicht weil Eden es an ihrer Stelle getan hätte.

Seufzend rollte Rahel mit den Augen. »Er sagt die Wahrheit. Sie glauben, mich gesondert überwachen zu müssen. Ein solcher Aufwand wegen einer einzigen Vicious, nicht wahr? Wenn ihr immer noch wollt, dass ich mitkomme, werdet ihr euch wohl an die Anwesenheit dieses Warden gewöhnen müssen.« Sie hob einen Mundwinkel. »Keine Sorge, meistens ist er leicht zu ignorieren.«

Eine Lüge. Rahel war sich seiner Anwesenheit in jeder Sekunde nur allzu bewusst. Vor allem, wenn er ihr so nahe war und sie das leise Flehen seines Geistes beinahe hörte. Er wäre so leicht zu brechen, es wäre so leicht, ihn ...

»Na großartig«, zischte Callum. »Als würden sie uns nicht schon genug überwachen.«

Rahel zuckte mit den Achseln. »Wenn es nach ihnen geht, sollte ich mich glücklich schätzen, überhaupt noch am Leben zu sein.«

»Das solltest du«, murmelte Asher, und für einen Sekundenbruchteil trafen sich ihre Blicke. »Ich überwache diese Vicious, nicht euch.«

Callum lachte bitter auf. »Als würde das etwas ändern, solange du dich dabei in unserer Nähe aufhältst.« Der nächste Laut, der ihm entfuhr, ähnelte viel eher einem Schluchzen. Er setzte einen Schritt in den Raum hinein, und sofort legte Asher die Hand an sein Schwert.

»Bleib, wo du bist!«

»Als würde das ...«

Im nächsten Moment war Eden bei ihm. Sie fing einen weiteren Schritt in Ashers Richtung ab, indem sie sich

74

dicht an Callum schmiegte und ihn in ihre Arme nahm. Obwohl er viel größer als sie war, hielt er sofort inne. »Beruhige dich«, murmelte sie, streckte sich ihm entgegen und flüsterte ihm etwas ins Ohr, bevor sie ihn küsste.

War er tatsächlich kurz davor gewesen, seine Sündenmacht zu entfesseln? Ein kaum merkliches Vibrieren lag in der Luft, wie ein Vorgeschmack dessen, was hätte passieren können. Nur langsam ebbte es wieder ab.

Eden löste sich von Callum, der in den Flur zurückwich, um nun Asher genauer in Augenschein zu nehmen. Er war klug genug gewesen, die Situation nicht noch zu verschärfen und seine Waffe stecken zu lassen. »Ein Adept zweiten Ranges?« Ihr war die Verwirrung deutlich anzusehen, bevor sie von einem boshaften Lächeln abgelöst wurde. »Keine Sorge, Callum. Wir werden sicher viel Spaß mit ihm haben.« An Rahel gewandt fuhr sie fort: »Und du darfst uns natürlich trotzdem begleiten.«

Callum lief vor ihnen durch den langen Flur, von dem links und rechts in regelmäßigen Abständen und diagonal gegenüber die gleichen Metalltüren abgingen. Sie kamen an mehreren Abzweigungen vorbei, die erahnen ließen, dass die Schlafkammern in einem schachbrettartigen Muster angelegt waren. Eden erklärte ihr, beinahe beiläufig, dass dies einem Zweck diente: Nachts wurden die Adepten dritten und vierten Ranges, die gerade Wachdienst hatten, so platziert, dass sie jeden Albtraum erwischten, der durch diese Flure schlich. Da ihre Zimmer fensterlos waren, konnten die schattenhaften Albträume nur durch die Gitter in den Türen entweichen.

»Aber können sie dann nicht genauso gut durch die Gitter wieder zu uns rein?«, wollte Rahel daraufhin wissen, während sie sich zwang, sich nicht zu Asher umzudrehen und auf die zwei Streifen am Kragen seiner Uniform zu starren.

Daraufhin bedachte Eden sie mit einem seltsamen Blick. »Bist du schon einmal von einem Albtraum heimgesucht worden?«

Rahel antwortete nicht sofort. Vielleicht war das Edens Art, in ihrer Vergangenheit herumzustochern. »Nein«, sagte sie schließlich abweisend. »Da, wo ich herkomme, bin ich nicht oft anderen Vicious begegnet.« Nur ein einziges Mal. Das behielt sie für sich.

»Nein, das meine ich nicht. Dass du nie von einem Albtraum heimgesucht worden bist, liegt daran, dass sie sich von Vicious fernhalten. Sie greifen nicht von uns auf andere Vicious über, sondern nur auf Menschen ohne die Macht über eine Sünde.« Eden sah vielsagend zu Asher und ergänzte lauter: »Und am allerliebsten auf die Tugendhaften.«

Das konnte ihr nur recht sein. Eine Sache weniger, um die sie sich sorgen musste – Albträume anderer Sünder abzuwehren.

Sie passierten den Kontrollpunkt am Eingang zu den Schlafkammern, der Rahel nur verschwommen in Erinnerung geblieben war. Hinter einem Pult saß eine Frau mit strengem Dutt, die gerade etwas in ein Buch schrieb. »Das ist Mrs Vicente. Sie übernimmt die Verwaltung der Schlafkammern. Bis zur Sperrstunde musst du dich in eines ihrer heiligen Bücher – du verstehst die Ironie, nicht wahr? – eintragen lassen, damit sie sicher sind, dass du brav in deiner Zelle sitzt.«

Mrs Vicente warf ihnen über ihre Nasenspitze hinweg einen Blick zu, verzog aber keine Miene.

»Sie ist …«

»Keine Warden, genau. Personal, das dem Orden seit

76

mehreren Generationen dient. Einmal im Orden, immer im Orden – man verpflichtet sich nicht einfach selbst, sondern auch gleich alle kommenden Generationen. Sie haben daraus so ein Blutsding gemacht, und wer es nicht zum Warden, Divine oder Archivar bringt, wird auf andere Weise eingestellt. Ihre Unterkünfte befinden sich außerhalb der Akademiemauern. Du wirst aber feststellen, dass die Vicious trotzdem die Drecksarbeit übernehmen dürfen. Fantastisch, nicht wahr?« Eden verzog das Gesicht in gespielter Begeisterung, sodass es einer Grimasse glich.

Callum warf ihr über die Schulter hinweg einen warnenden Blick zu, weil sie in diesem Moment an den Warden vorbeigingen, die an der großen Doppeltür zu den Schlafkammern Wache hielten. Eden runzelte die Stirn, verstummte aber tatsächlich, während sie dem kurzen Gang folgten, durch den sie gestern gekommen waren. Von dort aus bogen sie nicht in den längeren Flur ein, sondern durchschritten eine weitere Tür zu einer weitläufigen Galerie. Eine breite Treppe aus dunklem Holz führte vor der Kulisse eines riesigen Bogenfensters hinab. Mit einem Blick nach oben stellte Rahel fest, dass das Atrium mindestens zwei weitere Stockwerke in die Höhe reichte. Treppen links und rechts des Bogenfensters führten hinauf. Entlang der Wände zeigten Banner das Wappen des Order of Saints, das geflügelte Schwert – Rahel war den Anblick jetzt schon leid.

»Beeindruckend, nicht wahr?«

Rahel war unbewusst an der obersten Stufe stehen geblieben. Das Bogenfenster gab die Aussicht über das Akademiegelände frei, mit der ihr nur allzu bekannten Arena zwischen Hecken und Gärten, eingefasst von einem ausladenden Seitenflügel und weiteren Gebäuden, die ihnen gegenüberlagen und die Rahel bei ihrer Ankunft in Ketten passiert hatte. Obwohl das Gelände weitläufig war, blieb der Blick zwangsläufig an den hohen Mauern hängen, die es von allen Seiten umgaben. Es gab kein Entrinnen.

Ruckartig wandte sie sich ab. »Wenn man nicht genauer hinsieht, könnte man durchaus den Fehler begehen, beeindruckt zu sein, ja«, erwiderte sie auf Edens Frage.

Die Vicious des Zorns lachte leise.

Mühsam sortierte Rahel all diese neuen Eindrücke für sich, während sie die Treppe nach unten stiegen. Sie hasste es, so wenig über diesen Ort zu wissen, und obwohl ihr tausend Fragen durch den Kopf schwirrten, stellte sie keine einzige davon. Auch wenn Eden nicht den Eindruck machte, als würde sie ihre Unwissenheit ausnutzen oder sich über sie lustig machen, wollte Rahel keine Schwäche zeigen und traute ihrer allzu schnell angebotenen Hilfe noch nicht.

Der Speisesaal wurde seiner Bezeichnung mehr als nur gerecht. Von hohen Deckengewölben hingen schwere Lampen an langen Aufhängungen und verbreiteten warmgelbes Licht. In drei Reihen standen Tische in geringen Abständen hintereinander, die sich bis ans andere Ende des Saals fortsetzten. Sie waren bereits gut besetzt. Stimmengewirr und das Klappern von Geschirr und Besteck erfüllten die Luft. An jedem Tisch fanden zwölf Leute Platz, und es gab mindestens ... vierzig von ihnen? Mehr?

Rahel blieb keine Zeit, um nachzuzählen, denn statt Eden, die zu Callum aufgeschlossen hatte, schob sich nun Asher an ihre Seite. Er bedeutete ihr, ihm zu folgen. »Wir setzen uns dorthin.« Damit meinte er einen Tisch, an dem mehrere Warden saßen, alle Adepten dritten Ranges.

Erst jetzt fiel Rahel auf, dass sich der Saal in zwei Hälften teilte. Während auf der rechten Seite die Uniformen der Warden ein schwarz-goldenes Meer bildeten, nahmen die Vicious die linke Seite ein. Eine weitere Frage, die sie gern gestellt hätte – warum sie nicht ebenfalls einheitlich gekleidet sein mussten. Stattdessen blieb sie stehen. »O nein. Ich setze mich nicht zu deinen Wächterfreunden.«

Asher stutzte. »Doch, das wirst du, Sünderin. Denn ich setze mich ganz sicher nicht an einen Tisch mit Vicious.«

»Fürchtest du dich etwa, *Wächter*?«, zog Rahel ihn auf – und hätte vor Triumph am liebsten aufgelacht, als sie damit unbeabsichtigt einen Nerv traf. Er fuhr zu ihr herum.

»Wahre Wächter fürchten keine Sünde«, erwiderte er mit kalter Stimme.

Erneut ließ sie ihren Blick durch den Saal schweifen. Sie konnte keinen Warden ausmachen, der wie Asher einen geringeren Rang als den dritten innehatte. Und keiner der Uniformierten mischte sich unter die Vicious. Es gab keine sichtbare Grenze, doch sie existierte, obwohl es kaum verboten sein dürfte, dass sie am selben Tisch saßen.

»Wahre Wächter«, wiederholte Rahel verächtlich. Der Spruch hätte direkt aus einem seiner Lehrbücher stammen können. »Ich setze mich jetzt zu Eden und Callum. Wenn du woanders sitzen möchtest, tu das ruhig.«

Asher rückte näher an sie heran. »Du weißt ganz genau, dass ich an deiner Seite bleiben muss.«

»Ganz genau. Das weiß ich. Und genau deshalb werde ich jetzt frühstücken gehen.« Damit steuerte Rahel auf den Tisch zu, an dem sich die beiden Vicious bereits niedergelassen hatten. Eden hatte fragend nach ihr Ausschau gehalten und entspannte sich nun.

Rahel setzte sich auf den freien Platz neben ihr und sah

ihre Vermutung bestätigt, als sich Asher nur Sekunden später auf den Stuhl zu ihrer anderen Seite schob. Sie erlaubte sich sogar ein kleines Lächeln.

Schlagartig war Stille am Tisch eingekehrt. Die anderen Vicious starrten Rahel an – und Asher. Während er sich mit angespanntem Kiefer wachsam umsah, eine Hand unterm Tisch ans Schwert gelegt, griff Rahel nach einer Thermoskanne und schnupperte daran. Tee. Sie seufzte leise, goss sich aber etwas davon in ihre Tasse.

Das Schweigen überschritt die Schwelle, ab der es unangenehm wurde. Zumindest für die anderen, und für Asher, keine Frage. Rahel hatte nicht vor, sich davon beeindrucken zu lassen. Wenn jemand etwas von ihr wollte, sollte er sie ansprechen – oder sie mit ihrem Frühstück in Ruhe lassen. Nicht einmal in der Cañada Real hatte ihr Magen sich jemals derart ausgehöhlt angefühlt.

»Was willst du an unserem Tisch, Wächter?«

Rahel inspizierte das Angebot. Ein Festmahl bot sich ihr hier sicher nicht, und sie ahnte, dass es ihnen genau wie den Warden nicht erlaubt war, dem Laster der Völlerei zu frönen, aber sie hatte in ihrem Leben weitaus kargere Mahlzeiten genossen. Ohne länger zu überlegen, griff sie nach einer Scheibe Toast.

»Lauf lieber schnell wieder zu deinesgleichen.«

»Ich werde nichts dergleichen tun. Meine Befehle lauten, diese Vicious zu bewachen.«

Das brach nicht gerade das Eis. Wütendes Gemurmel erhob sich, und beunruhigte Blicke huschten zu Rahel, die gerade genüsslich in ihren Toast biss. Eine Studentin erhob sich ohne ein weiteres Wort, um den Tisch fluchtartig zu verlassen, während die anderen nicht bereit schienen, sich von einem Adepten einschüchtern zu lassen.

Eden hatte das Geschehen bisher interessiert verfolgt und beugte sich jetzt vor. »Obwohl sie den Test in der Arena bestanden hat, halten sie sie anscheinend für gefährlich genug, dass sie einen eigenen Warden bekommt. Hat jemand von euch schon mal von so einem Fall gehört?« Im Gegensatz zu den anderen klang sie beinahe unbekümmert.

Kollektives Kopfschütteln folgte. Ein rothaariger Student mit hoher Stirn, der ihnen gegenübersaß, ließ sein Buttermesser lautstark zurück auf den Teller fallen. Neben ihm saß eine junge Frau, die ganz blass geworden war und mit der Tasse in der Luft verharrte, seitdem Rahel und Asher an den Tisch gekommen waren. Beim Geräusch des Metalls auf Keramik zuckte sie so heftig zusammen, dass der Tee über den Rand schwappte und sich über ihre Hand ergoss. Mit einem Zischen stellte sie ihre Tasse ab.

»Haben wir jetzt nicht einmal mehr während des Frühstücks Ruhe vor ihnen?«, polterte der Rothaarige.

»Ich bin nicht wegen dir oder einem von euch hier«, knurrte Asher. »Außerdem ist dies der Speisesaal, die nächsten Warden sitzen nur einige Tische entfernt.« Die Warnung in seiner Stimme war kaum zu überhören. Es wäre nicht sehr klug, ihn vor den Augen aller anzugreifen – was er zu erwarten schien. Rahel hielt ihn allerdings für nicht sehr klug, die anderen Vicious mit etwas so Offensichtlichem zu provozieren. Sie griff nach der nächsten Scheibe Toast.

»Oh, hast du vor, um Hilfe zu rufen? Das würde ich ja gern sehen«, mischte sich Eden amüsiert zwischen die gemurmelten Anfeindungen. »Ist euch eigentlich schon aufgefallen, dass er nur zwei Streifen am Kragen hat? Als würden sie es darauf anlegen, ihn loszuwerden, also vielleicht kommt ihm auch niemand zu Hilfe. Wäre einen Versuch wert.«

Die Vicious neben dem Rothaarigen sah zu ihr. »Was soll das hier?«

Eden zuckte nur mit den Schultern.

»Und das alles nur wegen der da?«

Rahel, die gerade ihren Toast schmierte, hielt in der Bewegung inne. »Der da?«, wiederholte sie scharf, und sofort richtete sich alle Aufmerksamkeit auf sie. »Ich habe einen Namen. Rahel. Merk ihn dir besser.« Zugegeben, sie hatte sich bisher nicht vorgestellt, allerdings hatte sich auch niemand die Mühe gemacht, nach ihrem Namen zu fragen. Oder nach irgendetwas anderem außer der offensichtlichen Tatsache, dass sie von einem Warden begleitet wurde.

»Hey, Nika, sie hat sich das sicher nicht ausgesucht«, ergriff zu Rahels Überraschung Eden Partei für sie. »Oder würde jemand von euch gern mit ihr tauschen? Ich jedenfalls hätte keine Lust darauf, dass mir einer ihrer Welpen auf dem Fuß folgt.«

Nika verengte die Augen. »Trotzdem musst du sie nicht an unseren Tisch schleppen.«

»Ich habe dir doch gesagt, wir hätten uns lieber zu den Warden setzen sollen«, raunte ihr Asher zu.

Rahel ließ sich nicht mal zu einer Antwort in seine Richtung herab. Überflüssig zu erklären, dass sie genau einer solchen Behandlung, wie Asher sie als Außenseiter gerade durch die Vicious erfuhr, entgehen wollte. Selbst wenn sich das Unbehagen der anderen auch gegen sie richtete. Sie klappte ihren Toast zusammen und musterte jeden am Tisch eindringlich. »Wenn jemand ein Problem mit mir hat, kann er diesen Tisch verlassen. Für den Warden bin ich nicht verantwortlich, macht mit ihm, was ihr wollt. Ich jedenfalls bleibe hier sitzen.«

Damit schloss sie die Zähne um das weiche Brot. Ihr Magen dankte ihr jeden Bissen, während sich der würzige Geschmack des Belags auf ihrer Zunge ausbreitete. Hatte das gerade eben auch schon so gut geschmeckt? Rahel musste ein genüssliches Stöhnen unterdrücken, während sie sich den ganzen Toast auf einmal in den Mund stopfte. Das hier war definitiv das Beste, was sie jemals gegessen hatte. Und sie brauchte mehr davon, viel mehr. Ihr Körper verlangte danach, und obwohl ihr der Bissen noch im Hals steckte, schnappte sie sich den Brotkorb. Mit beiden Händen griff sie zu und schlang noch mehr Brot herunter. Es war ihr egal, dass nichts für die anderen übrig bleiben würde.

Jemand rempelte sie von der Seite an, und beinahe hätte Rahel wie ein wildes Tier gefaucht. Ein Schatten senkte sich über sie. »*Fiat iustitia et pereat mundus!*«

Schlagartig verging ihr der Appetit, und ein Ruck erschütterte ihren Körper, als wäre ein unsichtbares Seil gekappt worden. Übelkeit überkam sie, als ihr Magen gegen die Nahrung rebellierte, die sie viel zu schnell zu sich genommen hatte. Rahel sank keuchend vom Stuhl, würgte den letzten Brocken wieder hoch und spuckte ihn keuchend aus. Und dabei blieb es nicht. Wie Gift, das ihr Körper unter allen Umständen loswerden wollte, erbrach sie sich auf den Boden des Speisesaals, bis ihr Magen brannte und ihre Haare in ihrem schweißnassen Nacken klebten – immerhin hatten die nichts abbekommen.

»Was sollte das denn jetzt?!« Edens zornverzerrte Stimme drang aus dem Lärm, der um sie herum ausgebrochen war. Als Rahel es endlich schaffte, den Kopf zu heben, hatten sowohl sie als auch Asher Nika, die mittlerweile ebenfalls aufgestanden war, mit Blicken fixiert. Außerdem hatte Asher sein Schwert gezogen und gegen sämtliche Vicious am Tisch ausgestreckt, um sie auf Abstand zu halten. Er musste es auch gewesen sein, der Nikas Macht über Rahel gebrochen hatte.

Sie wischte sich noch einmal über den Mund, bevor sie sich mit zitternden Knien erhob. »Du!« Sie stützte sich auf die Tischplatte. »Wie kannst du es wagen!« Nie zuvor war Rahel einem anderen Vicious ausgesetzt gewesen. Es hatte sich schrecklich angefühlt. Als wäre kaum Raum für ihren freien Willen übrig geblieben.

Sie würde dafür sorgen, dass es nie wieder passierte.

Noch während sie ihre eigenen Kräfte mobilisierte, um den überlegenen Ausdruck von Nikas Gesicht zu wischen, donnerte eine autoritäre Stimme durch den Speisesaal. »Was ist hier los?«

Die Adepten, die sofort aufgesprungen waren, um Nikas Albtraum zu erschlagen, teilten sich. Er war entstanden, weil sie ihre heraufbeschworene Macht, nachdem diese von Asher gebrochen worden war, abgelehnt hatte. Rahel sah nur noch eine schwarze Pfütze, die von der schattenhaften Monstrosität übrig geblieben war und nun in der Luft verdampfte.

Asher packte sie an der Schulter und zwang sie zu sich herum. »Lass das«, flüsterte er. »Keinen Hochmut mehr.«

Oh, wie gern sie ihn davon überzeugt hätte, dass Hochmut genau das war, wonach er sich sehnte.

Es waren seine Honigaugen, die Rahel lange genug ablenkten, um von ihrer Macht abzulassen. Er hatte die Völlerei, der sie erlegen war, gebrochen. Wie lange hätte sie die Nahrung hemmungslos in sich reingeschaufelt? Bis sie daran erstickt wäre? Bis ihr Körper kapituliert hätte? Oder hätte Nika es gar nicht erst so weit kommen lassen – hätte Rahel selbst es nicht so weit kommen lassen dürfen? Sie musste unbedingt in Erfahrung bringen, wie sie sich gegen andere Laster zur Wehr setzen konnte. Wenn diese verdammte Lehranstalt schon zu sonst nichts gut war, dann wenigstens dafür.

Asher wirkte für einen Moment überrascht, dass sie tatsächlich von Nika abließ. Allerdings hatte Rahel aus ihren verlorenen Schlachten der letzten Tage gelernt. Sie würde sich an dieser Vicious rächen, nur nicht hier und jetzt.

Dann ließ er sein Schwert sinken, um sich zu dem Warden und seinem Gefolge umzudrehen, das gerade eintraf. Sämtliche Gespräche an den Tischen um sie herum waren verstummt.

»Ausbilder Lambert«, begrüßte Asher ihn und neigte voller Respekt den Kopf. Am liebsten hätte Rahel sich sofort wieder übergeben. Oder Asher dazu gebracht, sich ihr zuzuwenden. Oder endlich ihren Hochmut entfesselt und Nika bestraft. An Eden war mittlerweile Callum herangetreten und redete leise auf sie ein, während ... kleine Rauchschwaden von ihrer Haut aufstiegen?

»Was soll dieser Aufruhr? Adept, erkläre das!«

»Diese Vicious haben ihre Sündenmächte gegeneinander eingesetzt. Hochmut und Völlerei.« Nacheinander deutete Asher erst auf Rahel und dann auf Nika.

»Sie hat damit angefangen«, behauptete die andere Studentin sofort. »Sie hat ihren Hochmut gegen uns alle hier eingesetzt, um uns zu zwingen, uns ihrem Willen zu unterwerfen. Ich habe mich nur gewehrt.«

Rahel schnaufte abfällig. »Ich habe gar nichts getan, außer mein Frühstück zu mir zu nehmen.« Das nun noch nicht einmal halb verdaut zu ihren Füßen lag. Erneut krampfte sich ihr Magen zusammen.

Nika verschränkte die Arme. »Sie lügt.«

Oh, sie würde sich die finstersten Lügen für den Moment aufheben, wenn Nika auf Knien um Vergebung bettelte. »Warum sollte ich? Wenn ich dich unterworfen hätte, wärst du nicht mehr in der Lage gewesen, auch nur einen Finger zu krümmen, also ...«

»Adept«, unterbrach Lambert sie polternd. »Hat sie ihren Hochmut zuvor eingesetzt oder nicht?«

Er zögerte nur einen Herzschlag lang. »Ja, das hat sie.«

Empört drehte sich Rahel zu ihm um. Was redete er da?

»Hast du«, erklärte er ihr leiser. »Nicht viel und nicht gegen mich, sodass ich es zu spät bemerkt habe.« Er wirkte nicht, als würde er sich das ausdenken, um sie in Schwierigkeiten zu bringen – vor allem weil es ihm äußerst ungelegen kam, dass die Vicious, die er bewachen sollte, bereits am ersten Tag Schwierigkeiten machte.

Der Ausbilder, ein großer Kerl in den Vierzigern mit einer Narbe auf seiner rotgeäderten Wange, musterte sie mit überlegener Miene. Vermutlich hatte er nichts anderes von ihr erwartet. Wie alle hier. »Die Vicious aus dem Haus Völlerei kümmert sich darum, diese Schweinerei hier zu beseitigen. Und du, Yudin«, damit wandte er sich an Asher, »sorgst dafür, dass sich die hier für den Rest der Woche direkt bei Weyand meldet. Keine Lehrveranstaltungen. Zeig ihr, wie die Vicious hier ihre Sünden abarbeiten.«

5
Nemo sine vitio est.

Niemand ist ohne Schuld.

Jedem der Sündenhäuser, die auch als Departments bezeichnet wurden, waren eigene Räumlichkeiten innerhalb der Akademie zugeordnet. Es war Vicious anderer Laster verboten, dort einzudringen. Laut Eden wurde diese Regel regelmäßig gebrochen, wenn es zu Streitigkeiten zwischen Vicious kam und sie sich auf kreativste Art und Weise am gegnerischen Haus vergingen.

Dadurch war Rahel zu zwei Schlussfolgerungen gelangt. Erstens: Die Warden ließen den Vicious solche Aktionen durchgehen, solange sie sich gegeneinander richteten und ihre Macht nicht unerlaubt einsetzten. Und zweitens: Es musste in ihrem Sinne sein, dass sich die Angehörigen des gleichen Hauses untereinander verbunden fühlten, während sie gegen andere Rivalitäten führten. Noch verstand Rahel nicht, warum, doch sie schwor sich, nicht

Teil davon zu werden. Alles, was den Wächtern in die Hände spielte, würde sie vermeiden.

Ihre Fäuste würden geballt bleiben.

Ihre Zähne gefletscht.

Auch über Eden lernte Rahel etwas: Sie beteiligte sich nicht an diesen Spielen. Rahel bemerkte es an der Art und Weise, wie sie darüber sprach. Immerhin stammte Callum aus einem anderen Haus, und soweit sie wusste, hatten heute Vicious ganz verschiedener Laster mit ihnen am Frühstückstisch gesessen.

In die Hall of Pride, wo Rahel ihre Kursliste abholen sollte, bevor sie zu ihrer Strafarbeit antrat, begleitete Eden sie nicht – nur Asher wurde sie natürlich nicht los. Als sie das Vestibül durch eine prunkvolle Mahagonitür betraten, stellte sie stirnrunzelnd fest, dass sie allein waren. Sie hatte mit weiteren Warden gerechnet, die diese Räumlichkeiten überwachten, stattdessen lag die Halle still und erhaben vor ihnen. Sie war mit Gemälden, Skulpturen und weiteren Ausstellungsstücken hinter gläsernen Vitrinen versehen. Die weißen Wände wurden von goldenen Ornamenten geschmückt, und auch die verschnörkelten Balustraden vor den Fenstern waren vergoldet.

Ein eigentümliches Gefühl überkam Rahel, während sie mitten in der Halle stand und sich umsah. Nicht einmal Asher trieb sie zur Eile an, um zum Arbeitszimmer des Prodekans zu gelangen. Er war ebenso in seine Betrachtungen vertieft – vermutlich hatte er noch nie eine der Sündenhallen betreten. Sie folgte seinem Blick hinauf zur Decke, die von einer Malerei eingenommen wurde, nicht prunkvoll und extravagant, sondern von einer düsteren Eindringlichkeit. Eine geflügelte Gestalt stürzte darauf aus einem Himmel, der von Wolken und Sternen übersät war. Ihr Kopf war derart nach hinten gebogen, dass ihr Gesicht nicht zu erkennen war.

Nun betrachtete Rahel die umliegenden Kunstwerke mit neuem Blick. Hatte sie zuerst angenommen, es würde sich um Darstellungen des Hochmuts handeln, erkannte sie nun nach und nach ihre wahre Bedeutung. Sie stellten die Folgen des Hochmuts dar. Düstere Visionen dessen, was den Vicious bevorstand, wenn sie ihrem Laster verfielen.

»Sie sollen Demut lehren«, murmelte Asher, als wäre er im selben Moment zum gleichen Schluss gekommen. Nur klang er ehrfürchtig, während Rahel verbittert schnaubte.

Abrupt entfernte sie sich von ihm zum nächsten Gemälde, nur um ihrer inneren Unruhe ein Ventil zu geben. »Dann sollten sie das hier wohl nicht Hall of Pride nennen.« Sie hätte wissen müssen, dass die Warden es ihnen niemals zugestanden hätten, stolz auf ihre Sündenmacht zu sein. Dass sich ihnen die Gelehrten dieser Akademie fügten und die Studierenden dazu anhielten, es ihnen gleichzutun.

Wer hochmütig war, würde fallen.

Während sie die Wand entlang stolzierte, hatte sie nur einen flüchtigen Blick für die Ausstellungsstücke übrig. Büsten von Personen, die darunter mit Namen betitelt waren – sicher gab es zu jeder von ihnen entweder eine lehrreiche Geschichte, wie sie ihrem Hochmut verfallen waren, oder einen lobenden Bericht, wie sie den Warden gedient hatten – und weggeschlossene Kronen und Insignien – Zeugnisse vergangener Dynastien, die den Fehlern der Menschheit entsprungen waren. Erst vor einem großen Gemälde blieb sie so abrupt stehen, dass Asher, der fluchend hinter ihr hergeeilt war, beinahe gegen sie krachte.

»Abstand, Wächter«, knurrte sie ihm über die Schulter hinweg zu, während sie den Blick nicht von der Darstellung vor sich abwenden konnte. Ein geflügelter Mann lag auf Felsen, die sich in sein Fleisch gebohrt hatten. Er wirkte angespannt, die Miene verzerrt. Wilde, rostbraune Locken fielen ihm in das geneigte Gesicht, das er halb in seinem Arm barg. Er war wunderschön.

»Ich bringe dich jetzt zum Prodekan. Sein Arbeitszimmer sollte das dort hinten am Ende der Halle sein. Wir haben hier genug Zeit verschwendet.«

Rahel ignorierte seine Worte. »Wer ist das?«

Asher schwieg kurz, als würde er abwägen, ob es etwas bringen würde, auf seinen Punkt zu beharren.

»Der Gefallene. Der erste Sünder. Lucifer.«

Der erste Sünder. Die Personifikation des Bösen, der die Macht der Sünden über die Menschen gebracht hatte – so viel wusste Rahel von den Lehren, die die Warden verbreiteten.

»Er weint.« Eine einzelne Träne rann dem Geflügelten auf dem Gemälde über die Wange. Wenn er weint, dachte Rahel insgeheim, während sich ihr Herz verkrampfte, wie kann er dann das Böse sein? Sie wusste nicht zu sagen, was sie empfand. Mitgefühl? Betroffenheit? Wut?

»Vor Wut«, erwiderte Asher. »Weil ihn seine Taten zu Fall gebracht haben.«

Rahel warf ihre Locken zurück. »Und du meinst zu wissen, was in diesem Moment in ihm vorgeht, weil ...?«

»Das ist eine gängige Interpretation.«

»Du kannst dir weder sicher sein, dass diese Darstellung Lucifers wahre Emotionen einfängt, noch solltest du dich auf gängige Interpretationen verlassen.«

Asher rieb sich mit der Hand über das müde Gesicht, und es war das erste Mal, dass er seine Maske der Entschlossenheit an diesem Morgen ablegte. »Lass mich raten: Du weißt es besser.«

Erneut glitt Rahels Blick über das Gemälde, bis er an einem gerahmten Text daneben hängen blieb. Sie trat einen Schritt näher heran, um ihn entziffern zu können.

Die düstern Augen wirft er rund umher,
Die Angst und tiefe Traurigkeit verrathen,
Worein verstockter Stolz und Haß sich mischt;
Er sieht, so weit als Engel können sehn,
In seiner Lage wüst' und elend sich.

Eine Angabe darunter wies die Zeilen als Zitat aus *Paradise Lost* von John Milton aus.

Angst und Trauer passten nach Rahels Empfinden besser – und trafen es doch nicht. In ihrem Inneren suchte sie nach der Antwort, denn sie hatte das Gefühl, es tatsächlich besser zu wissen. Asher allerdings würde sie mit einer unverfänglicheren Bemerkung abspeisen.

»Na ja, ich kann mir vorstellen, dass so ein Sturz richtig *wehgetan* hat, also …«

»Bevor du dich den großen Fragen unserer Geschichte zuwendest, Sünderin«, wurde sie vom Dean of Pride unterbrochen, »solltest du dich vielleicht erst einmal mit den Grundlagen vertraut machen. Hast du schon mal ein Fohlen dabei beobachtet, wie es zu galoppieren versucht, bevor es den ersten richtigen Schritt gesetzt hat?« Van Hoven schloss die Tür seines Arbeitszimmers hinter sich, bevor er quer durch die Halle auf sie zuschritt. In der Stille hallte seine Stimme unangenehm wider.

Da sie nicht beabsichtigte, auf diese Frage zu antworten, schwieg sie, bis er bei ihr angekommen war.

Sein Blick huschte zu Lucifers Gemälde, dem sie den

Rücken zugewandt hatte. »Es ist ein lächerlicher Anblick«, schloss er sein Gleichnis. »Das Fohlen macht sich zum Narren.«

Ob er nun ein Lord Rector sein mochte oder nicht, in diesem Moment hätte Rahel es sogar mit Lucifer selbst aufgenommen. Das Schöne an ihrem Laster war, dass sie sich anderen stets überlegen fühlte. »Sagen das die alten Gäule nicht immer, die in ihrem Stall eingesperrt sind und den Jungen neidisch hinterherblicken?«

Van Hoven ließ sich davon nicht aus der Fassung bringen. »Das wäre vielleicht zutreffend, wenn wir in den Hallen des Neids wären – übrigens ein Besuch, von dem ich dir abraten würde, Vicious. Sie hüten ihre Geheimnisse ... nun, recht eifersüchtig.«

»Und da habe ich gedacht, es sind nur die Warden zu beschränkt, um sich einen Namen zu merken.« Sie ahmte ein leises Seufzen nach. »Vielleicht sollten Sie noch einmal auf dem Dokument dort in Ihrer Hand nachsehen, Lord Rector.«

Asher bewegte sich unangenehm berührt.

Van Hoven zog eine seiner dunklen Augenbrauen in die Höhe und fuhr sich mit der freien Hand durch den Vollbart. »Lord Rector ist ein Titel, ein akademischer Grad, den ich mir hart erarbeitet und verdient habe, damit beleidigst du mich nicht. Vicious dagegen ist deine Bezeichnung, solange ich es nicht für wert erachte, mir deinen Namen zu merken.« Er verzog die Lippen zu einem schmalen Lächeln.

»Ja, ich bin mir sicher, dass Sie wirklich hart dafür gearbeitet haben, sich diesen ungemein beeindruckenden Titel zu *verdienen*. Wie vielen Warden haben Sie sich zu Füßen geworfen? Sicherlich ist die Zahl recht beeindruckend.«

Das entlockte van Hoven endlich ein Stirnrunzeln. »Sei dir gewiss«, sprach er leise und mit warnendem Unterton, »dass ich kein einziges Mal vor ihnen im Staub gekniet und ihnen meine Tränen gezeigt habe, wie du es gestern getan hast.«

Das nahm Rahel schlagartig den Wind aus den Segeln.

Er richtete sich höher auf. »Dir mangelt es offensichtlich an Respekt und Verstand, doch du wirst sehen, dass du beides brauchst, falls du hier überleben willst. Und du, Adept – du wagst es, die Hall of Pride zu betreten, und bist trotzdem vollkommen nutzlos? Zügle deine Vicious, wie es deine Aufgabe ist.«

Hatte sie etwa schon wieder …? Rahel horchte in sich hinein, und da spürte sie endlich den sanften und stetigen Strom der Macht, der ihr wie ein leckendes Fass tröpfchenweise entwich. Erneut hatte sie es nicht bemerkt, doch statt es sofort zu unterbinden, schlug sie ein größeres Loch und ließ ihren Hochmut in einem Schwall entweichen. »Ich bin nicht *seine* Vicious!«

Es fühlte sich an, als würde sie gegen eine feste Wand drücken. Ihr Hochmut brach daran wie die Wellen der See an den Klippen dieser verfluchten Insel und umspülte van Hoven, der mit keiner Wimper zuckte. Im nächsten Moment wurde ihre Macht zerbrochen, als Asher eingriff.

Rahel widerstand dem Drang, ihn dafür büßen zu lassen, während sie mit geschlossenen Augen den Schmerz empfing, der ihre Wirbelsäule entlangkroch. Vertraut legte er sich über ihre Schultern und vereinte sich mit ihr.

»Du bist die seine«, hörte sie van Hoven spotten. »Beschreite diesen Pfad nur weiter, und es wird dein Untergang sein. Je öfter du dein Laster annimmst, desto schneller näherst du dich der Dämonin, die sie ohnehin schon alle in dir sehen.«

Rahel öffnete die Lider und wünschte sich, den Lord Rector mit ihrem Blick von dieser Erde zu tilgen. Doch während sie für die Menschen der Cañada Real eine Göttin gewesen war, deren Willen geschah, musste sie sich hier in eine neue Rolle fügen. Die Rolle der Studentin. Der Gefangenen. Der Gebrandmarkten. Obwohl sie sich ihrer Macht stets wie selbstverständlich bedient hatte, hatte sie plötzlich das Gefühl, erbärmlich wenig darüber zu wissen, wie sie einzusetzen war. Wie sie die Albträume kontrollierte. Wie sie andere Vicious abwehrte.

Ein metallenes Schaben erklang, als Asher sein Schwert zurück in die Scheide steckte. Rahel hatte nicht einmal mitbekommen, dass er es gezogen hatte. »Du hättest dein Laster ablehnen sollen. Ich hätte den Albtraum erschlagen.«

»Oder vielleicht er dich, wenn es nach mir gegangen wäre.«

»Ich habe bereits erfahren, dass du für die ganze Woche zur Strafarbeit bei Mistress Weyand gemeldet worden bist«, mischte sich van Hoven ein. Noch immer wusste Rahel nicht, was es damit auf sich hatte. Sie war zu stolz gewesen, um zu fragen. »Wenn du so weitermachst, wirst du schon bald herausfinden, dass die Warden weitaus schlimmere Strafen verhängen können. Und schneller, als du denkst, kniest du wieder vor ihnen. An der Academy of Sins zu lernen, ist ein Privileg.«

Obwohl der Lord Rector sich tags zuvor noch für sie eingesetzt hatte, schien er nun ganz und gar ungerührt von ihrem Schicksal. Vielleicht hatte er bereits bekommen, was er gewollt hatte, indem er ein Exempel an einer noch nicht verwandelten Vicious an seiner Akademie verhindert hatte. Vielleicht hatte er gehofft, sie würde zur Dämonin werden, dann wäre ihr Tod rechtmäßig gewesen. Jedenfalls war sie froh, sich ihm gegenüber zu keinerlei Dankbarkeit verpflichtet gefühlt zu haben.

Er streckte ihr den Stapel Dokumente entgegen, den er bei sich getragen hatte. »Deine Kursliste sowie eine Liste von Büchern, deren Lektüre ich dir empfehlen würde. Ein paar Grundlagenvorlesungen sollten deinen Geist fürs Erste nicht allzu sehr überfordern. Du wirst lernen, wie du verantwortungsbewusst und vor allem nutzbringend mit deiner Macht umzugehen hast. Allerdings würde ich darauf wetten, dass du es nicht schaffst, Ärger und weiteren Strafen rechtzeitig zu entgehen, um auch nur einer einzigen Kursstunde beizuwohnen.«

Und Rahel würde darauf wetten, dass er da nicht der Einzige war.

»Es ist üblich, dass jene Vicious, die an der Akademie verbleiben wollen, zusätzliche Studien belegen. Das halte ich in deinem Fall fürs Erste nicht für notwendig.«

Es hätte nicht offensichtlicher sein können, dass er auf sie herabsah und sich, trotz aller Demut, die hier gepredigt wurde, für etwas Besseres hielt. Ein Gefühl, das ihr vertraut war. Er hatte sein eigenes Reich unter den wachsamen Augen der Warden errichtet und würde nicht zulassen, dass etwas oder jemand seine Herrschaft gefährdete. »Wir werden sehen.«

Als Rahel nach den Dokumenten griff, hielt er sie einen Moment länger fest und sah ihr intensiv in die Augen. Seine waren von einem stürmischen Blau, und kleine Fältchen lagen darum herum. »Du gehörst nun dem House of Pride an. Doch solange dich die Warden als so unberechenbar einstufen, dass sie diesen Adepten an deinen Rockzipfel hängen, wirst du diese Halle nicht noch einmal betreten.«

Sie entriss ihm das Papier beinahe und trat wortlos den

Rückweg durch die Hall of Pride an. Als Rahel sich noch einmal umdrehte, war es, als würden Lucifers Augen sie durchdringen. ›Düstere Augen, die Angst und Traurigkeit verraten.‹

Noch am selben Tag fand Rahel heraus, wer Mistress Weyand war und worin ihre Strafarbeit bestand. Die überraschend junge Frau mit den aufgekrempelten Ärmeln und dem unordentlich nach oben gebundenen Haar war gerade in der Nähe der Gewächshäuser beschäftigt.

Sie führte Rahel und Asher an den Glasfronten vorbei tiefer in die Gärten hinein. Hinter den geschwungenen Verzierungen der Fensterrahmen breitete sich üppiges Grün bis unter das kuppelartige Dach aus. Der Geruch von feuchter Erde lag in der Luft und mischte sich mit dem würzigen Duft der Hecken. Bald waren sie von allen Seiten von Pflanzen eingeschlossen, und die Luft kühlte merklich ab. Rahels Kenntnisse in der Botanik waren dürftig, sodass sie weder die niedrig stehenden zartlila Pflänzchen mit den schuppenartig angeordneten Blütenblättern noch die meterhohen dunkelgrünen Wedel hätte benennen können. Dennoch wunderte sie sich, wie inmitten der Einöde der seeumtosten Insel solche Gärten entstanden waren. Auf ihrem Weg von dem unterirdischen Hafen zum Portal der Akademie war ihr nichts als karge Graslandschaft begegnet.

Vielleicht spürte Weyand ihre Unfähigkeit. Jedenfalls schien sie es für besser zu halten, Rahel mit keiner allzu anspruchsvollen Aufgabe zu betrauen. Nachdem sie ihre neue Hilfskraft mit metallenen Gießkannen ausgestattet hatte, verschwand sie wieder.

›Gartenarbeit, damit die Sünder aus dem Hause Hochmut lernen, sich um die Bedürfnisse anderer zu sorgen.‹

Das waren Weyands Worte gewesen, die nun immer wieder durch Rahels Kopf spukten. Als hätte irgendjemand von ihnen auch nur die geringste Ahnung, was in ihr vorging, als würden sie verstehen, um wen sie sich in Wahrheit sorgte, in jeder wachen Sekunde. Doch sie sahen nicht mehr als den Hochmut in ihr. Und vielleicht war es sogar besser so.

»Du sollst die Pflanzen gießen und sie nicht ertränken.« Asher beobachtete mit zweifelnder Miene, wie sich die Erde allmählich in einen Sumpf verwandelte.

»Heißt es nicht, je mehr, desto besser?« Sie schüttete auch noch den letzten Rest aus der Kanne auf die Büsche.

»Das gilt wohl nicht für alles.«

»Jedenfalls nicht für einen Tisch voller Vicious.« Rahel pfefferte die Gießkanne ins Gras und ließ sich auf eine der steinernen Bänke fallen. Ihre Arme schmerzten bereits, noch mitgenommen von der Gefangenschaft. Sie bekam gerade noch mit, wie Asher ein Schmunzeln hinter seiner Hand verbarg.

Mit zusammengekniffenen Augen sah sie zu ihm auf. »Du findest das wohl witzig.«

Sofort ließ er die Hand sinken. Das Schmunzeln um seine Lippen war verschwunden. Schade, es war besser gewesen als die stoische Wächtermiene, die er sonst zur Schau trug. »Nein. Ich finde das nicht witzig. Die Vicious setzen ihre Macht ständig gegeneinander ein, und das wird entsprechend bestraft. Wie du siehst.«

Rahel war immer noch der Meinung, dass die Warden es begrüßten, wenn die Vicious gegeneinander vorgingen. Würden sie geeint gegen ihre Wächter stehen, wären sie viel zu gefährlich. »Dass es so weit gekommen ist, war deine Schuld. Wärst du nicht dabei gewesen, hätten sie mich anders empfangen.«

Asher behielt seine aufrechte Haltung bei, was ihn in Kombination mit seiner Uniform ganz und gar fehlplatziert vor der Kulisse der sprießenden Hecken wirken ließ. »Glaub mir, darauf hätte ich auch lieber verzichtet. Sie sehen mich als ihren Feind an. Morgen früh setzen wir uns zu den Warden.«

»Wo sie mich als Feindin ansehen, hervorragende Idee«, höhnte Rahel. »Damit umgehst du sicherlich sämtliche Schwierigkeiten.« Vor allem, wenn sie ihren Hochmut wieder unbewusst einsetzte. Und alle am Tisch davon überzeugte, dass sie ihrer nicht würdig waren. Nur würde es dann sicher nicht bei einer Strafarbeit bleiben, falls sie van Hoven Glauben schenken durfte – und in diesem Fall war sie sogar geneigt, das zu tun.

»Die Dämonen sind unsere Feinde, nicht die Vicious. Du bist nicht …« Asher stoppte abrupt, presste die Lippen aufeinander und sah zur Seite.

Rahel widerstand dem Drang, zu ihm zu gehen und ihm in allen Einzelheiten zu erklären, warum sie und er sehr wohl verfeindet waren. »Das ist es, was du dir einredest?«, fragte sie stattdessen. »Ich weiß gar nicht, ob ich dich für deine Naivität beglückwünschen oder bedauern soll.«

Als Ashers Miene versteinerte, wünschte sie sich, es ihm doch erklärt zu haben. »Du machst dir unnötig Gedanken über mich, Vicious.«

Oh, wenn er nur wüsste.

»Kümmere dich lieber um die Erledigung deiner Pflichten.«

Mit königlicher Eleganz erhob sich Rahel und war mit drei Schritten bei Asher. Sie genoss es, wie ihm seine Züge kurz entglitten. Fest hielt sie seinen Blick in ihrem, um sich jeden der dunkleren Flecken in seiner honigbraunen

Iris und die kleinen Fältchen um seine Lider einzuprägen. »Mit Pflichten«, raunte sie ihm zu, »kennst du dich ja bestens aus.«

Damit kehrte sie zu ihrer Arbeit zurück, ohne sich noch einmal umzudrehen. Ihr erster Tag an der Akademie war mies gelaufen, doch das geschah ihr nur recht. Ihr Leben würde von nun an mies verlaufen. Ihrer Familie beraubt und ein fremdes Ziel aufgezwungen, gab es nichts mehr, was ihr noch wahrhaftig für sich blieb.

Asher musste die Wahrheit in Rahels Worten erkannt haben, denn er bestand nicht länger darauf, dass sie sich zu den Warden gesellten. Abgesehen von den Mahlzeiten hatte sie nicht viel mit den anderen zu tun – was nicht nur daran lag, dass sie weder in den Kursen noch in der Hall of Pride erwünscht war. Bis auf Eden mieden die anderen Vicious Rahel, was Callum sicher auch bevorzugt hätte, würde er seiner Freundin nicht wie ein Schatten folgen. Sie blieben in ihrer Gegenwart wachsam – wegen Asher. Rahel bedeutete Ärger, und ihr Ruf eilte ihr voraus. Trotz des offensichtlichen Unmuts ihrer Freunde, allen voran Nika, brachte Eden sie immer wieder an ihren Tisch. Und Rahel biss die Zähne zusammen und ließ es über sich ergehen. Weil sie zum ersten Mal in ihrem Leben nicht wusste, wo sie hingehörte. In der Cañada Real hatte es stets einen Ort gegeben, an dem sie mit offenen Armen empfangen worden war, selbst wenn es nur das heruntergekommene Häuschen ihrer Eltern gewesen war. Sie hatte gewusst, wer sie war. Nun wusste sie es nicht mehr.

Einfach zu begreifen waren dagegen die Regeln der Warden. Sperrstunden. Zellen. Strafarbeiten, auf jedes Sündenhaus abgestimmt. Offene Gewalt gegen Vicious, die sich nicht fügten. Und das Verbot, seine Sündenmacht außerhalb der Lehrstunden einzusetzen. All das diente dazu, sie unter Kontrolle zu halten. In ihrer zweiten Nacht wurde Rahel von einem Aufruhr in den Fluren aus ihrem Dämmerzustand geweckt. Erstarrt lauschte sie dem Kampfeslärm und verbrachte den Rest der Nacht wachend. Am nächsten Morgen erfuhr sie von Eden, dass einer der Vicious zu fliehen versucht hatte. Als die Warden ihn gestellt hatten, hatte er sich in einen Dämon verwandelt und war ihren Reliquienschwertern zum Opfer gefallen.

An ihrem dritten Tag zeigte Eden Rahel die Bibliothek, und die Unmengen an Büchern machten sie diesmal tatsächlich sprachlos. Die Regale waren riesig und bis unter die Decke mit Werken gefüllt, die so verheißungsvolle Namen wie *Metamorphosen* und *Nikomachische Ethik* trugen. Nichts, wofür sie sich in der Cañada Real jemals interessiert hätte, allerdings hatte sie nun viel zu viel Zeit, sich den Kopf über Dinge zu zerbrechen, die so weit weg von ihrer Lebensrealität waren wie kaum etwas anderes. Wenn Weyand sie nachmittags entließ, war es dieser Ort, den sie aufsuchte, auch wenn sie meist nichts anderes tat als wahllos Bücher herauszuziehen und sie mit aufeinandergepressten Lippen durchzublättern.

Natürlich war Asher dabei stets bei ihr.

Er erwartete sie morgens an der Tür, begleitete sie, wohin auch immer sie ging, und zerschlug ihren Hochmut, wenn er ihr unbemerkt entwich. Bald schon ließ Rahel ihre Wut darüber an den Gärten aus. Weitere Pflanzen ertranken oder fielen ihrer Fürsorge auf andere Art zum Opfer, was Weyand mit genügend Entsetzen erfüllte, um sie ebenso auf ein Ende ihrer Strafarbeit hoffen zu lassen wie Rahel selbst. Immerhin erfuhr sie so, wie auf dem kargen Inselboden solch üppige Gärten gedeihen konnten. Die Vicious aus dem Hause Habgier, zu denen Weyand zählte, entzogen der Umgebung ihre Nährstoffe, um sie hier zu zentrieren. Die Blumen und Bäume, Hecken und Büsche gediehen dank ihrer Sündenmacht. Lehrende durften diese, im Gegensatz zu den Studierenden an der Akademie, einsetzen. Außerdem hatte Rahel Weyand dabei beobachtet, wie sie mit der schwarzen Flüssigkeit, die von Albträumen übrig blieb und als Gift bezeichnet wurde, Experimente an Pflanzen in ihrem Gewächshaus durchführte.

An ihrem vierten Tag überlegte Rahel gerade, ob jemand Ashers Verschwinden bemerken würde, wenn sie ihn hier zwischen den Primeln begrub, als sich ihnen jemand zwischen den Hecken näherte.

Mittlerweile hatte sie gelernt, dass die dunkelrote Uniform einen besonderen Rang unter den Warden kennzeichnete. Wer der Mann war, wusste sie nicht – bis er zu sprechen anfing.

»Adept Yudin, ich benötige die Vicious auf ein Wort.«

Eine Stimme so dunkel wie die Nacht und so weich wie das Mondlicht. Es war der Warden, der sie in ihrer Zelle unter der Arena besucht hatte. Derjenige, der sich als Rahels Verbündeter vorgestellt hatte.

Asher hatte den Kopf ergeben vor dem Höherrangigen gesenkt und sah nun unschlüssig zu Rahel. Sie bemerkte es aus dem Augenwinkel, weil sie den Blick nicht von dem Fremden abwenden konnte, der sie seinerseits ins Visier genommen hatte. Er war groß und trug wie der Inquisitor einen Umhang zu seiner Uniform. Seine Iriden waren von einem ungewöhnlich hellen Grün, was seinem Blick etwas Stechendes verlieh. Das schwarze Haar war kurz, die Kinnpartie kantig und kräftig und von Bartstoppeln umgeben. Er strahlte etwas Strenges, geradezu Lauerndes aus.

»Schon gut, Yudin. Warte am Rande der Gärten, ich werde sie dir pünktlich zum Mittagessen wiederbringen.«

Noch ein winziges Zögern, dann löste Asher seine Haltung. »Jawohl ...« Er suchte offenbar nach einem Namen, mit dem er den Warden ansprechen konnte, doch als der keine Anstalten machte, ihm auf die Sprünge zu helfen, setzte er sich nach einer weiteren Verneigung in Bewegung und leistete dem Befehl Folge.

Rahel hatte sich bereits gefragt, ob sie ihm eines Tages wieder begegnen würde – und erst recht nicht damit gerechnet, dass es so bald geschah. Er hatte nichts dem Zufall überlassen und sie aufgesucht, also musste er etwas von ihr wollen. Eine Gegenleistung für seine Hilfe, falls man das denn so nennen konnte? Unmerklich festigte Rahel ihren Stand. Instinktiv spürte sie, dass Gefahr von diesem Mann ausging, so gewogen er ihr auch zu sein schien. Nein, gerade deshalb. Immerhin war er ein Warden.

»Ich freue mich, dass wir uns unter diesen Umständen wiedersehen. Diesmal ohne Ketten.«

O ja, diesmal würde sie sich zu wehren wissen. »Ich freue mich auch, meinem sinnlosen Tod entgangen zu sein«, griff sie seine Worte von ihrer letzten Begegnung wieder auf.

Er lachte leise. »Ich denke, ich habe es verpasst, mich vorzustellen.« Sie glaubte keine Sekunde lang daran, dass er es unbeabsichtigt vergessen hatte. »Du darfst mich Rafael nennen.« Er ließ es klingen, als wäre das ein Privileg.

»Und ich vermute mal, du schleichst hier nicht nur rum, um die Vorstellung nachzuholen? Was willst du von mir?«

Rafael atmete tief ein, wobei er das Kinn leicht neigte und die Hände hinter dem Rücken verschränkte. »Warum so misstrauisch, Rahel?«

Sie unterdrückte ein Schaudern, als er ihren Namen ganz ungeniert aussprach. Es sollte sich nicht so intim anfühlen, wie er über seine Lippen rollte.

»Habe ich dir nicht geholfen?«

»Du meinst, weil mein Tod sinnlos gewesen wäre? Für dich. Du hast dir also offensichtlich selbst geholfen.« Auch wenn sie noch nicht verstand, welche Absichten er verfolgte.

Langsam, betont locker, näherte er sich ihr. Rahel verfolgte aufmerksam jeden seiner Schritte über das weiche Gras. »Vielleicht wollte ich nicht, dass du stirbst, ja. Aber du wirst wohl einsehen, dass sich unsere Interessen in diesem speziellen Punkt decken. Vielleicht können wir uns sogar gegenseitig helfen.«

»Ich habe kein Interesse, dir oder irgendeinem anderen Warden zu helfen.«

Unbeirrt fuhr Rafael fort. »Mir liegt etwas daran, dass du am Leben bleibst. Dir etwa nicht?«

»Das schaffe ich schon allein.« Es kribbelte in ihrem Nacken, als sich die kleinen Härchen dort aufstellten. »Und das ist nahe genug!«

Drei Schritte trennten sie noch voneinander. Bei ihren Worten blieb Rafael zwar stehen, doch seine Mundwinkel verzogen sich unheilvoll nach oben. »Nutze dein Potenzial. Wachse auf Kosten derer, die um dich herum fallen, meine Rahel.«

»Ich bin ganz sicher nicht deine Rahel.« Sie musste ihn dringend in seine Schranken weisen. Was er da auch versuchte, sie würde sich von ihm nicht einlullen lassen. Als er zu einem weiteren Schritt ansetzte, rief sie ihre Macht hervor. Während der vergangenen Tage hatte Rahel sie zu zügeln versucht, wie vehement alles in ihr auch dagegen protestiert hatte. »Ich sagte: Bleib stehen!« Ihre Stimme vibrierte durch die Luft. Es war ein Befehl, der keinen Widerspruch zuließ.

Etwas Begieriges erwachte in Rafaels Augen. »Zwing mich dazu. Nutze deinen Hochmut und zwing mich auf die Knie – wenn du es schaffst.«

Was zum ...? Spielte er mit ihr? Rahel verstärkte ihren Griff um seinen Geist, zwang ihn nach unten, um sich selbst daran emporzustemmen. Sie drohte ihm gedanklich, dass er es nicht wagen solle, sie zu berühren. Mit seinen dreckigen Wächterhänden. Er sei ihrer nicht würdig.

»Ich nutze nicht einmal meine Reliquien. Ein schwacher Warden verlässt sich auf sie. Ein starker weiß seinen Willen zu nutzen. Und, oh, glaub mir, meine Stärke übersteigt die aller anderen bei Weitem.«

Er war arrogant. Er nutzte ihre eigenen Waffen gegen sie, obwohl sie ihm gerade seine Bedeutungslosigkeit vor Augen führte. Rahels Herz raste in ihrer Brust, während sie sich gegen den letzten seiner Schritte stemmte. *Geh auf die Knie vor deiner Königin.*

Rafael blieb so dicht vor ihr stehen, dass der Duft von Lilien in ihre Nase drang und sie sehen konnte, wie sich sein Brustkorb hob und senkte. Er überragte sie um mehr als einen Kopf. Auch Rahel atmete inzwischen keuchend ein und aus, ob der schieren Kraftanstrengung. Doch sie wich keinen Schritt zurück.

»Meine Königin«, hauchte er dunkel. Sie wusste nicht, ob sie ihm diese Worte in den Mund gelegt hatte oder er sie nur wiederholte, um sie zu verhöhnen. Auf die Knie war er nicht gegangen, doch zumindest berührte er sie auch nicht.

Ihr Hochmut schwappte zurück und über sie hinweg. Rahel wusste, dass sie ihn ablehnen sollte, vor allem in Anwesenheit eines Warden. Also stieß sie die Luft kontrolliert aus und bereitete sich darauf vor, ihre Macht von sich selbst zu lösen. Es war ihr zuwider, denn es fühlte sich unnatürlich an. Als würde sie die gleichgepolten Enden zweier Magnete entgegen den Naturgesetzen aneinanderketten.

Blitzschnell überwand Rafael die letzten Zentimeter, die noch zwischen ihnen lagen. Mit einer Hand griff er in ihren Nacken, die andere schloss sich um das Gelenk ihrer abwehrend erhobenen Hand. Schmerz prickelte dumpf über ihre Haut, weil die Striemen der Handschellen noch nicht verheilt waren. Er wurde vom Gefühl seiner kühlen, festen Finger unter der Hitze ihrer Locken übertönt, als Rafael sie zu sich heranzog. Dicht an Rahels Ohr sprach er: »Lehne nicht ab, was du bist. Nimm es an, denn es macht dich stärker. Was ist ein Albtraum anderes als eine zerschlagene Hoffnung?« Seine Lippen streiften sie. »Erschaffe keine Albträume, Rahel. Erschaffe Träume.«

Es lag weniger an seinen Worten als daran, dass er sie in ihrer Konzentration unterbrochen hatte. Rahel entglitt die Macht, die sie eben noch von sich hatte lösen wollen. Der Hochmut in seiner reinsten Form durchflutete jede Zelle ihres Körpers, und der süße Schmerz machte sie ganz trunken. Alles, was sie gerade noch gegen Rafael eingesetzt hatte, strömte zu ihr zurück. Und machte sie stärker als zuvor. Weniger menschlich und mehr dämonisch? Rahel horchte in sich hinein, doch fand die Antwort darauf nicht. Vielleicht.

Rafael hatte sie ganz genau beobachtet. Sein Blick hatte sich verschleiert, als würde er selbst durch ihre Augen von der Macht kosten. Seine Hand glitt aus ihrem Nacken, wobei sein Daumen über ihren Hals strich. Sofort versteifte sich Rahel und stieß sich von ihm weg, während er selbst wie ein unüberwindbares Hindernis stehen blieb.

Tausend Gedanken wirbelten durch ihren Kopf und schafften es kaum durch den Höhenrausch, den ihre Macht hinterlassen hatte. Obwohl sie ihr Laster beinahe täglich in der Cañada Real angewendet hatte, war es nie derart intensiv gewesen. Dort hatte sie es ganz instinktiv getan, um ihr Überleben zu sichern, dann hatten die Warden jede ihrer Anstrengungen mit ihren Reliquien zerschmettert und in der Arena war ihr Hochmut zu einem Albtraum geworden. Seitdem hatte sie sich erschöpft und zerschlagen gefühlt, überwältigt von den neuen Eindrücken. Jetzt, nachdem sie sich zu vollem Hochmut aufgeschwungen hatte, um Rafael abzuwehren, fühlte sie sich ... so lebendig wie seit Tagen nicht mehr.

»Was soll das alles?«, brachte sie schließlich hervor. Es konnte eine Ewigkeit vergangen sein oder erst wenige Sekunden. »Warum rätst du mir erst, ihnen meine Menschlichkeit zu beweisen, und jetzt soll ich den Hochmut annehmen?« Was er ihr ins Ohr geflüstert hatte, widersprach den Lehren der Warden. Nichts davon ergab einen Sinn für Rahel.

Auch Rafaels Atmung hatte sich wieder beruhigt, und die Gier war aus seinem Blick verschwunden. Kein Zweifel, er hatte das hier auf seine eigene Art und Weise genossen. Nun wirkte er wieder vollkommen gefasst, als wäre nichts geschehen. »Du hast ihnen Menschlichkeit vorgetäuscht, nicht bewiesen. Ein notwendiges Übel, um am Leben zu bleiben. Und du nun hier sein kannst, um dein volles Potenzial zu entfalten.« Er hielt kurz inne, als würde er über seine Worte nachsinnen. »Lerne von ihnen, was sie zu wissen glauben. Wenn du begreifst, wie deine Macht funktioniert, wird dich das stärker machen.«

Warum würde er das wollen? Rahel war an seinem ersten Satz hängen geblieben. »Was soll das heißen, dass ich ihnen meine Menschlichkeit nur vorgetäuscht habe?« Ein Kloß bildete sich in ihrer Kehle, den sie entschlossen runterschluckte. »Ich *bin* menschlich!«

Doch Rafael wandte sich bereits von ihr ab. Natürlich, wenn sie zu den wirklich wichtigen Fragen kam, wich er ihr aus. »Heben wir uns dieses Gespräch für unsere nächste Begegnung auf. Keine Sorge, du wirst mich bald wiedersehen.«

Rahel ballte die Fäuste. »Und wenn ich das nicht will?«, erwiderte sie kühl. Sie hasste es, wie selbstverständlich er ihr den Rücken zukehrte.

»Du wirst es dir wünschen, früher oder später. Spiel so lange mit. Und höre ganz genau zu, lausche jedem ihrer Worte über Tugend und Sünde.« Er entfernte sich bereits von ihr. »Zu deinem Aufpasser findest du sicher selbst zurück. Oder auch nicht. Das überlasse ich dir.« Damit tauchte er in die Schatten und das undurchdringliche Grün der Gärten ein.

In Stille blieb Rahel zurück. Allein mit ihren Gedanken. Allein mit der Macht, die so lebendig durch ihre Adern pulsierte. Er hatte sie nicht wie einen entlaufenen Hund zurück zu ihrem Leinenhalter gebracht. Er sah sie nicht, wie die anderen Warden sie sahen. Und genau das war das Problem an Rafael. Alles an ihm warf mehr Fragen auf, als Rahel beantworten konnte.

6
Per aspera ad astra.

Über raue Pfade gelangt man zu den Sternen.

Asher hatte nicht erwartet, die erste Woche seiner neuen Aufgabe damit zu verbringen, die Vicious bei ihrer Strafarbeit zu überwachen. Um genau zu sein, hatte er sehr wenig von dem erwartet, was bisher geschehen war.

Er hatte nicht ahnen können, dass Ausbilder Lambert offensichtlich einen persönlichen Groll gegen ihn hegte. Ständig teilte er Asher zu Schichten in der Nachtwache ein, sodass ihm manchmal nur wenige Stunden Schlaf vergönnt waren. Sie endeten stets mit dem Geräusch der Verriegelungen, die aus den metallenen Türen der Vicious gelöst wurden. Die Adepten durften sich normalerweise in einem Trakt abseits der Schlafkammern zur Ruhe legen, nur Asher musste in der Nähe bleiben, um jeden Morgen pünktlich seinen Dienst anzutreten. Was ihm nach jeder absolvierten Wachschicht schwerer fiel. Bisher hatte er Glück gehabt und war nur auf kleinere Albträume gestoßen, die sich auch ohne Reliquienschwert leicht beseitigen ließen. Trotzdem machten ihn die nächtlichen Schrecken und die kräftezehrenden Patrouillen durch die Gänge mürbe.

Niemand kümmerte sich darum, wie er seine Ausbildung fortsetzen sollte, niemand unterwies ihn in den Lehren der Warden, niemand trainierte den Umgang mit den Reliquien mit ihm. Er hatte sich bereits bei Lambert erkundigt, wann sich das ändern würde – was ihm eine weitere Nachtwache eingebracht hatte. Der Ausbilder hatte im Beisein der anderen Adepten verkündet, dass Asher sich erst in seine neue Aufgabe einfinden solle, bevor es sich lohnen würde, sich seiner Ausbildung zu widmen.

Murray hatte ihn noch nicht wegen seines Reliquienschwertes ins Refugium gerufen. Als Ausbilderin hatte sie bedingungslose Disziplin von ihnen gefordert und nicht mit harschen Worten gespart, doch sie hatten gewusst, dass ihr das Überleben der Adepten am Herzen lag. Ihn, ohne die wirkungsvolle Waffe gegen Albträume und Dämonen, einem Haufen Vicious auszuliefern, widersprach dem völlig. Er sollte die Vicious unter allen Umständen als Dämonin enttarnen und töten. Wozu er ohne Reliquienschwert nicht in der Lage war.

Am wenigsten hatte Asher jedoch erwartet, wie schnell Rahel dazu übergehen würde, ihn zu ignorieren. Und wie schnell er sich daran gewöhnte, sie ständig um sich zu haben. Obwohl ihr der Hochmut immer wieder aus den Fingern glitt, als wäre sie nicht daran gewöhnt, ihn bei sich zu behalten, hatte sie ihn seit der Arena nicht gegen ihn verwendet. Asher war darauf vorbereitet gewesen, dass sie sich gegen seine Bewachung wehren und versuchen würde, seinen Willen zu brechen. Doch obwohl ihr Blick ihn immer noch wie glühende Pfeile durchfuhr, wandte sie ihn stets wieder von ihm ab. Bei den Heiligen, er wünschte sich inzwischen, sie würde ihn aufrechterhalten, irgendetwas tun, was vollkommen absurd war. Sie richtete ihn zugrunde. Diese Nachtwachen und die hungrigen Blicke der Vicious richteten ihn zugrunde. Wie sollte er es sich sonst erklären, dass seine Gedanken immer wieder abdrifteten?

Das war vielleicht das Erstaunlichste: Nicht Rahel stellte sein größtes Problem dar, sondern alles andere, seine Vorgesetzten sowie die anderen Vicious, die bereits auszutesten begannen, wie widerstandsfähig er war.

Zumindest dachte er das, bis sie weg war.

Es stand Asher nicht zu, einem ranghöheren Warden zu widersprechen, trotzdem wäre er lieber in der Nähe geblieben. Weder kannte er seinen Namen noch seinen Titel, doch die dunkelrote Uniform sagte mehr als jedes Wort. Genauso unmissverständlich hatte sein Befehl gelautet. Trotzdem setzte sich Asher irgendwann, als die ersten Vicious nach dem Mittagessen über das Gelände schlenderten und sich die Warden auf dem Trainingsplatz einfanden, in Bewegung. Und fand weder Rahel noch den Wächter. Auch dann nicht, als er angespannt lauschend immer größere Kreise um den Ort zog, an dem er sie zurückgelassen hatte.

Er hatte die Vicious verloren. In seiner ersten Woche.

Sofort brach ihm der Schweiß aus. Sein Versagen schnürte ihm die Kehle zu. Asher lief immer weiter und weiter, während sich seine Ängste auf ihn stürzten wie ein Rudel Wölfe auf ein verwundetes Tier. Sie trugen die Gesichter von Nolan und Victoria, Laurent und all den anderen Adepten, flüsterten mit den Stimmen seiner Vorgesetzten. Ihre Blicke waren prüfend auf ihn gerichtet, in Erwartung seines Scheiterns, ihre Worte geringschätzig. Sie zweifelten an ihm. Und das ließ Asher ebenfalls zweifeln.

›Er wird immer versucht sein. Das liegt in der Familie.

Eine verdorbene Saat lässt die ganze Ernte von innen heraus verfaulen.‹

An einem dieser wenigen richtig schönen Sommertage, die sie im Jahr hatten, war ihm in seiner Uniform viel zu heiß. Asher ging zu einem Springbrunnen, dessen Wasser sich glitzernd in immer größere Schalen ergoss, und schöpfte es mit zitternden Händen, benetzte Gesicht und Haare. Danach umklammerte er den Brunnenrand und rang um Atem.

›Das Anwesen der Yudins ist nach der Hinrichtung seiner Eltern in den Besitz des Ordens übergegangen. Selbst wenn er sich beweist und es zurückgewinnen kann – Richter Esra hat der Familie Yudin lebenslange Buße auferlegt. Der Codex verlangt, dass der Inquisitor dem Jungen zugesteht, sein Blut als Warden reinzuwaschen und auf die Vergebung der Vier Heiligen zu hoffen.‹

Er sah sich selbst vor dem Inquisitor stehen, als er neun Jahre nach der Hinrichtung seiner Eltern in die Akademie zurückgekehrt war. Es hatte nie eine andere Wahl für ihn gegeben. Testa hatte mit starrer Miene auf ihn herabgesehen, als wäre ihm allein Ashers Existenz zuwider. Seine Entschlossenheit, sich seiner Vergangenheit zu stellen und sein Blut von der auferlegten Schande zu befreien, war wie ein Kartenhaus im Wintersturm in sich zusammengefallen.

›Nur ein Fehltritt, Yudin‹, hatte der Inquisitor ihn gewarnt, bevor er Asher erlaubt hatte, seine Ausbildung an der Akademie aufzunehmen. ›Nur ein einzelnes Aufbegehren gegen den göttlichen Willen, nur ein Moment der Schwäche, und du wirst den Orden und den Namen Yudin hinter dir lassen. In ewiger Schande, genau wie deine Eltern.‹

»Verdammt.« Asher keuchte, stieß sich vom Brunnenrand ab und wirbelte herum, um die Gärten strammen Schrittes zu verlassen. Er würde nicht zulassen, dass diese Vicious seinen Untergang heraufbeschwor. Eher würde er der ihre werden, bevor sie all die Jahre, in denen er sich abgemüht hatte, gut genug zu sein, vernichtete.

Was ist passiert? Denk nach!

Der Warden könnte Rahel mitgenommen haben, ohne ihm Bescheid zu geben. Vielleicht hatte er sie aufgesucht, um sie selbst zu Fall zu bringen. Weil sie es Asher nicht zutrauten, sie zu töten? Verdammt, das war seine Aufgabe, seine Pflicht!

War Rahel dagegen entkommen und nun auf Streifzug durch die Akademie, könnte er sich vielleicht mit dem Befehl des Höherrangigen herausreden. Nur wäre das weder besonders ehrenhaft noch kannte er Rang und Namen, um irgendetwas zu beweisen. Er musste Rahel finden, bevor es irgendjemand vor ihm tat. Oder sie etwas anstellte.

Asher hätte sich sofort an Ausbilder Lambert wenden und die vermisste Vicious melden müssen. Sein Scheitern eingestehen. Stattdessen steuerte er den separaten Trakt der Akademie an, der durch einen überwachten Innenhof von den Vicious getrennt war. Hier lebten die Adepten ersten und zweiten Ranges, die nur zu Ausbildungszwecken mit den Vicious verkehrten. Asher verstand nun, wieso. Für sie waren sie willkommene Opfer ihrer Versuchungen.

»Olivia!« Er fing seine Freundin im Speisesaal ab, bevor sie von der Mittagspause ins Nachmittagstraining verschwinden konnte. Der theoretische Unterricht fand vormittags statt, nachmittags übten sie den Umgang mit der Waffe, um sich die Schwertreliquie zu verdienen. Das Training trieb sie oft bis an ihre Grenzen und darüber hinaus, und Murray bestrafte jedes Fehlen durch Übungskämpfe, nach denen sie die blauen Flecke nicht mehr zählen konnten. Asher drehte sich der Magen um bei dem Gedanken, dass er bereits seit einer Woche nicht daran teilgenommen hatte.

Auch Olivia hatte er seit ihrem Abschied nicht mehr gesehen. Sie stellte ihr Tablett mit einem Klirren an der Rückgabe ab und wandte sich überrascht zu ihm um. »Asher, was ...«

»Ich muss mit dir reden. Bitte.« Bevor andere Adepten auf sie aufmerksam wurden, bedeutete er ihr, ihm aus dem Speisesaal auf den verlassenen Flur zu folgen. Obwohl sich ihr Stirnrunzeln vertiefte, folgte sie ihm widerstandslos.

»Du bist zurück?«, fragte sie, sobald sie allein waren. Hoffnung schimmerte in ihren Augen. »Bist du zur Vernunft gekommen? Haben sie dich aus dem Wachdienst entlassen?« Als Olivia ihn genauer musterte, huschte ein Schatten über ihr Gesicht. »Du siehst gar nicht gut aus. Es ist so schlimm gewesen, wie ich befürchtet habe, oder?«, fügte sie leiser, beinahe erstickt hinzu, weil sie die Wahrheit gleichermaßen fürchtete und herbeisehnte.

Doch Asher würde ihr nicht sagen, wie schlimm es wirklich um ihn stand. Er würde nicht zugeben, dass seine Nerven bereits jetzt blank lagen und es nur noch eine Frage der Zeit war, bis all die Vicious um ihn herum ihre letzten Hemmungen überwanden. Mit einem knappen Kopfschütteln, das all ihre Fragen in einer Geste beantwortete, sprach er: »Nein. Ich ... habe sie verloren.«

»Was?!«

Da war es wieder, das Gefühl, zu ersticken. »Ich weiß. Es darf niemand erfahren, wenn ich nicht ...« Er atmete tief ein. »Bitte hilf mir. Ich muss sie wiederfinden.«

Olivia fasste nach seinem Unterarm und zwang ihn, ihr

in die Augen zu sehen. Allein ihre Finger, die sich durch die Uniform in sein Fleisch bohrten, verrieten sie. Ihre Miene strahlte dieselbe Entschlossenheit aus, mit der sie jeden Tag ihrer Ausbildung bestritt. »Ganz ruhig. Ich helfe dir. Erzähl mir, was passiert ist.«

Sie suchten den ganzen Nachmittag nach Rahel. Mehr als alles andere lastete die Schuld auf Ashers Schultern, dass Olivia sich wegen ihm in Schwierigkeiten begab. Sie schwänzte die Trainingseinheit und würde sich dafür später Murray gegenüber verantworten müssen. Die Ausbilderin mochte umgänglicher als Lambert sein, doch keinesfalls würde sie Olivia ohne Strafe davonkommen lassen.

Asher lauschte auf Geflüster über ungewöhnliche Vorkommnisse, während er durch die Akademie streifte. Nichts deutete darauf hin, dass irgendjemand Rahel begegnet war. Er suchte zuerst im Speisesaal, weil sie sicher hungrig sein musste. Nach einem kurzen Abstecher zu den Schlafkammern, bei dem er Ausbilder Lambert im letzten Moment auswich, kehrte er in die Gärten zurück. Seine Hoffnung, dass Rahel dort mit überheblicher Miene auf ihn wartete, als wäre nicht sie es gewesen, die sich aus ihrem Hoheitsgebiet entfernt hatte, sondern er, war genauso naiv wie vergebens. Anschließend mischte sich Asher unter die Warden, die für die Überwachung der Nachmittagskurse eingeteilt worden waren. Vielleicht hatte sich Rahel zwischen die anderen Vicious geschmuggelt, um sich dem Lord Rector zu beweisen. Während die Warden wachsam an den Wänden des Kursraums darauf warteten, jedem erzeugten Albtraum innerhalb von Sekunden ein Ende zu bereiten, traten die Vicious unter Anleitung des Masters nacheinander vor. Er suchte ihre Reihen nach Rahel ab. Vergebens.

Dafür wurde Asher von jemandem gefunden. Die blonde Vicious aus dem Hause Zorn entdeckte ihn unter den Wächtern. In einem unbeobachteten Moment schlenderte sie beiläufig an ihm vorüber. »Na, ist sie dir entwischt?« Ein zufriedenes Grinsen zupfte an ihren Lippen.

Wusste sie etwas? Natürlich, die Vicious waren mittlerweile so etwas wie Freundinnen geworden. »Wo ist sie?«, fragte Asher halb murmelnd, halb knurrend, und beugte sich ein Stück vor.

Eden zuckte vergnügt mit den Schultern. »Ich habe nicht die leiseste Ahnung. Habe sie seit dem Frühstück nicht mehr gesehen.«

Als ihr Freund, Callum, die beiden bemerkte und sie finster fixierte, trat Asher den Rückzug an. Es war besser, wenn er keine zusätzliche Aufmerksamkeit erregte. Weder war Rahel hier noch konnte er sich Hilfe von Eden oder ihresgleichen erhoffen. In seiner Verzweiflung hatte er gar nicht daran gedacht, dass es auch bei anderen Misstrauen erregen könnte, wenn sie ihn ohne Rahel antrafen. Sie gehörten zusammen, unwiderruflich durch den Tod aneinandergebunden. Vicious und Warden. Jene, die das schlimmste aller Laster über die Menschheit brachte, und er, der sie genau davor beschützte. Eine junge Frau, die zur Dämonin werden würde, und ihr Schlächter. Ihr Tod würde der Beweis für seine Würdigkeit sein.

Das hielt er sich vor Augen. Er würde nicht versagen, weder auf die eine noch auf die andere Weise. Er durfte nicht versagen. Rahels Verschwinden änderte nichts daran, ebenso wenig wie ihre unverschämte Art, sich in seine Gedanken zu schleichen.

Als sich der Tag dem Ende zuneigte, war Asher drauf

und dran, im Refugium nach dem fremden Warden und Rahels Verbleib zu fragen. Wenn er sich ohne sie in den Schlafkammern meldete, würde er auffliegen.

Olivia war seine Rettung. Sie hatten verabredet, sich am Torbogen zu treffen, wo sich die kühle Stille der Eingangshalle in das weitläufige Außengelände der Akademie öffnete. Es grenzte an die Trainingsplätze der Warden, also hielten sie sich im Schatten der Mauer auf, wo Murray sie nicht so leicht entdecken würde.

»Sie ist auf dem Dach.« Mit ausgestrecktem Arm deutete Olivia zum Hauptgebäude der Akademie, wo sich die Schlaf- und Kursräume der Vicious sowie der große Speisesaal befanden. Finster erhob es sich gegen den Sonnenuntergang und war mit den vielen Ziergiebeln, Spitzbögen und kleinen Türmchen ein beeindruckendes Bauwerk.

Ein Gewicht so schwer wie die ganze Insel fiel von Ashers Schultern. Es war die richtige Entscheidung gewesen, Olivia einzuweihen. »Danke. Du bist fantastisch.«

Er drückte ihre Schulter, und sie nickte wortlos. Asher sprintete los, über das Außengelände, ins Hauptgebäude hinein und durch das Atrium. Stockwerk um Stockwerk erklomm er und sandte dabei ein Stoßgebet an die Vier Heiligen, dass Rahel sich noch nicht aus dem Staub gemacht hatte. Da er sich in diesem Teil der Akademie nicht auskannte, dauerte es eine Weile, bis er den Zugang zum Dach gefunden hatte. Er zwängte sich durch einen schmalen Gang eine weitere Treppe hinauf, die hinter einer unscheinbaren Holztür verborgen gewesen war. Hätte sie nicht abgeschlossen sein müssen? Sicher war es den Vicious nicht erlaubt, einfach auf dem Dach umherzuspazieren. Das Vorhängeschloss hatte dafürgesprochen, nur war es nicht verschlossen gewesen.

Unverhofft spuckten die alten Stufen Asher durch einen provisorischen Zugang hinaus aufs Dach. Sofort zerrte der Küstenwind an ihm, dem er hier oben ungeschützt ausgesetzt war. Der begehbare Teil des Daches war nicht groß und wurde auf beiden Seiten von zwei Türmen begrenzt.

Rahel saß im Schneidersitz auf der Balustrade und sah in den Sonnenuntergang.

Oder der Sonnenuntergang huldigte ihr.

Asher hatte sich den ganzen Nachmittag während seiner Suche ausgemalt, wie er sie zur Rede stellen würde. Welche Worte er wählen würde, um ihr klarzumachen, dass so etwas nie wieder geschehen durfte. Dass sie es bereuen würde, wenn es erneut geschah. Dass er dafür sorgen würde. In seiner Vorstellung war er mit aller Autorität eines Warden aufgetreten.

Als er sie nun dort sah, ihm den Rücken zugewandt und eingefasst von dem orangenen Licht, hatte er plötzlich das Gefühl, zu stören. Wie schaffte sie das nur immer wieder? Warum hatte sie etwas so Ehrfurchtgebietendes an sich, selbst dann, wenn sie ihr Laster nicht einsetzte? Als wäre es ihr angeboren.

Gemessenen Schrittes näherte er sich ihr, und einen Moment war die Vorstellung, schweigend hinter ihr zu verharren, bis sie sich ihm von selbst zuwenden würde, übermächtig. Um dem entgegenzuwirken, sprach er sie mit einem leisen Grollen in der Stimme an. »Rahel.« Und wurde sich zu spät bewusst, wie fatal es für ihn war, ihren Namen auszusprechen. Es fühlte sich viel zu intim an.

Rahel wirkte kein bisschen überrascht, als sie sich einen Atemzug später zu ihm umdrehte. »Ah, du hast mich gefunden. Das hat ja lange genug gedauert.«

Nun wurde ihr Profil von der Sonne angestrahlt. Wunderschön, dachte er. Und verbot sich diesen Gedanken sogleich. »Lange genug gedauert? Du bist einfach abgehauen!« Allmählich gewannen die Gedanken der letzten Stunden über die frevelhaften.

»Hast du etwa gedacht, ich mache es dir leicht und lasse mich freiwillig von dir überwachen?«

Als sie ihr Gesicht wieder dem Sonnenuntergang zuwandte, trat er neben sie an die Balustrade. »Dein Schicksal hängt davon ab. Es ist dir nur erlaubt, hier zu sein, solange du überwacht wirst. Das nimmst du besser ernst.«

Mit einem Schulterzucken wies sie seine Worte einfach von sich. »Ihr werdet mich nicht töten. Nicht, solange ich keine Dämonin bin, richtig?«

Nein, das verbot das feine Gleichgewicht, das an diesem Ort herrschte und nicht gefährdet werden durfte. Und Rahel spielte damit, als hätte sie keine Angst vor dem Abgrund, der darunter lauerte. Ebenso wenig wie sie Angst hatte, auf der Balustrade dieses Dachs zu sitzen, während der Wind an ihr zerrte.

»Natürlich könnt ihr mich bestrafen. Allerdings wirst auch du bestraft werden, wenn du deine Pflicht nicht ordentlich erfüllst, nicht wahr?«

Sie ließ ihn absichtlich auflaufen. Asher öffnete den Mund und schloss ihn wieder. Natürlich, was hatte er erwartet. Dass die vergangenen Tage sie gelehrt hatten, demütig ihr Schicksal zu akzeptieren? Es gab einen Grund, warum jeder davon ausging, dass Rahel nicht lange hier sein würde: weil sie in ihrem Hochmut unbelehrbar war. Sie würde fallen, und Asher mit ihr, wenn er sie zuvor nicht selbst zu Fall brachte.

Deshalb hatte Murray derart darauf beharrt, dass er dem zuvorkam. Sie hatte es gewusst.

»Hast du etwa Höhenangst?« Sie schüttelte ihre dunklen Locken nach hinten aus. »Oder warum guckst du plötzlich so, als hättest du einen Dämon gesehen?«

Sein Blick schweifte in die schwindelerregende Tiefe und dann weiter bis über den Horizont, an dem das Meer glitzerte. »Sicher nicht. Ebenso wenig Angst, wie ich vor deinen Drohungen habe.« Ich werde dich töten, bevor du zu meinem Verderben wirst.

»Höhe hat etwas Faszinierendes, nicht wahr?«, fuhr sie fort, ohne auf seine Erwiderung einzugehen. Rahel umfasste die steinerne Einfassung mit beiden Händen, hob sich in die Hocke und beugte sich weit nach vorn und über den Abgrund. »Nur eine falsche Bewegung und du fällst. Du weißt, dass du unten zerschmettern wirst. Doch während du fällst, gibt es nichts, was du dagegen tun kannst.«

Jetzt neigte sie den Kopf in seine Richtung, um ihn anzusehen. Obwohl etwas Herausforderndes um ihren Mund spielte, klang sie ernst und nachdenklich. »Wenn du Glück hast, stirbst du. Wenn nicht, bist du für den Rest deines Lebens verstümmelt und wirst es nie wieder nach oben schaffen.«

Ashers Magen zog sich zusammen und gaukelte ihm vor, er wäre derjenige, der gerade den Schritt über den Rand gewagt hatte und mehrere Meter in die Tiefe hinabgesackt war. »Und was ist daran bitte faszinierend?«

»Weil du nicht fällst, wenn du zu fliegen lernst«, raunte Rahel, als würde sie ihm ein gut gehütetes Geheimnis anvertrauen. »Du fällst nur, wenn du nach unten siehst und Angst vor dem Sturz hast.«

Er starrte sie an. »Du kannst nicht fliegen.«

»Bist du dir sicher?« Damit reckte sie das Kinn nach vorne und beugte sich noch weiter über den Abgrund, balancierte nur noch auf ihren Fußballen. Mit geschlossenen

Augen ließ sie ihr Gesicht von den letzten Sonnenstrahlen liebkosen.

Nur ein kleiner Stoß genügte, und sie würden beide herausfinden, ob sie fliegen konnte oder nicht. Wenn er darauf wartete, dass Rahel ihm einen Grund gab, sie zu töten, wäre es vielleicht zu spät. Niemand war hier, niemand würde ihm widersprechen, dass sie im Begriff gewesen war, sich in eine Dämonin zu verwandeln. Oder er schob es auf einen tragischen Unfall, was immerhin näher bei der Wahrheit blieb.

Vor wenigen Tagen hatte er es noch abgelehnt, eine Vicious zu töten. Einen Menschen zu töten, war eine Sünde, die schwerer wog als jede andere. Doch sie würde ihm vom Orden vergeben werden.

Er sollte es tun. Jetzt. Das hier war die beste Gelegenheit, die sich ihm in nächster Zeit bieten würde. Sie hatte ihm heute bewiesen, dass sie ihn scheitern sehen wollte.

Scheitern wie seine Eltern.

Scheitern, wie der Inquisitor es von ihm erwartete.

Was war sein Empfinden von gut und richtig schon gegen das, was die Warden zum Wohle aller tun mussten?

War es nicht anmaßend, sein eigenes Gewissen über einen Befehl zu stellen?

Und war es überhaupt sein Gewissen, das ihm im Weg stand, oder die Vicious selbst, die ihn das glauben ließ mit ihrer verdrehten Art der Macht über ihn?

Asher musste ihr, allen anderen und vor allem sich selbst beweisen, dass sein Geist frei von ihrem Einfluss war. Er würde sie hinabstoßen. Sie würde fallen und nichts dagegen tun können. Unten würde sie zerschmettern und sterben.

»Menschen können nicht fliegen.« Asher schob sich

näher an Rahel heran, bis er hinter ihr stand. Es gelangte kaum genug Luft in seine Lungen, trotzdem achtete er darauf, flach zu atmen. Er streckte die Hand nach ihrem Rücken aus. Stellte sich vor, wie er damit sanft in ihr Haar fuhr. Nein. Stellte sich vor, wie sie erschrocken nach Luft schnappen und das Gleichgewicht verlieren würde. Wie sie noch versuchte, Halt an dem kalten Stein zu finden. Doch ihre Finger würden abrutschen, ihr Strampeln wäre vergeblich. Sie würde unten aufprallen und sich nicht mehr bewegen. Sein Magen zog sich zusammen, seine Gedanken rebellierten, seine ausgestreckten Finger, nur noch wenige Zentimeter von ihr entfernt, bebten. »Fliegen zu wollen, ist eine Sünde.«

»Sagt wer? Ach ja, ich vergaß, der wertvolle Codex deines Ordens. Aber weißt du was?« Rahel verlagerte ihr Gewicht wieder nach hinten und drehte sich zu ihm um. Als sie seine Hand bemerkte, hielt sie inne. Sein innerer Konflikt stand ihm ins Gesicht geschrieben. Sie musste erkennen, was er im Begriff gewesen war, zu tun. Und trotz dieses Wissens verzog sie keine Miene, sondern legte ihre Hand wie selbstverständlich in seine und erhob sich mit seiner Hilfe. Von dort oben blickte sie auf ihn herab. Und plötzlich sah Asher sie nicht mehr fallen. Vor seinen Augen stieg sie in die Luft, den orange leuchtenden Wolken näher als irgendjemand sonst.

»Manchmal ist es besser, fliegen zu wollen, statt zu sterben.« Damit stieg sie von der Balustrade und entließ seine Hand.

Sofort prallte Asher einen Schritt zurück und widerstand dem Drang, die Stelle anzustarren, wo sie ihn berührt hatte. Die Haut dort prickelte und wollte ihn nicht vergessen lassen, was gerade geschehen war. Er hatte es nicht getan. Die Gelegenheit war verstrichen. Und nun wusste Rahel, dass er sie töten würde. Auch wenn sie sich nichts anmerken ließ und sich unbeeindruckt gab, würde sie nun auf der Hut sein und ihre eigenen Maßnahmen ergreifen.

»Du meinst wohl, fliegen zu wollen und dann trotzdem zu sterben. So wie all die Menschen, denen du das eingeredet hast und die dann wegen dir gestorben sind.« Er hatte das nicht sagen wollen. Nicht so, nicht jetzt, auch wenn ihre Taten ihn abstießen. Doch es laut auszusprechen, war genau das, was Asher brauchte. Das und die Wut auf sich selbst, weil es ihm von nun an nur umso schwerer fallen würde, zu tun, was getan werden musste.

Rahels Fassade zerbrach, und darunter verzerrte sich ihr Gesicht vor Schmerz und einer verzweifelten Wut. »Oh, ich denke, auf einen weiteren Menschen mehr oder weniger, der wegen mir stirbt, kommt es dann auch nicht mehr an.« Sie stieß mit dem Finger gegen seine Brust. »Denn du bist der Nächste, wenn du nicht deine verdammte Klappe hältst, Wächter! Du verstehst nicht einmal im Ansatz, wovon du da redest! Also beschmutze das Andenken dieser Menschen nicht mit deinen sinnlosen, dummen Worten.«

»Dann stimmt die Anklage nicht? Sie sind nicht wegen dir gestorben?« War es das, was sie sich einzureden versuchte? Hielt sie sich allein mithilfe einer Lüge so hartnäckig aufrecht, obwohl sie vor Schuld am Boden kriechen sollte? Nun, dann würde er ihr die Augen öffnen. »Es ist dein Hochmut gewesen, wegen dem sie ins offene Messer gelaufen sind!«

»Ich habe ihnen ein Ziel gegeben, eine Vision, eine Zukunft! Sie haben kein Leben gehabt. Jeder von ihnen hatte es verdient, ein bisschen hochmütig zu sein und nach Höherem zu streben – fliegen zu wollen! Denn sie sind ganz unten gewesen. So tief unten, dass keiner von euch Warden sich auch nur nach ihnen umgedreht hätte.« Irgendwo stoben ein paar Vögel in die Höhe, und der Wind nahm Rahels Brüllen mit sich und zerriss es nach wenigen Metern. Sie jaulte auf, ein schrecklicher Laut, der Asher durch Mark und Bein ging, und stieß ihn vor die Brust. Automatisch ließ er sich einen Schritt zurückfallen. »Meine Eltern hätten es verdient gehabt, nicht in diesem Leben gefangen zu sein. Mein Vater hätte es verdient gehabt, nicht dazu gezwungen zu sein, mit Drogen zu handeln, um seine Familie zu ernähren. Denkst du, es ist Habgier oder irgendeine andere Sünde gewesen, die ihn angetrieben hat? Kein Vicious hatte seine Hand im Spiel, allein die Ordnung, die dein wundervoller Orden erschaffen hat. Er ist getötet worden. Nicht von einem Vicious, sondern von einem Menschen.«

Ihre Worte prasselten auf ihn ein, während Tränen über ihr Gesicht liefen. »Sie haben uns als Abschaum betrachtet, als Menschen, die weniger wert sind, weil wir verdorben sind und nicht nach ihren Tugenden leben. Was für eine andere Wahl haben sie uns gelassen? Denkst du, die Warden sind dort draußen nur auf der Suche nach Vicious? Weißt du überhaupt, wie dein heiliger Orden vorgeht, wenn er nach Sünden unter den Menschen sucht? Sie infiltrieren uns mit ihren Vicious, verbieten alles, was auch nur den geringsten Anstoß erregen könnte. Sie bestrafen und demütigen jene, die bereits am Boden liegen, drohen mit der Verdammnis und rufen leere Versprechungen aus, damit wir an ihren Himmel glauben. Wir haben euch nie als unsere Beschützer angesehen!«

Wie betäubt beobachtete Asher, wie alles an Rahel sekundenlang auseinanderfiel. Ihre Worte beschworen ein Grauen in ihm herauf, das er am liebsten abgeschüttelt hätte. Natürlich wusste er, dass harte Maßnahmen ergriffen wurden, um die Sünde zu tilgen, doch er hatte noch nie erlebt, wie die Menschen darunter litten. Rahels Schmerz sprang auf ihn über wie eine ansteckende Krankheit. Dass sie ihn mit ihm geteilt und damit etwas offenbart hatte, das sie sonst sorgsam verschlossen hielt, machte sie auf die schrecklichste Art und Weise nahbar.

»Stattdessen haben die Menschen der Cañada Real mich als ihre Beschützerin gewählt. Und ich habe versagt.« Das Gesicht halb abgewandt, wischte sich Rahel die Tränen von den Wangen. »Scham«, murmelte sie, wobei sich ihre Lippen kaum öffneten. »Es ist keine Angst und Traurigkeit auf Lucifers Gesicht gewesen, sondern Scham.«

Sprachlos schüttelte Asher den Kopf. Er wusste nicht, was er sagen, was er fühlen, denken sollte. »Was ...?« Sprach sie von dem Gemälde in der Hall of Pride?

Rahel atmete tief ein, schüttelte ihr Haar nach hinten aus und fixierte ihn erneut, gefasster diesmal. »Du sagst, ich hätte ihnen meinen Hochmut aufgezwungen und sie in den Tod geschickt. Inwiefern tut der Orden etwas anderes, als euch seine Moral einzuflößen und für seine Ziele einzusetzen? In der Erfüllung eurer Pflicht könnt ihr genauso gut sterben.«

Endlich regte sich Widerstand in ihm. »Wir verschreiben uns freiwillig den Tugenden. Die Vicious flüstern den Menschen ihre Sünden ein.«

»Ich habe nur geweckt, was bereits in ihren Herzen gewesen ist.«

»Und ganz nebenbei hast du dich zu ihrer Heiligen erhoben. Das hast du natürlich ganz uneigennützig getan.«

»Ihr dagegen folgt einfach nur euren Befehlen und Regeln, ohne darüber nachzudenken oder das Ganze zu hinterfragen.«

»Wir hinterfragen es nicht, weil wir das Richtige tun. Tugenden bergen das Gute, Sünden das Böse.« Es klang fast zu einfach, aber so war es nun einmal. Das konnte sie unmöglich abstreiten.

»Die Welt ist ein böser Ort«, spuckte Rahel verächtlich aus. »All deine Tugenden wären in der Cañada Real nutzlos. Du würdest dort keinen Tag überleben.«

Asher wollte ihr erklären, dass die Menschen den Ort machten, nicht andersherum. Doch er ahnte, dass sie sich bei dieser Diskussion im Kreis drehen würden. Rahel hatte ihre Überzeugungen, und etwas in ihm bewunderte sie dafür. Anders als er entschied sie intuitiv, was falsch und richtig für sie war, ohne sich auf das zu besinnen, was man sie gelehrt hatte. Und stark und stolz trug sie es vor, und er hatte nicht die geringste Chance gegen ihre reine Willenskraft. Unbewusst griff er nach seiner Spiegelreliquie.

Natürlich entging ihr das nicht. »Ich habe meinen Hochmut nicht gegen dich eingesetzt.«

Zweifelnd horchte er in sich hinein. Ständig warf sie damit um sich. Vielleicht verbarg sie es irgendwie, wenn sie ihre Fähigkeiten gegen ihn einsetzte. Ein ketzerischer Gedanke. Die Reliquien waren unfehlbar.

»Und falls es dir noch nicht aufgefallen ist: Das werde ich auch nicht.«

Weil Asher sie vorher töten würde. Rahel musste zu derselben Schlussfolgerung gekommen sein. Und wenn sie damit rechnete, würde sie nach anderen Mitteln und Wegen suchen, ihn loszuwerden.

Dennoch würde sie nicht standhalten, dafür war sie dem gefährlichen Kipppunkt zu nahe. Er und sie würden erneut am Abgrund stehen. Nur würde Asher das nächste Mal nicht zögern, ihr den Todesstoß zu versetzen. Das war es, was er sich schwor, als er sich abwandte und sie hinter sich herwinkte. »Komm jetzt. Ich muss dich vor der Sperrstunde in die Schlafkammern gebracht haben.«

»Verstehe, so entgeht ihr Warden also der Gefahr, einen Gedanken allzu lange auf euch wirken zu lassen. Ihr beendet das Gespräch einfach.«

Asher wusste nicht, ob er das hier als Gespräch bezeichnet hätte. Vielmehr fühlte er sich wie nach einer anstrengenden Trainingseinheit, während der Murray seine Kondition bemängelt hatte. Die Erwiderung war vergessen, als Rahel an ihm vorbei zur Dachtür stolzierte. »Warte, woher hast du den Mantel?«

Erst jetzt wurde ihm bewusst, dass sie neben dem karierten Kleid mit dem Ledergürtel und den kleinen Knöpfen, die sie bis zum Hals geschlossen hatte, auch einen dunkelgrünen Mantel trug. Das Kleid hatte sie an ihrem zweiten Tag aus dem Fundus erhalten, den Mantel jedoch hatte sie heute im Garten noch nicht getragen.

»Eden hat mir ihren Ersatzmantel geliehen.« Rahel funkelte ihn an. »Nachdem ihr uns nicht besser als Gefängnisinsassen behandelt. Ich habe bereits die ganze Woche in diesem verfluchten Inselwind gefroren.«

Asher rieb sich über die Stirn. »Ich habe mir bereits gedacht, dass die Vicious gelogen hat. Sie hat gesagt, sie hätte dich seit dem Frühstück nicht mehr gesehen.« Sicher hatten sie sich köstlich darüber amüsiert und darauf gewettet, wann er von Lambert erwischt werden würde. Schlimmer noch, wegen ihnen hatte er auch Olivia in Schwierigkeiten gebracht.

Abrupt hielt Rahel mit der Hand auf dem Türknauf inne. »Du hast Eden nach mir gefragt?«

126

Zugegeben, das war tatsächlich nicht seine beste Idee gewesen. »Ja, ich habe dich gesucht und ...«

»Großartig.« Rahel schüttelte den Kopf. »Ich habe ihr gesagt, dass du weißt, wo ich bin, und dieser Ausbilder was von dir gewollt hat.«

Er blinzelte, als die Erkenntnis zu ihm durchsickerte. »Du hast ...«

»Gelogen, ganz genau«, ergänzte Rahel. Nur ergab das keinen Sinn. Sie hätte vor Eden damit prahlen sollen, dass sie ihm entkommen war. Immerhin war das ihre Natur. »Nicht um deinetwillen. Ich traue Eden noch nicht und wollte sie nicht wissen lassen, dass ich mich unbefugt von dir entfernt habe.«

Schweigend brachten sie den engen Treppenaufgang hinter sich, an dessen Ende Rahel das Vorhängeschloss wieder einrasten ließ. Asher betrachtete sie misstrauisch von der Seite. »Woher hattest du eigentlich den Schlüssel?«

»Die richtige Frage lautet: Woher habe ich den Schlüssel. Und da dir die Antwort nicht gefallen würde, lassen wir das lieber.«

Dann hatte sie sicher ihren Hochmut eingesetzt, um ihn zu bekommen, gegen irgendeinen der Angestellten. Ein Vergehen, das hart bestraft wurde. Nur konnte Asher nichts beweisen, weil er nicht dabei gewesen war, und wenn er zugeben würde, nicht dabei gewesen zu sein ... Nun, das ließen sie lieber. Er konnte sich glücklich schätzen, dass Rahel nicht Schlimmeres angestellt hatte und von einem anderen Warden dabei erwischt worden war.

Seine Gedanken wurden jäh unterbrochen, als sie im Vorraum der Schlafkammern von Ausbilder Lambert abgefangen wurden. Er hatte auf seine Beute gelauert und stürzte sich mit weit aufgerissenen Fängen auf sie. »Yudin! Es wurde gemeldet, dass du deiner Pflicht nicht nachkommst.« Sein Blick flog zu Rahel und zurück zu ihm. Er schien nicht damit gerechnet zu haben, dass Asher in Begleitung der Vicious aufkreuzen würde. Was nur bedeuten konnte, dass Eden ihn tatsächlich verpfiffen hatte. »Erkläre dich!«

Etwas legte sich schwer auf Ashers Brust, doch er atmete dagegen an. Er konnte nicht darauf hoffen, dass Lambert sich gnädig zeigen würde, selbst wenn er den rotgewandeten Warden erwähnte. Doch eine Lüge wäre nicht nur eine Sünde, Rahel hätte sie auch genauso schnell zerschlagen, wie er sie aussprächе. Allein, um ihm eins auszuwischen.

»Hier bin ich doch, oder? Der Wächter ist mir nicht von der Pelle gerückt, keine Sorge«, sprach Rahel in sein Luftholen hinein. Sie sagte es mit der ihr eigenen Selbstverständlichkeit, sodass er es beinahe selbst geglaubt hätte. Sogar einen genervten Blick hatte sie für ihn übrig.

»Dich habe ich nicht gefragt, Vicious!«, donnerte Lambert. »Stimmt das, Adept? Warum ist mir dann Gegenteiliges zu Ohren gekommen?«

Es war so einfach. Asher musste ihre Worte nur bestätigen. »Ja.« Er räusperte sich, weil seine Stimme viel zu rau klang. »Ja, das stimmt. Sie hat zwischendurch Kleidung von einer anderen Vicious erhalten und sich umgezogen, so lange habe ich gewartet.« Jetzt schmückte er das Ganze auch noch aus. Aber wie hätte er auch sonst erklären sollen, wie dieses Gerücht zustande gekommen war.

Lambert verzog die Mundwinkel nach unten. Das war nicht der Ausgang der Ereignisse, die sich der Ausbilder erhofft hatte. »Dir sollte bewusst sein, wie ernst diese Angelegenheit ist. Wenn du deine Pflichten vernachlässigst, setzen wir einen Warden ein, der dieser Aufgabe gewachsen ist.«

Wieder war es Rahel, die seine Atemlosigkeit mit Worten füllte. »Er hätte mich beim Umziehen beobachten sollen? Wäre das nicht reichlich ... lasterhaft gewesen?« Mühelos kam ihr diese Provokation über die Lippen.

Die schallende Ohrfeige sah niemand von ihnen kommen. Nicht Asher, der zusammenzuckte, als wäre er selbst geschlagen worden, nicht Rahel, der ein überraschtes Wimmern entwich. Ihr Kopf war von der Wucht des Schlags herumgerissen worden. Langsam drehte sie ihn wieder, um Lambert mit glühendem Hass zu fixieren. Asher konnte körperlich spüren, wie sie ihren um sich schlagenden Hochmut mit aller Kraft im Zaum hielt. Und als er sah, dass Rahels Lippe wieder aufgesprungen war und ihre Wange bereits anschwoll, wollte er nichts lieber, als Lambert auf seinen Knien um Vergebung flehen sehen.

Hastig wandte er sich ab. Reiß dich zusammen, ermahnte er sich. Das darfst du nicht einmal denken.

Lambert verzog keine Miene, während er geduldig darauf wartete, dass Rahel die Kontrolle verlor. »Und wenn die Vicious Probleme verursacht«, fuhr er fort, ohne die Ohrfeige weiter zu kommentieren, »gibst du mir sofort Bescheid. Verstanden?«

»Verstanden«, wiederholte Asher.

»Melde dich gleich zur Nachtwache.«

»Natürlich.« Nach einem weiteren Augenblick entließ der Ausbilder sie.

Erst an der Tür zu Rahels Schlafkammer endete seine Pflicht für diesen Tag. Auf dem Weg durch die Flure, in die bereits Stille eingekehrt war, dachte Asher an alles und nichts. Worte formten sich in seinem Kopf und versanken wieder in den Tiefen seiner aufgewühlten Gedanken. Er vermied es, Rahel anzusehen, selbst dann, als sie vor der Tür innehielt.

»Damit habe ich meine Schuld für dein Eingreifen an meinem ersten Tag beglichen. Außerdem hat diese Lüge auch mich geschützt. Also erwarte nicht, dass das noch mal passiert.«

Ihre Stimme klang hart und dennoch ... Nun sah Asher doch auf, allerdings drehte sich Rahel nicht noch einmal zu ihm um, als sie in ihre Kammer trat und die Tür hinter sich schloss. Sie hatte für ihn gelogen und ihn vor einer Strafe bewahrt. Eine Sünde, die auch auf ihm lastete, da er Rahel nicht aufgehalten hatte. Und obwohl sie ihn gerade darauf hingewiesen hatte, dass sie es allein aus Eigennutz getan hatte, obwohl es falsch von ihr gewesen war, Lambert anzulügen, bedeutete es ihm etwas.

Doch das war längst nicht das Schlimmste. Viel unerträglicher war es, dass er sich wünschte, er hätte den Schlag für sie abgefangen. Und dass er nie mehr mit ansehen wollte, wie ihr Schmerz zugefügt wurde.

7
Pulvis et umbra sumus.

Wir sind nichts als Staub und Schatten.

Am Morgen nach Lamberts Ohrfeige holte Asher Rahel wie immer an der Tür ihrer Schlafkammer ab. Ihre Wange hatte sich violett verfärbt und ihre Lippe war geschwollen. Als sie den Speisesaal betraten, stellte sie ihr Gesicht mit einer Illusion wieder her, und auch wenn Asher ihr diesen Schutzschild vor den Blicken der anderen gern zugestanden hätte, zerschlug er ihn. Natürlich regte sich Rahel furchtbar darüber auf, sodass sie erneut vergaß, ihren Hochmut abzulehnen. Und natürlich blieb das nicht unbemerkt, woraufhin sie für eine weitere Woche von den Lehrveranstaltungen ausgeschlossen wurde.

Eine weitere Woche in den Gärten, Stunden, die er sinnlos statt im eigenen Unterricht oder bei Trainingseinheiten verbrachte, weitere Wachschichten, in denen er nachts Albträumen nachjagte. Die Nachtwache sollte sie auf den Kampf gegen die Auswüchse der Sündenkraft vorbereiten, also waren die Adepten dabei im Wesentlichen auf sich gestellt. Es galten nur wenige Regeln. Zu den wichtigsten gehörte, dass die Türen der Schlafkammern unter allen Umständen geschlossen bleiben mussten

131

und ein Kontakt zu den Vicious untersagt war. Es hatte in der Vergangenheit genügend Vorfälle gegeben, bei denen ein Vicious seine Macht eingesetzt und einen Warden dazu gebracht hatte, ihn rauszulassen. Nicht, dass das etwas an ihren Fluchtchancen geändert hätte, denn es gab immer noch die Wachposten, Mauern und nicht zuletzt die Klippen der Insel ins aufgewühlte Meer zu überwinden. Es waren Verzweiflungstaten gewesen, die jedoch nicht selten Verluste unter den Adepten nach sich gezogen hatten.

Vicious waren immer hungrig, erinnerte sich Asher an seine Lehrstunden. Ihre Natur hungerte danach, Sünde unter die Menschen zu bringen und das zu werden, wozu sie bestimmt waren. Sich ihrem Laster hinzugeben und die dämonische Form zu erlangen. Sie mochten dagegen ankämpfen, doch im Grunde ihres Herzens sehnte sich jeder von ihnen danach. Deshalb würden sie immer unberechenbar bleiben. Das machte sie so gefährlich. ›Traut niemals einem Vicious‹, hörte er Murrays strenge Stimme.

In den ersten Nächten hatte sich Asher den anderen Adepten angeschlossen, weil er ohne sein Reliquienschwert kaum eine Chance gegen größere Albträume hatte. Jede Nacht übernahm einer der Adepten des vierten Ranges die Rolle des Patrouillenführers und koordinierte die anderen entlang der gitternetzartig angelegten Flure. Es gab einige Knotenpunkte, an denen sie sich aufstellten, um die Albträume abzufangen, während durch die äußeren Flure Patrouillen geschickt wurden. Keine Nacht lief wie die vorherige ab.

Dass er sich in die Kommandostruktur der Warden einfügen konnte, hatte zu den wenigen Dingen gehört, an denen Asher nie gezweifelt hatte. Er hatte sein ganzes Leben praktisch nie etwas anderes getan, als Befehlen zu folgen und Erwartungen gerecht zu werden. In den vergangenen Jahren hatte er sich an Murrays rauen Umgangston, Nolans Sticheleien, Laurents Leichtsinn und selbst an Victorias ständige Herausforderungen gewöhnt.

In der neuen Gruppe war er nicht nur der Unerfahrenste, es gab auch nichts, was er tun konnte, um ihre Meinung über ihn zu verbessern. Asher hatte es versucht, sich in die vordersten Reihen begeben, um sich den Albträumen zu stellen. Um dann darauf hingewiesen zu werden, dass er in der Nachtwache nicht nach Ruhm suchen, sondern sich zurückhalten sollte.

Seitdem hielt er sich in den äußeren Fluren auf und streifte dort allein umher, um die kleinen Streuner zu erschlagen. Die Masse der Albträume ballte sich im Zentrum der Schlafkammern, wo nicht nur die meisten Vicious untergebracht waren, sondern sie auch von den Wächtergruppen angelockt wurden.

Immer öfter landete Asher vor der Tür zu Rahels Schlafkammer. In einer Nacht hatte er sekundenlang davor innegehalten und sich gefragt, wovon sie wohl gerade träumte.

Diese unangemessenen Gedanken und ihre Begegnung auf dem Dach hatten dazu geführt, dass er sich in ihrer Anwesenheit jeden Blick in ihre Richtung, der nichts mit seiner Aufgabe zu tun hatte, und jedes überflüssige Wort verbot. Eine stille Übereinkunft, in der Rahel es ihm gleichtat. Sie nickten sich morgens zu, und Asher beließ es bei distanzierten Bemerkungen, während Rahel es sich einfach machte und ihn komplett ignorierte. Das ließ sie ihn zumindest glauben. Asher wusste, dass sie noch wachsamer als zuvor war und selbst ihren nächsten Zug plante. Er hätte gern das Gleiche von sich behauptet. Nur hatte sich bisher keine weitere Gelegenheit ergeben, sie zu töten.

Bis auf die Nächte, in denen er unbeobachtet vor ihrer Tür stand. In denen er nur den Riegel entfernen, sie im Schlaf überraschen und es zu Ende bringen müsste. Offiziell würde es heißen, dass sie seinen Geist beeinflusst und ihn dazu gezwungen hatte, die Tür zu öffnen. Er hatte sich nur gewehrt. Inoffiziell hätte er seinen Befehl erfüllt.

Da sich Lambert immer noch weigerte, ihn am Nachmittagstraining teilhaben zu lassen, verbrachten sie die Nachmittage in der Bibliothek, jeder von ihnen in seine eigenen Studien vertieft. Er selbst wollte auf diese Weise zumindest den theoretischen Stoff aufarbeiten, während Rahel sich recht unentschlossen durch verschiedenste Werke wühlte und van Hovens Literaturliste komplett ignorierte.

An einem dieser Nachmittage stützte sich jemand mit der Hand auf dem Tisch ab und beugte sich in Ashers Richtung. »Was ist los, Yudin? Versuchst du jetzt, dein fehlendes Training in Büchern zu finden? Kleiner Tipp: Das ist weitaus effektiver, wenn du einen Stapel davon in die Höhe stemmst oder so.«

Asher sah von seiner Lektüre auf und blinzelte die Buchstaben weg, die sich über seine Netzhaut gelegt hatten. Sein Nacken war bereits ganz steif, und wenn er ehrlich zu sich selbst war, hätte nicht mehr viel gefehlt, und er hätte seinen Kopf auf die Seiten gebettet und dringend benötigten Schlaf nachgeholt. Was verheerende Folgen gehabt hätte, nutzte Rahel doch, seit sie ihm vor zwei Wochen entwischt war, jede Gelegenheit, um die Grenzen seiner Bewachung auszutesten. Hastig streckte er sich und drückte den Rücken durch. Eine Ablenkung kam ihm gerade recht – selbst wenn sie in Form von Arthur Snyder erschien. Er ließ kaum eine Gelegenheit aus, Asher aufzuziehen, und auch unter den anderen Warden hatte sich schnell rumgesprochen, wer er war. Nein, wer seine Eltern gewesen waren.

Er war nicht allein. Hinter ihm tauchten zwei weitere Adepten zwischen den Bücherregalen auf, mit denen die verwinkelte Bibliothek gefüllt war. Chrysander war so etwas wie der Kopf der Adepten des dritten Ranges, zu denen auch Arthur gehörte. Er gab Ausbilder Lamberts Befehle weiter und sorgte in seiner Abwesenheit für Ordnung. Sein Auftreten als Warden war vorbildlich, und er verkörperte das, was sich der Orden unter einem perfekten Wächter der göttlichen Tugenden vorstellte – folgsam und diszipliniert gegenüber Autoritäten, furchtlos im Kampf gegen die Vicious und ihre Versuchungen und geschickt mit dem Schwert.

»Komm schon, nur weil du nichts anderes mit Büchern anzufangen weißt, heißt das nicht, dass es anderen genauso geht.« Chrysander stieß Arthur gegen den Hinterkopf und lächelte dabei milde, als würde er ein Kind rügen. Der Adept gehörte zu seinen engsten Freunden. Asher fragte sich insgeheim, ob Chrysander ihn nicht nur deshalb so nahe bei sich behielt, weil Arthur ständig über die Stränge schlug.

Der dritte Adept hatte den vierten Rang inne und war Asher unbekannt. Sein blondes Haar war so kurz geschoren, dass es seinen Kopf nur noch als feinen Flaum bedeckte. Links und rechts seiner Mundwinkel zeichneten sich Grübchen ab, und er musterte Asher interessiert.

Nicht ganz sicher, was er von diesem Besuch halten sollte, schloss Asher den Buchdeckel. Er warf einen schnellen Blick zu Rahel, die am anderen Ende des Tisches saß, sechs Stühle von ihm entfernt. Auch vor ihr lag ein Buch. Im Moment war sie allerdings damit beschäftigt, die Störenfriede aus zusammengekniffenen Augen zu mustern.

»Wir stören nicht lange, Yudin«, sagte Chrysander. Er deutete mit dem Kopf zu dem Adepten vierten Ranges. »Das hier ist Nikolai Chandler. Er hat etwas mit dir zu besprechen.«

»Ach ja? Worum geht es denn?«

Nun wandte sich auch Chrysander abwartend an Nikolai. Der zögerte einen Augenblick, bevor er sich räusperte. »Nicht hier. Unter vier Augen.«

Die ganze Sache wurde immer merkwürdiger. »Das geht nicht, solange ich im Dienst bin.« Mit einer Handbewegung wies Asher auf Rahel hin, obwohl es sicher nicht nötig gewesen wäre – wie könnte irgendjemand unberührt von ihrer strahlend hellen Präsenz bleiben.

Nikolai verzog die Mundwinkel zu einem knappen Lächeln, das seine Grübchen vertiefte. »Wir gehen nur dort rüber zu dem Regal an der Ecke, in Ordnung? Von dort siehst du sie noch.«

Mittlerweile wusste jeder in der Akademie, dass er zur Bewachung der Vicious eingeteilt worden war.

Asher spürte Rahels Blick brennend heiß auf seiner Haut, erhob sich aber nickend, um Nikolai zu folgen.

»Ah, deine kleine Vicious. Kein Problem, Yudin, wir behalten sie so lange für dich im Auge.«

Abrupt blieb Asher stehen und wandte sich nun doch noch einmal um. Arthur pirschte sich gerade um den Bibliothekstisch herum an Rahel heran, was Chrysander mit einem Stirnrunzeln verfolgte. Er würde ihn davor bewahren, etwas Dummes zu tun, aber eine Vicious sicher nicht vor einem seiner Brüder in Schutz nehmen. Solange sie hier studierten, besaßen sie zwar gewisse Rechte, die sie sich jedoch genauso schnell verspielen konnten. Eine Ohrfeige, wie Lambert sie Rahel versetzt hatte? Eine vollkommen legitime Handlung, vor allem für einen Ausbilder.

Während ihm diese Gedanken durch den Kopf gingen, achtete er nicht so sorgfältig wie sonst darauf, Rahels Blick auszuweichen. Und traf ihn sekundenlang. Denkst du etwa, ich könnte nicht auf mich selbst aufpassen?, schien sie sagen zu wollen. Spöttisch, herausfordernd und doch ... in seiner Vorstellung mit einem milden Unterton.

»Ist das ein Problem für dich?«, sprach Nikolai ihn leise auf sein Zögern an. »Wenn Arthur und Chrysander sie im Auge behalten?«

Asher ballte unbemerkt die Hände zu Fäusten und riss sich von Rahels Bann los, um den anderen Adepten anzusehen. »Nein, warum sollte es?«

Gemeinsam begaben sie sich außerhalb der Hörweite der anderen. Dadurch konnte Asher nicht mehr verstehen, was Arthur, sich in provokanter Manier auf den Stuhl neben Rahel stützend, zu ihr sagte. Ihre Konzentration richtete sich auf ihn, und sie erwiderte etwas. Rahel machte nicht den Eindruck, sich von den anderen Warden bedroht zu fühlen – sie würde es nicht zulassen, sich Unbehagen oder gar Angst anmerken zu lassen. Ihre Macht würde plötzlich und ohne Ankündigung an Arthur ziehen. Sollte sie ihren Hochmut entfesseln und ein Kampf entbrennen, wäre das vielleicht der letzte entscheidende Stoß, den es brauchte, um sie zur Dämonin zu machen.

Er könnte sie töten, und ihr Tod würde seine Seele nicht belasten, weil er rechtmäßig wäre, ganz anders als ein Schubs vom Dach.

Oder Arthur und Chrysander würden sie töten und ihn

seiner Aufgabe berauben. Dann hätte er überhaupt nichts bewiesen, während er hier mit Nikolai stand.

Arthur nahm Rahels Buch in die Hand und schlug es zu. Unmerklich spannte sich Asher an.

»Ich dachte, es könnte vielleicht ein Problem für dich sein, weil du wie jemand wirkst, der sich seine Pflichten nicht gern von anderen abnehmen lässt«, lenkte Nikolai erneut seine Aufmerksamkeit auf sich.

Er wandte sich ihm zu. Der Adept musterte ihn eingehender und mit einem anderen Ausdruck als noch Sekunden zuvor. Nicht mehr abschätzig, sondern als würde er etwas in Asher sehen, worauf er die ganze Zeit insgeheim gehofft hatte.

»Da hast du nicht ganz unrecht«, gab Asher zu und zwang sich zu einem knappen Lächeln. »Ich nehme das hier sehr ernst.«

Nikolai lehnte sich mit verschränkten Armen gegen den Rahmen des Bücherregals. »Sie wird sich sicher für ein paar Minuten benehmen, um dir keinen Ärger zu machen, oder?« Mit einem Blick zurück fügte er trocken hinzu: »Und Arthur auch.«

Was sollte er sagen – dass sie sich nicht darum scherte, ob er in Schwierigkeiten geriet? »Rahel ist ... nun, unberechenbar.« Als er ihren Namen benutzte, wanderten Nikolais Augenbrauen in die Höhe. Verdammt. Sie bezeichneten die Vicious nicht mit ihren Namen. Jede persönliche Verbindung war fatal, öffnete sie den Geist doch für ihre Macht.

Doch was erwarteten sie sich auch davon, einen Warden derart eng an eine Vicious zu binden? Es war unmöglich, die Distanz zu wahren. Genau das machte diese Aufgabe so schwierig. Und zum ultimativen Beweis für seine Widerstandskraft.

»Das ist sicher nicht leicht für dich.«

»Ich komme mit ihr klar«, widersprach Asher sofort.

Nikolais Grübchen vertieften sich. »Ich meine, dich hier plötzlich zurechtfinden zu müssen. Normalerweise werden die Adepten nach ihrer Prüfung der Tapferkeit und dem Wechsel hierher engmaschiger betreut. Kennen ihre Gruppe. Haben anfangs nur unter Aufsicht Kontakt zu den Vicious.«

»Oh.« Seine Schultern sackten herab. »Leicht ist es nicht, aber ich habe gewusst, dass es das nicht wird, als ich mich freiwillig gemeldet habe.«

»Worauf sich hier niemand wirklich einen Reim machen kann, nebenbei bemerkt. Die eine Hälfte denkt, dass du nicht mehr ganz bei Trost sein kannst, die andere hält dich für ziemlich aufgeblasen.«

Bis auf die Nachtwachen hatte er wenig Kontakt zu den anderen Adepten, weil er ständig an Rahels Seite sein musste und ein separates Quartier bezogen hatte. Dass niemand seine Beweggründe nachvollziehen konnte, kam dennoch nicht überraschend. »Und zu welcher Hälfte gehörst du?«

Nikolai zuckte mit den Schultern. »Zu gar keiner. Sobald ich gehört habe, dass du ein Yudin bist, wusste ich, dass weder das eine noch das andere zutrifft.«

Er sprach den Namen seiner Familie nicht so aus wie die anderen. Das Abschätzige war verschwunden und zurück war etwas geblieben, dem Asher selten genug begegnete: Aufrichtigkeit.

»Ich habe außerdem gehört, dass Lambert sich nicht um dein Training kümmert. Selbst wenn sich das irgendwann demnächst ändert, hängst du bereits so weit zurück, dass du die Prüfung zum dritten Rang nicht bestehen wirst.«

»Leider ist der Ausbilder der Meinung, dass meine Aufgabe mich bereits genügend fordert.« Auch wenn Nikolai aufrichtig wirkte, musste er seine Worte vorsichtig wählen.

»Lambert hält dich hin«, entgegnete der unumwunden. »Es würde ihm kaum Umstände machen, dich an den Trainingseinheiten teilnehmen zu lassen. Weißt du, warum er es trotzdem nicht tut?«

Asher zögerte mit seiner Antwort. Er würde sich hüten, ein schlechtes Wort über Lambert zu verlieren oder Mutmaßungen zu äußern. Dass sie von ihm erwarteten, dass er scheiterte. Dass sie ihn nicht für wert erachteten, ihn angemessen auszubilden. Dass Lambert ihn nicht mochte. Und ein cholerischer Mistkerl war. Die Adepten beschwerten sich untereinander über die Ausbilder und machten sich auch mal heimlich über sie lustig. Das linderte den Druck, der auf ihnen lastete, und schweißte sie zusammen. Asher hatte das nie getan. Wenn auch nur ein Wort davon an den Inquisitor herangetragen worden wäre ... Es stand zu viel auf dem Spiel.

Allerdings war er es auch müde, Rechtfertigungen für den Ausbilder zu erfinden. »Nein«, antwortete er leise und wich Nikolais prüfendem Blick aus. Der Adept trug sein Reliquienschwert umgeschnallt, wie es jeder Warden für den Rest seines Lebens tat, sobald er es erhielt. Im ewigen Dienst für den Orden durfte er es erst bei seinem Tod ablegen. Angeblich ging der Träger einen Bund mit der heiligen Waffe ein, die wiederum das Wissen seiner vorherigen Besitzer enthielt. Jeder Streich, jeder Tropfen Dämonenblut verblieb in der Erinnerung des gesegneten Stahls. Solch eine Waffe zu führen, veränderte einen Menschen, deshalb durften die Adepten erst zur Prüfung der Tapferkeit antreten, wenn sie ausreichend ausgebildet worden waren und sich ganz dem Orden verschrieben hatten.

Nikolai folgte seinem Blick. »Das ist Ewigwacht. Dieses Schwert hat mir schon mehr als einmal das Leben gerettet ... Na ja, das wirst du wohl erst so richtig verstehen, wenn du selbst ein Reliquienschwert führst. Was meinst du, wenn es nach Lambert geht, wird das eher früher als später sein?«

»Warum sollte der Ausbilder nicht wollen, dass ich ein Reliquienschwert führe?«

»Weil er vielleicht andere Pläne verfolgt. Weil er dich nicht für würdig hält.«

Die blitzschnelle Erwiderung war wie ein Schlag vor die Brust. »Ich bin würdig!«, knurrte Asher und ließ seine Vorsicht ihm gegenüber für einen Moment fallen, um Nikolai anzufunkeln.

Auf dessen Gesicht erschien ganz langsam wieder ein Lächeln. »Das denke ich auch.« Er nickte. »Sie haben wirklich ganze Arbeit bei dir geleistet, nicht wahr? Keine Ahnung, ob sie sich damit einen Gefallen getan oder sich nur ins eigene Fleisch geschnitten haben ... Wie auch immer. Ich bin jedenfalls hier, um dir anzubieten, dich zu trainieren.«

Den Mund bereits zu einer Frage geöffnet, starrte Asher ihn wie vom Donner gerührt an. »Was?«

»Ich kann mit dir trainieren«, wiederholte Nikolai vollkommen ernst. »Jeden Abend nach dem Essen bis zum Sonnenuntergang.« Weil der während der Sommermonate erst so spät einsetzte, begann kurz darauf bereits die Sperrstunde. Im Winter hatten sie dagegen nur für wenige Stunden Tageslicht, was diesen Ort weitaus finsterer und trostloser machte. Rahel würde es hassen.

Falls sie so lange überlebte.

»Warum ... solltest du das tun?«

»Warum sollte ich das denn nicht? Das zusätzliche Training wird mir sicher nicht schaden.« Nikolai stieß sich mit der Schulter von dem Regal ab, um sich zu Asher vorzubeugen. »Und es wird deine Chancen beträchtlich erhöhen.«

»Die Prüfung der Tapferkeit zu bestehen?«

»*Sie* zu überleben.« Ohne den Blick von ihm abzuwenden, nickte Nikolai in Rahels Richtung. Mit einem lauten Knall landete ihr Buch auf dem Tisch. Ashers Konzentration löste sich wie ein nervöses Vögelchen von ihm und flatterte davon. Ein Teil von ihm wollte sofort einschreiten, während der andere Nikolai fixierte.

»Warum solltest du das *für mich* tun?«

»Dich wundert, dass ich dir das anbiete, obwohl du ein Yudin bist, richtig? Ich biete es dir aber an, *weil* du ein Yudin bist.«

Ashers Gedanken rasten, während er den Sinn in Nikolais Worten suchte. Als der andere Adept sich bereits abwenden wollte, als wäre damit alles gesagt, packte Asher ihn an der Schulter. »Wie meinst du das?«

Im ersten Moment runzelte Nikolai die Stirn und schüttelte den Arm in einer abwehrenden Bewegung. Dann sah er Asher ins Gesicht und hielt inne. »Chandler«, antwortete er leise. Zögerte erneut, wie er es zu Beginn des Gesprächs getan hatte, als wäre er sich seiner Sache nicht ganz sicher. »Du wirst dich nicht daran erinnern, aber meine Familie ist einst mit deiner verbunden gewesen. Unsere Eltern waren befreundet. Ich tue das gewissermaßen ... in ihrem Andenken.«

Mit allem hätte er gerechnet, aber nicht damit, dass jemand seine Eltern erwähnen würde, ohne im selben Atemzug auf ihr Scheitern hinzuweisen. Nicht damit, dass jemand über die Menschen sprach, die sie einst gewesen waren. Bevor sie dem Namen Yudin Schande bereitet hatten. Seine Eltern hatten Freunde gehabt. Sie waren mehr als nur die zum Tode verurteilten Warden gewesen. Asher hatte das beinahe selbst vergessen. »Aber selbst wenn sie einst befreundet gewesen sind … Warum solltest du in ihrem Andenken handeln, nach allem, was … sie getan haben?«

Nikolais Blick huschte zwischen die Regale, bevor er Asher ebenfalls die Hand auf die Schulter legte und dicht an ihn herantrat. »Hast du dich nie gefragt, warum deine ganze Familie in Ungnade gefallen ist, wenn deine Eltern lediglich der Versuchung durch die Vicious erlegen sein sollen? Warum sie auch dich im Auge behalten?« Er flüsterte inzwischen, und seine Worte überschlugen sich beinahe.

»Die verdorbene Saat befällt die ganze Ernte«, murmelte Asher, was sie über ihn sagten.

»Allerdings auf andere Weise, als du vielleicht denkst. Sieh dir ihren Urteilsspruch an, falls du jemals die Gelegenheit dazu erhältst. Er lautet nicht Versagen im Dienst. Er lautet Verrat.«

Verrat. Das Wort kroch in Ashers Kopf und setzte sich dort fest. Ein kleiner Keimling, der Wurzeln schlug auf dem Nährboden seiner tiefsten Zweifel und Gedanken, die er nie offen ausgesprochen hatte, nicht einmal gegenüber Olivia. Wenn er ihn gut pflegte, würde er wachsen und bald den fein säuberlich angelegten Steingarten der Lehren des Ordens überwuchern. Nein, das war nicht einmal nötig. Wildblumen benötigten keine Pflege, um zu gedeihen.

Sie durften nur nicht an der Wurzel gepackt und herausgerissen werden.

Nikolai nutzte den Moment, um von ihm abzurücken und ihm ein letztes Mal auf die Schulter zu klopfen, als führten sie ein lockeres, kameradschaftliches Gespräch. »Also schön, ich lasse dir eine Nachricht zukommen, sobald wir mit dem Training beginnen können, in Ordnung? Die Vicious musst du wohl notgedrungen mitbringen. Aber wir sollten vorerst dafür sorgen, dass Ausbilder Lambert nichts hiervon erfährt.« Von dem privaten Training und den Worten über seine Eltern. Als würde Asher jemals wagen, etwas davon laut zu wiederholen.

Ein weiterer Knall ließ sie beide zu dem Tisch herumfahren, an dem sie die anderen zurückgelassen hatten. Nur war es diesmal nicht Rahels Buch, sondern ihr Stuhl, den Arthur zur Seite gestoßen hatte. Sie selbst stand inzwischen auf der anderen Seite des Tisches und sah aufmerksam von Arthur, der sich ihr gerade bedrohlich näherte, zu Chrysander.

Asher fluchte, doch noch während er in ihre Richtung eilte, ging Chrysander bereits dazwischen. »Schluss jetzt, Arthur«, sprach er laut und in dem scharfen Tonfall, den er normalerweise nur nutzte, wenn jede freundliche Ermahnung nichts mehr nützte. Asher fiel auf, dass er die Hand auf den Knauf seines Reliquienschwerts gelegt hatte. Nicht kampfbereit, sondern in pflichtschuldiger Haltung und mit stolzgeschwellter Brust. »Ausbilder Lambert vertraut darauf, dass ich die Disziplin wahre und dafür sorge, dass du keinen Ärger machst.«

Abrupt blieb Arthur stehen, um seinen Freund düster anzustarren. »Dass ich keinen Ärger mache? War mir neu, dass ich ein Kindermädchen brauche.«

Chrysander plusterte sich auf. »Das bräuchtest du nicht, wenn du wissen würdest, wann es genug ist.«

Nikolai trat an Asher vorbei zu den beiden anderen.

»Lasst uns das außerhalb der Bibliothek klären. Wenn Archivar Hadid uns bei Lambert anschwärzt, weil wir die Ruhe seiner heiligen Hallen gestört haben, wird es den Ausbilder nämlich nicht interessieren, wer für den Ärger verantwortlich ist.«

Nach einigem Murmeln und einem letzten vernichtenden Blick von Chrysander zogen die drei ab. Nikolai nickte ihm noch einmal zu, dann kehrte Stille ein. Und Asher war wieder allein mit Rahel, die immer noch auf der anderen Seite des Tisches stand. Unversehrt und unbehelligt von den Adepten, die zu sehr mit sich selbst beschäftigt gewesen waren.

»Du hast deinen Hochmut eingesetzt.«

Ihre Lippen bildeten einen schmalen Strich, als sie den Kopf schief legte und vermutlich überlegte, ob sie direkt mit ihm fortfahren sollte.

»Nicht, um dich über sie zu erheben und sie abzuwehren, sondern um Chrysander dazu zu bringen, Arthur aufzuhalten«, fügte er hinzu. Und er hatte es nicht bemerkt. Chrysander, der dem Ausbilder als strahlendes Beispiel diente, hatte sich vom Hochmut versuchen lassen. Es schockierte ihn kaum genug, um ihn von seinen wirbelnden Gedanken um den angeblichen Verrat seiner Eltern abzulenken. Asher war selbst erstaunt, wie klar er in diesem Moment sah. Und wie tief er zugleich in einen Strudel der Gefühle gezogen wurde.

Anerkennung blitzte in Rahels Augen auf. »Es ist ganz leicht gewesen. Er hält sich ohnehin schon für etwas Besseres, auch wenn er es hinter falscher Bescheidenheit verbirgt.«

»Das hättest du trotzdem nicht tun dürfen. Du weißt, dass es den Vicious verboten ist, ihre Macht gegen die Warden einzusetzen, ebenso wie sie anzunehmen.« Ashers innere Anspannung entlud sich in seiner Faust, die auf das Holz der Tischplatte traf.

Rahel zog eine Augenbraue hoch. »Ich hätte sie also mit mir machen lassen sollen, was ihnen gerade so in den Sinn kommt? Nur weil ihr Warden eure Sünder am liebsten wehrlos mögt?«

»Genau das hättest du. Und wenn Arthur dich dazu aufgefordert hätte, ihm seine verfluchten Füße zu küssen, hättest du deinen Hochmut beiseiteschieben und auf die Knie gehen müssen.« Asher erkannte sich in seiner zu einem Knurren verzerrten Stimme kaum wieder. Er war zu aufgewühlt.

Rahels Miene verhärtete sich. Mit einem Schritt stand auch sie direkt am Tisch, der nun als einziges Hindernis zwischen ihnen lag. »Und danach mache ich am besten direkt bei dir weiter, nicht wahr? Ist es das, wovon du nachts träumst, Wächter? Dass ich vor dir auf die Knie gehe?«, höhnte sie, unwissend, was die Vorstellung, wie sie sich langsam vor ihm sinken ließ, während sie seinen Blick fest in ihrem hielt, mit ihm machte. »Dann melde mich doch deinem Ausbilder. Oder noch besser: Vollzieh die Strafe gleich selbst.«

Als sie ihm die immer noch leicht verfärbte Wange hinhielt, wurde Ashers Mund ganz trocken. »Ich werde dich nicht schlagen.«

»Dann, würde ich sagen, wird mal ein ganz schlechter Warden aus dir. Oder gar keiner.«

Sein Herz zog sich schmerzhaft zusammen. Zielsicher traf sie ihn genau dort, wo es am meisten wehtat. Hatte er bereits zu viel von sich und seinen Zweifeln preisgegeben? Oder war es offensichtlich, wie verzweifelt er um Anerkennung kämpfte? »Ich werde dich nicht schlagen, weil Adepten die Strafen nur unter Anleitung ausführen dürfen. Es sei denn, sie werden direkt von einem Vicious angegriffen. Also nur zu, tu dir keinen Zwang an und gib mir einen Grund.« Asher hätte sich am liebsten verzweifelt übers Gesicht gerieben und sich einfach abgewandt. Stattdessen kochte die Wut immer heißer durch seine Adern.

»Das hättest du wohl gern«, erwiderte Rahel leise. »Aber wie es aussieht, habe ich mich gerade wesentlich besser unter Kontrolle als du, also wirst du wohl noch etwas auf deine Chance warten müssen.«

»Noch etwas warten müssen«, wiederholte Asher. Düsternis umwölkte seinen Verstand. »Wohl kaum sehr viel länger. Was bringen die Strafen, wenn du keine Demut lernen willst?« Ihre Tränen auf dem Dach, die er am liebsten mit seinen Lippen getrocknet hätte? Sie hatte sich nur selbst bedauert, denn Vicious fühlten nichts für ihre Mitmenschen außer dem Hunger, der ihrer Natur entsprach. Vermutlich war es nicht einmal ein Versehen gewesen, dass sie ihn den Schmerz hatte sehen lassen, sondern pure Berechnung.

Und es hatte funktioniert, weil sein Herz wie ein Echo reagiert und sich für Rahel geöffnet hatte. Er hatte bei ihrer Lüge mitgespielt. Er hätte sie vor Arthur und Chrysander beschützt. Und das nur, weil er genauso anfällig war wie seine verräterischen Eltern.

Verrat.

Hätte sich sein Zorn gegen Rahel gerichtet, wäre er jetzt einfach auf sie losgegangen, und sie zu verletzen hätte ihm Befriedigung verschafft. Doch das tat er nicht. Sein Zorn richtete sich gegen sich selbst, gegen seine Unfähigkeit, gegen seinen Wunsch, Rahels Gedanken zu lauschen, zu verstehen, was sie bewegte, gegen seine Erleichterung, dass sie Arthur davon abgehalten hatte, ihr etwas anzutun. Gegen die vergangenen zwei Wochen, in denen er ihrem Hochmut nicht ein einziges Mal widerstanden hätte, wenn sie es darauf angelegt hätte.

Sie wusste es. Sie wussten es beide.

Nikolais Andeutungen hatten ihm den Rest gegeben. Wenn es stimmte, dass seine Eltern Verräter gewesen waren, waren sie nicht einfach nur Opfer der Vicious geworden. Die Schande, zu der sie Asher verdammt hatten, war etwas gewesen, das sie vorausgesehen hatten, ein Risiko, das sie in Kauf genommen hatten.

Die Hitze in ihm steigerte sich ins Unerträgliche. Nein. Er würde das nicht akzeptieren. Sein Verstand wehrte sich gegen diese Vorstellung und stieß sie wütend von sich, versuchte sie loszuwerden, mit welch scharfen Klauen sie sich auch in sein Fleisch bohrte. Asher war sich kaum bewusst, dass das Brüllen, das er hörte, aus seiner Kehle stammte. Allein die Taubheit und der metallische Geschmack im Mund verrieten es ihm. Der Drang, zu zerstören, war überwältigend. Er war nie ein gewalttätiger Mensch gewesen, doch in diesem Moment legte sich ein roter Schleier über seinen Blick. Rahel, deren Stirnrunzeln während der vergangenen Sekunden immer tiefer geworden war, verschwand dahinter. Er würde den gleichen Schmerz verbreiten, den seine Eltern ihm hinterlassen hatten, den Nikolai, ob nun bewusst oder nicht, in ihm geweckt hatte.

Und wenn er dabei verbrennen würde, dann sollte es so sein.

Als er wieder zu sich kam, fühlte er sich elender als zuvor. Seine Knöchel waren blutig geschlagen, seine Kehle wund, auf seiner Haut lag ein fiebriger Schweißfilm. Um ihn herum herrschte Zerstörung: Bücher, die er wahllos aus den Regalen gerissen hatte, lagen völlig zerfleddert zu seinen Füßen, weitere Stühle waren umgeworfen, die Scherben einer Tischlampe dazwischen verteilt. Noch verheerender sah es in seinem Inneren aus, als hätte sich der Zorn verzweifelt dagegen gewehrt, ein Ventil nach außen zu finden und sich stattdessen an ihm vergangen wie ein Künstler an seiner Leinwand.

Du bist kaputt, flüsterte eine dämonische Stimme in seinen Gedanken.

»Weißt du, ihr Wächter habt echt ein paar richtig beschissene Ideen, die ihr dringend überdenken solltet.« Rahel hatte sich nicht von der Stelle gerührt. Sie hatte seinem Anfall still beigewohnt. Das Entsetzen schwand nur langsam aus ihrem Blick, der auf etwas hinter Asher gerichtet war. »Ihr wollt keine ertränkten und herausgerissenen Pflanzen? Lasst Vicious des Hochmuts keine Gartenarbeit verrichten. Ihr wollt keine zerfetzten und verbrannten Bücher? Vielleicht solltet ihr dann nicht ausgerechnet Vicious aus dem Hause Zorn in die Bibliothek lassen.«

Er fuhr herum. Und fluchte beim Anblick des Albtraums, der zwischen den Regalen stand. Fasriges, blankes Muskelfleisch spannte sich über seine drei Meter hohe Schattengestalt, als wäre er gehäutet worden. Wie alle Albträume besaß er keine Augen, dafür zierte ein breites Maul, dessen spitze Zähne zu einem Grinsen gebleckt waren, sein Gesicht.

Ein Vicious hatte sich von hinten angeschlichen, angelockt von dem Gefühlschaos, das in Asher gewütet hatte. Er hatte seine Wut ins Vielfache potenziert und ihn zur Sünde getrieben. Und als er mit ihm fertig gewesen war, hatte er seine Macht, die wie ein Rückfluss von Asher zu ihm gewirkt hatte, abgelehnt, diesen Albtraum hinterlassen und das Weite gesucht.

Der Albtraum verschwand, begleitet von einem Flimmern in der Luft, tiefer in der Bibliothek. So wie sich Rahels Albtraum in der Arena von Callaham abgewandt hatte, war es auch nicht Asher, der sein Interesse weckte. Sein Zorn war von dem Vicious ausreichend ausgeschöpft worden. Albträume wandelten wie Schatten zwischen den Menschen, für die sie unsichtbar waren, hefteten sich an ihre Fersen, sprachen ihre tiefsten Ängste an und laugten sie immer weiter aus.

Asher zog seine Klinge und setzte ihm einen Schritt nach, da hatte Rahel es bereits um den Tisch herum geschafft und fing ihn ab. Sie stellte sich ihm in den Weg, als könnte sie durch pure Willenskraft verhindern, dass er sie einfach aufspießte, und griff nach seinem Schwertarm. »Sei nicht dumm.«

Er verharrte in ihrem Griff, sah sie nicht an, sondern starrte auf seine gesenkte Klinge. Fest hielt er das Heft umklammert. »Lass mich los. Dieser Albtraum ist wegen mir entstanden, also werde ich ihn auch erschlagen.« Der Vicious hatte sich an seinem Zorn genährt, weil er nicht aufgepasst hatte.

»Kaum zu glauben, dass ich das sage, aber: Dein Stolz ist hier wirklich fehl am Platz.«

Asher schob ihren Arm zur Seite, um sich an Rahel vorbeizudrängen. »Es ist nicht mein Stolz, sondern meine Pflicht als Warden.«

Von hinten schnappte sie sich seinen anderen Arm, ließ ihn nicht gehen. Es wäre leicht, sich loszureißen, denn er war um einiges stärker als sie. »Und dein verdammtes Pflichtgefühl ist noch weniger hilfreich. Der Albtraum ist riesig, und du hast mit diesem Zahnstocher keine Chance. Denkst du, ich habe inzwischen nicht mitbekommen, dass du keines dieser heiligen Schwerter führst wie die anderen hier?«

Als sie mit beiden Händen an ihm zog, reagierte Asher instinktiv. Vielleicht war es der Nachgeschmack des Zorns, der noch bitter in seinem Mund lag. Er wirbelte zu Rahel herum und stieß sie von sich und gegen den Tisch. Nur dass sie nicht daran dachte, ihn loszulassen. Von seinem eigenen Schwung mitgerissen, zog sie ihn hinter sich her. Sekundenlang badete er in dem sonnenwarmen Duft, den ihre schwarzen Locken wie eine sinnliche Wolke hinter sich herzogen. Gefangen zwischen dem Verlangen, ihn zu inhalieren, und ihrer Präsenz schwebte er einen Moment lang einfach nur.

Rahel hielt sein Handgelenk immer noch umklammert, obwohl sie rückwärts gegen die Tischkante geprallt war. »Asher.« Sein Name aus ihrem Mund war pure Erlösung. Die reinste Form, die seine Seele liebkoste und ihm Absolution für all seine sündhaften Gedanken erteilte, die Rahel betrafen. »Du bist in keinem Zustand, es mit einem Albtraum dieser Größe aufzunehmen.«

Zu müde, zu sehr aus der Form, zu aufgewühlt. Und immer noch ein Warden ohne Reliquienschwert. Sie hatte recht. Und dennoch ... »Kann dir das nicht egal sein?«

Rahel musterte ihn eingehend aus ihren dunklen Augen. Sie standen so dicht voreinander, dass er die vielen Sommersprossen hätte zählen können. Sie breiteten sich über ihre Nase und die Wangen aus, und zwei davon hatten sich auf ihr Kinn verirrt. Eine Falle: Sie lenkten seinen Blick direkt auf ihre vollen Lippen. »Es ist mir aber nicht egal«, bewegten sie sich.

Du bist mir nicht egal, gaukelte ihm sein Verstand ungefragt vor. Die Wahrheit war weitaus ernüchternder.

»Wenn du bei dieser lebensmüden Aktion stirbst, werden sie ganz sicher mir die Schuld in die Schuhe schieben.«

Mit einem Ruck befreite sich Asher aus ihrem Bann und aus ihrem Griff. Eine Illusion, nicht mehr. Sie hinterließ einen fahlen Nachgeschmack, der den bitteren des vergangenen Zorns ablöste. »Du hast …«

»Ich habe gar nichts«, unterbrach Rahel ihn. Zu seiner Überraschung klang ihre Stimme gepresst. Mit geschlossenen Lidern seufzte sie tief. »Bei *dir* würde ich das sofort merken. Denn du hast nicht die geringste Ahnung, wie schwer es ist, mich bei dir zurückzuhalten.«

Asher war fest davon ausgegangen, dass sie es endlich getan hatte, dass sie ihren Hochmut gegen ihn eingesetzt hatte. Das wäre eine weitaus bessere Entschuldigung für seine verwirrenden Gedanken gewesen, als sich einzugestehen, dass er sich gewünscht hatte, ihr wichtig zu sein.

Rahel öffnete die Augen, und er reagierte zu langsam, um den Blick rechtzeitig abzuwenden. »Wenn du jetzt hinter diesem Albtraum herrennst, werde ich dir nicht folgen. Ich werde mir die erstbesten Warden suchen und ihnen meinen Hochmut ins Gesicht schleudern. Wer weiß, vielleicht tun sie sich sogar gegenseitig weh, in dem Versuch, mir zu gefallen. Wo wirst du dann sein, um mich aufzuhalten und deine Pflicht zu erfüllen?«

»Das wagst du nicht. Sie würden dich sofort überwältigen – falls du nicht direkt zur Dämonin wirst.«

Rahel schlug die Lider nieder, und ein düsteres Lächeln zupfte an ihrem linken Mundwinkel. »Willst du es wirklich darauf ankommen lassen?« Behände schwang sie sich auf die andere Seite des Tisches.

»Warte!« Asher hechtete ihr hinterher, und sofort blieb sie stehen.

»Ja? Bist du dir deiner Sache doch nicht so sicher, Wächter?«

Innerlich verfluchte er sie, während er sich um eine ausdruckslose Miene bemühte. Es wurde dringend Zeit, dass er die Mauern um sich herum wieder aufbaute und Rahel aussperrte. In seinem Gefühlschaos war sie versehentlich dahinter geraten, und die Wirkung war verheerend. »Du hast mich nur gerade daran erinnert, was meine eigentliche Pflicht ist.« Er schloss zu ihr auf, ohne sie wirklich anzusehen. »Du. Dich keinen Schritt unbeobachtet zu lassen.«

Rahels Miene verdüsterte sich. »Daran musst du *mich* sicher nicht erinnern.«

»Wir melden den Albtraum, damit er aufgehalten werden kann, bevor er noch mehr Schaden anrichtet«, verkündete Asher, während sie sich in Bewegung setzten. Sicher hatte er schon einen Archivar oder einen ihrer Angestellten aufgespürt. »Hast du den Vicious gesehen, der ihn erschaffen hat?«

Rahel hatte ihm gegenübergestanden, und der Unbekannte musste sich irgendwo hinter Asher befunden haben. Es war also nicht unwahrscheinlich. Bei seiner Frage lachte sie jedoch leise. »Nein, Wächter, habe ich nicht.«

Asher hielt sich davon ab, nachzuhaken. »Nein, natürlich nicht.«

8
Omnes sumus peccatores.

Wir alle sind Sünder.

In ihrem ersten Kurs, den sie nach wochenlanger Gartenarbeit endlich besuchen durfte, lernte Rahel, dass ihre Macht nicht angeboren war. Der Orden predigte, dass niemand in Sünde geboren wurde. In keinem Kind lauerte das Böse, was Kinder in jeder Hinsicht rein machte. So lange, bis sie die Geschlechtsreife erlangten und es dann eben nicht mehr waren. Sobald sie einen gewissen Punkt überschritten hatten – körperlich, geistig, emotional, manchmal wortwörtlich –, konnte jede Tat das Dämonische in einem Menschen wecken.

Rahel hielt das für ausgemachten Blödsinn, der nur dazu diente, die Ideologie des Ordens zu verbreiten. Sie hatte nichts getan, was die Macht in ihr geweckt hatte. Auch wenn sie erst erwacht war, als sie alt genug gewesen war, um sie zu verstehen, war sie immer da gewesen. Sie war damit geboren worden, weil die Menschen der Cañada

Real sie gebraucht hatten. Nichts anderes würde sie als ihre Wahrheit akzeptieren.

Die Warden durchforsteten bereits die Mittelschulen nach jungen Vicious, die sie dann in gesonderte Einrichtungen steckten. Sie entrissen diese Jugendlichen ihren Familien und bewahrten sie fernab der Zivilisation auf, bis sie alt genug waren, um die Academy of Sins zu besuchen. Es war unmöglich, Teenager die Kontrolle über ihre Sündenmacht zu lehren – zumindest darin stimmte Rahel mit ihnen überein, wenn sie an ihre eigene Jugend zurückdachte. Dem Orden ging es vor allem darum, den Schaden, den sie anrichteten, zu begrenzen und sie von der Menschheit fernzuhalten. Er ließ sich als Beschützer der Menschen und Erlöser der Sünder feiern.

So stammten viele ihrer neuen Mitstudenten aus solchen Einrichtungen. Inzwischen fiel es ihr nicht schwer, sie unter den anderen auszumachen. Sie waren zahmer, gefügiger und stiller, weil sie genug Zeit gehabt hatten, sich mit ihrem Schicksal abzufinden und sich dem Orden zu unterwerfen.

Eden bildete eine der wenigen Ausnahmen. Sie erzählte Rahel, dass sie mit dreizehn in ein Heim nahe Trondheim gebracht worden war.

»Sie haben mich schon damals regelmäßig bestraft. Oh, wie oft habe ich ihre Gebote niedergeschrieben, bis meine Hand verkrampft ist und ich den Stift kaum noch halten konnte«, berichtete sie, während sie im Hörsaal auf die Mistress warteten, die sie als Nächstes in einem Grundlagenkurs unterweisen sollte. Eden lachte barsch auf, bei der Erinnerung flackerte es bedrohlich in ihren Augen. Obwohl sie bereits länger als Rahel an der Akademie war, wurde sie immer wieder für diese elementaren Lehrveranstaltungen eingeteilt. Ein Vicious studierte so lange, bis er nicht mehr widersprach, bis er seine Macht kontrollierte und sich den Warden unterwarf. Oder dem Druck nicht mehr standhielt und als Dämon getötet wurde.

Rahel hatte das Kinn auf die Faust gestützt und hörte ihr aufmerksam zu. Mittlerweile hatte sie die Vicious aus dem Hause Zorn, der sie anfangs misstraut hatte und die keine Gelegenheit ausließ, Asher zu triezen, lieb gewonnen. Sie war die Einzige, die ohne Vorbehalte auf sie zugegangen war und sich nicht an ihrem Bewacher störte. Da Eden wie sie selbst kein Blatt vor den Mund nahm, hatten sie die Gesellschaft der jeweils anderen schnell zu schätzen gelernt.

Rahel hatte sich in der Cañada Real davor gehütet, Freundschaften einzugehen. Es hätte ihrem Status nicht gutgetan, und die Leute nur in Versuchung geführt, sie auszunutzen und ihre Macht für ihre Zwecke einzusetzen. Etwas, woran sie sich regelmäßig selbst erinnerte.

»Einmal habe ich vor Wut darüber, dass sie mein geheimes Zigarettenlager gefunden und es mir weggenommen haben, den Rock der Heimmutter in Brand gesteckt. Als eine der Schwestern daraufhin versucht hat, die Flammen zu ersticken, habe ich sie mit Zorn infiziert. Du hättest sehen sollen, wie sie aufeinander eingeschlagen haben.« Etwas Seliges zeigte sich auf ihrem Gesicht.

Der erste Schock über die Bilder, die bei Edens Erzählung in ihrem Kopf entstanden waren, legte sich bereits nach wenigen Sekunden. Stattdessen dachte Rahel darüber nach, warum sie Edens Zorn in dem Heim genährt statt besänftigt hatten. War es nicht die beste Möglichkeit, einen positiven Einfluss auf die jugendlichen Vicious auszuüben?

»War eine beschissene Zeit, und sie haben mir mehr als einmal gesagt, dass ich ohnehin verloren sei. Dass ich heute eine so liebenswürdige Person bin«, fand sie plötzlich zu ihrer Maske zurück und lächelte Rahel unschuldig an, »ist ganz allein mein Verdienst. Kein Stück der ihre.« Wie sehr ihr blondes Haar und die blauen Augen doch über die Gewalttätigkeit hinwegtäuschten, die darunter lauerte und ihrem Haus eigen war.

»Aber sie finden nicht alle Vicious bereits als Jugendliche, oder?«, wollte Rahel wissen und musste daran denken, dass die Ankunft einer neuen Abtrünnigen in der Akademie nichts Ungewöhnliches gewesen war.

Eden neigte den Kopf, sodass ihr Haar wie ein Vorhang über ihre linke Gesichtshälfte fiel. »Nein. Manche haben sich zu gut verborgen, andere sind zu gut verborgen worden. Von Menschen, die sie lieben und wissen, dass sie ihnen genommen werden, wenn ihre wahre Natur herauskommt. So ist es bei Callum gewesen.« Edens Freund hatte gerade einen anderen Kurs, worüber Rahel froh war. Auch wenn er allgemein ein schweigsamer Kerl war, verhielt er sich ihr gegenüber immer noch äußerst reserviert, wenn nicht gar feindselig.

Da er nicht hier war, konnte sie also genauso gut nachhaken. »Wer hat ihn vor dem Orden versteckt?«

»Seine Mutter. Die Königin von England.« Als Eden Rahels Verblüffung bemerkte, lachte sie leise auf. Und voll Bitterkeit. »Was denn, hast du gedacht, die Großen und Mächtigen blieben von der Sündenmacht verschont? Das hätten sie wohl gern, denn sie bemühen sich ganz besonders darum, ihre Sprösslinge möglichst tugendhaft zu erziehen und sie widerstandsfähig gegen die Laster zu machen. Auch Callum hat wortwörtlich eine königliche Erziehung genossen. Was den Neid trotzdem nicht davon abgehalten hat, in ihm zu erwachen. Es ist eine Tatsache, dass die Vicious allen gesellschaftlichen Schichten entspringen, und zwar zu gleichen Anteilen. Nur werden sie in den unteren viel schneller zu Dämonen oder einfach von den Warden abgeschlachtet.«

Ein weiteres Argument dafür, dass die Macht angeboren war, wie Rahel fand. »Wenn es nichts bringt, warum versuchen sie es dann trotzdem?«

Eden zuckte mit den Schultern. »Weil der Orden es so lehrt. Denkst du, die Wächter sagen den Menschen, dass es vollkommen egal ist, ob sie ihren Tugenden folgen oder nicht? Und wenn ein Kind aus tugendhaftem Haushalt zum Vicious wird, muss das Böse es letztlich doch in Versuchung geführt und über es gesiegt haben. Weil die Bemühungen der Eltern nicht genug gewesen sind.«

Das passte zu dem Bild, das Rahel von den Warden hatte, auch wenn die Cañada Real zu weit weg von ihrer Menschlichkeit gewesen war. Kaum einer ihrer Prediger verirrte sich in die Gassen des Elendsviertels. »Sie belügen die Menschen?«

»Es ist keine Lüge, wenn du selbst so fest daran glaubst, dass du es als Wahrheit akzeptierst«, hielt Eden dagegen. »Und darin sind die Mitglieder des Ordens außerordentlich gut.«

Rahel musste an Asher denken und stimmte Eden mit einem Nicken zu. Ihr Warden stand bei den anderen Adepten, die zur Bewachung der Lehrveranstaltung eingeteilt waren, nicht weit entfernt. Die meiste Zeit über ignorierte sie ihn, so wie man auch nicht ständig Ausschau nach seinem Schatten hielt. Seit der Sache auf dem Dach hegte sie den Verdacht, dass er den Befehl erhalten hatte, sie zu töten. Er hatte mit sich gerungen, und er hätte niemals ohne einen direkten Befehl gegen eines der Gesetze der Akademie verstoßen. Dafür hatten sie ihm den Gehorsam zu gut antrainiert – und doch hatte es nicht ausgereicht, um Rahel den entscheidenden Stoß zu versetzen.

Trotz ihrer stillen Übereinkunft gerieten sie immer wieder aneinander, genau wie vor ein paar Tagen in der Bibliothek. Sie hatte es genossen, wie er sie angesehen hatte und ihn aus der Reserve zu locken. Auch wenn das am Ende aus dem Ruder gelaufen war, weil eine andere Vicious ihre Finger im Spiel gehabt hatte.

»Haben sie das auch der Königin von England gesagt?«, nahm Rahel den Faden wieder auf. Sie sollte die Gelegenheit nutzen, mehr über Callum herauszufinden, solange er nicht an Edens Rockzipfel hing. »Dass ihre Bemühungen nicht ausreichend gewesen sind?«

Eden sah sich im Hörsaal um, der vom Murmeln der Vicious erfüllt war. Sie saßen ganz oben, nahe der holzverkleideten Wand, vor ihnen die treppenartig angelegten Sitzreihen. Die anderen hielten lieber weiterhin Abstand zu Rahel, und bei ihrem ersten Kurs war sie von misstrauischen Blicken und verhaltenem Getuschel begrüßt worden. So feindselig wie während ihres ersten Morgens war ihr niemand mehr begegnet, was damit zusammenhing, dass Nika sich einen neuen Tisch gesucht hatte und die meisten Vicious die Warden als Bedrohung ansahen und nicht so konfrontativ wie die Gruppe um Eden waren.

Auf ihrem Platz schob sich Eden etwas näher an Rahel heran und senkte die Stimme. »Ich nehme nicht an, dass sie Callums Mutter etwas vormachen konnten. Er redet nicht gern darüber, deshalb weiß ich selbst nicht allzu viel. Aber angeblich hat sogar der Divine Warden, der als Botschafter des Ordens dauerhaft am Hof verweilt, seine Finger im Spiel gehabt und die Königin dabei unterstützt, Callum vor seinesgleichen abzuschirmen. Etwas, das ihn seine Stellung gekostet hat. Er hat im Nachhinein ausgesagt, Callum hätte ihn mit seiner Sündenmacht getäuscht, genau wie die Königin und den Hofstaat.«

Rahel versuchte sich den verängstigten jungen Mann als Teenager vorzustellen, und mit genügend krimineller Energie, um die Leute um sich herum – darunter ein mächtiger Divine Warden – derart zu manipulieren. Es gelang ihr nicht. Callum war schrecklich darum bemüht, ihren Wärtern kein Anzeichen für ein Fehlverhalten zu liefern, obwohl er sie genauso hasste wie sie.

»Schwer vorzustellen, nicht wahr? Callums Vater, der König, hat dem Versteckspiel letztlich ein Ende gesetzt und seinen eigenen Sohn ausgeliefert. Er hat nie ... besonders große Stücke auf ihn gehalten. Ist grausam zu ihm gewesen. Das und der anschließende Prozess haben eine panische Angst vor den Warden in ihm geweckt. Und davor, zum Dämon zu werden und von ihnen abgeschlachtet zu werden.«

»Das ist mir auch schon aufgefallen«, erwiderte Rahel. »Auch wenn er nicht viel mit mir redet, strahlt er diese ständige Unruhe aus, dass ich ihn manchmal gern ...« Sie zuckte mit den Schultern.

Eden lachte unterdrückt. »Ich weiß, was du meinst. Manchmal möchte man ihm wirklich den Hals umdrehen für sein ständiges Winseln und Kriechen vor den Warden.« Plötzlich wurde ihr Blick weicher. »Oder ihn ganz lange im Arm halten.«

»Letzteres trifft dann wohl eher auf dich zu.«

»O ja, ich halte ihn gern und lange im Arm. Am liebsten nackt.«

Das kam so überraschend, dass Rahel amüsiert losprustete. »Okay, so genau wollte ich es dann vielleicht doch nicht wissen. Aber«, sinnierte sie, ließ die Hand vom

Kinn sinken und runzelte die Stirn, »haben die Warden kein Problem damit, dass ihr ...?«

»Wir binden es ihnen jetzt nicht gerade auf die Nase«, erklärte Eden mit einem belustigten Funkeln in den Augen. »Es gibt Mittel und Wege. Man muss sie nur kennen.«

»Und damit meinst du wohl Orte und Zeiten.« Im Kopf ging Rahel die wenigen Möglichkeiten durch, die ihr einfielen. Auf dem Klo? Nicht gerade romantisch, wenn auch zweckdienlich, wie sie annahm. Oder vielleicht ein kleines Stelldichein in irgendeiner dunklen Ecke der Akademie? Bei ihrem getakteten Tagesablauf, der sie bloß nicht durch Langeweile in Versuchung führen sollte, irgendeine Sünde zu begehen, und den patrouillierenden Wächtern gar nicht so einfach. Nur dass sie sich nachts rausschlichen, konnte Rahel ausschließen.

»Ich könnte es dir zeigen. Allerdings müsstest du dafür deinen Bewacher loswerden.«

»Oder er macht einfach mit.« Die Worte waren heraus, bevor Rahel sie noch einmal überdacht hatte.

Eden reagierte mit einer hochgezogenen Augenbraue und einem würgenden Laut. »Hoffentlich nur, um ihn auf diese Art und Weise abzulenken und loszuwerden. Dafür müsstest du schon die Macht einer Vicious aus dem Hause Lust besitzen. Oh, vielleicht kenne ich da jemanden ...«

Sofort verfinsterte sich Rahels Gesicht. Was sollte das denn heißen? Dass sie ohne lüsterne Sündenmacht nicht attraktiv genug war? »Ach ja? Und wieso?«

Falls Eden ihre Verärgerung bemerkte, überging sie es großzügig. »Weil es den Warden absolut und unter allen Umständen verboten ist, sich auf die Vicious einzulassen. Der Orden würde ihn sofort verbannen. Wie gesagt muss ich zugeben, dass das eine effektive Methode wäre, ihn loszuwerden – sofern du denn wirklich so tief sinken kannst. Allerdings würde er sich niemals über dieses Verbot hinwegsetzen. Kein Warden würde das.«

»Verboten«, wiederholte Rahel gedankenverloren. Und plötzlich wurde es umso verlockender, der seltsamen Anziehung nachzugeben und herauszufinden, wie lange Asher widerstehen würde. Eden hatte recht, sie verachtete die Warden. Allerdings erfüllte sie der Gedanke, Asher nahezukommen, nicht mit Abscheu. Da waren neugierige Vorfreude und dunkles Verlangen. Ihn zu zerstören? Zu beweisen, dass die Verbote des Ordens nichts wert waren im Vergleich zu den tiefsten Wünschen und Sehnsüchten eines Menschen? Um ihren Stolz zufriedenzustellen, dass es ihr gelingen würde? O ja, das alles stellte einen unglaublichen Reiz dar.

Doch ihr Herz schlug aus anderen Gründen schneller.

»An diesem Ort, den ich dir zeigen könnte, geht es aber nicht nur um Lust«, führte Eden ihr eigentliches Thema weiter aus. »Dir ist vielleicht aufgefallen, dass das ... Freizeitangebot hier etwas zu wünschen übrig lässt. Und damit meine ich nicht das Atelier, in dem wir unsere Bösartigkeit kompensieren sollen, oder die Bibliothek für endlose Stunden des Studiums von Kunst und Moral.« Der Sarkasmus in ihrer Stimme war nicht zu überhören. »Sondern Dinge, mit denen sich normale Menschen dort draußen die Zeit vertreiben und die sie hier als unnötigen Luxus und sündhafte Ablenkung werten. Wenn wir es nach der Veranstaltung schnell genug rausschaffen, ohne dass dein Wächter uns folgt, zeige ich dir, was ich meine.«

Obwohl Rahel nachbohrte, verriet Eden ihr nicht mehr und tat außerordentlich geheimnisvoll.

Als Mistress Sybil Sterling kurz darauf den Hörsaal betrat und die Vorlesung eröffnete, legte sich das Getuschel. Eden verbarg ihre gelangweilte Miene und den unterschwelligen Zorn, der darunter brodelte, hinter ihren Haaren, während sie mit der Spitze ihres Bleistifts Löcher in den Tisch bohrte. Rahel beobachtete sie eine Weile dabei. Es war ihr während der ersten Wochen nicht aufgefallen, aber Eden nutzte ständig solche kleinen Strategien, um ihr Laster zu beherrschen. Zuerst hatte sie die Vicious für nicht besonders anfällig gehalten. Sie hatte geglaubt, Eden hätte inzwischen einfach genügend Selbstkontrolle gelernt, um derart gelassen und frohgemut mit ihrem Leben in der Akademie umzugehen.

Doch das war sie nicht, weder gelassen noch fröhlich. Nicht wirklich. Sie war wütend, und zwar in jeder einzelnen Sekunde.

Während sie Sterlings Ausführungen über die ursächliche Quelle ihrer Laster lauschte, musste Rahel an den rotuniformierten Warden denken. Rafael. Seit ihrer Begegnung im Garten hätte sie ihm ihre Macht nur zu gern entgegen geschmettert. Weil sie ihn von sich fernhalten wollte – oder weil er es beim letzten Mal genossen hatte, ihren Hochmut zu spüren? Und es sie auf eine Weise, die Rahel mit Selbsthass erfüllte, erregt hatte?

Er hatte davon gesprochen, dass sie ihren Hochmut, entgegen den Regeln der Akademie, nicht ablehnen sollte. Ihr Potenzial ausschöpfen. Wachsen. Da es sich immer noch falsch und unnatürlich für Rahel anfühlte, Albträume zu erschaffen, hätte das ihre Sympathie für Rafael steigern sollen. Und er übte auf eine absurde Weise eine gewisse Faszination auf sie aus. Nur war es ganz und gar verdächtig, dass er ihr als Warden Ratschläge gab, die seinen eigenen Lehren widersprachen. Vor allem, weil es unter der ständigen Beobachtung kaum möglich war, ohne dafür bestraft zu werden.

Noch dazu brachten ihr die Kurse bisher kaum etwas. Sie waren theoretischer Natur, und es kam Rahel unerträglich vor, auf dieser hölzernen Bank zu sitzen und der Mistress zu lauschen. Nicht etwa, weil ihr Verstand nicht mithielt. Vielmehr machte sie die Untätigkeit mürbe. Rahel hätte viel lieber ihre Einwände und Zweifel kundgetan. Nur war das in den Grundlagenvorlesungen nicht erwünscht.

»Um unsere Laster zu beherrschen, müssen wir lernen, sie zu verstehen«, führte Sterling gerade aus. Eine riesige Brille saß auf ihrer kleinen spitzen Nase, und sie trug eine florale Weste unter einem schwarzen Mantel, den sie sich über die Schultern gelegt hatte. Rahel hatte bisher nicht herausgefunden, welchem Haus sie angehörte. »Wenn wir uns unserer Macht bedienen, greift sie Körper, Seele und Geist eines Menschen an. Dieses Wissen eröffnet uns einerseits Chancen – denn unsere Laster sind am effektivsten, wenn wir sie in einem Moment einsetzen, in dem unser Ziel am anfälligsten ist. Andererseits sind wir selbst dann ebenfalls am angreifbarsten.«

Die Mistress schritt zu einem Schaubild, das neben der Tafel hing. »Das ist das Fünf-Stufen-Modell des Zerfalls. Es basiert auf dem Drei-Stufen-Modell der Übernahme, das wiederum die drei Stadien beschreibt, die ein Mensch durchläuft, wenn er von einem Laster in Besitz genommen wird.«

Sie knallte die Spitze ihres Zeigestocks gegen das erste Bild in der Reihe. »Angriff. Ein Vicious greift Körper, Geist oder Seele eines Menschen an, indem er seine Macht gegen ihn entfesselt. Die zweite Stufe: Interaktion.« Ihr Zeigestock wanderte weiter. »Der Mensch tritt in einen Dialog mit den verführerischen Gedanken, die ihm eingeflüstert werden. Und erst in der dritten Stufe, der Zustimmung, verfällt er dieser Versuchung und handelt im Sinne des Vicious.«

Nun wandte sie sich der zweiten Hälfte des Schaubilds zu. »Danach folgen die beiden Stufen des Zerfalls. Und diese betreffen die Vicious selbst. Sie sind optional und treten nur ein, wenn die eigene Sündenmacht nicht abgelehnt und in einem Albtraum kompensiert wird. Denn beim Ablehnen gestehen wir uns ein, dass das, was wir tun, falsch ist. Nehmen wir unseren Hunger nach Sünden jedoch an, dann lassen wir unser Laster zu einem Teil von uns selbst werden. Die erste Stufe des Zerfalls: Niederlage. Der Vicious verliert gegen seinen eigenen Verstand, seine Gefühle oder seinen Körper. Mit jedem Mal wird es ihm schwerer fallen, seinem Laster zu widerstehen. Er wird es immer wieder annehmen, was schließlich in die zweite Stufe des Zerfalls mündet: Besessenheit. Es bleibt nicht viel mehr von ihm übrig als die Sünde selbst, alles, was ihn menschlich gemacht hat, geht verloren. Und er wird zum Dämon.«

»Das nenne ich mal eine schnelle Eskalation«, kommentierte Rahel leise, was Eden in unterdrücktes Kichern ausbrechen ließ.

Nach den Lehren der Warden hätte sie längst zur Dämonin werden müssen, weil sie ihren Hochmut nie abgelehnt hatte, während sie die ganze Cañada Real damit erfüllt hatte.

Was sie zu der Frage brachte: Warum war sie es nicht?

Als sie den Hörsaal am Ende der Vorlesung verließen, sorgte Eden für Aufruhr, indem sie einen anderen Vicious in die Reihen der Warden schubste. Rahel verschwendete keinen Gedanken an Asher und ließ sich von ihr mitziehen. Im Laufschritt eilten sie durch die Gänge, weg von ihrem Wächter, der sich nicht schnell genug durch das Gedränge gekämpft hatte.

An der nächsten Ecke wartete Callum auf sie. Mit in den Taschen seiner Strickjacke vergrabenen Händen lehnte er an der Wand. Er stieß sich davon ab, um Eden zu begrüßen – und erstarrte, als er Rahel bemerkte. Augenblicklich verfinsterte sich seine Miene. »Du hast ihr davon erzählt?«, zischte er.

Eden warf ihr blondes Haar zurück und blieb stehen, um sich ihm zuzuwenden. »Wie angekündigt. Ich habe doch gesagt, dass ich für Rahel bürgen würde.«

Überrascht sah sie die Vicious von der Seite an. Auch wenn sie sich gut verstanden, hätte sie nicht erwartet, dass Eden so weit für sie gehen würde. Oder dass diese Angelegenheit so ernst werden würde, dass sie eine Bürgin benötigte. Wohin genau brachte sie Rahel?

»Und ich habe dir gesagt, dass das ein Fehler ist. Du kennst diese Vicious nicht und solltest es besser wissen, als ihr so leichtfertig zu vertrauen.« Es war das erste Mal, dass er in Rahels Beisein mehr als ein paar wenige Worte verlor – doch auf diese hätte sie gern verzichtet. »Die aus dem Haus Hochmut sind am schlimmsten.«

Rahel hatte bisher über Callums feindselige Blicke hinweggesehen. Sterling hätte gesagt, dass sein Verstand zerfalle, weil sein Laster der Neid war, und sie hätte ihn dazu aufgefordert, seine mentale Widerstandskraft zu stärken. Rahel jedoch wusste, dass es die Akademie war, die das aus ihm machte. Das hier war kein Ort für ihn oder irgendjemanden sonst.

Allerdings würde sie seine Worte auch nicht einfach hinnehmen.

»Du sagst, ihr kennt mich nicht, und doch sind für dich alle aus dem Haus Hochmut gleich?« Ihr verächtliches Lachen fuhr wie ein Peitschenhieb auf Callum herab.

Der zuckte zusammen und mied ihren Blick. »Es ist gefährlich. Alle wissen, dass sie bewacht wird und die Warden ihren Fall erwarten«, murmelte er seiner Freundin zu.

»Das weiß ich.« Eden klang unbekümmert. »Genau das macht Rahel auch so perfekt. Sie weiß, was sie ist, und hat keine Angst davor, genau das allen zu zeigen. Sie gibt nicht vor, etwas anderes zu sein als eine Sünderin, und fürchtet den Orden nicht. Wir brauchen sie bei uns, Callum. Und sie braucht uns.«

»Sprecht nicht über mich, als wäre ich nicht hier.«

Eden schürzte die Lippen und neigte den Kopf leicht, sodass ihr einige Haarsträhnen zurück ins Gesicht fielen. »Sicher. Callum hat in dieser Sache ohnehin nichts zu entscheiden. Ich nehme dich mit, und fertig.«

Seine zitternde Hand streifte die Edens. »Ich will nur nicht, dass du dich ins Visier der Warden begibst. Selbst wenn du sie jetzt mitnimmst, dann ...«

»Sprich nicht über mich, als wäre ich nicht da«, wiederholte Rahel. Schärfer diesmal und Wort für Wort, und in jedes steckte sie einen kleinen Schub ihres Hochmuts, sodass es kleinen Hammerschlägen glich, die auf Callums Geist niedergingen.

Erneut presste er nur die Lippen aufeinander und richtete den Blick zu Boden.

»Sieh mich an.« Diesmal legte sie mehr Macht in ihren Befehl, sodass kein Raum für Widerspruch blieb. Trotzdem stieß Callum erst ein leises Keuchen aus, bevor er langsam und mit starrer Miene den Kopf hob. Und ihr zum ersten Mal ins Gesicht sah. Als bereitete es ihm körperliche Schmerzen, schloss er die Augen. Doch kurz bevor er das tat, spürte Rahel seine Macht unter ihrer zucken, wie in einem verzweifelten Aufbegehren, das er sofort wieder erstickte. Sein Neid fühlte sich bittersüß an, wie die saftig-rote Seite eines vergifteten Apfels, wie tausend Augen, die alle das begehrten, was sie besaß, und das Gefühl, niemals genug zu sein.

Rahel wollte ihn fragen, was es ihm so unerträglich machte, sich mit ihr auseinanderzusetzen. Warum er seine Macht unterdrückte, selbst wenn sie ihn mit der ihren bedrohte. Bevor sie dazu kam, hatte Callum sich bereits ruckartig abgewandt.

Eden legte eine Hand auf seinen Arm, um ihn zurückzuhalten. »Cal, nicht!« Ihre Stimme hatte jede Schärfe verloren und klang nun flehentlich, beinahe sanft. Trotzdem schüttelte er sie ab und stürmte davon.

»Fuck!« Einen Moment sah es so aus, als würde Eden ihm nachlaufen, dann ließ sie die Hände sinken. Sie waren zu Fäusten geballt, deren Nägel sich in ihr Fleisch bohrten.

Rahel beobachtete den Zorn, der in der Vicious schwelte. Wie ein ruhender Vulkan wirkte sie auf den ersten Blick friedfertig, allerdings würde der Ausbruch verheerend sein. Sollte es so weit kommen, wollte sie sicher nicht in der Schusslinie stehen. »Ich habe keine Ahnung, was sein Problem mit mir ist.«

»Es liegt nicht an dir – nicht nur.« Eden stieß ein Knurren aus und fuhr sich durch das Haar, strich es nach hinten und atmete betont aus und ein. Immer noch starrte sie in die Richtung, in die Callum verschwunden war. »Es ist einfach sehr viel für ihn. Dieses Drecksgefängnis, die verstärkte Überwachung durch die Warden ... Und er hat sich nie wohl damit gefühlt, dass wir dieser Verbindung angehören, der ich dich vorstellen will. Er versucht regelmäßig, mich zum Austritt zu überreden, weil er ...«

Rahel horchte auf. »Weil er was?«

Eden schüttelte den Kopf. »Egal, vergiss es. Ich will gerade nicht über Callum reden. Manchmal ...« Ihre Nägel gruben sich tiefer ins Fleisch. Ihr Körper strahlte eine unnatürliche Hitze aus, während sich ein leichter Geruch nach Schwefel verteilte. Rahel musste der Vicious zumindest zugutehalten, dass nichts von ihrem Laster auf sie selbst übersprang. Und sie glaubte, den Grund dafür zu kennen: So locker sich Eden auch gab, hatten die Jahre im Heim ihre Spuren hinterlassen. Sie hatten sie Selbstkontrolle gelehrt, die über jeden Instinkt hinausging. »Manchmal macht er mich einfach so wütend!«

Ironischerweise kannte Rahel dieses Gefühl, auch wenn Eden das nicht ahnte: Manchmal – wie letztens in der Bibliothek, als er diesem Albtraum nachsetzen wollte – würde sie Asher auch einfach gern packen und ... »Ich würde ja sagen, das klingt nicht sehr gesund, allerdings passt er dann vielleicht einfach besonders gut zu dir.«

Zorn war rau, wild, selbstzerstörerisch und in all seiner Gewalt von einer makabren Schönheit. Wenn Eden könnte, würde sie es Nemesis gleichtun und diese Akademie in ihrer Rache begraben. Ihr Zorn schwappte über die Grenzmauern wie ein züngelndes Feuer, das kurz davor stand, auf die umliegenden Gebäude überzugreifen.

Sekundenlang bewunderte Rahel ihre offen zur Schau gestellte Sündenmacht, die das Dämonische in Eden nach außen kehrte. Das, was sie normalerweise unter Verschluss hielt, weil die Warden es ansonsten sofort zerschlugen. Es machte sie so viel schöner, so roh und ungeschliffen, so viel mehr sie selbst. Und sie verleugnete die Macht nicht, sondern nahm sie an, genau wie Rahel.

Eden musste die Frage in ihrem Blick bemerkt haben. »Du bist nicht allein«, flüsterte sie. »Es gibt mehr wie dich: Vicious, die ihre dämonische Seite nicht ablehnen, sondern die Macht dahinter begreifen. Den Orden dafür hassen, was er uns antut. Oder besser gesagt: Du bist eine von uns. Sofern du das möchtest.«

Der Zorn zog sich zurück, das Bild der Rachegöttin verschwand und zurück blieb die verbitterte Studentin.

»Sofern ich das möchte?«, echote Rahel zögernd.

Eden nickte. Sie standen immer noch in dem Gang, von dem Rahel sich nicht sicher war, wohin er sie führen würde. Doch bisher waren sie unbehelligt geblieben.

»Das hat sich bei Callum gerade ganz anders angehört.«

»Der beruhigt sich schon wieder«, winkte Eden ab. »Aber er hat nicht ganz unrecht. Auch bei den anderen ist etwas ... Überzeugungsarbeit notwendig gewesen.« Irgendetwas sagte Rahel, dass Nika zu diesen Personen gehörte. »Es ist schwierig, herauszufinden, wem man hier vertrauen kann. Das verstehst du sicher.«

»Das klingt, als wärt ihr ein Geheimbund oder so etwas«, murmelte Rahel.

Die Vicious des Zorns lachte auf. »Das trifft es ziemlich gut. Aber am besten ist es, wenn ich es dir zeige. Lass uns weitergehen.« Eden atmete noch einmal tief durch, dann setzten sie sich in Bewegung.

Rahel war gespannt darauf, wo sich die abtrünnigen Vicious trafen, ohne von den Warden entdeckt zu werden. Auch wenn die Akademie viel zu groß war, um sie alle jederzeit im Auge zu behalten – genau deshalb hatte sie schließlich Asher bekommen –, war das Risiko, von den Reliquien entdeckt zu werden, zu hoch. Und von den Sündenhallen hielt Eden nicht viel.

Als Rahel sie danach fragte, war ihre einzige Antwort ein verschwörerisches Grinsen. »Wir gehen ganz nach unten.«

Zu ihrer Verwunderung verließen sie das Hauptgebäude durch einen Seiteneingang, von dem ein schmaler Kiesweg in die Gärten führte. Seitdem sie ihre Strafarbeit dort beendet hatte, hatte Rahel einen großen Bogen um Weyand und die Grünanlagen gemacht. Doch diesmal war nicht der der Akademie zugewandte Teil ihr Ziel, in dem sie gearbeitet hatte und dessen Beete sorgfältig zwischen den Statuetten und Büsten angelegt waren, sondern jener Bereich des Gartens, der erst an die hohen Mauern grenzte, wilder wurde und alte Gebäudereste und zerstörte Kunstwerke überwucherte, bis er sich irgendwann auf dem Weg zu den Steilklippen im westlichen Teil der Insel verlor. Dort war alles ungeschützt den rauen Winden ausgesetzt, sodass sich eine grasbewachsene Ebene auf der Rückseite des Hauptgebäudes gebildet hatte.

Minutenlang folgten sie dem Trampelpfad an efeuüberwucherten Bäumen und Farn vorbei, der seine Blätter fächerförmig in alle Richtungen ausstreckte. Sie passierten einen vergessenen Teich, der vollständig von Seerosenblättern bedeckt war. In seiner Mitte befand sich die Statue eines Mannes, der in die Betrachtung seines eigenen Bildes im Wasser versunken gewesen wäre, wenn nicht die Hälfte des Kunstwerks fehlen würde.

Nun, da sie darauf achtete, bemerkte Rahel immer mehr Büsten, die von dem Grün begraben worden waren. Gesichter, gekrönt von Moos, die sie nicht anstarrten – denn ihre Augen waren geschlossen. Bei einem hielt Eden schließlich inne. Alles oberhalb der Nase fehlte und war bereits zerbröckelt, sodass nur noch die untere Partie zu erkennen war. Um den Hals der Büste wand sich eine ebenso steinerne Schlange. Oberhalb des Kiefers durchbrach sie das Gesicht und verschwand im Inneren.

Rahel nahm an, dass ihr Kopf genau wie der Rest des menschlichen Gesichts abgebrochen war. Doch als Eden sich auf einen Sockel stellte, um von oben hineinzublicken, wurde ihre Neugier geweckt. Sie tat es der Vicious gleich und fand den Kopf der Schlange im Inneren des aufgebrochenen Schädels. Mit aufgerissenem Maul, in das Eden nun drei Worte flüsterte. »Omnes sumus peccatores.«

Die Augen des Tieres leuchteten auf und ein leises Zischeln erklang.

Eden drehte sich wieder zu ihr um, und einer ihrer Mundwinkel verzog sich nach oben. »Der Treffpunkt lässt sich nur von innen öffnen.«

»Und wie stellt ihr sicher, dass immer jemand dort ist?« Eden hatte definitiv nicht zu viel versprochen – das Ganze stellte sich als sehr viel interessanter heraus, als Rahel anfangs angenommen hatte.

»Das wirst du gleich sehen. Ich stelle dich vor.« Damit trat Eden an der Büste vorbei an die Mauerreste heran. Erst als sie den Vorhang aus Efeu zur Seite schob, wurde der Durchgang sichtbar, der sich dahinter geöffnet hatte. War es das Geräusch gewesen, das Rahel für ein Zischeln gehalten hatte? Der dunkle Tunnel, in den Eden nun vielsagend deutete, sah jedenfalls nicht sehr einladend aus.

»Was ist das hier? Wohin führt dieser Gang?« Auch wenn sie die Vicious mehr mochte, als gut für sie war, konnte Rahel ihr Misstrauen nicht überwinden. Es hatte sie oft genug vor Fehlern bewahrt. Und vielleicht wäre es ein Fehler, sich auf Edens Freundschaft zu verlassen, sich an einen unbekannten Ort zu anderen Vicious zu begeben, die sie gar nicht bei sich haben wollten, um dann in diesem dunklen Tunnel rücklings überwältigt zu werden.

Eden stemmte eine Hand in die Hüfte. »Fürchtest du dich etwa im Dunklen?«

»Sicher nicht.«

»Vor engen Räumen?«

Nicht die angenehmste Vorstellung, aber nichts, was sie in Angst versetzte. »Nein.«

»Davor, unter der Erde zu sein? Denn dorthin führt dieser Gang. Zu den Gewölben, die sich verschüttet unterhalb der Akademie befinden«, erklärte Eden, die zu merken schien, dass sie Rahel zumindest ein paar Informationen geben musste.

Verschüttet. Das Wort hallte in ihren Gedanken wider und hinterließ eine Gänsehaut. Sie hatte kein Problem mit Höhen, doch die Vorstellung, unter der Erde zu sein, mit Tonnen von Gestein, die von oben auf sie drückten, war ... beängstigend. Ihr Lieblingsort war das Dach der Akademie.

Ihr Hochmut verbot es ihr, die Frage ehrlich zu beantworten. »Nein.«

Eden sah sie an, als hätte sie Rahel durchschaut. »Dann ist ja gut.« Damit drehte sie sich um und trat als Erste in den Tunnel.

Widerstrebend schloss Rahel sich ihr an. Hinter ihr zu gehen, war ihr deutlich lieber, vor allem als sich herausstellte, wie schmal der Gang tatsächlich war und wie steil er über ausgetretene Stufen nach unten verlief. Eden sorgte dafür, dass auch das letzte bisschen Licht erlosch, als sie irgendetwas in der Wand berührte. Beinahe lautlos schloss sich die steinerne Tür hinter ihnen.

Kalter Schweiß brach auf Rahels Haut aus. Es fühlte sich an, als würde die Dunkelheit sie verschlucken. Sie hatte Eden nicht angelogen, sie fürchtete sich nicht im Dunklen. Doch in Verbindung mit der klammen Kälte, dem Geruch nach feuchter Erde und der Vorstellung, noch tiefer nach unten zu steigen, konnte sie sich plötzlich nicht mehr rühren. Ihre Fingerspitzen stießen links und rechts gegen die Wände, die viel zu nahe waren, ertasteten Einkerbungen und Staub, der zu Boden rieselte. Sie wollte etwas nach vorne rufen, als sich das Geräusch von Edens Schritten entfernte, doch kein Laut drang aus ihrer zugeschnürten Kehle.

Keine Sekunde später hatte sie eine Lampe in der Hand und leuchtete damit zurück zu Rahel. Sie runzelte besorgt die Stirn. »Geht es dir gut?«

Rahel atmete ein paar Mal betont ein und aus, ließ die Anspannung aus ihrem Körper weichen und zwang sich dazu, weiterzugehen. Sie blieb mit den Händen an den Wänden, dafür reckte sie das Kinn und nickte nur als Antwort.

Eden zwinkerte ihr zu. »Keine Sorge, ich musste mich auch erst mal daran gewöhnen. Aber der Weg lohnt sich, versprochen.«

»Das würde ich dir auch raten«, murmelte Rahel. Dann war es eine ganze Zeit lang still, während sie weiter vordrangen und die Luft immer abgestandener wurde. Stumm kämpfte Rahel gegen den Drang an, sofort umzudrehen und den Weg nach draußen zu suchen. Es kostete sie alle Selbstbeherrschung, die sie aufbringen konnte, es nicht zu tun. Erst als die Stufen endeten und sich der Gang endlich weitete, atmete sie etwas freier. Trotzdem fühlte es sich an, als würde etwas unsichtbar auf ihrer Brust lasten. Wie tief unter der Erde sie wohl waren?

»Wir sind jetzt mehrere Meter tief unter der Akademie. Das hier sind alte Tunnel, die zu noch älteren Gewölben führen. Die Academy of Sins ist viel später einfach darauf errichtet worden, und niemand weiß, dass sie immer noch existieren und sogar zugänglich sind.«

Schön, vielleicht hatte sie das doch nicht so genau wissen wollen. »Und wer hat das hier ursprünglich errichtet, und zu welchem Zweck?«

Eden hatte sich mittlerweile zu ihr zurückfallen lassen, nun da sie auch nebeneinander laufen konnten. »Vielleicht hast du schon davon gehört: Die Ortsansässigen nennen diese Insel Sindaray. Insel der Sünder. Die Warden ärgern sich gern darüber, dass sie sie nicht nach ihnen benannt haben.« Ihr entfuhr ein abfälliges Schnauben. »Der Name ist aber ebenfalls viel älter als die Akademie und stammt aus einer Zeit, in der hier Vicious gelebt haben. Aus dem Altnordischen, vermutlich waren die Vicious aber bereits hier, bevor die Wikinger übergesiedelt sind.«

»Sie haben hier freiwillig gelebt?«

Eden zuckte mit den Schultern. »Wer weiß, vielleicht mussten sie sich auch hierher zurückziehen. Vielleicht ist das hier einst eine Zufluchtsstätte für Vicious gewesen. Bevor es zu einem Gefängnis gemacht worden ist.«

Rahel ließ diese Worte kurz auf sich wirken. In ihren Gedanken formte sich ein Bild dieser vergangenen Zeit, doch es war so unscharf, dass sie es nicht zu fassen bekam. »Dann ist es aber kein Zufall, dass der Orden sich hier niedergelassen hat. Direkt auf den Überresten. Sie müssen davon gewusst haben.«

»Früher einmal? Sicher. Mittlerweile ist das hier in Vergessenheit geraten. Zu unserem Glück.« Gedämpftes Licht erwartete sie am Ende des Ganges. »Denn so konnte es wieder zu einem Zufluchtsort werden.«

Es war, als würde sie eine andere Welt betreten, als

würde Rahel sowohl die altgotische Düsternis der Akademie als auch die altertümlichen Tunnel hinter sich lassen. Ihre Sinne wurden überflutet von Reizen – Gelächter und Gemurmel von Gesprächen, ein träge-würziger Duft in der Luft, Gläserklirren, Schweiß, unterschiedlich warmes Licht, das aus den verschiedenen Räumen drang, die durch Rundbögen und Vorhänge voneinander getrennt waren. Und die pure Sünde, die schwer in der Luft hing. Alle sieben Laster, die hier ungezügelt ausgelebt wurden. Nach der stoischen Ruhe und Ordnung, die in der Akademie herrschten, brauchte Rahel einen Moment, um sich zu orientieren.

Eden hatte definitiv nicht zu viel versprochen.

»Das ist …«

»Fantastisch, nicht wahr? Willkommen in der Hölle.«

9
Oderint dum metuant.

Sie mögen mich hassen, solange sie mich nur fürchten.

Rahel konnte förmlich dabei zusehen, wie Eden die Maske fallen ließ, die sie normalerweise der Welt präsentierte. Ihre Züge wurden ... dämonischer. Sie konnte es kaum anders beschreiben, doch es war die Vorahnung dessen, wozu Eden werden würde, wenn sie sich der Sünde hingab. Womit die Warden kurzen Prozess machten, wenn es ihnen begegnete. In ihren klaren blauen Augen loderte es, ihre Haltung wirkte plötzlich angriffslustig und ihr Grinsen bösartig.

Sie sah so aus, wie die Wächter Rahel vom ersten Tag an gesehen hatten, weil sie nie gelernt hatte, ihre Natur hinter einer menschlichen Fassade zu verstecken.

Rahel blickte sich erneut um. Sie befanden sich in einem lang gezogenen Raum. Mehrere Vorhänge versperrten den Blick auf die angrenzenden Gewölbe. Er wurde einzig von einer langen Tafel eingenommen, an der Rahel zwanzig Stühle zählte. »Wie viele gehören denn eurem Club an?«

»Das schwankt immer mal. Aktuell sind wir siebzehn, mit dir achtzehn. Allerdings sind wir nicht immer alle hier.« Eden hielt inne, als aus einer der Parzellen ein Stöhnen und ein lustvoller Schrei erklangen. »Und wir halten uns auch nicht immer in denselben Räumen auf.« Das hatte sie also damit gemeint, dass man nur wissen musste, wie man sich vor den Warden verbarg, um etwas Spaß zu haben.

Asher schlich sich in ihre Gedanken – wie sich sein Blick dunkel auf ihre Lippen gesenkt und er sie unbewusst fester gegen die Tischkante gedrängt hatte. Schnell verbannte Rahel ihn und seinen muskulösen Körper aus ihrem Kopf. Er würde es hier unten hassen. Vermutlich würde er seine Spiegelreliquie umklammern und sofort Unterstützung anfordern. Was Rahel zu einer weiteren Frage brachte.

»Warum spüren die Warden mit ihren Reliquien nicht, dass ihr eure Macht hier unten benutzt?«

Eden trat zu einem der Durchgänge – glücklicherweise nicht zu jenem, hinter dem es immer noch lautstark zur Sache ging. »Zu tief unten. Das Fundament der Akademie schützt uns. Und jetzt komm, ich stell dich vor.«

Ein Loungebereich eröffnete sich vor ihnen. Wieder war alles in gedämpftes Licht getaucht, nur über dem Tisch, um den vier Personen saßen, lachten, tranken und Karten und Spielchips in die Mitte warfen, hing eine grelle Lampe. Dicker Rauch breitete sich darunter aus, der von Zigaretten ausging. Die Ausläufer des Raums verloren sich im Halbdunkeln. Zusammengerückte Tische und Stühle, die teilweise beschädigt waren, erweckten einen leicht heruntergekommenen Eindruck, während die Loungemöbel in der Mitte in einem edlen Grün gehalten und neuwertiger waren. Hinter den vier befand sich eine kleine Theke, an der eine weitere Person gerade mit Flaschen hantierte.

»Hey, ihr Ratten«, begrüßte Eden die anderen Vicious ungeniert. »Lasst ihr euch etwa wieder von Vergil abziehen?«

Ein schlanker Typ mit kurzen braunen Haaren lehnte sich lässig mit übereinandergeschlagenen Beinen zurück und rückte seine Brille mit den runden Gläsern zurecht. »Sie lernen es einfach nicht. Als könnten sie irgendetwas gegen mich ausrichten.« Sein gespieltes Seufzen konnte nicht über das Glitzern in seinen Augen hinwegtäuschen, als er seinen Haufen an Spielmünzen betrachtete, der deutlich größer als die der anderen war. Die Habgier, die er ausstrahlte, war nicht zu übersehen.

Seine Sitznachbarin brach in unkontrolliertes Gekicher aus, und während Vergil Rahel vorher noch nie aufgefallen war, erkannte sie diese Stimme sofort. Es war Nika, die Vicious, die sie an ihrem ersten Morgen mit ihrer Völlerei vergiftet hatte. Sie leerte ihr Glas gerade in einem Zug. Auch sie ließ ihrem Laster freien Lauf. »Vielleicht habe ich mich aus Versehen überreden lassen. Ups.«

Auch die anderen beiden Vicious kannte Rahel vom Sehen. Der Rothaarige saß im Speisesaal oft an einem Tisch mit Nika, Elliot aus dem Hause Neid. Und die junge Frau aus Haus Zorn, mit den Narben entlang der Unterarme, die häufig mit Eden abhing ...

Rahel war beim Eintreten etwas hinter Eden zurückgeblieben, trat nun aber in den Lichtschein. »Hallo, Ann. Netter Albtraum, den du da auf die Bibliothek losgelassen hast.« Natürlich hatte sie gesehen, wer hinter Asher zwischen den Bücherregalen verschwunden war. Seitdem musste Ann ihr aus dem Weg gegangen sein, denn bisher hatte sie noch keine Gelegenheit gehabt, sie zur Rede zu stellen.

Eden runzelte die Stirn, während Ann erstarrte und sich Elliots Augen bei Rahels Anblick verengten.

»Das ist nicht dein Ernst, Eden.«

Von einem Moment auf den anderen verstummten auch alle anderen, nur die Person im Hintergrund fuhr seelenruhig in ihrer Arbeit fort. Selbst Nikas betrunkenes Kichern erstarb, als hätte sie den Alkohol – und was sie sonst noch so konsumiert hatte – von einem Moment auf den anderen aus ihrem Blut verbannt. Was der Wahrheit vermutlich nahekam, immerhin gebot sie über alle möglichen Formen des Genusses und des Rausches.

»Wir nehmen niemanden aus dem Hause Hochmut auf«, zischte Elliot.

»Und erst recht nicht sie«, spie Nika aus.

Rahel hob eine Augenbraue und sah zu Eden, die die stumme Frage falsch deutete. »Niemanden aus dem Hause Hochmut, weil sie sich nicht unterordnen können und die Führung an sich reißen, obwohl wir mit Absicht keine haben. Außerdem ist das Risiko zu hoch, dass sie einen wegen eines persönlichen Vorteils an die Warden verraten.«

Das war nicht unbedingt gewesen, was Rahel hatte hören wollen. Sie verschränkte die Arme. »Du meinst, weil ich mir selbst wichtiger bin, als andere es mir sind?«

Es hatte sarkastisch klingen sollen, sorgte jedoch nur dafür, dass Nika aufsprang. Noch bevor Rahel reagieren konnte, war Eden bei ihr und hatte sie beim Kragen ihrer Bluse gepackt. Als sie die Vicious schüttelte und dabei eine beeindruckende Kraft offenbarte, schlug deren Kopf wie der einer wehrlosen Puppe von einer auf die andere Seite. »Setz dich wieder hin!«, fuhr Eden sie lautstark an. Und sorgte selbst dafür, dass die Vicious ihrem Befehl nachkam, indem sie diese zurück auf ihren Platz schubste. »Rahel hat mehr als einmal bewiesen, dass sie sich von den Warden nicht einschüchtern lässt.«

»Das kannst du trotzdem nicht einfach so selbst entscheiden«, begehrte Elliot auf.

»Habe ich bereits. Ich bürge für sie.«

Nika funkelte sie an. »Das nützt uns auch nichts, wenn ihr Wächter uns wegen ihr auf die Schliche kommt!«

»Der Adept, der noch nicht einmal ein Reliquienschwert besitzt? Machst du dir ernsthaft Sorgen um ihn? Sollte er der Hölle jemals zu nahe kommen, werden wir ihn schon los.«

»Nein«, entfuhr es Rahel, bevor sie sich zügeln konnte. »Niemand rührt ihn an. Wenn ihm etwas geschieht, werden sie es mir zuschreiben.« Sie suchte Anns Blick, in dem eine andere Art von Zorn loderte, als sie ihn von Eden kannte. Dunkler, ein Abstieg ohne Wiederkehr oder die Aussicht auf Tageslicht. »Das gilt auch für dich. Ich habe dich dieses eine Mal gedeckt. Aber wenn er diesem Albtraum nach und dabei draufgegangen wäre, hätten sie mir die Schuld daran gegeben.«

»Was ist eigentlich passiert?«, wollte Eden wissen. »Habe ich irgendwas verpasst?«

Ann hob eine Schulter. »Ich habe ihren Wächter etwas angestachelt.« Ihre Stimme war rau und beinahe zu leise, um sie richtig zu verstehen. »Ich dachte, wir wollten ihn loswerden.«

»Wenn ihn einer loswird, dann ich.« Sie allein würde ihn büßen lassen. Er war *ihr* Wächter.

»O ja, sie lässt sich wirklich kein bisschen einschüchtern«, kommentierte Nika. »Ich schwöre dir, wenn du das mit deinem Hochmut nicht gleich sein lässt, lasse ich dich so viel von dem Zeug hier trinken, bis du dich selbst wieder auskotzt.«

Elliot schnaubte. »Und genau deshalb hat hier jemand aus dem Hause Hochmut nichts zu suchen.«

Nur ungern nahm Rahel ihre Macht etwas zurück. Sie hatte sich als wirkungsvollster Schutzschild gegen die Sündenmacht anderer Vicious herausgestellt.

Vergil, der das Geschehen bisher aufmerksam verfolgt hatte, räusperte sich. »Nun ist sie aber hier. Das lässt sich nicht mehr ändern.«

»Weil Eden macht, was sie will, und …«

»Ich werde dir so was von den Arsch aufreißen, wenn du nicht gleich dein Maul hältst, Nika.« Eden blinzelte hinab zu Ann. »Du hältst sie fest, ich schlag zu, wie in den guten alten Zeiten?« Es hätte vielleicht scherzhaft geklungen, wenn ihre Miene dabei nicht vollkommen ernst geblieben wäre. Die beiden waren in der Einrichtung in Trondheim aufgewachsen, und das hier wäre nicht der erste Kampf, den sie gemeinsam ausfechten würden.

Diesmal jedoch schien selbst Ann nicht auf ihrer Seite. »Ich weiß nicht, Eden. Vielleicht hättest du sie wirklich nicht herbringen sollen.«

»Was hältst du von diesem Ort … Rahel, richtig?«, unterbrach Vergil den Streit, bevor er weiter eskalieren konnte.

Automatisch flog ihr Blick durch den Raum. »Eure … Hölle?« Ein passender Name für eine Gruppe abtrünniger Vicious. »Na ja, ehrlich gesagt hätte ich nicht gedacht, dass ich jemals so tief fallen würde.«

Vielleicht hätte sie versöhnlicher reagieren und beteuern sollen, wie gern sie ihnen angehören würde. Die

Wahrheit war, dass Rahel nicht nur merkte, wie wenig willkommen sie hier war, sondern vielleicht auch gar nicht dazugehören wollte. Noch während Nika und Elliot bereits empört nach Luft schnappten, brach der Fremde hinter ihnen in amüsiertes Gelächter aus.

»Treffender hätte ich es selbst nicht formulieren können.« Er trat hinter der Theke hervor und in den Lichtschein. Der wilde Backenbart und das markante Kinn des alten Mannes kamen Rahel sofort bekannt vor. Er kniff die dunklen Augen zusammen, als hätte er Schwierigkeiten, etwas in dem Zwielicht zu erkennen, obwohl er sich noch aufrecht hielt und sein dunkles Haar nur von einigen grauen Strähnen durchzogen war.

»Ach ja, um dir deine Frage zu beantworten, wer uns die Tür öffnet ...«, kommentierte Eden.

Der Fremde neigte den Kopf und übernahm die Vorstellung selbst. »Sir William Fitz-Maurice, zu Ihren Diensten.«

Als Rahel langsam sagte »Ich kenne Sie«, entfuhr Eden ein überraschter Laut.

Er verschränkte die Hände hinter dem Rücken und wippte mit wachem Blick vor und zurück. »In der Tat.«

»Zu Ihren Diensten?«, murmelte Elliot fassungslos, der sich als Erster wieder fing. »Du hast seit einem halben Jahr nicht mal einen feuchten Händedruck für mich übrig und machst vor der 'nen halben Kniefall?«

William sah kühl auf ihn herab. »Du benimmst dich seit einem halben Jahr wie ein verzogener Bengel, darüber solltest du dich wirklich nicht wundern. Und ich stimme Miss Åkesson zu: Diese junge Frau passt hervorragend in die Hölle.«

Bei diesen Worten stellten sich Rahels Nackenhaare auf, doch sie widersprach nicht.

»Woher kennt ihr euch?«, bohrte Eden nach.

Rahel zögerte kurz. »Er hat mir den Schlüssel für eine Tür gegeben, durch die ich musste.« Mehr wollte sie nicht verraten, schon gar nicht vor den anderen. Das Dach sollte ihr Geheimnis bleiben. Sie hatte dem alten Mann den Schlüssel damals abgeknöpft, indem sie ihren Hochmut eingesetzt hatte, und hatte ihn für einen Hausmeister oder Ähnliches gehalten. Das schien er ihr jedoch nicht übel zu nehmen, denn er lächelte nur wissend und schwieg wie sie über die genaueren Umstände ihrer Begegnung.

Eine Diskussion über Elliots Natur als verzogener Bengel entbrannte, über die Rahels Anwesenheit einfach hingenommen wurde. Es schien, als hätte William das ausschlaggebende Urteil darüber gefällt, dem sich niemand widersetzte. Selbst wenn sie darauf beharrten, keinen Anführer zu haben, war es doch offensichtlich, dass der Alte hier das Hausrecht innehatte. Was die Frage aufwarf, wer er war.

Vergil bemerkte irgendwann, dass sie sich weder am Gespräch beteiligte noch zu ihnen gesetzt hatte, und gesellte sich zu ihr. »Hey.« Als wollte er ihr zeigen, dass er in Frieden gekommen war, hob er mit einem kleinen Lächeln die Hände, in denen er zwei Gläser hielt. Eines davon reichte er Rahel. »Ich hoffe, das Ganze hier hat dich nicht abgeschreckt.«

Sie nahm es entgegen, rührte die klar-goldene Flüssigkeit jedoch nicht an. »Nein. Da gehört schon etwas mehr dazu.« Sie beschloss, den Moment zu nutzen, und nickte in Williams Richtung. »Er ist kein Vicious, oder?«

Vergil nippte an seinem Getränk und schüttelte den Kopf. »Nein, gut beobachtet. Er gehört schon seit Ewigkeiten zu den Angestellten der Akademie und kennt wohl so ziemlich jeden Winkel dort oben – und hier unten. Zum Beispiel einen weiteren Zugang hierher, den aber nur er nutzt. William versorgt uns mit so ziemlich allem, was wir brauchen. Die Angestellten schmuggeln ständig verbotene Waren auf die Insel – Alkohol, Zigaretten, Spielkarten ... Genauso wie Tageszeitungen und etwas kritischere Literatur, als du sie in der Bibliothek findest. Dieser Club besteht schon länger als seine aktuellen Mitglieder, also ist er schon hier gewesen, als ich beigetreten bin. Wir gehen davon aus, dass einer der Vicious, vermutlich einer der Deans, sein Schirmherr ist und das alles hier möglich macht.«

Im ersten Moment hielt Rahel es für fahrlässig, sich auf einen unbekannten Vicious zu verlassen, der sich den Warden untergeordnet hatte. Nur war es die einzig vernünftige Lösung für ein Problem, das sich nicht beheben ließ. Sondern nur umgehen.

»Eden hat dir eine Menge Umstände erspart, indem sie dich einfach hier runtergebracht hat, weißt du?«, fuhr Vergil ungefragt fort. »Normalerweise dauert der Aufnahmeprozess ewig, und wir nehmen niemanden, der nicht zumindest einmal in den Kerkern gewesen ist.« Sein Blick verschleierte sich, und er nahm einen tiefen Schluck aus seinem Glas.

»Die Kerker?«

»Erst nachdem du die Kerker überlebt hast, lernst du, die Warden wahrhaftig zu hassen. Also solltest du dankbar sein.«

Bereits beim Eintritt in die Hölle hatte Rahel bemerkt, wie schwer die sieben Todsünden in der Luft gehangen hatten, wie ein Dunst, der sich auf ihre Sinne legte. Im Laufe des Nachmittags, während weitere Mitglieder zu ihnen stießen, verdichtete sich diese Macht noch. Bald wusste sie nicht mehr, was real war und was einem Vicious entsprang. Ein süßlicher Duft vermischte sich mit dem des Alkohols, der in Mengen floss – Eden hatte ihr versichert, dass Nika oder der andere Vicious aus ihrem Haus am Ende des Abends jegliches Gift aus ihrem Körper ziehen und die berauschende Wirkung damit beenden würde, um sie vor den Warden zu verbergen.

Die unterschiedlichsten Verlangen zerrten an Rahel und drängten sie mal in die eine, dann wieder in die andere Richtung. Zuerst hatte sie sich noch gegen einen Angriff gewappnet, bevor sie bemerkt hatte, dass es allen anderen genauso ging. Doch niemand wehrte sich dagegen, sie alle ließen sich nicht nur in ihrer eigenen Macht, sondern auch in der der anderen treiben. Vicious des Zorns sorgten für Raufereien, die mit Jubelrufen befeuert wurden. Vergil hatte die Herrschaft über den Kartentisch inne und ließ seine Mitspieler all in gehen, um anschließend alle Spielmünzen einzusacken. Elliot und Nika lagen mit halb geschlossenen Augen in einem der anderen Räume. Aus einem Blechgefäß stieg blaugrauer Rauch, der Rahels Glieder bereits träge machte, als sie den Kopf nur durch den Durchgang streckte. Callum war irgendwann aufgetaucht, hatte sich Eden genähert, die ihn, offensichtlich verärgert, komplett ignoriert hatte, und sich schließlich an einem etwas mitgenommenen Piano niedergelassen, dessen Tasten leise quietschten, als er darauf zu spielen begann.

Auch einer der beiden Vicious, deren Stöhnen Rahel bei ihrem Eintritt in die Hölle gehört hatte, gesellte sich zu ihnen, während der andere völlig ausgelaugt zurückblieb. Pavel war breit gebaut, besaß kantige Gesichtszüge und ein unwiderstehliches Lächeln. Er schenkte es Rahel, die einen Moment zu lange auf seine halb geöffnete Hose starrte. Zu ihrer persönlichen Erleichterung schloss er sich der Pokerrunde an.

Als Eden ihr von den geheimen Treffen erzählt hatte, hatte Rahel erwartet, auf eine Rebellion zu treffen. Auf Vicious, die ihre Fähigkeiten ohne die lästige Aufsicht der Warden ausbauten und bis an die Grenze zum Dämonischen gingen – um sich zur Wehr zu setzen, nicht zu ihrem Vergnügen. Die Pläne schmiedeten und Reden gegen die Unterdrückung schwangen. Doch darum ging es hier nicht. Sie lebten sich hier unten aus und fühlten sich exklusiv und rebellisch. Das war der Grund, warum sie keine Vicious des Hochmuts wollten. Würden sie jemanden akzeptieren, der sie führte, könnten sie vielleicht tatsächlich etwas bewirken.

Rahel behielt ihre Gedanken nur mit Mühe für sich. Es war ihr erstes Mal hier unten, und selbst sie sah ein, dass sie sich damit nur noch mehr Feinde gemacht hätte. Sie trauten ihr nicht, auch wenn einige ihr zugeneigter als andere erschienen, die ihre Anwesenheit ebenso zähneknirschend wie Elliot und Nika hinnahmen. Es würde Zeit und Arbeit kosten, den Club zu höheren Zielen zu führen – etwas, worüber sie sinnierte, während sie selbst im Hintergrund blieb und erst einmal nur beobachtete. Es geschah nicht einmal bewusst, und eigentlich war sie nicht deshalb hergekommen. Aber sie würde aus diesem Grund bleiben.

Irgendwann fand sie sich neben Callum wieder. Wie sie selbst hatte er bisher wenig an den Vergnügungen der anderen teilgenommen. Seit er sein Piano-Spiel hatte abbrechen müssen, weil Elliot sich über die Tasten erbrochen hatte, trieb er sich am Rand herum und beobachtete Eden. Sie hatte erst mit den anderen getrunken und sich dann an der Zerstörung einiger Glasflaschen beteiligt. Nun saß sie neben Vergil am Spieltisch und lachte über irgendetwas, was Pavel ihr ins Ohr flüsterte.

Rahel wollte sich bereits abwenden und Callum sich selbst überlassen, überlegte es sich aber anders. Sie würden sich in Zukunft öfter hier unten begegnen. »Du wirkst nicht so, als hättest du sonderlich viel Spaß.«

Er sah zu ihr, und für den Bruchteil einer Sekunde spiegelte sich Panik in seiner Miene. Dann entspannte er sich und richtete seinen Blick wieder auf Eden. »Vielleicht habe ich einfach nur ein anderes Verständnis von Spaß.«

Immerhin redete er diesmal mit ihr. »Du meinst, in dunklen Ecken rumhängen und deine Freundin stalken? Klingt nach jeder Menge Spaß.«

Callum antwortete nicht sofort. »Sie macht das mit Absicht«, sagte er schließlich leise.

»Was?«

Er leckte sich über die Lippen, schluckte. Ein seltsamer Glanz legte sich über seine Augen. »Mich eifersüchtig machen.«

Kaum hatte er ausgesprochen, knöpfte Eden ihre Bluse auf und streifte sie sich von den nackten Schultern. Nun fielen Rahel auch die anderen nur noch halb bekleideten Vicious in der Runde auf. Sicher war die Idee für das Strip-Pokern von Pavel gekommen, dessen Arm über Edens Rückenlehne lag.

»*Me cago en la puta*, das hier ist tatsächlich dein Verständnis von Spaß, oder? Du stehst drauf, wenn sie dich eifersüchtig macht.«

Callum schlang die langen Finger ineinander, die vorhin so geschickt über die Tasten des Pianos geflogen waren. »Das hier ist die Strafe dafür, dass ich vorhin einfach abgehauen bin.«

Obwohl ihn der Anblick schmerzen musste, fixierte Callum seine Freundin und ließ die Szene nicht einen Moment aus den Augen. Trotz der Ängste, die er mit sich herumtrug, war Eden stets fürsorglich mit ihm umgegangen. Geschah das hier, wenn Zorn und Neid aufeinandertrafen? Selbstzerstörerisches Verhalten, das beide im Nachhinein bereuen würden? Oder lebten sie ihre Laster hier einfach ohne Tabu oder gesellschaftliche Erwartungen aus?

Als auch Edens BH wich und Pavel sich über sie beugte, hatte Rahel das Gefühl, eingreifen zu müssen. Sie machte zwei Schritte in Richtung der Pokerrunde, da fing Vergil sie ab, indem er sich ihr in den Weg stellte. »Das solltest du lieber nicht tun«, riet der Vicious ihr knapp.

Sofort regte sich etwas in Rahel, das ihn darauf hinweisen wollte, dass sie tun und lassen konnte, was sie wollte. Sie drängte es zurück, denn das stimmte nicht. Die vielen Eindrücke waren nicht spurlos an ihr vorübergegangen. Ihre Sünde drängte mit aller Macht nach draußen, genau wie die aller anderen. Sie vermischte sich mit Zorn, Habgier, Wollust, Völlerei, Neid und Trägheit – zu etwas Hochgefährlichem. »Ach ja?«, presste Rahel hervor.

Vergil bedeutete ihr, ihm in den Eingangsbereich zu folgen, wo sie ungestört waren. Nur widerwillig trat Rahel den Rückzug an. Als er sie nun musterte, wurde seine Miene versöhnlicher. »Es ist viel beim ersten Mal, ich weiß. Aber glaub mir, niemand hier mag es, wenn man ihm vorschreibt, was er zu tun und zu lassen hat. Das passiert uns oben genug.«

»Ich schreibe niemandem etwas vor. Ich wollte nur sichergehen, dass Eden nichts gegen ihren Willen tut.«

»Du willst kontrollieren. Beherrschen. Aber das funktioniert hier unten nicht. Daran wirst du dich gewöhnen müssen, wenn du dazugehören möchtest.« Vergil schüttelte den Kopf. Im Gegensatz zu den anderen hatte er kaum etwas getrunken und sich dafür umso konzentrierter ins Glücksspiel gestürzt. »Eden weiß, was sie tut. Ebenso wie Pavel weiß, dass seine Lust für dieses Schauspiel nur genutzt wird, und Callum ... das auf seine eigene Weise genießt. Und morgen wieder neben seiner Freundin sitzen wird, während Pavel vergessen ist.«

Wenn es für beide in Ordnung ging, sich auf andere einzulassen, wollte Rahel nicht darüber urteilen. Nur hatte sie das Gefühl gehabt, dass das für niemanden ein gesundes Ende nehmen würde. Eden beschützen zu müssen.

»Für heute gehst du am besten erst mal«, sprach Vergil aus, was sie dachte. »Dieser Ort steht dir von nun an offen. Solange du deinen Wächter nicht mitbringst.«

Er zwinkerte ihr zu und kehrte in den Clubraum zurück.

Sie wartete auf dem Dach darauf, von Asher gefunden zu werden. Sie hatte einfach hier heraufkommen müssen. Unten versperrten die Mauern den Blick auf die Sonne, doch vom Dach aus konnte sie verfolgen, wie sie am Horizont verschwand. Wie sehr sie die Sonne Spaniens vermisste. Es war derselbe Himmelskörper, und doch ein völlig anderes Gefühl. Mit der Meeresbrise, die von der Küste her wehte, klärte sich auch ihr Verstand.

Erneut redete Asher auf sie ein, offensichtlich aufgebracht über ihr Verschwinden. Als er dicht hinter ihr stand, vielleicht in einem erneuten Versuch, sie vom Dach zu stoßen, lehnte sie sich nach hinten und brachte ihn damit zum Verstummen. Ihr Rücken drückte gegen seinen Bauch und ihr Hinterkopf sank an seine Brust. Leise raschelten ihre Locken über seine Uniform, und sie rutschte etwas zur Seite, um dem Schwertknauf zu entgehen, der sich unangenehm in ihre Rippen gedrückt hatte. Dann schloss sie die Augen und tat nichts anderes, als auf Ashers Atmung zu lauschen.

Eine Ewigkeit verging.

Er wagte es nicht, sie zu berühren, und Rahel wagte es nicht, sich zu bewegen, aus Angst, dass er zurückweichen würde. Also lehnte sie sich einfach nur gegen ihn. Und Asher blieb.

Vom nächsten Tag an klebte er förmlich an ihr und machte jeden weiteren Besuch in der Hölle zunichte – nicht weil er ihr nahe sein wollte, sondern weil er unter allen Umständen vermeiden wollte, dass sie erneut entwischte. Schwer zu sagen, was er mehr fürchtete: für ihr Verschwinden zur Rechenschaft gezogen zu werden oder sie erneut auf dem Dach zu finden.

Eden kommentierte die Geschehnisse in der Hölle lediglich mit einem Schulterzucken, Callum war wieder dazu übergegangen, sie anzuschweigen, und neben Vergil fanden sich weitere Vicious des Geheimclubs an ihrem Tisch ein. Sie gingen freundlicher mit ihr um, trotzdem spürte Rahel, dass sie sie nicht als eine der ihren betrachteten. Und dass sie wegen Asher nicht mal mehr in die Nähe des geheimen Zugangs gelangte, besserte weder das Vertrauen in sie noch Rahels Stimmung.

In der einzigen praktischen Übung, an der sie teilnehmen durfte, lehnten sie ihre Laster bis zum Ermüden ab. Unter kontrollierten Bedingungen durfte sie ihren Hochmut auf sich selbst anwenden. Sie sollte nicht zeigen, wie mächtig sie war. Es ging um Kontrolle. Und so erschuf sie den winzigsten Albtraum, zu dem sie imstande war. Um dann mit ansehen zu müssen, wie er von den Adepten unter Anleitung ihres Ausbilders erschlagen wurde.

Das Monster in ihr – wie Rafael es genannt hatte – schlug frustriert gegen die Käfigstäbe. Es schmeckte Freiheit. Und bekam nicht mehr als Brot und Wasser. Das machte die Sache mit der Kontrolle nicht gerade leichter.

Am Ende eines besonders zermürbenden Tages wollte sie nur noch allein sein. Und so niederschmetternd und düster ihre winzige Schlafkammer auch war – sie war der einzige Ort, an dem ihr das vergönnt war.

Sie verabschiedete sich früher vom Abendessen, was Asher mit einem Stirnrunzeln quittierte. Natürlich war er an ihrer Seite, noch bevor sie das Atrium erreicht hatte. »Was ist los?« Es klang grimmig, weil sie das nicht mit ihm abgesprochen hatte und er noch nicht fertig gewesen war. Den besorgten Unterton bildete sie sich sicher nur ein.

Diesmal war es Rahel, die den Blick in seine Richtung mied. »Du bekommst zu wenig Schlaf, richtig?« Er hatte es ihr gegenüber nicht erwähnt, und anfangs hatte sie geglaubt, es läge an der zusätzlichen Belastung durch die Vicious und seine neue Aufgabe. Inzwischen war sie sich sicher, dass die Nachtwachen zumindest eine Mitschuld an Ashers übernächtigtem Zustand trugen.

Er brummte abweisend, während sie die Treppe hinauf zur Galerie nahmen. Da fast alle Vicious und Warden beim Abendessen waren, begegnete ihnen niemand. »Wie kommst du darauf?«

Mehr als einen herablassenden Blick war ihr diese Frage nicht wert. »Du darfst mich gleich schon einschließen und dich ausruhen. Damit du wenigstens den Hauch einer Chance hast, wenn du dem nächsten Albtraum hinterherjagst. Ich kann mich dir schließlich nicht jedes Mal in den Weg stellen, um dir das Leben zu retten.«

»Du hast mir nicht das Leben gerettet.«

Wie fatal es doch wäre, stünde ein Warden in der Schuld einer Vicious.

»Sondern nur dein eigenes«, erinnerte er sie.

Rahel zuckte nur mit den Schultern. »Was dein Schaden nicht gewesen ist.«

Schweigend folgten sie dem langen Flur, der zu den Schlafkammern führte. Mittlerweile kannte Rahel die wichtigsten Wege innerhalb der Akademie, und trotzdem hatte sie noch längst nicht alle Räume und Gänge erkundet. Am liebsten wäre sie jetzt auf dem Dach, und hätte sie noch genügend Energie besessen, Asher auszutricksen, wäre sie dort hinauf gegangen. Dann hätte sie auf den Ozean hinausgestarrt und sich den brennenden Fragen geöffnet, die in ihrem Herzen tobten. Und er hätte sie zum zweiten Mal gefunden und wäre geblieben.

Es war wie ein weit entferntes Wispern, das ihr Ohr nur streifte. Als würde der Laut, sofern er überhaupt existierte, keine Resonanz im Gehörgang erschaffen. Nicht richtig da, und dennoch jagte er Rahel einen eiskalten Schauer über den Rücken. Das Echo eines Schreckens, der sie noch nicht erreicht hatte, dessen Schatten sie jedoch spürte.

Abrupt blieb sie stehen. »Hast du das gehört?«

Asher war zwei Schritte weitergegangen, bevor er stehen blieb und sich zu ihr umdrehte. Er folgte ihrem Blick in den Flur, der an dieser Stelle abzweigte und tiefer in die Akademie führte. »Was?«

Rahel verharrte angespannt lauschend, während sich die Gänsehaut zu einem Kribbeln entwickelte und sich von ihrem Nacken über die Schultern ausbreitete. Es blieb still, und im Zwielicht der Wandlampen war nichts zu sehen. Trotzdem war sie sich sicher, dass dort etwas sein musste. Und dieses Etwas wollte, dass sie es fürchtete.

Asher blieb gänzlich unberührt von den Eindrücken, die er nicht einmal zu erahnen schien. Obwohl er eine Hand auf sein Schwert gelegt hatte und ebenfalls auf irgendein Geräusch wartete, schüttelte er schließlich den Kopf. »Ich höre nichts. Soll das ein Trick sein? Denn ich werde sicher nicht ...«

Ein Schrei peitschte ihnen aus dem Flur entgegen. Weder war er unwirklich noch schlich er sich an. Rahel schmeckte die Panik darin, sie legte sich pelzig über ihre Zunge. Und als er abrupt endete, als hätte jemand die Stimmbänder desjenigen durchtrennt, wusste sie, dass, wer auch immer dort schrie, verloren war.

Wieder entgingen Asher diese feinen Nuancen. Ansonsten wäre er nicht mit gezücktem Schwert den Weg zum Ursprung des Schreis angetreten. Rahel war zu durcheinander, um ihre Strategie aus der Bibliothek zu wiederholen. Und hatte sie ihm nicht gerade eben noch prophezeit, sich ihm kein weiteres Mal in den Weg zu stellen? Mit steifen Gliedern, in denen die Angst sich wie ein lästiges Gift eingenistet hatte, taumelte sie hinter ihm her. »Was soll das? Wo willst du hin?«

»Nachsehen, was passiert ist. Jemand braucht Hilfe«, erklärte er knapp, ohne sich zu ihr umzudrehen. Vermutlich wäre es ihm diesmal egal gewesen, hätte sie einfach auf dem Absatz kehrtgemacht.

Was sie dringend tun sollte. Wirklich dringend.

Rahel schaffte es endlich, die lähmende Furcht genug abzuschütteln, um festeren Schrittes zu ihm aufzuholen. Dennoch spürte sie, wie sie der Quelle dieses Gefühls immer näher kamen.

Was sie nicht tun sollten. Wirklich nicht.

»Bleib stehen, verdammt. Das ist eine schlechte Idee – solltest du das mit deinen Reliquien nicht spüren können?« Sie fluchte leise vor sich hin.

Das brachte Asher endlich dazu, sie zumindest über die Schulter hinweg anzusehen. Er musterte sie einen Moment. »Du hast Angst.«

Eine simple Feststellung, trotzdem hätte Rahel ihm am liebsten gezeigt, was wahrhaftige Angst bedeutete. »Weil etwas will, dass wir Angst haben«, zischte sie stattdessen. »Und du entweder zu ignorant bist, um das zu merken, oder du deine Reliquien mal überprüfen lassen solltest.«

»Die funktionieren ausgezeichnet. Und sagen mir, dass jemand dringend Hilfe benötigt.« Damit beschleunigte er seine Schritte.

Nach wenigen Metern, während denen Rahel seinen Rücken mit Blicken erdolchte, setzte ein Wimmern ein. Es stammte von derselben Stimme, die vorher geschrien hatte, und kam aus einem weiteren schmalen Seitengang. Rahel glaubte, dass er zur Bibliothek führte, war sich aber nicht ganz sicher.

Ohne zu zögern, steuerte Asher auf das Wimmern zu. Obwohl es menschlich klang, zweifelte sie nicht daran, dass, was immer es ausgelöst hatte, es nicht war. Erneut drängte ihr Instinkt Rahel dazu, die Flucht zu ergreifen, bevor sie es herausfinden konnte. Sie war es nicht gewohnt, Angst zu haben, nicht auf diese Art. Nicht, ohne sie kontrollieren und überspielen zu können. Trotz regte sich in ihr, der sie dazu brachte, sich ihrem Instinkt zu widersetzen.

Als Asher vor einer schlecht ausgeleuchteten Ecke stehen blieb, drängte sie sich neben ihn. Eine Vicious kauerte dort und stieß dieses lang anhaltende und verzerrte

Wimmern aus, während sie sich vor und zurück wiegte. Die zitternden Hände hatte sie in ihr Haar geklammert, als würde sie es jeden Moment büschelweise herausreißen. Und jetzt erkannte Rahel auch, dass das Wimmern sich zu Worten formte, die sich mal mit dem Laut verwoben und mal hastig dazwischen geflüstert wurden. Sie folgten dem hektischen Rhythmus ihrer Atemzüge. Und bohrten sich in Rahels Brust.

»Nein ... nein ... ich werde es nicht noch einmal tun ... bitte ... ich will nicht sterben ... ich will nicht sterben ... ich will nicht sterben ...«

Vorsichtig sank Rahel in die Hocke, um das Gesicht der jungen Frau auszumachen. »Ann?«

Sie reagierte nicht auf ihren Namen.

»Du kennst sie?«, wollte Asher wissen.

Rahel presste die Lippen zusammen. »Nur flüchtig. Sie ist eine Vicious des Zorns.«

Er beugte sich nach vorn, blieb aber stehen. »Was ist mit ihr?«

»Woher soll ich das wissen?«, knurrte Rahel. Sie hätte Ann gern geholfen, hatte aber Bedenken, sich ihr weiter zu nähern. Wie bei Eden, als sie beinahe die Beherrschung verloren hatte, stiegen kleine Rauchschwaden von Anns Haut auf. Der Geruch nach Asche lag in der Luft und ließ sie erschaudern. Versetzte sie einen winzigen Moment lang zurück in jenen Innenhof, in dem sie ihren Untergang gefunden hatte.

»Hilf mir, sie zu stützen. Wir bringen sie am besten zur Krankenstation.«

Bevor Asher nach Ann greifen konnte, schoss Rahels Hand nach vorn, um ihn abzufangen. »Fass sie nicht an! Irgendetwas stimmt hier nicht.«

Ihr Satz war kaum verklungen, da drückte die Präsenz,

196

die sie bereits vorhin gespürt hatte, mit aller Macht zu. Das Kribbeln kehrte zurück und zeitgleich verschwamm Rahels Sicht. Asher neben ihr ächzte und schwankte, also blieb er vermutlich nicht länger davon verschont.

Und mit einer schrecklichen Gewissheit wusste sie, dass etwas sie beobachtete. Es war direkt hinter ihnen.

Nach Luft schnappend wirbelte Rahel herum und starrte ins Nichts. Denn dort war nichts Sichtbares. Doch sie spürte es mit jeder Faser ihres Seins, und genauso erging es Ann, deren Wimmern lauter wurde. Als sie begann, wild um sich zu schlagen, sprang Rahel einen Schritt zur Seite und aus ihrer Reichweite.

»Das ist ein Albtraum!«, rief sie Asher zu, der gegen die gegenüberliegende Wand getaumelt war. Genau so fühlte es sich zumindest an.

Im Gegensatz zu ihr fixierte er nicht den Punkt am Ende des Flurs, sondern sah sich nach allen Seiten um. »Was? Nein. Ich sehe nichts!«

»Benutz deine verfluchten Reliquien!« Sie wusste nicht, warum sie schrie. Sie wusste nur, dass der Albtraum sich ihnen näherte. Er sah sie. Alles an ihnen. Jede Faser ihres Seins. Nichts davon blieb ihm verborgen, so hässlich und grotesk es auch war.

Und sie würden sich niemals vor ihm verbergen können.

Asher prüfte die Umgebung sowohl mit seinem Amulett als auch mit seinem Gürtel. Dann schüttelte er den Kopf. »Dort ist nichts.« Doch seine Augen waren geweitet, seine Atmung hatte sich beschleunigt. Dort war sehr wohl etwas. Und in wenigen Augenblicken hätte es sie erreicht. Rahel widerstand dem Drang, die Augen zu schließen, während ihre Gedanken sich überschlugen und ihre Beine erneut wie gelähmt waren.

Anns waren es nicht. Was sie bisher am Boden gehalten hatte, löste seinen Klammergriff. Mit einem Schrei der Verzweiflung, gleichermaßen von Angst und Wut verzerrt, stürzte sie an ihnen vorbei und auf das unsichtbare Monster zu. Das war nicht nur der Moment, in dem sich der Bann löste, der sie bewegungsunfähig gemacht hatte, sondern auch der, in dem Anns Zorn den direkten Weg ins Höllenfeuer nahm.

Er verbrannte sie von innen heraus. Rahel schaffte es nicht, den Blick von ihr abzuwenden. Jemand packte sie von hinten am Arm und zog sie den Flur entlang in die andere Richtung, weg von der Gefahr. Trotzdem verfolgte sie die Transformation mit einer kruden Mischung aus Faszination und Schrecken. Wie eine Geburt war sie etwas Wunderschönes, etwas Begehrenswertes – und doch von einer rauen, schonungslosen Brutalität.

Das hier war kein Neugeborenes, das in die Arme seiner erschöpften, aber überglücklichen Mutter gelegt wurde. Was sich hier aus seiner sterblichen Hülle herausschälte, zerriss diese im selben Atemzug. Anns Haut färbte sich schwarz wie Kohle, nachdem sie vollkommen verbrannt war und nur noch Rauchschwaden daraus emporstiegen. Ihre Finger wurden zu langen Krallen, ihr Mund zu einem Schlund voll spitzer Zähne. Und ihre Augen zu zwei rot glühenden Punkten des Hasses.

Die Angst vor dem Albtraum hatte sie überwältigt. Sie war eine Dämonin des Zorns geworden.

»Rahel!« Derjenige, der an ihr zerrte, drehte sie zu sich herum und zwang sie, den Blick abzuwenden. Um direkt in Ashers Honigaugen zu sehen. »Komm schon, wir müssen hier weg!«

Als er sie diesmal an der Hand packte, das blankgezogene Schwert in der anderen, zögerte Rahel nicht länger.

Auch sie klammerte ihre Finger fester um seine und stürmte los. Nicht länger nur auf der Flucht vor einem Albtraum, sondern vor einer neugeborenen Dämonin. Während ein Vicious jedes Mal vor die Wahl gestellt wurde, seine Sündenmacht abzulehnen und ein Mensch zu bleiben, war ein Dämon die personifizierte Sündenmacht. Zorn war Zerstörung, Hass und Rache. Und all das würde er ohne das geringste Zögern entfesseln.

Sie schlitterten um die nächste Ecke und stießen sich dabei von der holzverkleideten Wand des Flurs ab. Rahel vertraute darauf, dass Asher sie raus aus diesem Labyrinth führen würde. Irgendwohin, wo andere Warden mit Reliquienschwertern Wache hielten. Ihr blieb nicht einmal Zeit, sich über die Ironie zu ärgern, die hinter dieser Wendung des Schicksals zähnefletschend lauerte.

Auch kein Dämon des Zorns hielt den Albtraum lange auf. Rahel wusste, dass er sie verfolgte, noch bevor sich der Gang, durch den sie gerade stürmten, veränderte. Das Ende rückte in weite Ferne, die Lampen erloschen und Schwärze überzog die Wände wie eine Teerschicht. Der Boden unter ihren Füßen schwankte so lange, bis sie in ihrem Lauf innehalten mussten, um nicht zu stürzen.

Asher hatte instinktiv einen Arm um sie geschlungen, damit sie sich gegenseitig Halt geben konnten. Er atmete viel zu flach ein und aus. »Bei den Vier Heiligen, was ist das?«

»Ein Albtraum«, antwortete Rahel ganz benommen. Hatte er das immer noch nicht begriffen? Er musste doch wissen, wie sie sich anfühlten.

Ihre Blicke begegneten sich. »Ein Albtraum befällt keine anderen Vicious.«

Genau das hatte Eden ihr auch an ihrem ersten Tag erklärt. Es klang einleuchtend, und bisher hatte keiner der

Albträume ihrer Mitstudenten sie jemals angegriffen. Sie waren quasi unsichtbar für sie.

Diesmal war es andersherum: Der Albtraum blieb unsichtbar, während er selbst sie ins Visier nahm.

Rahel presste die Lider, so fest sie konnte, zusammen. Ein Albtraum war genau das, was sein Name suggerierte: Mit purer Angst trieb er die Menschen zur Sünde. Normale Menschen sahen die Albträume nicht. Sie arbeiteten allein durch Angst und Schrecken, um sich in ihren Geist zu schleichen.

Als sie die Augen wieder aufriss, blieb nichts davon in ihrem Kopf zurück. Der Gang war noch die gleiche Schreckensvision, die der Albtraum sie sehen lassen wollte. Und wie ein Schatten glitt seine Präsenz auf sie zu. Flüsterte von Versagen und Scheitern, enttäuschten Erwartungen und fatalen Fehlern.

Asher drängte sich nach vorn, sodass Rahel hinter ihn geschoben wurde. Er ließ sie los, um sein Schwert mit beiden Händen zu umfassen und sich dem Albtraum entgegenzustellen. Nur würde er ohne Reliquienschwert nichts gegen ihn ausrichten können. Dafür war dieser zu mächtig. Zu abnormal. »Lauf. Hol Hilfe.«

Lauf, echote der Albtraum. *Lass ihn sterben.*

Es waren genau diese Worte, die Rahel gebraucht hatte, um zur Besinnung zu kommen. Und nicht davonzulaufen, sondern den Schrecken, der ihr im Nacken saß und sich dort mit Klauen und Zähnen festklammerte, abzuschütteln. Sie wollten, dass sie den Schwanz einzog und ihre Niederlage akzeptierte? Gegen einen lächerlichen Albtraum, der nur das Echo einer Sündenmacht war, nicht vergleichbar mit dem, was sie allein bewirken konnte?

Nicht mehr als ein verächtliches Lachen hatte sie für

den Albtraum übrig. Nichts anderes als ihre ungezügelte Macht würde sie ihm zur Antwort geben.

Wie nicht anders zu erwarten, knickte Asher bereits nach wenigen Schritten ein. Rahel konnte nur raten, welche Schwachstelle der Albtraum in seinem Geist gefunden hatte, aber die Angst war übermächtig. Vermutlich hatte sie etwas damit zu tun, dass er in seiner Pflicht scheitern und den Orden enttäuschen würde.

»Machst du es dir einfach, oder traust du dich auch an jemanden heran, der deiner Macht gewachsen ist?«, spottete sie. Sie hatte schon längst damit begonnen, ihren Hochmut zu entlassen. Nur zu gern folgte er ihrem Befehl und strömte unaufhaltsam aus ihr heraus. Schamlos erhöhte sie sich selbst zu einer gottgleichen Gestalt, während sie den Albtraum in Gedanken zusammenstauchte.

Zumindest versuchte sie es. Auch wenn sie die von ihm erzeugte Angst dank ihres Hochmuts abschütteln konnte, besaß der Albtraum selbst keinen Angriffspunkt. Keinen Geist, in den sie eindringen konnte, keinen Verstand, der auf ihre Worte antwortete und in einen Dialog trat. Er war eine rohe Masse, geboren aus abgestoßener Sündenkraft.

Und nur diese würde auch etwas gegen ihn auszurichten wissen. Übelkeit überkam Rahel bei der Vorstellung, doch ihr blieb keine andere Wahl. Mittlerweile stand sie neben Asher, der das Bewusstsein verloren hatte, und schaffte es gerade einmal, den Albtraum nicht weiter vordringen zu lassen. Also bündelte sie ihre gesamte Macht in sich selbst, schuf Illusion auf Illusion, visionäre Gedanken auf Selbstliebe, verwob Größenwahn mit der Verachtung für alle anderen, die ihrer nicht würdig waren. Sekundenlang gab sie sich dem wundervollen Gedanken hin, diese Akademie niederzureißen und aus dem Feuer der Revolution emporzusteigen.

Um dann all das brutal von sich selbst abzulösen. Es schmerzte so sehr, dass Rahel in die Knie ging. Als würde gleichzeitig ein großes Stück ihrer Haut mit abreißen. Das hier war nicht richtig.

Eine Stimme so dunkel wie die Nacht und weich wie das Mondlicht flüsterte in ihr Ohr. ›Erschaffe keine Albträume, Rahel. Erschaffe Träume.‹ Nur hatte sie keine Ahnung, wie sie das bewerkstelligen sollte. Sie war eine Vicious, in ihr lauerte die Sünde – wie sollte daraus etwas anderes als ein Albtraum entstehen?

Von den Übungen, in denen sie lernten, wie man die Kontrolle über einen Albtraum übernahm, ihm Befehle erteilte, war sie noch weit entfernt. Trotzdem hatte sie in diesem Moment das Gefühl, allein das Wissen um diese Fähigkeit würde genügen, um sie zu nutzen. Das geflügelte Schattenwesen stürzte sich auf seinen unsichtbaren Gegner.

10
Veritas nunquam perit.

Die Wahrheit stirbt nie.

Asher wusste, dass er nichts gegen den Albtraum ausrichten konnte. Der Preis ihrer Reliquien war die Verwundbarkeit. Albträume wurden gegenständlich genug, um von den Warden verletzt werden zu können. Und die Warden zu Leuchtfeuern, über die die Albträume herfallen konnten.

Diesen hier konnte Asher jedoch nicht einmal richtig sehen. Den Albtraum, der auch Vicious befiel.

»Lauf. Hol Hilfe.« In diesen drei Worten lag so viel Unausgesprochenes.

Verschwinde von hier, bevor du auch noch zur Dämonin wirst und mir in den Rücken fällst.

Allein und ohne Reliquienschwert habe ich keine Chance gegen dieses Ding.

Ich will nicht, dass du verletzt wirst.

Entschlossen rückte Asher vor, um sich dem Albtraum zu stellen. Das Schwert vorgestreckt, hoffte er einfach, irgendwann auf Widerstand zu stoßen. Er hätte nicht einmal sagen können, ob sich der Albtraum fünf oder fünfzehn Schritte von ihm entfernt befand. Ohne Rahel hätte er nicht einmal die Richtung ausgemacht.

Es waren drei Schritte, bis Asher auf den Albtraum stieß. Blitzschnell umschlang er ihn als formloser Schatten, während die Angst ihn überwältigte. Bisher hatte er ihr erfolgreich standgehalten, weil sie ihm nicht unbekannt war. Er hatte sie bereits sein ganzes Leben lang still ertragen und mit ihr umzugehen gelernt. Es war die Angst, zu versagen.

Diesmal drang die Angst tiefer vor, erkundete jeden Winkel seines Verstands und zerrte schließlich triumphierend etwas hervor, von dem er bisher nicht einmal gewusst hatte, dass es existierte. Sie bemächtigte sich Rahels Gesicht und Stimme und zeigte ihm eine andere Art von Scheitern. Eine grausame Zukunftsvision, in der sie ihn von sich stieß und Asher nichts dagegen tun konnte, dass sie zur Dämonin wurde. In einem Moment lehnte sie sich noch gegen ihn, während er vollkommen überwältigt in ihrer duftenden Wärme verharrte und dabei zusah, wie die untergehende Sonne Schatten auf ihre sommersprossige, gebräunte Haut zeichnete. Im nächsten prallte er zurück, weil sie fliegen gelernt hatte und weder ihn noch irgendjemanden sonst brauchte, um sie zu trösten.

Sein Körper kühlte innerhalb von Sekunden aus. Die Angst verschlang ihn auf eine Weise, die ihn erst zu Fall brachte und dann wie eine Seuche sein ganzes Denken vergiftete. Am Boden liegend bemerkte er Rahel neben sich, nur warum sollte sie noch hier sein? Immer wieder vermischte sich ihre Gestalt mit den Bildern, die der Albtraum heraufbeschwor.

Kurz bevor er das Bewusstsein verlor, fiel sie neben ihm auf die Knie und tastete nach seiner Hand, bis sie ihre Finger mit seinen verschränkte. Nun war er sich sicher, dass sie nicht echt sein konnte.

Als Asher wieder zu sich kam, gaukelten seine Sinne ihm sekundenlang vor, noch in diesem Flur zu sein. Blut rauschte ihm durch die Ohren. Sein Herz stolperte über den nächsten Schlag, nur um dann loszurasen. Nach Luft schnappend fuhr er hoch und erwartete dieselbe Finsternis, in der er das Bewusstsein verloren hatte. Er glaubte, Asche zu riechen. Doch es war nur der Qualm einer erloschenen Kerzenflamme.

Jemand packte ihn an der Schulter, um ihn zurück in die Kissen zu drücken. »Woah, ganz langsam. Ich glaube nicht, dass du schon wieder aufstehen solltest.«

Im ersten Moment wollte Asher den Arm packen und sich gegen die Berührung wehren. Dann erkannte er Nikolai. Der Adept stand neben dem Bett, in dem Asher lag, wie er erst jetzt realisierte.

»Ganz ruhig, Asher. Dir passiert nichts. Du bist auf der Krankenstation.« Das war Olivia.

Ashers Kopf fuhr zu seiner anderen Seite herum, wo seine Freundin stand und ihn besorgt musterte. Hinter ihr strömte das erste Licht des Tages durch ein nebelverhangenes Bogenfenster. Mit einem Blick in den gewölbeartigen Raum hinein erahnte er hinter dem Sichtschutz, der um ihn herum aufgebaut war, weitere Reihen von Betten.

Olivia griff nach seinem linken Handgelenk und legte prüfend die Finger darauf. Sie brannten geradezu auf seiner ausgekühlten Haut. »Er ist immer noch eiskalt. Und sein Puls geht viel zu schnell. Ich hole Divine Mazur, damit sie ihm etwas zur Beruhigung verabreicht.«

»Warte damit noch einen Augenblick. Gib ihm Zeit«, brummte Nikolai. Er klopfte ihm noch einmal sanft auf die Schulter und ließ ihn schließlich los. »Wie fühlst du dich?«

Ihm wäre es lieber gewesen, wenn Nikolai mit einer Frage begonnen hätte, die einfacher zu beantworten war. Asher fühlte sich gut – und genau das verwirrte ihn. Irgendetwas passte hier nicht zusammen. Er hatte nicht das Gefühl, dass es ihm gut gehen sollte. Nicht nach allem, was geschehen war. Also schüttelte er nur vage den Kopf, um eine Gegenfrage zu stellen. »Was ist passiert?«

Olivia war wieder näher an ihn herangerückt, offensichtlich dadurch beruhigt, dass er einen ganzen Satz zustande brachte. »Die Divines haben dich gereinigt. Nachdem die anderen Warden es endlich geschafft haben, dich hierherzubringen.«

»Und mit ein bisschen Überzeugungsarbeit meinerseits, dass sie nicht einfach abwarten sollten, bis dein Körper das Albtraumgift von selbst abstößt«, fügte Nikolai hinzu. »Das hättest du dann nämlich nicht überlebt.«

Sie hatten ihn gereinigt. Das erklärte zumindest das widersprüchliche Gefühl, dass alles in Ordnung war, obwohl es das nicht sein sollte. Die Divines des Ordens führten Reinigungszeremonien an Warden durch, die lange unter dem Einfluss von Vicious gestanden hatten oder von einem Albtraum vergiftet worden waren. Die Prozedur dauerte meist mehrere Stunden und beinhaltete neben Gebeten allerlei Räucherwerk, heiliges Wasser und die Reliquienmacht eines anderen Warden. Da Nikolai so aussah, als hätte er in dieser Nacht kein Auge zugemacht, nahm Asher an, dass er sich zur Verfügung gestellt hatte.

Während sich die Divines zuerst geweigert hatten, die Reinigung zu vollziehen. Nikolai hatte es wie beiläufig erwähnt, als würde er dem keine größere Bedeutung beimessen, doch Asher verstand sofort. Den Albtraum nicht zu überleben, war das Scheitern, auf das der Inquisitor seit Jahren wartete. Sie hätten ihn sterben und es so aussehen lassen, als wäre er nicht stark genug gewesen.

»Ich bin gerade hier angekommen. Ich habe erst heute Morgen erfahren, was passiert ist.« Olivia presste die Lippen zusammen, als sie kurz zu Nikolai sah. »Das ist so verdammt knapp gewesen, Asher«, fuhr sie mit gedämpfter Stimme fort.

Asher schaffte es endlich, die angespannten Schultern sinken zu lassen und sich in dem Kissen zurückzulehnen. Er war nicht länger in diesem Flur, sondern in Sicherheit. »Ich lebe ja noch. Hätte also wohl schlimmer kommen können.«

»Schlimmer kommen können?«, wiederholte Olivia scharf. »Das kann nicht dein Ernst sein. Du hättest sterben können!«

»Bin ich nicht.« Aber warum nicht? Dieser Albtraum hatte sich um ihn geschlungen, und nichts und niemand hätte ihn noch davon abhalten können, Asher aufzuzehren. »Wir wissen alle, dass unsere Pflichten nun mal gefährlich sind. Andere setzen ihr Leben tagtäglich aufs Spiel.«

»Andere sind dafür auch vollständig ausgebildet.«

Asher fuhr sich mit einem leisen Seufzen über das Gesicht. Nicht dieses Thema schon wieder.

»Du musst endlich einsehen, dass das hier eine Nummer zu groß für dich ist. Und zurück in die zweite Division kommen.«

Nikolai hüstelte unterdrückt. »Bist du sein Kindermädchen, oder warum denkst du, ihn bemuttern zu müssen?«

»Ich bin seine beste Freundin und ehrlich genug, es ihm zu sagen, wenn er eine beschissene Entscheidung getroffen hat.« Olivia sah Nikolai feindselig an.

»Sollte so eine beste Freundin nicht eher hinter den beschissenen Entscheidungen ihres Freundes stehen?«

Asher wünschte sich einfach nur, dass sie lange genug still sein würden, um ihm Zeit zum Nachdenken zu geben.

»Als hätte sich Asher *wirklich* freiwillig zur Bewachung dieser Vicious gemeldet. Du verstehst das nicht, also misch dich auch nicht ein.«

Die Vicious. Rahel. Sie war nicht weggelaufen, als er es ihr befohlen hatte – wie hatte er auch nur einen Moment annehmen können, dass sie sich ihm *nicht* widersetzen würde. Rahel war dort gewesen, als er das Bewusstsein verloren hatte, nicht nur in seinen Albtraumvisionen, sondern wahrhaftig. Lebte er deshalb noch?

»Oh, glaub mir, ich verstehe das besser, als du ahnst.«

Olivia stemmte eine Hand in die Hüfte. Selbst zu solch früher Stunde saß ihre Uniform perfekt. »Offensichtlich nicht, ansonsten würdest du es sicher nicht unterstützen, dass er hier bei euch bleibt, nachdem die Vicious ihn fast getötet hat.«

Er horchte auf. »Was? Fast getötet?«

Sofort verschwand der streitlustige Ausdruck von Olivias Miene und wich erneut der Sorge. »Erinnerst du dich etwa nicht? Ich habe es auch nur von anderen Warden erfahren. Die Vicious hat erst eine andere Sünderin angegriffen, bis diese zur Dämonin geworden ist, und als du ihr entkommen konntest, einen ihrer Albträume auf dich gehetzt.«

Das war vollkommen absurd. Rahel hätte ihn ganz einfach mit ihrem geballten Hochmut vernichtet, wenn sie gewollt hätte. Weder hatte sie etwas mit Anns Transformation zu tun noch entstammte der Albtraum ihrer Macht. Olivia musste falsch informiert sein, weshalb Asher sich fragend an Nikolai wandte.

Er musterte ihn eine Weile schweigend, bevor er nickte. »Wir haben sie bei dir gefunden, nachdem du ganz offensichtlich von einem Albtraum niedergerungen worden bist. Und nicht weit entfernt eine Dämonin des Zorns ihr Unwesen getrieben hat. Sie ist relativ schnell eingefangen worden. Einen Albtraum haben wir erschlagen, doch der andere hat Chaos in der Akademie verbreitet.«

Nikolais Schaudern war Asher nicht unbekannt. Er musste der Abnormalität auch begegnet sein. »Er ist selbst mit den Reliquien kaum wahrnehmbar gewesen, nicht wahr? Und hat auch Vicious befallen.«

»Richtig. Er ist uns entkommen, also ist extra eine Einheit Warden vom Refugium angerückt. Ausbilder Lambert hat in der Zwischenzeit dafür gesorgt, dass die Vicious überwältigt wird. Dann hat er die Ereignisse so, wie deine Freundin gerade erzählt hat, dem Inquisitor gemeldet. Die Vicious hat mit ihrem abnormalen Albtraum erst eine aus Haus Zorn angegriffen und dann dich.«

Für einen Moment verschlug es Asher die Sprache. Sie glaubten, dass Rahel für alles verantwortlich war – und aus ihrer Sicht ergab das sogar Sinn. Niemand hatte gesehen, was wirklich passiert war. Falls Rahel versucht hatte, das Ganze richtigzustellen, schenkte niemand einer Vicious Glauben. Und er selbst war außer Gefecht gesetzt gewesen.

»Das stimmt so nicht«, widersprach er den beiden also. »Die Vicious des Zorns ist bereits von diesem Albtraum angegriffen worden, als wir sie gefunden haben. Deshalb ist sie zu einer Dämonin geworden. Und diese Abnormalität ... Sie hat uns angegriffen. Uns beide.« Asher stockte in seiner Erklärung, als er Worte für das Erlebte zu finden versuchte.

Während Olivia etwas davon murmelte, vielleicht doch

Divine Mazur zu holen, runzelte Nikolai die Stirn. »Die Abnormalität hat auch die Vicious angegriffen, sagst du?«

Er nickte. »Wäre sie nicht gewesen ...« Asher wagte es nicht, diesen Satz zu Ende zu bringen. Wie sollte er erklären, dass Rahel in diesem Moment nicht nur gegen seinen Befehl gehandelt hatte, sondern er ihr sein Leben verdankte? Wie sollte er es den anderen begreiflich machen, ohne zu offenbaren, was dabei tief in ihm vor sich ging?

»Dann muss Lambert sofort davon erfahren«, sprach Nikolai in die entstandene Stille hinein.

»Wenn ein anderer Vicious diese abnormalen Albträume erzeugt, muss er gefasst werden«, stimmte Olivia ihm zu.

Nikolai wandte den Blick nicht von Asher ab. »Und weil der Ausbilder und alle anderen wie gesagt davon ausgehen, dass die Vicious des Hochmuts schuld an allem ist. Er bestraft sie bereits.«

Eisige Kälte breitete sich in Ashers Brust aus, und diesmal hatte diese nichts mit dem Albtraumgift zu tun. Sie wurde bereits bestraft. Für etwas, das sie nicht getan hatte. Dafür, ihn nicht einfach allein zurückgelassen zu haben. Wie viele Stunden war das her? Bei dem Gedanken, dass sie die ganze Nacht gelitten hatte, während er in diesem Bett gelegen hatte und gereinigt worden war, stieg Übelkeit in ihm auf.

Er wühlte sich unter der Decke hervor. »Rahel. Wo ist sie?«

Olivia stieß einen überraschten Laut aus. Statt ihn aufzuhalten, trat Nikolai einen Schritt von seinem Bett zurück. »Sie haben sie nach unten gebracht.«

Nach unten, in den Kerker der Akademie, wo die Vicious bei Vergehen eingesperrt und gefoltert wurden. Die Albträume versuchten, die Menschen durch Angst zur

Sünde zu treiben. Die Warden dagegen lehrten die Vicious durch Schmerz Respekt. Und testeten aus, wie nahe sie der Verwandlung in einen Dämon bereits waren.

»Sie ist noch nicht zur Dämonin geworden, also haben sie sie auch noch nicht getötet«, beantwortete Nikolai seine unausgesprochene Frage. Doch wenn Lambert es darauf anlegte und Rahels angebliches Verbrechen dafür ausnutzte, war es nur noch eine Frage der Zeit.

Seine Uniform war zerknittert und sein Gürtel saß schief, doch das war ihm in diesem Moment egal. »Ich suche Rahel. Du setzt Lambert über das in Kenntnis, was ich euch gerade erzählt habe.« Sicher war der Ausbilder inzwischen anderweitig beschäftigt, während seine Adepten die Strafe vollzogen. Mit Anbruch des Tages musste er sich den Bericht der Nachtwache anhören und den Patrouillenführer nach ungewöhnlichen Vorfällen befragen. Asher schnallte sich sein Schwert um und stutzte. Niemals war er in der Position, einem Adepten vierten Ranges Befehle zu erteilen. »Ich meine ... Du hast bereits so viel für mich getan. Dafür danke ich dir, und wenn du das ...«

»Kein Problem«, verscheuchte Nikolai seine Bedenken mit einem schiefen Grinsen. »Das hier ist wichtig. Lambert muss immerhin Bescheid wissen.«

Olivia war inzwischen um das Bett herumgelaufen und sah alarmiert zwischen ihnen hin und her. »Solltest du schon aufstehen? Und wäre es nicht besser, wenn Lambert es von dir direkt erfährt?«

Der Ausbilder würde ihn persönlich dazu befragen wollen und Rahel nicht so einfach freisprechen. Und genau deshalb durfte Asher sich nicht von ihm aufhalten lassen. Er musste sofort zu ihr. »Nikolais Chancen, dass Lambert sich sofort anhört, was er zu berichten hat, stehen besser«, antwortete er ausweichend.

Sie eilten durch die weitestgehend leere Krankenstation. Sechs weitere Betten waren mit Trennwänden abgeschirmt, vermutlich weitere Opfer des abnormalen Albtraums oder der Dämonin des Zorns. Divine Mazur, die gerade in einem abgetrennten Bereich Medikamente vorbereitet hatte, rauschte von der Seite auf sie zu. Glücklicherweise schaltete Olivia schnell genug, um sie aufzuhalten und in ein Gespräch zu verwickeln, wie gut es Asher bereits wieder ginge, während er und Nikolai einfach voranmarschierten. Still dankte er seiner Freundin, als sie die Krankenstation durch die breiten Flügeltüren verließen.

»Viel Glück. Ich gebe Lambert Bescheid und komme dann nach.« Nikolai verschwand auf direktem Weg Richtung Atrium, während Asher sich in die entgegengesetzte Richtung wandte.

Die Treppe hinab in den Kerker wurde von Warden bewacht, die den Zugang vor den Vicious sicherten. Sie ließen Asher passieren, hinab in die klamme Finsternis, die nur vom dumpfen Schein einiger Lampen erhellt wurde. Er ertrug den Gedanken nicht, Rahel auch nur eine Minute länger ihrem Schicksal zu überlassen. Die Ehre gebot es, dass er dafür einstand, dass sie unschuldig war, nachdem sie ihn vor dem Albtraum gerettet hatte. Doch warum war er dann hier und nicht bei Lambert, um dem Ausbilder das ganze Geschehen ausführlich darzulegen? Warum vertraute er nicht auf die Gnade des Ordens und die Gerechtigkeit der Warden? Sondern hatte das Gefühl, das hier selbst in die Hand nehmen zu müssen, weil die Angst sein Herz sonst zerquetschte. Angst, die ihm vertraut vorkam und denselben Nachgeschmack wie die Schreckensvisionen des Albtraums hinterließ.

Die Treppe endete an einem Portal, hinter dem weitere Wachposten lungerten, Adepten des dritten Ranges. Als er eintrat, nahmen sie hastig Haltung an, entspannten sich aber gleich darauf und musterten Asher neugierig.

»Ach, Yudin, schon wieder auf den Beinen? Willst du dich direkt noch mal von der kleinen Vicious umlegen lassen?« Arthur Snyders Bemerkung ließ die anderen Adepten in amüsiertes Schnauben ausbrechen. Natürlich hatte ausgerechnet er heute Wachdienst im Kerker.

Asher bemühte sich um eine ausdruckslose Miene. »Ich bin hier, um meinen Dienst wieder aufzunehmen.«

Einer der anderen Adepten verzog die Lippen beim Anblick seiner schief sitzenden Uniform zu einem spöttischen Grinsen.

»Die Bewachung der Vicious«, fügte Asher erklärend hinzu.

Arthur ließ seinen Nacken knacken. »Ach ja. Lässt Lambert dich schon wieder ran? Da will er dich aber ganz schön dringend loswerden.«

»Ein Yudin sollte gar nicht erst mit einer solchen Aufgabe betraut werden«, brummte ein anderer, der Asher bisher nur aus schmalen Augen gemustert hatte. Er kannte ihn nicht, doch offenbar glaubte der Adept, *ihn* allein aufgrund seines Nachnamens zu kennen.

»Lass uns doch den Spaß, ihm dabei zuzusehen, wie er es versucht.« Arthur bleckte beim Lachen auf wölfische Art und Weise die Zähne. Dann deutete er den breiten Mittelgang zwischen den Zellen hinab. »Ganz hinten, die letzte Tür. Folge einfach den Schreien.« Damit wir danach deinen folgen können, sagte sein Blick.

Asher verbot sich jedes weitere Wort. Er ertrug,

schweigend und schicksalsergeben, schon immer. Da konnte sich Arthur die Zähne an ihm ausbeißen, solange er wollte, seine provokanten Bemerkungen würden nichts daran ändern.

Unter dem Gejohle der anderen Adepten setzte sich Asher in Bewegung. Er achtete darauf, in der Mitte des Gangs zu bleiben und Blicke nach links und rechts zu den vergitterten Löchern zu vermeiden. Nicht jede Zelle war besetzt. Doch aus genügend drangen rasselnde Atemzüge oder dumpfes Gemurmel. Nach Erreichen des zweiten Rangs hatte Murray sie einmal hierher mitgenommen, und schon damals hatte Asher all diese Eindrücke wie betäubt in sich aufgenommen und danach so weit wie möglich von sich weggeschoben. Dieser düstere Kerker und die strahlende Gerechtigkeit, die der Orden verkörperte, passten in seinem Kopf nicht zusammen. Murray hatte es als notwendiges Übel bezeichnet, um die Vicious in der Akademie unter Kontrolle zu halten, unvorhergesehenen Verwandlungen in Dämonen zuvorzukommen und die Adepten in allen Aspekten auszubilden. Sie waren keine Ritter in blütenreinen Gewändern. Ihre Uniformen trugen die Farben Schwarz und Dunkelrot, weil sie Schlächter im Auftrag der heiligen Tugenden waren.

Die Akademie mochte ein Gefängnis sein, und ihre Arena ihr Richtblock. Doch der Kerker spiegelte die wahre Finsternis hinter der Fassade wider. Hier sündigten die Warden selbst, doch da sie es im Namen des Ordens taten, erteilte er ihnen Absolution dafür.

Es drangen keine Schreie hinter der eisenbeschlagenen Tür am Ende des Ganges hervor. Arthur musste absichtlich übertrieben haben – dachte Asher zumindest, bis er den Raum betrat.

Rahel musste geschrien haben. Undenkbar, dass sie das,

was sie ihr angetan hatten, überstanden hatte, ohne sich die Kehle wund zu schreien. Ihre Handgelenke steckten in Ketten, die von der Decke herabhingen und sie aufrecht hielten, obwohl ihre Beine längst unter ihr nachgegeben hatten. Gitterstäbe umschlossen das runde Podest und reichten vom Boden bis zur Decke – eine Vorsichtsmaßnahme, um sie festzusetzen, sollte sie im Prozess zur Dämonin werden. Der Boden fiel nach außen hin leicht ab und endete in einem schmalen Gitter, das um den Käfig herum verlief.

Ihr Rücken war ein einziges Schlachtfeld. Auch an ihren Armen und Beinen zeichneten sich Striemen der Peitschenhiebe und Abdrücke der Brenneisen ab, doch die rohe Gewalt hatte sich vor allem auf ihren Oberkörper konzentriert. Ihr Gesicht sah Asher nicht, da sie von ihm abgewandt in den Ketten hing.

»Asher Yudin, Adept zweiten Ranges. Ich nehme hiermit die Überwachung der Vicious wieder auf, die mir zugeteilt worden ist«, hörte er sich selbst durch das Rauschen in seinen Ohren hinweg sagen. Er hatte keine Ahnung, wie er es schaffte, dass seine Stimme fest klang.

An dem Tisch nahe des Eingangs erhoben sich drei Adepten vierten Ranges, die sich und ihrem Opfer gerade eine Pause gegönnt hatten. Ein Buch lag aufgeschlagen darauf, in dem jeder Peitschenhieb festgehalten wurde. Offiziell durften sie keinen davon ohne die Erlaubnis ihres Ausbilders oder eines hochrangigen Warden ausführen. Später wurden die Bücher den Divines übergeben, um die Täter von ihrer Schuld zu befreien.

»Die Ablöse? Wurde ja auch Zeit.«

»Lambert hat die Strafe auf unbestimmte Zeit festgesetzt, also mach einfach weiter, wo wir aufgehört haben«, ergänzte ein anderer und tippte auf die entsprechende Seite im Buch.

»Wir haben schon fast allen Hochmut aus ihr herausgequetscht. Pass nur auf, dass du weit genug weg vom Käfig bist, sobald sie ihren letzten Widerstand aufgibt und sich verwandelt.«

»Oder auch nicht«, scherzte der Erste, woraufhin die anderen lachten.

Asher verbot es sich, sich ihre Gesichter ganz genau einzuprägen, während sie müde an ihm vorbeischlenderten. Als hätten sie sich nicht gerade an einem Menschen vergangen. Als wäre das hier Routine und nicht einmal eines letzten Blickes wert.

Denn genau das war es. Das hier gehörte zu den Aufgaben eines Warden. Auch er würde das hier tun, dazu imstande sein müssen, das Fleisch von Vicious aufzureißen, bis sie um Vergebung ihrer Sünden flehten. Bis sie sich ihre Schuld eingestanden.

Aber Rahel trug keine Schuld, an nichts von dem, was gestern geschehen war. Der Weg bis zu ihrem Käfig erschien Asher unerträglich lang.

»Rahel?« Er traute seiner eigenen Stimme kaum. Mit einer Hand am Gitter blieb er stehen.

Sie rührte sich nicht. Falls sie bemerkt hatte, dass er es war, der als Einziger im Raum verblieben war, so ließ sie das unberührt. Vielleicht war sie auch gar nicht mehr bei Bewusstsein, was Asher nicht wundern würde. Geist und Körper besaßen ihre eigenen Schutzmechanismen.

Einen Moment haderte er noch mit sich, sprach sie erneut an, bevor er alle Bedenken über Bord warf und den Käfig öffnete. Es war unglaublich, doch wenn Rahel sich nach all dem noch immer nicht in eine Dämonin verwandelt hatte, dann würde das auch in den nächsten Minuten nicht geschehen. Und während der vergangenen Wochen hatten sie auch keine Gitterstäbe voneinander getrennt. Trotzdem lebte er noch. Dank ihr.

Sie war nie das Monster gewesen, für das die Warden sie gehalten hatten.

Bis sie Rahel zu einem gemacht hatten.

Der Schmerz traf ihn unvorbereitet. Asher ächzte, als sie ihr Knie in seinen Unterleib rammte. Instinktiv krümmte er sich zusammen, um seine Körpermitte zu schützen, da hatte Rahel bereits die Beine um ihn geschlungen. Sie hielt sich mit beiden Händen an der Kette über ihrem Kopf fest und hatte die begrenzte Reichweite genutzt, um sich ihm mit vollem Schwung entgegenzuwerfen. Und sie hatte nicht vor, ihn wieder in sichere Distanz gehen zu lassen.

Asher nahm nur wahr, dass ihr Kopf auf seinen zuraste und reagierte blitzschnell. Er war stärker und besser trainiert als sie und das Überraschungsmoment verflogen. Gerade noch rechtzeitig wich er der Kopfnuss aus, die ihn mindestens eine blutige Nase gekostet hätte, und griff nach Rahels Unterarmen, um sie von sich fernzuhalten. »Hör auf damit!«

Sie schien ihn kaum richtig wahrzunehmen. Ihr wilder Blick war unerbittlich, die Umklammerung ihrer Beine kam einer Schraubzwinge gleich, aus der er sich kaum lösen konnte, wenn er sie nicht loslassen wollte. Asher spürte intensiver als je zuvor, dass sie ihre Sündenmacht wie zu einer Faust zusammenballte und mit ihr ausholte. Die anderen Adepten hatten sie weder gebrochen noch vollkommen ausgelaugt. Der Hochmut in Rahel pulsierte wie eine nie endende Quelle der Macht, auf die er in diesem Moment einen Blick erhaschte. Und sie erfüllte ihn mit andächtiger Ehrfurcht.

»Rahel.« Er krächzte ihren Namen mehr, als dass er klar und deutlich über seine Lippen kam. Suchte ihren Blick und tauchte mit seinem tief darin ein, wie er es sich normalerweise verbot. Die Arme über ihrem Kopf zitterten und bebten ob der puren Kraftanstrengung, sich an der Kette zu halten. Asher ließ sie nicht los, weil sie ansonsten abgerutscht wäre. Er hielt sie aufrecht.

Erkennen zeichnete sich auf ihrem Gesicht ab, das bis auf eine kleine Platzwunde über den dunklen Brauen unversehrt war, und ihre Mundwinkel verzogen sich unwillig. »Du!«, stieß sie aus. Einen Moment lang brannte ihre Sündenmacht noch wie die Sonne zwischen ihnen, dann verpuffte sie, statt in Ashers Geist zu explodieren. »Was machst *du* hier? Du bist die Ablöse, von der sie gesprochen haben?«

Natürlich, Rahel musste davon ausgegangen sein, dass er gekommen war, um ihre Qualen fortzuführen. Oder ihr Schlimmeres anzutun, nachdem sie weggedriftet und er zu ihr in den Käfig gekommen war. Sie hatte ihre Chance gesehen und sie ergriffen. »Ich werde dir nicht wehtun.«

»Ach, wirst du nicht?« Ihr Gesicht schwebte dicht über seinem. Er spürte ihren Atem auf seiner Haut und war versucht, seine Stirn gegen ihre zu legen und eine seiner Hände von ihren Armen hinab in ihr Haar gleiten zu lassen. Die Versuchung war überwältigend, doch er widerstand ihr mit zusammengebissenen Zähnen. Nein, diese Grenze ins verbotene Niemandsland würde er nicht überschreiten. Niemals. Vogelfrei wäre er damit zum Abschuss freigegeben.

»Aber es ist doch genau das, was du tun sollst. Genau das, was sie dir erzählt haben. Was dich rettet.«

Spielte sie darauf an, dass er sie töten oder zur Dämonin werden lassen sollte? Er überging ihre Worte vorerst. »Ich bin vom Albtraumgift bewusstlos gewesen und habe eben erst erfahren, dass sie denken, du hättest mich angegriffen. Ich … es …« Er festigte seinen Griff um ihre Arme unmerklich. »Sie hätten dich nicht bestrafen dürfen.«

»Nein, das hätten sie nicht. Aber das hat weniger etwas damit zu tun, dass sie mir nicht einmal zugehört haben, als vielmehr damit, wie falsch das alles hier ist.« Rahel erschlaffte, kapitulierte vor der Erschöpfung, die sich nach dieser Nacht tief in ihren Gliedern eingenistet haben musste, und löste ihre Beine. Langsam glitt sie an ihm herab, bis sie wieder auf dem Boden stand und Asher sie losließ.

Erst jetzt fiel ihm auf, dass ihr Oberkörper nackt war, weil sie die Peitschenhiebe und Brenneisen auf der bloßen Haut platziert hatten. Er fand nichts Sinnliches daran – Rahel stand hier nicht freiwillig entblößt vor ihm. Selbst wenn er auf seine innersten und verbotenen Sehnsüchte lauschte, so wollten diese gerade nicht mehr und nicht weniger, als ihr Schutz und Trost zu spenden. Stattdessen hielt er nach etwas Ausschau, was er ihr als Ersatz dafür geben konnte, und fand einen Umhang, den er ihr umständlich an ihren gefesselten Händen vorbei umlegte. Er war groß genug, um sie zu bedecken.

Rahel hätte mit Spott darauf reagieren, ihn provokant fragen können, ob es ihm jetzt leichter falle, sich zu konzentrieren, oder er ihren Anblick anstößig finde. Doch sie musterte ihn einfach nur schweigend und murmelte am Ende ein halblautes »Danke«.

Seltsamerweise war das bis hierhin der leicht zu bewältigende Teil gewesen, während er plötzlich nach Worten rang. Was zu einem großen Teil daran lag, dass sich seine Lippen um das Unausgesprochene versiegelten. »Ich habe

Ausbilder Lambert in Kenntnis setzen lassen. Sobald er hier ist, erkläre ich ihm noch mal alles, dann wird er deine Strafe beenden.« Asher hätte sie gern sofort von den Ketten befreit, doch damit würde er nur Lamberts Unmut wecken. Der ohnehin bereits unerschöpflich war. »Und anschließend bringe ich dich in die Krankenstation.« Diese Wunden an ihrem Rücken mussten sofort behandelt werden, auch wenn sie bei Vicious schneller verheilten und Rahels Hochmut sie aufrecht hielt.

»Das glaubst du wirklich, nicht wahr?« Sie hatte den Kopf schief gelegt und sprach leise, trotzdem trafen ihre Worte so zielsicher wie seine Klinge.

»Warum sollte ich das nicht glauben?«

»Weil sie mich genau dort haben, wo sie mich haben wollen. Und niemand glauben wird, dass dieser abnormale Albtraum von jemand anderem als von mir stammt. Sie werden das nicht leichtfertig aufgeben.« Die Ketten klirrten leise, als Rahel sich in seine Richtung lehnte. »Und das hier ist doch genau die Möglichkeit, auf die du gewartet hast.«

Ashers Miene verschloss sich. »Auf das hier habe ich sicher nicht gewartet.«

»Warum nicht? Weil du denkst, ich wäre geblieben, um dich zu retten? Ich habe es dir schon einmal gesagt: Wenn du stirbst, werden sie mir die Schuld daran geben. Du bist mir nichts schuldig. Also hindert dich dein Wächtergewissen auch nicht daran, zu tun, was du tun musst.«

»Hör auf damit«, knurrte Asher und wandte den Blick zur Seite. Provozierte sie ihn absichtlich?

Rahels Stimme klang bitter und brach beinahe. »Die Wahrheit auszusprechen? Nein, ich will sie sogar aus deinem Mund hören.«

»Ich weiß nicht, von welcher Wahrheit du sprichst.«

»Wie lautet dein Auftrag? Was sollst du tun, während du mich bewachst?«, sprach sie unnachgiebig weiter.

Sie wusste es ohnehin schon. Es auszusprechen, änderte nichts. Er sah Rahel an. »Ich soll dich töten. Als Dämonin oder Mensch.«

Sie nickte. Als wäre es eine Erleichterung, endlich Gewissheit zu haben. Als würde das irgendetwas besser machen.

Es machte gar nichts besser. Es änderte alles, es ausgesprochen zu haben.

»Aber das will ich nicht«, fügte er also leise eine weitere Wahrheit hinzu. »Ich will dich nicht töten.«

Rahel starrte ihn ausdruckslos an, und er war sich nicht sicher, ob sie sich ihre Überraschung nicht anmerken lassen wollte oder es bereits erahnt hatte. »Weil du nicht dazu fähig bist.«

Er schnaubte. »Das wäre ich. Dazu, und noch zu viel mehr, weil ich damit beweisen würde, dass ich ein Warden bin und das Vermächtnis meiner Familie nichts dagegen ist.« Vielleicht hatte sie bereits Gerüchte darüber aufgeschnappt, vielleicht hatte Rahel aber auch keine Ahnung, was er damit meinte. In diesem Moment spielte es keine Rolle. »Allerdings will ich es nicht, weil es falsch ist. Es ist eine Entscheidung, die ich getroffen habe.«

Eine Entscheidung gegen den Codex des Ordens, der besagte, dass er seinen Vorgesetzten Folge zu leisten hatte.

Der erste Setzling, der über die Begrenzung seines Steingartens hinauswuchs. Das schlimmste seiner Vergehen war jedoch, dass er sich diese Blöße vor Rahel gab.

»Gut. Dann bist du vielleicht doch noch nicht ganz so verloren, wie ich gedacht habe.« Sie schenkte ihm ein schiefes Grinsen, das ihre Augen nicht erreichte. Die

Wildheit war daraus verschwunden. Sie waren matt und stumpf geworden und spiegelten ihren Schmerz wider.

Asher war sich da nicht so sicher. Gerade weil er sich das eingestanden hatte, war er verloren.

»Allerdings werde ich dir jetzt eine weitere Wahrheit verraten, die deine Entscheidung ins Wanken bringen wird. Auf mehr als eine Weise.«

Er horchte auf und runzelte die Stirn. »Und die wäre?« Warum fühlte es sich an, als wäre er in die Falle getappt? Was für Wahrheiten hatte ihm eine Vicious schon zu bieten.

»Du bist ein Köder.« Wie sie es sagte, klang es wie eine Drohung. »Sie haben dich für meine Bewachung ausgewählt, damit ich eine Sünde an dir begehe, die schwer genug ist, mich zur Dämonin zu machen. Du solltest mich nie töten – nicht direkt. Dich zu töten, ist auch mein Todesurteil.«

Ihre Worte legten sich als zentnerschweres Gewicht auf seine Brust. Als er auflachte, klang es bellend und hohl. »Das ist absurd.« Sie dachte sich das nur aus, um seinen Glauben an den Orden weiter ins Wanken zu bringen. Asher war selbst schuld: Er hatte ihr eine Schwachstelle offenbart, und Rahel rammte den Dolch hinein, wie er es an ihrer Stelle hätte tun sollen. Im Gegensatz zu ihm kannte sie keine Skrupel.

»Denk nach«, beharrte sie mit einem leisen Knurren in der Stimme. »Ich habe mitbekommen, wie viel sie dir abverlangen, wie viel du dir selbst abverlangst, auch wenn ich die Hintergründe nicht kenne. Von meinem ersten Tag an habe ich begriffen, dass sie mich mit dir als Köder letztlich doch noch erwischen wollen. Sie setzen einen Adepten zweiten Ranges für die Überwachung ein, obwohl hier nur Höherrangige herumlaufen und sie davon ausgehen, dass ich zur Dämonin werde? Wenn das geschieht, hast du keine Chance gegen mich. Bis Verstärkung eintreffen würde, wärst du schon tot. Also nehmen sie das bewusst in Kauf, und das ergibt nur Sinn, wenn sie dich beseitigen wollen, genauso wie mich. Sie haben dich wie ein Schwein zum Schlachter geschickt, Asher.«

»Hör auf!«, fuhr er Rahel an und setzte unvermittelt einen Schritt auf sie zu. »Ich bin hier, weil ich mich freiwillig gemeldet habe. Ich wollte eine Chance, mich zu beweisen, und die habe ich bekommen.«

»Du hast ihnen eine Chance gegeben, dich loszuwerden.«

Er wollte diesen Vorwurf gegen die Rechtschaffenheit des Ordens an sich abprallen lassen. Nur passte es leider viel zu gut zu dem, was Nikolai ihm kurz zuvor gesagt hatte. Dass die Divines ihn hätten sterben lassen. Asher hatte bisher keine Gelegenheit gehabt, darüber nachzudenken. Nun war es ihm unmöglich, Rahels Worte damit abzutun, dass sie nur versuchte, ihn vom Orden abzuspalten. »Ich bin nicht schwach. Immerhin habe ich bisher überlebt, oder nicht?«

Rahels Miene wurde weicher, als sie zu ihm aufsah. Plötzlich stand er wieder ganz nahe vor ihr. Es hätte drohend sein sollen, doch sie zeigte keine Angst. »Nein, du bist nicht schwach«, stimmte sie ihm leise zu und sandte damit eine Gänsehaut über seine Arme. »Aber ich bin es auch nicht. Weil ich vom ersten Tag an erkannt habe, dass sie dich als Köder benutzen, habe ich mir verboten, meine Sündenmacht gegen dich einzusetzen.« Als würde sie auch jetzt dagegen ankämpfen müssen, schloss Rahel die Augen und atmete bebend aus und ein. »Und das ist unglaublich schwer. Ich will es die ganze Zeit über. Du bist meine Versuchung.«

Bei ihren Worten schoss Hitze durch seine Brust, wo sich gerade noch Kälte ausgebreitet hatte. Plötzlich fiel ihm das Atmen wieder leichter, während das Blut nur so durch seine Adern rauschte. Und bevor Asher sich selbst davon abhalten konnte, tat er, was Rahel von ihm verlangt hatte: Er dachte nach. Darüber, dass der Inquisitor nie gänzlich damit einverstanden gewesen war, dass er seine Ausbildung zum Warden aufgenommen hatte. Ihm war keine andere Wahl geblieben, weil der Codex vorschrieb, dass Asher diese Chance auf Vergebung gewährt wurde. Darüber, wie schnell sie ihn trotz all der Hindernisse als Rahels Bewacher akzeptiert hatten. Und schließlich dachte er über Murrays Befehl nach.

Ihm war schon damals aufgefallen, dass die Ausbilderin sich seltsam verhalten hatte. Und dass ihr Befehl kein offizieller gewesen war. Sie hatte sich mit ihren Anweisungen selbst über einen Befehl hinweggesetzt, weil ihr die Adepten am Herzen lagen, auch wenn sie ihre eigene Art hatte, das zu zeigen. Ihr Befehl an Asher sollte verhindern, dass er einen sinnlosen Tod starb. Sie hatte gewollt, dass er Rahel tötete, solange sie noch menschlich war und er eine Chance gegen sie hatte – bevor sie es mit ihm tat.

Der Inquisitor hatte ihn nie gewollt und einen Weg gesucht, Asher loszuwerden. Wofür er ihm mit seiner freiwilligen Meldung den Weg geebnet hatte.

Rahel hatte die Augen inzwischen wieder geöffnet, und als er nun zu ihr sah, verhakten sich ihre Blicke ineinander. »Du kannst es nicht mehr leugnen. Erkennst du die Wahrheit?«

»Sei still!«, grollte Asher. Doch es war zwecklos, sie hatte bereits zu viel gesagt. »Ich werde beweisen, dass sie im Unrecht sind. Wenn der Orden daran zweifelt, dass ich das Vermächtnis meiner Eltern loswerden kann, dann muss ich ihm eben zeigen, wozu ich fähig bin.« Er wusste kaum noch, ob er zu sich selbst oder zu Rahel sprach.

Sie blinzelte. »Indem du mich tötest?«

All seine Gedanken, die sich wie ein Aufgebot zusammengeschart hatten, prallten bei diesem Satz zurück und waren wie erstarrt. Nein. Nein, das wollte er nicht.

Rahel las die Antwort an seiner Miene und seinem Schweigen ab. »Ich will nicht mit einer Sünde an dir zur Dämonin werden. Du willst mich nicht töten – zumindest nicht, solange ich noch menschlich bin, nehme ich an. Wir widersetzen uns also beide ihrem Willen. Nun ja, zumindest versuchen wir es.« Sie rasselte mit den Ketten. »Für mich sieht es gerade etwas schlecht aus. Also wirst du wohl gewinnen.«

Asher wollte nicht gewinnen. Rahel sollte nicht sterben, nur damit er sie nicht töten musste und einen einfachen Weg aus dieser ganzen Sache herausfand. Nur damit der Inquisitor seine Anwesenheit noch etwas länger ertrug und auf seinen nächsten Fehltritt lauerte.

»Die Vicious stört es, dass ich ständig bei dir bin, und sie werden mich früher oder später offen angreifen. Die Warden gehen davon aus, dass du nicht rehabilitierbar bist und zur Dämonin wirst. Sie werden immer wieder versuchen, das zu beweisen.« Hätte er über die Bedeutung seiner Worte nachgedacht, wären sie ungesagt geblieben. »Außerdem muss es an der Akademie einen Vicious geben, der diesen abnormalen Albtraum erschaffen hat. Sie denken, dass du es gewesen bist, also müssen wir herausfinden, wer wirklich der Schuldige ist.« Er holte Luft für das Folgende. »Sobald du hier raus bist ...«

»Falls ich hier jemals lebend rauskomme«, korrigierte Rahel ihn. Doch sie ließ ihn nicht aus den Augen, in einer

Mischung aus Argwohn und Interesse. Ahnte sie, wohin das hier führen würde?

Vom Kerkerflur drang Tumult durch die eisenbeschlagene Tür, laute Stimmen, die immer näher kamen. Ausbilder Lambert, in Rage wegen seines eigenmächtigen Handelns und seiner Darstellung der wahren Ereignisse, wie Asher annahm. Also sprach er hastig weiter. »Sobald du hier raus bist, halten wir uns gegenseitig den Rücken frei.«

Das würde ihm Zeit verschaffen. Zeit, in der er herausfand, was zu tun war, oder Zeit, in der die Warden akzeptierten, dass er seine Pflicht erfüllt hatte und würdig war.

Nur dass er das nicht war. Weil er einen Deal mit einer Vicious schloss.

Rahels Stirnrunzeln vertiefte sich. Sie senkte den Kopf, wobei ihr eine Locke ins Gesicht fiel. Vielleicht irritierte das Angebot sie. Vielleicht hatte sie den Verlauf dieses Gesprächs aber auch von langer Hand geplant. »Wir halten uns gegenseitig den Rücken frei? Du beschützt mich vor den Warden?«

»Und du mich vor den Vicious. Wir bringen uns nicht gegenseitig um und versuchen währenddessen, den Vicious zu überführen, der den abnormalen Albtraum erschaffen hat.« Vielleicht würde das endlich genug sein. Vielleicht würde der Orden ihn dann endlich akzeptieren.

Die Stimmen erreichten die Tür zu Rahels Zelle, und sein Blick wurde eindringlicher. Er brauchte eine Antwort. Jetzt. Bevor er bereuen konnte, was er getan hatte, und bevor er alles für sie riskierte.

Sie öffnete die Lippen, als würde sie Einwände hervorbringen wollen, stockte und nickte schließlich entschlossen. »Abgemacht.«

Keine Sekunde später flog die Tür auf und knallte

scheppernd gegen die Gewölbewand. Instinktiv wirbelte Asher herum und stellte sich schützend vor Rahel. Das Bedürfnis, sie bis aufs Blut zu verteidigen, durchflutete einen Atemzug lang sein ganzes Sein. Seine Hand lag auf dem Schwert.

»Befreit sie. Sofort!«

Der ruhig, aber eindringlich hervorgebrachte Befehl duldete keinen Widerspruch und stammte aus dem Mund des rotuniformierten Warden, der Rahel im Garten aufgesucht hatte. Der Blick seiner stechend hellgrünen Augen ging an Asher vorbei, als würde er nicht existieren, und richtete sich unbeirrt auf Rahel. Ihr entfuhr ein leises Keuchen. Ein Kribbeln breitete sich in Ashers Nacken aus, als ihre Macht wie ein aufgescheuchtes Wespennest zu summen begann.

Der Warden hatte nicht nur die Adepten im Schlepptau, die am Eingang des Kerkers Wache gehalten hatten und nun hektisch zu der Vorrichtung liefen, um die Ketten hinabzulassen, sondern auch einen finster dreinblickenden Lambert. Dem Ausbilder war anzusehen, wie sehr ihm dieser Befehl missfiel, auch wenn er dem Höherrangigen nicht widersprach. Übertroffen wurde dieser Ausdruck nur, als er Asher entdeckte und beinahe mörderisch wurde.

Mit einem Hebel wurden die Ketten, an denen Rahel hing, so schnell heruntergelassen, dass sie den Halt verlor. Asher griff instinktiv zu, umfasste vorsichtig ihre Taille, um sie zu stützen, ohne ihren malträtierten Rücken zu berühren. Rahel ächzte in einer Mischung aus Schmerz und Erleichterung, als sie ihre Arme endlich sinken lassen durfte. Und brach den intensiven Blickkontakt mit dem rotuniformierten Warden, um zu Asher hochzublinzeln.

Wäre nicht ein halbes Dutzend anderer Warden anwesend gewesen, hätte er sie jetzt enger an sich gezogen, um ihr so lange Halt zu geben, wie sie ihn benötigte. Doch allein, dass er sie aufgefangen und nicht unbeteiligt zu Boden hatte gehen lassen, war verdächtig genug. Also vergewisserte er sich nur, dass sie sich auf den zitternden Beinen halten konnte, bevor er sie losließ und einen Schritt zurücktrat.

»Wächter ...«

Als Asher sich wieder umwandte, stellte er fest, dass der Rotuniformierte nun ihn musterte und dieses Wort mit zusammengekniffenen Augen gezischt hatte. Eine Erinnerung an seinen Status? Asher versteifte sich und wollte bereits nach weiteren Befehlen fragen, da hatte sich der Warden bereits wieder abgewandt.

»Löst auch die Handschellen.«

Nun trat Lambert einen Schritt vor. »Ich muss Yudin noch abschließend verhören und die Vicious ...«

»Verbleibt so lange in meiner Obhut«, ergänzte der Höherrangige. »Ich bringe sie zur Krankenstation. Danach wird sie wieder seiner Bewachung unterstellt, wie es der Inquisitor befohlen hat.«

Das hieß, dass Nikolai den Ausbilder über alles in Kenntnis gesetzt hatte – und dieser ihm glaubte? Asher entdeckte den Adepten nicht unter den anderen und traute Lambert das auch nicht zu. Er hatte sich darauf eingestellt, für Rahels Freilassung und seine Version der Geschichte kämpfen zu müssen. Dass der rotuniformierte Warden seine Finger im Spiel hatte und die ganze Sache vereinfachte, sollte ihn erleichtern. Stattdessen beunruhigte es ihn.

Niemand verlor ein Wort darüber, dass sie damit zugeben mussten, dass Rahels Bestrafung nicht zulässig gewesen war. Sicher hätten sie schnell genug irgendeinen anderen Grund gefunden, womit die Vicious die Schläge verdient hatte, doch Asher biss die Zähne bei dem Gedanken zusammen, dass all der Schmerz und das Blut hätten vermieden werden können.

Endlich setzte sich Arthur in Bewegung, nahm den Schlüssel von Lambert entgegen und ging hinüber zu Rahels Käfig, in dem Asher noch immer stand. Der Warden in Rot folgte ihm bis zu den Gitterstäben und beobachtete mit starrer Miene, wie Arthur die Fesseln um Rahels Handgelenke löste.

»Gut«, urteilte er und entspannte sich kaum merklich. Er streckte die Hand in den Käfig hinein und nach Rahel aus. »Komm.«

Während Lambert seinen Frust an den Adepten ausließ und sie zeternd aus der Zelle und zurück auf ihre Posten jagte, folgte Asher Rahel aus dem Käfig. So entging ihm nicht, wie der fremde Warden die ausgestreckte Hand an Rahels Locken vorbei über ihre Schulter gleiten ließ. Er streifte sie nur, trotzdem erschauerte sie und rückte Zentimeter von ihm ab, während sie ebenfalls den Kerkerausgang ansteuerten.

Die Berührung löste eine Flut von Gefühlen in Asher aus, die seine Sinne zu überschwemmen drohten. Ein glühend heißer Stachel bohrte sich in sein Herz. Er *wollte nicht*, dass dieser Warden Rahel berührte.

Vehement schob er diese Gefühle von sich und war froh darum, am Ende der Prozession zu gehen. So blieben ihm wertvolle Momente, um sich zu fangen.

Vielleicht täuschte er sich, aber er hatte den Eindruck, als würde das leicht zur Seite geneigte Gesicht des Warden ein schiefes Lächeln zeigen.

Im Flur vor der Treppe zum Kerker konnte er dem Ausbilder nicht länger entgehen. Lambert ließ sich zurückfallen und fuhr ihn an, ihm zu folgen, um dieses Chaos aufzuklären. In Wahrheit stand ihm ein Verhör bevor, bei dem jedes seiner Worte dreimal geprüft und seine Eignung als Warden infrage gestellt werden würde. Asher straffte sich, nickte und setzte dazu an, Lambert zu folgen.

Aus dem Augenwinkel nahm er wahr, wie ihnen jemand aus einem anderen Gang entgegeneilte. »Richter Esra!«, polterte van Hoven und hielt direkt auf den Rotuniformierten zu. »Es ist absolut inakzeptabel, dass Sie ...«

Weiter kam er nicht. Der Warden holte aus und verpasste ihm einen Faustschlag mitten ins Gesicht. Der Lord Rector taumelte in seinem Lauf und stürzte zur Seite, fing sich gerade noch an der Wand ab. Stöhnend presste er eine Hand auf die Nase und sein blutüberströmtes Gesicht.

Der Richter wandte sich zum Gehen, als wäre nichts gewesen, und zog Rahel weiter, die wie versteinert stehen geblieben war. Lambert neben Asher murmelte lediglich einen unterdrückten Fluch.

Van Hoven funkelte dem Richter hinterher. »Inquisitor Testa wird davon erfahren, Esra!« Seine Stimme erstarb in einem erstickten Gurgeln, weil ihm das Blut in den Mund gelaufen war, bevor er sich von der Wand löste und in die Richtung davonstürmte, aus der er gekommen war.

Nichts deutete darauf hin, dass die Worte des Lord Rectors den Richter in irgendeiner Weise berührt hätten. Zugleich hatte er soeben bewiesen, wie er mit Vicious umging, die ihm Widerworte gaben, selbst wenn sie in der sensiblen Politik der Akademie eine hohe Stellung innehatten.

Es war nicht das, was Ashers komplettes Denken einnahm, während Lambert ihn anfuhr, sich zu beeilen. Sondern sein Name.

Das hier war Richter Rafael Esra. Die höchste Instanz der Warden nach dem Inquisitor höchstselbst. Und der Mann, der seine Eltern zum Tode verurteilt hatte.

11
Ira furor brevis est.

Zorn ist eine kurze Raserei.

Rafael Esra. Der Richter der Warden. Der Mann, der ihr bereits drei Mal zu Hilfe gekommen war, ohne dass sie seine Motive verstand. Dessen Blick nun in vernichtender Art und Weise auf ihr lag, während Rahel sich von der Divine in der Krankenstation behandeln ließ. Als würde er sie dafür verurteilen, Schwäche zu zeigen, verletzt worden zu sein.

Verzweifelt sammelte Rahel die letzten Funken ihres Hochmuts um sich herum, selbst wenn es ihrer Position – auf dem Bauch liegend, den Rücken entblößt – wenig Würde verlieh. Ihre Macht hatte sie davor bewahrt, auf der Stelle zusammenzubrechen, und sie auf wackeligen Beinen bis in die Krankenstation schreiten lassen. Dabei wollte sie nichts mehr, als dass der brennende Schmerz nachließ und sie die letzten Stunden im Schlaf vergessen konnte. Wenn sie die Augen schloss, zuckte sie in Erwartung neuen Schmerzes zusammen. Jeden Peitschenhieb hatten die Warden in ihren Büchern festgehalten, als würden sie die Bestrafung sich selbst gegenüber rechtfertigen müssen. Das taube Gefühl in ihren Armen blieb, wie hartnäckig das Blut auch wieder dorthin zurückströmte.

Rahel hatte geschrien. Jedes Mal, wenn sie ihren Hochmut mit ihren Reliquien zerschlagen hatten, hatte sie den Schmerz nicht mehr ertragen. Irgendwann hatte sie ihre Gegenwehr fallen gelassen, obwohl ihre Macht noch nicht versiegt gewesen war. Sie hatte die Warden ihre Strafe vollziehen lassen, ihre Sinne waren weggedriftet, während sie kaum bei Bewusstsein auf den richtigen Moment gewartet hatte, sich an ihnen zu rächen. Und wenn es ihr Tod gewesen wäre, in diesem Moment hatte das keine Rolle gespielt.

Bis Asher bei ihr aufgetaucht war.

Die Divine zog eine schwarze Flüssigkeit in einer Spritze auf, mit der sie sich ihr näherte. Beinahe wäre Rahel von der Liege gesprungen, wäre sie nicht schon bei dem Versuch mit der Hand abgerutscht. »Was ist das?!«

Für die Panik in ihrer Stimme hätte sie sich unter normalen Umständen selbst verachtet. Nun tat Rafael das für sie mit Augen, in denen eine tiefe Wut aufglomm. Er hatte noch kein Wort mit ihr geredet, obwohl er sich doch sonst so gern sprechen hörte.

»Albtraumgift«, antwortete die Divine kurz angebunden. Sie hatte ihre Ankunft mit einem Stirnrunzeln verfolgt, das sich vertieft hatte, als Rafael darauf bestanden hatte, ihre Behandlung zu überwachen. »Es wirkt wie eine Droge auf euch Vicious, betäubt den Schmerz und beschleunigt die Wundheilung. Normalerweise wird es nicht nach Strafen verabreicht.«

Damit sie möglichst lange darunter litten. Sah die Divine deshalb so aus, als hätte sie in eine Zitrone gebissen?

»Dann sollte ich mich wohl glücklich schätzen!«

Sie umfasste ihren Oberarm mit angenehm kühlen Fingern, um ihn zu fixieren, während sie mit der anderen Hand die Spritze hob. »In Anbetracht der Härte der Strafe, die sie vollzogen haben – ja, das solltest du, Kind.«

Rahel wollte bereits gegen diese Bezeichnung aufbegehren, als die Nadel unter ihre Haut fuhr und das schwarze Gift injizierte. Im ersten Moment zweifelte sie die Worte der Divine an, dass es sie nicht umbringen würde. Krämpfe erschütterten in Schüben Rahels Körper, der sich anfühlte, als wäre er in Brand gesetzt worden. Sie konnte nicht einmal genug Kontrolle aufbringen, um sich qualvoll herumzuwälzen. Gleich würde sie sich von innen nach außen stülpen.

Erst als sie sicher war, es nicht mehr auszuhalten, ließ dieses Gefühl nach. Ihre Muskeln erschlafften. Taubheit, nicht unangenehm kribbelnd, sondern wohltuend wie eine dicke Schicht Watte, legte sich über sie. Ihre Gedanken flogen davon und ihr Sichtfeld füllte sich mit Schwärze, hinter der ein Paar stechend hellgrüner Augen verschwand. Eine Hand strich ihr Haar zur Seite und betastete ihre Stirn. Hatte sie ihr erlaubt, sie anzufassen? Kurz regte sich der Hochmut in Rahel, doch es glich eher einem trägen Zucken.

»Sie wird jetzt eine Weile schlafen. Albtraumlos.«

Eine Stimme, die ihr nicht unbekannt war, antwortete der Divine. Rahel erinnerte sich, dass sie einmal dunkel, aber zugleich weich wie das Mondlicht geklungen hatte. Heute war der Mond in der Dunkelheit der Nacht verschwunden. Die Stimme hatte unerbittlich erst über den Ausbilder, dann über van Hoven gerichtet. Bei der Erinnerung an den Ausdruck auf dem Gesicht des Lord Rectors verzogen sich ihre Lippen zu einem Lächeln, mit dem sie schließlich fernab driftete.

Als Rahel wieder zu sich kam, brach der Abend herein und zeichnete lange Schatten in das Gewölbe, das als Krankenstation genutzt wurde. Der Schmerz war zu einem dumpfen Pochen verklungen, das zunahm, sobald sie sich vom Bauch auf die Seite rollte. Die Nachwirkungen des Gifts machten es ihr schwer, ihre Gedanken zu klären, und seltsamerweise fühlte sich ihre Zunge geschwollen an.

Ihr erster Blick galt dem Fußende der Liege. Rafael war fort. Sie sollte erleichtert sein, dachte jedoch nur daran, dass er ihr für ihre nächste Begegnung Antworten versprochen hatte. Wann hatte sie angefangen, ein Gespräch mit ihm herbeizusehnen? Nach Anzeichen seiner Anwesenheit Ausschau zu halten? Wütend auf ihn zu sein, weil er ohne ein Wort gegangen war?

»Du bist wach«, murmelte jemand hinter ihr.

Als Rahel sich mit dem Ellenbogen aufstützte, um über ihre Schulter zu sehen, erwartete sie Asher. Ihm galt nach Rafael ihr nächster Gedanke, nur wusste sie in seinem Fall ganz genau, warum sie ständig an ihn denken musste. Doch es war nicht Asher, sondern Eden. Die Vicious hatte sich in ihrem Stuhl neben Rahels Bett aufgesetzt, und der Abdruck auf ihrer rechten Wange verriet, dass sie bis gerade noch gegen ihre Faust gelehnt geschlafen hatte.

Und die geschwollenen, rot geränderten Augen verrieten, dass sie davor geweint hatte.

Mit einem leisen Ächzen richtete sich Rahel auf und rutschte bis an die Bettkante, wobei sie die Decke um ihren Oberkörper schlang. Die Divine musste sie während ihrer drogeninduzierten Bewusstlosigkeit verbunden haben. Probeweise rief sie ihren Hochmut und stellte zufrieden fest, dass er ihr bereits beim leisesten Flüstern entgegenströmte.

Als Rahel ihre bleischwere Zunge zum Reden bewegen wollte, kam ihr nur ein Krächzen über die Lippen. Eden griff nach einem Glas mit einer trüben Flüssigkeit, das auf dem Nachttisch neben ihrem Bett stand. »Hier, trink. Mazur hat schon gesagt, dass du das brauchen wirst, sobald du wach bist.«

Sie nahm es entgegen und spülte die leicht süße Mischung in wenigen Zügen herunter. Danach fiel ihr das Sprechen bedeutend leichter. »Dann kann sie ja doch ganz hilfreich sein.«

»Mazur? Schätze, ich sollte das nicht sagen, aber sie gehört tatsächlich zu den wenigen Mitgliedern des Ordens, die ganz in Ordnung sind. Sie macht ihren Job gut, egal ob Warden oder Vicious. Hat sogar deinen kleinen Schatten vor die Tür verbannt, damit er hier nicht herumlungert und dir beim Schlafen zusieht.«

»Stattdessen hast du mir also beim Schlafen zugesehen?« Rahel stellte das Glas wieder ab.

»Lieber ich als er, nicht wahr? Ich wollte sehen, wie viel diese Schweine von dir übrig gelassen haben.« Ihre Stimme brach, und sie musste sich erst räuspern, bevor sie weitersprechen konnte. »Und dir frische Kleidung bringen, bevor du deinen Walk of Shame halbnackt antreten musst. Nicht, dass ich das nicht gern gesehen hätte.«

Rahel nahm das Bündel von Eden entgegen. Sie hatte nicht erwartet, dass die Vicious sie auf der Krankenstation besuchen würde. Nicht nach allem, was geschehen war. Sie ging davon aus, dass Ann in ihrer Dämonenform von den Warden erschlagen worden war. Die andere Vicious war wie eine Schwester für Eden gewesen, und Rahel wusste nicht, ob sie der Person ins Gesicht hätte sehen können, die verdächtigt wurde, Mateo getötet zu haben.

Hinter dem tiefen Schmerz und der unbekümmerten Maske lauerte kaum verhüllter Zorn. Rahel erwartete ihn schweigend, während sie die locker fallende Bluse überzog, die Eden ihr mitgebracht hatte.

Beim Knöpfen des Ausschnitts hielt sie inne. »Danke.« Ein Wort, das anderen so leicht über die Lippen ging und Rahels Natur widersprach. Doch es kam aus tiefstem Herzen.

Als sie wieder zu Eden sah, knirschte das Holz der Armlehnen, um die sie ihre Finger geschlungen hatte. »Sie wollen dich bis zur Sperrstunde zurück in deiner Zelle, um deinen nächsten abnormalen Albtraum nicht entwischen zu lassen.«

»Das war nicht mein Albtraum!« Wie oft hatte sie diesen Satz in der vergangenen Nacht gesagt, geschrien, geflüstert? Niemand hatte ihr geglaubt. Selbst die Wahrheit aus Ashers Mund hätte sie nicht gerettet, wenn Rafael nicht eingeschritten wäre, da war sie sich sicher.

»Wessen dann? Außer dir ist nur Ann dort gewesen ...« Ein trockenes Schluchzen entfuhr ihr, und sie krümmte sich auf dem Stuhl zusammen, als hätte sie Schmerzen. Ihr Haar fiel ihr links und rechts um das Gesicht. Sprach nicht mehr von Mittsommernächten, sondern verlieh ihr etwas Geisterhaftes.

Rahel presste die Lippen zusammen und sah zur Seite. »Ich weiß nicht, von wem die Abnormalität gewesen ist. Von mir jedenfalls nicht.«

»Du wusstest, dass Ann deinen Wächter angegriffen hat, was auch für dich gefährlich gewesen ist.«

»Wenn ich mich rächen wollen würde, dann würde ich

mit Nika anfangen. Ich weiß nicht, was Ann gestern Abend dort zu suchen gehabt hatte, aber als wir sie gefunden haben, ist sie bereits verloren gewesen. Es tut mir leid.«

»Wage es nicht, mich anzulügen.« Zorn und Schmerz verzerrten Edens Stimme zu einem bitteren Knurren. »Wenn du dafür verantwortlich bist, dann sag mir das ins Gesicht. Es ist mir egal, was du diesen Arschlöchern aufgetischt hast, aber *lüg mich nicht an*, falls du die Wahrheit kennst. Du bist die Einzige, die in letzter Zeit neu an die Akademie gekommen ist, und vor dir hat es nie einen Albtraum gegeben, der auch Vicious angreift. Du hast Schwierigkeiten dabei, deine Sünde abzulehnen. Wenn du die Abnormalität unbewusst erschaffen hast und Ann ...«

Rahel wusste, dass es nichts gab, was sie sagen oder tun konnte, um es erträglicher für Eden zu machen. Sie nahm es ihr nicht einmal übel, dass sie sie beschuldigte – sie hätte an ihrer Stelle ebenso gedacht. Als Edens Schultern zu beben anfingen und sie sich auf ihrem Stuhl noch kleiner zusammenkrümmte, legte Rahel die Hand auf ihre. Die Knöchel stachen weiß hervor und die Sehnen waren bis aufs Äußerste gespannt.

»Ich würde dich nicht belügen. Die Abnormalität stammt nicht von mir, immerhin hat sie auch mich angegriffen.« Sie hätte es bemerkt, wenn dieser Albtraum ihrer Sündenmacht entsprungen wäre. Noch wichtiger, sie hätte ihn zumindest genug unter Kontrolle gehabt, um nicht selbst von ihm angegriffen zu werden. Sicher?, flüsterte eine kleine Stimme in Rahel. Bis vor Kurzem hast du nicht einmal gewusst, dass du Albträume im Schlaf erzeugst.

»Außerdem hätten sie mich wohl kaum so einfach davonkommen lassen, wenn es so wäre«, fügte Rahel hinzu, um sie zum Verstummen zu bringen. Rafael erwähnte sie nicht. Vor allem deshalb, weil sie selbst noch nicht genau verstand, welche Rolle der hochrangige Warden in alldem spielte.

Blitzschnell löste Eden ihre Hand von der Lehne, um nach Rahels Handgelenk zu greifen und es statt des Holzes zu zerquetschen. Rahel zwang sich, sich nicht dagegen zu wehren und Edens lodernden Blick zu erwidern. Der immer mehr verschwamm, bis sie unter Tränen zusammenbrach.

Kurz darauf war Rahel auf ihrem Bett ein Stück zur Seite gerückt und hielt die schluchzende Eden im Arm. Sie strich ihr Haar zurück, das in ihrem tränennassen Gesicht klebte, und ignorierte für diesen Moment die Wunden, die in ihre eigene Seele – und ihr Fleisch – geschlagen worden waren.

»Ann war der stärkste Mensch, den ich kenne. Wenn ich in der Scheiße gesteckt habe, ist sie da gewesen, um mich noch tiefer reinzureiten.« Eden schniefte und lachte gleichzeitig bitter auf. »Sie ist immer die Unscheinbarere von uns gewesen, aber du durftest ihr niemals den Rücken zukehren. Dieser beschissene Ort hier hat sie verändert. Manchmal wusste sie kaum noch, wohin mit sich und ihrem Zorn ...« Hitze schlug Rahel entgegen, doch es war nur ein schwaches Lodern, das sofort von weiteren Tränen erstickt wurde. »Und jetzt haben sie dich noch mehr als ohnehin schon ins Visier genommen. Die ganze Akademie denkt, dass du die Abnormalität verursacht hast.«

Es war die richtige Entscheidung gewesen, sich auf Ashers Deal einzulassen. Unten im Kerker hatte Rahel daran gezweifelt. Vielleicht versuchte er nur Zeit zu schinden und sie in Sicherheit zu wiegen. Sie würde die Grenzen seines Versprechens, sie vor den anderen Adepten zu schützen, austesten müssen. Und auch ihm den Rücken freihalten. Allerdings würde sie nicht den Fehler begehen, ihm ihren dabei zuzuwenden.

»Ich habe keine Angst vor ihnen. Sollen sie sich ihre Zähne an mir ausbeißen, wenn sie denken, ihre Strafen würden irgendetwas anderes als Hass in mir hervorrufen.« Diesmal war es eine Lüge. Übelkeit und Furcht stiegen in Rahel bei dem Gedanken auf, erneut in diesen Kerker geschleppt zu werden. Wenn sie ehrlich zu sich war, würde sie sich lieber auf zehn weitere Deals mit Asher einlassen, als auch nur ein weiteres Mal diese Schmerzen und Demütigungen erdulden zu müssen. Sie hatten sie nicht gebrochen, aber einen feinen Sprung in ihrem Schutzmantel hinterlassen, der tiefer reichte, als sie irgendjemanden sehen lassen wollte.

Für Eden war ihr Schauspiel gut genug. Mit verheultem Gesicht sah sie zu ihr auf. »Gut so. Gib ihnen nicht die Genugtuung, dir wehgetan zu haben. Lass sie deinen Hass spüren. Mit allem, was du hast.« Sie löste sich von ihr, glitt zurück auf den Stuhl und wischte sich die Tränen weg. »Ich werde mit den anderen sprechen. Die Hölle steht weiterhin hinter dir, und du brauchst uns jetzt mehr denn je. Wenn hier ein Vicious sein Unwesen treibt, der seine Albträume auf uns loslässt, müssen wir …« Sie hielt inne, und ihr Blick glitt hinter Rahel. Als sie das Gesicht zu einer Grimasse verzog, wusste diese, dass Asher hier war.

»Rahel.«

Eine Gänsehaut kletterte ihren Nacken hinauf. Wann hatte er angefangen, sie bei ihrem Namen zu nennen? Und seit wann genoss sie es, ihn aus seinem Mund zu hören? Sie stellte sich vor, wie er ihn wieder und wieder aussprach, in immer innigerer Weise.

Sie drehte sich um. Asher hatte den Sichtschutz zur Seite geschoben und innegehalten, als er Eden bemerkt hatte. Der Satz, der ihm eben noch auf den Lippen gelegen hatte, blieb ungesagt. Stattdessen suchte er ihren Blick, wich ihr nicht länger aus, sondern stellte stumm die Frage nach ihrem Befinden.

»Sieh an, ein kleiner Snack zur Stärkung«, kommentierte Eden mit vom Weinen rauer Stimme. Und plötzlich erhielt Rahel eine recht gute Vorstellung davon, wie sie den Orden ihren Hass spüren lassen würde. Asher gehörte nicht zu den Warden, die Ann erschlagen oder Rahel gefoltert hatten. Trotzdem war er in diesem Moment da, und das reichte Eden.

Bevor diesen Worten Taten folgen konnten, sprang Rahel vom Bettrand – und wäre beinahe in sich zusammengesackt. Ihre Beine weigerten sich, ihr Gewicht zu tragen, und nur Edens schneller Reaktion war es zu verdanken, dass sie sich aufrecht hielt.

»*Maldita mierda* ...«, zischte sie und ließ einige andere Flüche auf Spanisch folgen. Sie biss die Zähne zusammen und bewegte sich im Schneckentempo auf Asher zu. »Ich nehme an, du sollst mich in meine Zelle führen?«

Er war drauf und dran, ihr seinen Arm anzubieten. Rahel machte seine Ambitionen mit einem finsteren Blick zunichte. »Ja, in deine Schlafkammer«, antwortete er und trat widerstrebend beiseite.

Sie schob sich an ihm vorbei. »Wie auch immer. Bringen wir es hinter uns.«

Da Eden sie begleitete, blieb ihnen keine Gelegenheit, über das zu sprechen, was in den Kerkern geschehen war. Rahel war sich nicht einmal sicher, ob sie das wirklich wollte. Am liebsten hätte sie die vergangenen vierund-zwanzig Stunden aus ihrem Gedächtnis gelöscht, nur drängten sie sich ihr immer wieder auf. Gleich, wenn sie allein war, würden sie auf sie einstürzen und sie bis in ihre Träume verfolgen.

Zu Rahels Erleichterung standen die Wächter nicht Spalier, um sie mit ihrer Verachtung zu strafen. Mazur regte sich zwar fürchterlich darüber auf, dass sie Rahel in ihrer Verfassung bereits gehen lassen musste, aber Asher hatte nicht ohne Grund auf diesen Zeitpunkt bestanden: Die meisten waren gerade beim Abendessen. Bis zur Sperrstunde dauerte es zwar noch etwas, aber Rahel tauschte ihr Bett im Krankensaal nur zu gern gegen das in ihrer Zelle ein, wenn das hieß, dass sie den Blicken der anderen entging. Außerdem fühlte sie sich immer noch zerschlagen und ausgelaugt. Die Divine hatte ihr Pillen in die Hand gedrückt, die sie die nächsten Tage gegen die Schmerzen nehmen sollte, und die erste würde sie ein-werfen, sobald sie wieder eine Matratze unter sich hatte.

Eden verabschiedete sich im Flur vor ihrer Schlafkam-mer mit einer festen Umarmung von Rahel. Sie erwiderte sie und kämpfte dabei selbst mit den Tränen. »Wir reden ein anderes Mal weiter«, murmelte die Vicious ihr noch zu, bevor sie verschwand.

Asher musste bemerkt haben, dass sie ihre Macht be-schworen hatte, um den Marsch hierher einigermaßen würdevoll zu überstehen – und sich überhaupt auf den Beinen zu halten. Er musterte sie verstohlen von der Sei-te. Und tat nichts dagegen.

»Wie lief dein Verhör?«, fragte Rahel ihn, während sie weiter zu ihrer Zelle gingen. In Edens Anwesenheit hatte sie darauf geachtet, einen halben Schritt vor Asher zu ge-hen. Nun ließ sie sich zu ihm zurückfallen.

Asher senkte den Kopf und sprach gedämpft. »Ich habe Lambert erzählt, was letzte Nacht wirklich passiert ist. Er ist momentan vor allem wütend über das Eingreifen ... des Richters.«

Sie bemerkte das leichte Zögern in seinen Worten.

»Was zumindest mich aus der Schusslinie gebracht hat. Allerdings glaubt er immer noch, dass du die abnormalen Albträume erzeugst. Wir müssen unbedingt herausfinden, wer wirklich dafür verantwortlich ist.«

Still stimmte sie ihm zu und drehte sich an ihrer Tür noch einmal zu ihm um. »Und wenn dein Ausbilder herausfindet, dass du gemeinsame Sache mit mir machst? Oder irgendjemand sonst? Das wäre nach allem doch ein gefundenes Fressen für sie, nicht wahr?«

Asher stand dicht vor ihr. »Laut deiner Einschätzung macht das ohnehin keinen Unterschied mehr. Sie werden immer etwas finden, um mich zu verleumden. Ich darf es sie einfach nicht herausfinden lassen.«

Sie hätte ihm gern gesagt, dass er einen ziemlich schlechten Job machte, so wie er sie ansah. Voll zärtlicher Sorge in seinen Honigaugen und die weichen Lippen leicht geöffnet. Als würde er ihr jeden Moment einfach in den Raum folgen, ohne die geringsten Bedenken, allein mit einer Vicious zu sein. Rahel wollte ihn fragen, wie er rechtfertigen würde, sie vor anderen Adepten in Schutz zu nehmen, ohne seinen Orden zu verraten. »Also wirst du einfach mich verleumden?«, kam es stattdessen wispernd über ihre Lippen.

Erneut hielt Asher ihren Blick fest. Beinahe hätte sie sich ihm entgegengestreckt, als er noch näher rückte, um seine Hand an ihr vorbei auf den Türknauf zu legen. »Ich könnte dich niemals verleumden.«

Sein Atem streifte bei diesen Worten ihre Haut, und

Rahel erschauderte. Das Sehnen wurde beinahe unerträglich, zerrte nun in ihrer Brust und ließ erst nach, nachdem Asher die Tür zu ihrer Schlafkammer geöffnet hatte und sich wieder einen Schritt von ihr zurückzog.

Seine Miene hatte sich verschlossen, doch seine raue Stimme verriet ihn, als er flüsterte: »Schlaf gut, Rahel.«

Die Academy of Sins unterschied sich in einem wesentlichen Punkt nicht von allen anderen Einrichtungen: Gerüchte und Neuigkeiten verbreiteten sich wie ein Lauffeuer. Während die Geschehnisse jenes Abends Bestürzung unter den Vicious auslösten, die sich nun zusätzlich in Gefahr sahen, rankten sich die wildesten Geschichten um Rahels Beteiligung. Einige sprachen sogar davon, dass sie es gewesen war, die dem Lord Rector die gebrochene Nase verpasst hatte. Was angesichts van Hovens finsterer Blicke in ihre Richtung nicht verwunderlich war. Andere gaben ihr die Schuld an Anns Verwandlung, so hartnäckig Eden auch intervenierte. In einer Sache waren sich jedoch alle einig: Da die Abnormalität kurz nach Rahels Aufnahme an der Akademie aufgetaucht war, musste sie von ihr stammen.

Die Warden – allen voran Arthur Snyder – begutachteten sie noch misstrauischer. Asher sorgte dafür, dass sie Konfrontationen aus dem Weg gingen, was ihr nur recht war. Immer noch hatte sie mit den Folgen der Folter zu kämpfen – körperlich wie psychisch.

Als ihr einer der Adepten, der an ihrer Strafe mitgewirkt hatte, den Weg versperrte, trat Asher ihm entgegen und sorgte dafür, dass er ihr Platz machte. Er ignorierte die Warden, die ihn dazu drängten, sich mit ihr an ihren Tisch zu setzen, und geleitete sie wortlos zu ihrem Platz neben Eden. Und er meldete eine Gruppe von Aufrührern, die geplant hatten, sie nachts zu überwältigen, beim Ausbilder, der zähneknirschend eingreifen musste. Rahel wusste nicht, wie Asher davon erfahren hatte – vermutlich hatten sie ihn in ihr Vorhaben eingeweiht –, aber sie schreckte fortan immer wieder aus dem Schlaf und hielt in ihrer dunklen Zelle Ausschau nach ungebetenen Besuchern.

Sie bedankte sich auf ihre Weise. Da Asher sie nicht mehr davon abhielt, ihre Sündenmacht einzusetzen, solange es von anderen Warden unbemerkt blieb, hielt sie ihnen die Vicious vom Hals. Ein Mal saßen sie in der Bibliothek, als ein Vicious des Zorns – ein Freund von Ann, wie sie später erfuhr – auf sie losgehen wollte. Stattdessen holte er Rahel das Buch, nach dem sie gerade gesucht hatte, und verbrachte anschließend zwei Stunden heulend auf der Toilette. Sämtliche Mitglieder der Hölle, die sie dank Eden weiterhin duldeten und unter denen sich eine schwelende Wut ausgebreitet hatte, brachte sie dazu, Asher in Ruhe zu lassen. Und als sich ein Vicious der Trägheit dann doch an ihrem Wächter vergreifen wollte, ließ sie ihn in Größenwahn verfallen, woraufhin er sich gleich mit einer ganzen Gruppe von Adepten anlegte.

Nein, sie glaubte nicht daran, dass sie Rivalitäten untereinander pflegen sollten, solange sie alle in derselben Scheiße steckten. Aber wer sich zu ihrem Feind erklärte, durfte kein Erbarmen erwarten.

Die Anforderungen an Rahel während der Lektionen beschränkten sich vor allem auf eine Sache: Sie sollte immer und immer wieder zeigen, dass sie ihr Laster ablehnen und einen Albtraum erzeugen konnte. Es fiel ihr nicht schwer, die Absicht dahinter zu begreifen. Natürlich wollten sie den Beweis dafür, dass eine Abnormalität daraus entwachsen würde.

Seit der Nacht, in der sich die erste gezeigt hatte, suchten weitere die Akademie heim und versetzten die Warden in höchste Alarmbereitschaft. Schreie der Vicious füllten fortan des Nachts die Gänge. Die einseitige Funktion der Türgitter war hinfällig geworden, denn die abnormalen Albträume drangen in ihre Zellen ein. Rahel hatten sie seit ihrem letzten Aufeinandertreffen verschont, doch es war nur eine Frage der Zeit, bis es erneut dazu kommen würde.

Und diesmal wollte sie vorbereitet sein.

Asher hatte sie vor einigen Tagen gefragt, ob sie ihn nach den Abendessen zu seinen Trainingseinheiten mit einem anderen Adepten begleiten würde. Nikolai war der Warden, der ihn in der Bibliothek aufgesucht hatte. Sie wussten, dass Asher sein Angebot nur annehmen konnte, wenn Rahel mitzog. Und dichthielt. Sie hatte zugestimmt – natürlich nicht, ohne im Gegenzug Forderungen zu stellen, wie Besuche der Privatbäder, die eigentlich den Mastern und Deans vorbehalten waren und von denen Eden ihr erzählt hatte, oder des Dachs, ihrem Lieblingsort. So brachen und dehnten sie die Regeln in einvernehmlicher Verbundenheit, nicht nur die der Akademie, sondern auch jene, die zwischen Vicious und Warden herrschten.

Sie hatten einen abgelegenen Ort in den Gärten für ihre Treffen gewählt. Immer wenn Rahel glaubte, hier auf nichts Neues mehr stoßen zu können, wurde sie überrascht. Auf geradezu magische Weise eröffneten sich Wege inmitten des üppigen Grüns, die sie genau zu dem führten, was sie brauchte. Zum Beispiel zu einem überwucherten Amphitheater, dessen Stufen halbmondförmig um eine kleine Lichtung verliefen.

»Ich will lernen, wie ich meine erzeugten Albträume kontrollieren kann.«

Als sie eines Abends mit dieser Forderung an Nikolai und Asher herantrat, die sich gerade für das Training aufwärmten, stieß sie auf verblüffte Gesichter.

Nikolai fing sich zuerst. Er verhielt sich ihr gegenüber anders, als sie es von den Warden gewohnt war. Meistens sprach er erst gar nicht mit ihr, doch wenn er es tat, behandelte er sie tatsächlich wie einen normalen Menschen. »Albträume kontrollieren? Lernt ihr das nicht von euren Mastern?«

»Normalerweise ist das wohl so, ja. Nur sind sie mir gegenüber etwas … voreingenommen. Ich darf bisher nur üben, Albträume zu erzeugen.« Solange sie davon ausgingen, dass Rahel für die Abnormalitäten verantwortlich war, würden sie ihr sicher nicht mehr Kontrolle über sie ermöglichen.

»Weil du immer noch Schwierigkeiten hast, deinen Hochmut abzulehnen, wenn du ihn einsetzt«, meinte Asher, beitragen zu müssen. Und verzog beinahe entschuldigend einen Mundwinkel, als Rahel ihn daraufhin mit einem vernichtenden Blick strafte.

»Also nur ein Grund mehr, warum ich das üben sollte. Und wenn ich gerade dabei bin, kann ich ja auch gleich lernen, die Albträume zu kontrollieren.«

Nikolai schwang sein Übungsschwert, während er über ihre Worte grübelte. »Ist das nicht etwas riskant?«

»Warum? Weil du auch denkst, ich würde die Abnormalitäten erschaffen?« Sie bemerkte Ashers angespannten Blick von der Seite.

»Rahel«, murmelte er warnend. Vor Nikolai verhielt er sich ihr gegenüber entspannter, obwohl er es vermied, in Anwesenheit anderer Warden ihren Namen auszusprechen.

Nikolai hielt in seinen Bewegungen inne. »Nein, das

denke ich nicht«, erwiderte er ruhig. Er klang überzeugter, als Rahel selbst sich fühlte. Weil sich eine kleine Stimme in ihr festgesetzt hatte, die fragte, ob sie es nicht doch unbewusst tat.

»Dann spricht ja nichts dagegen. Also, wir werden es folgendermaßen machen: Ich erzeuge einen Albtraum und lasse ihn anschließend gegen Asher kämpfen. Er lernt den Kampf gegen Albträume, ich lerne sie zu kontrollieren.«

Insgeheim hoffte Rahel auf viel mehr. Keine Albträume, sondern Träume. Rafaels Worte ließen sie einfach nicht los. Zuerst hatte sie es für ein leeres und sinnloses Gleichnis gehalten. Nun glaubte sie, dass er das wortwörtlich gemeint hatte: Sie sollte Träume erschaffen.

Nikolai sah von ihr zu Asher. »Habt ihr euch nicht sehr deutlich dagegen ausgesprochen, die Vicious ins Training einzubeziehen?« Er hatte bereits am ersten Abend vorgeschlagen, dass Asher mit Rahels Hilfe lernen sollte, der Sündenmacht zu widerstehen und sie zu zerschlagen. Beide hatten das vehement abgelehnt.

Asher, weil er gegen sie keine Chance gehabt hätte.

Rahel, weil die Versuchung zu groß gewesen wäre, ihn komplett in ihrem Hochmut gefangen zu nehmen.

Nikolai wäre Zeuge geworden, wie Asher sich ihrer Macht hingegeben und Erfüllung darin gefunden hätte. Und selbst wenn Rahel sich rechtzeitig Einhalt hätte gebieten können, bevor es sie zur Dämonin machte, hätte Asher ihr danach keinen Schritt mehr getraut. Dieses Bündnis funktionierte nur, solange er sich sicher sein konnte, dass sie ihren Hochmut nicht gegen ihn einsetzte.

»Ein Albtraum ist etwas anderes«, erwiderte Asher an ihrer statt. Er schien sich mit dem Gedanken anzufreunden, immerhin brauchte er das zusätzliche Training.

»Und du bist dir sicher, dass du die Vicious in diesem

248

Grad einbeziehen möchtest? Dich hier mit mir zu treffen, um zu trainieren, ist das eine. Dich dafür mit einer Vicious zusammenzuschließen, etwas ganz anderes.«

Vielleicht war Nikolai doch nicht so freigeistig, wie sie gedacht hatte. Was hatte sie auch erwartet? Am Ende waren alle Warden gleich.

Auch Asher. Das durfte sie nicht vergessen.

»Ja, seid ihr euch sicher, dass ihr euch mit der Vicious zusammenschließen wollt, die eure kleinen Übungseinheiten jederzeit ans Licht bringen könnte?« Erpressung war und blieb in ihrer Position das wirksamste Mittel.

»Kurz dachte ich wirklich, du würdest deinen Hochmut gegen mich einsetzen, aber das ist wohl einfach deine Art, hm?«, murmelte Nikolai. »Es ist deine Entscheidung, Yudin. Wir können unser Training auch ohne ihre Albträume fortsetzen.«

Hatte er ihr nicht zugehört?

»Nur weil wir sie und ihre Albträume für das Training nutzen, schließen wir uns nicht gleich mit ihr zusammen. Lass es uns versuchen.«

Er sah sie nicht einmal an, während er mit Nikolai redete, als wäre sie nicht anwesend. »Nutzen?«, wiederholte Rahel scharf.

Es sollte sie nicht überraschen. Sie wusste, was sie dachten. Letztendlich waren alle Vicious gleich, auch sie, und damit durften sie ihr nicht vertrauen.

Rahel verwarf den Gedanken an Rafaels Träume für den Moment, ballte ihren Hochmut und riss ihn von sich, um einen Albtraum zu erschaffen.

Asher prallte einige Schritte zurück. »Was soll das?«

»Schätze, damit beginnt die Übung wohl«, rief Nikolai, während er zur Seite hechtete. »Du hast kein Reliquienschwert, also ist deine Strategie: Töte den Albtraum, bevor er dich vergiften kann, indem du ihm den Kopf abschlägst. Das ist am effektivsten. Du musst schnell und präzise vorgehen.«

Während Asher sich dem Schatten entgegenstellte, dessen Flügel sich gerade einmal einen Meter weit spannten, spürte Rahel der Verbindung zu ihrem Albtraum nach. Sie wusste, was sie tun musste, es war ihr im Kampf gegen die Abnormalität schon einmal gelungen. Ein unsichtbarer Faden, der sich von ihr zu dem Monster spann und erst existierte, wenn sie ihn heraufbeschwor. Er war nicht von Natur aus da, auch wenn es sich natürlich angefühlt hatte, ihrem Albtraum ihren Willen aufzuzwingen.

Sie versuchte es – und es gelang ihr nicht. Sekunden später stieß eine Klinge durch den Halsansatz des Schattens und löschte ihn aus.

»Der Albtraum ist ja auch winzig gewesen«, urteilte Rahel, um ihr Versagen zu vertuschen. Vielleicht war das hier doch keine so gute Idee gewesen.

Asher steckte seine Waffe zurück in die Scheide und stiefelte mit langen Schritten auf sie zu. »Du kannst nicht einfach ohne Ankündigung einen Albtraum erschaffen! Was sollte das?«

»Kann ich nicht? Denkst du, ein Albtraum kündigt sich vorher an? Du wolltest mich doch für dein Training *nutzen*.«

»So funktioniert das aber nicht. Du kannst nicht einfach tun und lassen, was dir gerade einfällt.«

»Weil ich eine Vicious bin? Keine Sorge, ich wollte es einfach nur nicht so aussehen lassen, als würdet ihr euch mit mir zusammenschließen. Abstoßender Gedanke, nicht wahr?«

Asher verengte die Augen und blieb wie erstarrt stehen. »Vollkommen abwegig.«

»Absolut verwerflich und gegen deinen Codex.«

»Undenkbar«, hauchte er.

Rahel neigte den Kopf. »Eine Sünde.«

Die feindselige Stimmung verpuffte. Eine andere Art von Spannung entstand zwischen ihnen, und das nicht zum ersten Mal. Sie war jedes Mal da, wenn sie die Distanz durchbrachen und auf die eine oder andere Weise aneinandergerieten. Während Asher verstummte, hielt Rahel abwartend inne.

»Schön, dass ihr euch da so einig seid.« Nikolai hatte die Arme verschränkt und musterte sie mit schiefem Blick. »Vielleicht sollten wir es damit für heute gut sein lassen.«

Rahel strich sich eine schwarze Locke zurück, während Asher tief und kontrolliert einatmete und sich zu Nikolai umdrehte. »Nein, es geht schon. Ich kann weitermachen.«

Nikolai schüttelte den Kopf. »Nein, gönn dir heute eine Auszeit. Wir trainieren morgen wieder.«

Widerwillig lenkte Asher ein – sichtlich erleichtert darüber, dass es ein Morgen geben würde und der andere Adept sein Trainingsangebot nicht zurückzog.

Rahel kam das gelegen. Sie hatte bereits eigene Pläne gefasst, die sie Asher offenbarte, kaum dass sie die Gärten verlassen und sich von Nikolai verabschiedet hatten.

»Ich will heute zu den Privatbädern, von denen Eden mir erzählt hat.« Ihre Verletzungen waren dank des Albtraumgifts endlich verheilt. Die Narben im Spiegel zu betrachten oder danach zu tasten, vermied sie tunlichst. Sie brauchte diese Erinnerung nicht. Was sie dringend brauchte, war etwas Entspannung. Die geschlechtergetrennten Waschräume boten eher das Gegenteil davon, und Rahel hasste es dort.

Asher stieß leise die Luft aus, als wäre er gerade selbst

kurz davor gewesen, etwas zu sagen. Gemeinsam liefen sie auf den Haupteingang der Akademie zu. »Die sind eigentlich nicht ohne Grund privat.«

»Jetzt ist der beste Zeitpunkt, wenn wir sonst jeden Abend zu deinem Training müssen. Eden meinte, sie seien abends nicht abgeschlossen und man müsse nur Glück haben, ein freies zu erwischen«, redete Rahel unbeirrt weiter.

Er fuhr sich durchs Haar, nickte aber schließlich. »In Ordnung.« Es war seine Art, ihren Streit beizulegen, und Rahel dankte es ihm mit einem Lächeln.

12
Vivamus, moriendum est.

Lass uns leben, da wir sterben müssen.

Sie hatten Glück im Unglück. Nachdem Rahel gerade frustriert festgestellt hatte, dass sämtliche Türen verschlossen waren, öffnete sich eine von ihnen. Der Flur lag in der Nähe der Unterkünfte der Master und Dean. Runde Wandleuchter an dunklem, fast schwarzem Holz und ein roter Teppichläufer, der ihre Schritte wunderbar dämpfte, als sie sich hastig in den Schatten eines Pilasters drückten.

Sybille Sterling verließ das Bad mit einem Handtuchturban und im flauschigen Bademantel, leise vor sich hin summend. Die Mistress wirkte in ihren altfloralen Westen und dunklen Überwürfen mit glänzenden Knöpfen stets so seriös und kultiviert, dass Rahel bei diesem Anblick ein amüsiertes Schnauben unterdrücken musste. Das waren sie, die Monster, die der Orden bewachte, einsperrte und tötete.

Asher auf den Fersen huschte sie mit triumphierender Miene zu der Tür, die Sterling nicht hinter sich abgeschlossen hatte. All ihre Gedanken, ihr ganzes Sehnen waren darauf gerichtet, was sie dahinter vorfinden würde, auf das heiße Bad und wie wohltuend es wäre, ihre Muskeln im Wasser zu entspannen.

Gerade als sie die Hand auf den Knauf legen wollte, sprach sie jemand von der Seite an. »Da hatten wir zwei Hübschen wohl den gleichen Gedanken, hm?«

Er musste sich um die Ecke im benachbarten Gang versteckt gehalten haben. Zäh wie Honig kroch die Stimme in ihr Ohr und vibrierte dort einen Moment zu lange, als dass es natürlichen Ursprungs sein konnte. Hitze kroch von ihren Wangen über ihren Hals und ins Dekolleté. Rahel wandte sich um und sah sich Pavel gegenüber. In einem weit geschnittenen Hemd, dessen Ärmel hochgekrempelt waren und muskulöse Unterarme offenbarten. Die Knöpfe waren so weit geöffnet, dass die definierte Brustmuskulatur darunter zu erkennen war.

»Wie bitte?«, fragte sie – stolperte sie über die Worte.

»Hallo, Rahel, wie schön, dich hier zu treffen.« Er griff nach ihrer Hand, die immer noch auf dem Türknauf lag. »Ich wollte mir auch gerade eines der Privatbäder schnappen.« Lichtreflexe verfingen sich in seinem dunklen Haar, als er sich zu ihr vorbeugte.

»Willst du es mir streitig machen?«, wollte Rahel wissen, doch irgendwie klang es ganz hohl.

Bei seinem wohltönenden Lachen erbebte sie unmerklich. Eine prickelnde Unruhe breitete sich in ihren Gliedern aus, wanderte über ihren Bauch und tiefer hinab.

»Aber nicht doch. Warum sollten wir uns darum streiten, wenn wir es uns einfach teilen können?«

Er fing alles an ihr mit einem Blick ein, und sofort wurde sich Rahel ihres Körpers so bewusst wie noch nie zuvor. Der Rundung ihrer Brüste unter dem Pullover, ihres Halses, der von ihren halblangen Locken betont wurde, ihrer Lippen, die sie nun ganz leicht öffnete. Sie fühlte sich begehrenswert. Und das war sie.

»Teilen ...?«

»Ja«, hauchte Pavel, neigte den Kopf und lächelte. »Dein Begleiter darf natürlich auch dabei sein.«

Rahel folgte seinem Blick nicht einmal zu Asher, zu sehr nahm Pavel sie gefangen.

»Ein kleines Bad zu dritt, du zwischen uns beiden. Das Wasser lässt sich echt heiß einstellen, und wir können so lange bleiben, wie du willst. Ich lasse mir alle Zeit der Welt für dich.«

Hitze schoss durch ihren Unterleib. Das Bild dessen, wovon Pavel ihr vorschwärmte, setzte sich in ihrem Kopf fest. Fiebrig glitt Rahels Blick über seinen Hemdkragen und tiefer zu seinem Gürtel. Sie sah sich selbst, wie sie ihn mit geschickten Fingern öffnete und stöhnend darunter glitt, über seinen Bauch tastete und fand, wonach sich ihr Körper in diesem Moment verzehrte.

»Oh«, machte Pavel plötzlich und trat so dicht an Rahel vorbei, dass sie sich davon abhalten musste, ihre Vorstellungen in die Tat umzusetzen. »Vielleicht sollte ich dir den Vortritt lassen? Du siehst bereit für jede kleine Missetat aus.« Mit einem Laut, der einem Schnurren glich, stützte er seinen Arm an der Wand neben Asher ab.

Asher, dessen Oberkörper entblößt war. Unbemerkt hatte er sich halb entkleidet, trug nur noch die Hose seiner Uniform und die Reliquien. Seine Atmung ging viel zu schnell und seine Augen waren glasig, der Blick auf Rahel gerichtet. Als sie zu ihm sah, schluckte er hart, sodass sein Adamsapfel hüpfte.

»Na, wie sieht es aus? Habt ihr ... Lust?« Pavel zwinkerte ihr über die Schulter hinweg zu.

Lust. Das Wort bohrte sich – endlich! – in Rahels Verstand. Lust! Natürlich! Hatte sie es so nötig? Mit aller Macht drängte sie das pure Verlangen beiseite und setzte einen halben Schritt auf Pavel zu. Der wandte sich wieder mit süffisanter Miene in ihre Richtung.

»Dass du es wagst ...«

Sein Lächeln verrutschte. »Was?«

»Dass du es wagst, dein Laster gegen mich einzusetzen!« In der Illusion, in die sie ihn stürzte, erbebten die Wände unter Rahels Stimme. »Dass du es wagst, auch nur daran zu denken, mich anzufassen! Oder ihn!«

Asher blinzelte träge, kam nur langsam wieder zu sich. Als würde er sich gar nicht von der körperlichen Begierde lösen wollen, die Pavel in ihm geweckt hatte, starrte er Rahel unverändert an. Es wäre ein Leichtes, ihn einfach diesem Vicious zu überlassen und ihre Zeit im warmen Wasser zu genießen. Aber sie hatten einen Deal. Und wenn es nach ihr ginge, rührte Pavel niemanden mehr an. Zumindest heute Abend nicht mehr.

In aller Ausführlichkeit beschrieb sie ihm, wie wenig würdig er ihrer war, bis sie sicher war, dass jegliche anzüglichen Gedanken aus seinem Verstand gefegt und durch Minderwertigkeit ersetzt worden waren. Dann schnappte sie sich Asher und zog ihn hinter sich her in das Privatbad. Scheppernd schmiss sie die Tür hinter sich ins Schloss und verriegelte sie.

»Hat man denn nirgendwo seine Ruhe? Wer ist auf die bescheuerte Idee gekommen, uns alle an einem Ort einzusperren?«, murmelte sie, während sie mit geschlossenen Augen ihre Schläfen massierte. Ihr Hochmut schwappte auf sie zurück, und Rahel nahm ihn in sich auf. Sie hegte die Hoffnung, damit endlich die Hitze in ihrem Schoß und das Kribbeln auf ihren Lippen loszuwerden, das einfach nicht weichen wollte.

»Haus Lust«, keuchte Asher. Er stand nicht weit von ihr entfernt. Innerhalb dieses Raumes. Rahel öffnete die Augen und musterte ihn unschlüssig. So hatte sie ihr Bad definitiv nicht geplant. Warum waren sie auch ausgerechnet auf Pavel getroffen? Sie hatte der Hölle klar und deutlich zu verstehen gegeben, dass Asher nicht anzurühren war. Eden hatte ausgehandelt, dass sie zumindest versuchen durften, Rahel für einen Abstecher in die Clubräume von ihm loszueisen. War das Pavels Ziel gewesen?

Ihr Blick wurde von Ashers nacktem Oberkörper angezogen. Definierte Muskeln zeichneten sich unter der blassen, sommersprossigen Haut ab. Hatte er den Rest seiner Uniform etwa draußen im Flur gelassen? Asher schien dieser Gedanke im selben Moment zu kommen, denn er machte einen wackeligen Schritt auf die Tür zu.

»Nein«, hielt Rahel ihn auf, bevor sie sich besinnen konnte. Und biss sich auf die Unterlippe. »Bleib hier ... Warte einfach kurz, während ich bade. Es ist ohnehin zu warm hier drin.« Feuchtigkeit hing schwer in der Luft, vermutlich von Sterlings Badestunde. Sie setzte sich auf den dunklen Fliesen und kupfernen Armaturen ab. Selbst die Lampen waren beschlagen, was den Raum in angenehmes Dämmerlicht hüllte. Das runde Becken glich einem kleinen Pool und besaß Einstieg sowie Sitzbank auf Hüfthöhe.

Asher hielt in der Bewegung inne. »Ich soll ... warten? Bleiben?«

»Besser hier als da draußen, oder?« Rahel zog die Schultern hoch. Tausend Einwände, warum es dort draußen sehr wohl besser für Asher war, schossen ihr durch den Kopf. Sie ignorierte sie, denn im Grunde war es das hier, worauf sie nur gewartet hatte. Langsam ging sie zum Becken, um den Wasserhahn zu öffnen und einen der Badezusätze hinzuzufügen. Sie entschied sich für eine milde Mischung aus Wacholder und Zedernholzöl.

»Bleib hier«, wiederholte sie leiser und drehte sich wieder zu ihm um. Dann griff sie den Saum ihres Pullovers und begann damit, ihn über den Kopf zu ziehen. »Was hat der Ausbilder gesagt? Du sollst mir beim Umziehen zusehen?«

Asher hatte sich bereits umgedreht, als sie sich daraus befreit hatte. »Ich warte«, ließ er sie mit belegter Stimme wissen.

Rahel fuhr fort, ließ auch das letzte Stück Stoff fallen und kostete einen Moment lang das Gefühl ihres nackten Körpers aus. Der feuchtwarme Dunst umschmeichelte ihre Haut und bildete einen dünnen Film darauf. Genau wie auf Ashers nacktem Rücken. Sein Haar lag feucht im Nacken und seine zuckenden Oberarmmuskeln verrieten ihr, dass er nervös war.

Sie stellte sich vor, wie sie in das heiße Wasser stieg, die Augen schloss und sich treiben ließ. Würde Asher einen Blick über die Schulter wagen, ihren nackten Körper studieren und sich wünschen, bei ihr im Wasser zu sein? Ihr Puls ging schneller und sie schluckte gegen den Kloß im Hals an. Als sie die Lippen dabei leicht öffnete, entwich ihr ein leises Keuchen, unter anderen Umständen kaum vernehmbar. Hier in der Intimität des Badezimmers, in dem nur das Rauschen des Wassers zu hören war, zuckte Asher darunter zusammen.

Warum ihre Vision nicht Wirklichkeit werden lassen? Warum ihm nicht erfüllen, wonach er sich sehnte – sie sich sehnte? Was hatte ein Moment des Vergessens schon zu bedeuten, nach allem, was sie durchgemacht hatte. In den Armen des Mannes, der ihr Tod sein sollte. Der sich weigerte, ihr auch nur ein Haar zu krümmen, während er zugleich das Urteil seines Ordens fürchtete. Vielleicht wäre danach alles anders. Vielleicht konnte sie ihn vergessen lassen, bis er nur noch sie sah.

Noch bevor sie den Gedanken zu Ende gebracht hatte, war Rahel bei ihm. Sie stellte sich dicht hinter Asher und betrachtete die Sommersprossen auf seinem Rücken.

»Was ...?« Er wandte kaum merklich den Kopf und riss ihn sofort wieder nach vorne, als er merkte, dass sie nackt hinter ihm stand. »Steig in das Becken und bade.« Stille, angefüllt vom Rauschen des Wassers. »Das solltest du nicht tun.«

Sie sollte es nicht tun. Nur klang Asher nicht so, als würde er nicht wollen, dass sie das hier tat. Sie sollte es nicht tun, weil es verboten war. Weil sie eine Vicious und er ein Wächter war. Bis vor Kurzem hätte sie ihm noch zugestimmt, doch das war, bevor ihr Verlangen geweckt worden war. Gerade wollte sie ihn einfach nur. Gerade klang seine Stimme so rau und ganz anders als das stoische Nachplappern seiner Befehle. Gerade bildete sich Gänsehaut auf seinem Körper.

Rahel fuhr mit einem Finger seine Wirbelsäule hinunter, glitt über die Feuchtigkeit, die sich auf seine Haut gelegt hatte.

Asher erschauderte. »Rahel!« Er wollte es warnend, mit schneidender Stimme aussprechen, doch ihr Name verklang in einem sehnsuchtsvollen Laut, der tief aus seiner Kehle drang. Ihr Name war wie ein Gebet auf seinen Lippen, und er sollte alle Predigten darüber vergessen. Es hatte nichts mit dem gemein, wie er ihn normalerweise aussprach.

Und Asher wich auch nicht vor ihrer Berührung zurück.

Rahel beugte sich ein kleines bisschen vor, bis ihre Lippen beinahe in der Senke seiner Wirbelsäule verschwanden. Ihre Finger glitten tiefer bis zum Bund seiner Hose und der Reliquie, die dort als Gürtel um seine Hüften lag, und strichen sanft darüber. »Asher«, hauchte sie gegen seine Haut und atmete seinen herben Duft tief ein.

Blitzschnell fuhr er zu ihr herum. Mit einer Hand hielt er seine Spiegelreliquie umklammert, als würde er sie damit abwehren wollen. Doch er suchte vergeblich nach ihrem Hochmut, denn sie setzte ihn nicht ein. Sofort legte Rahel die Hände auf seine Brust und strich höher bis zum Schlüsselbein, das unter seiner blassen Haut hervorstach und eine Kuhle mit seiner Schulter bildete. Sie stellte sich vor, wie sie diesen und jeden anderen Teil Ashers mit ihren Lippen erkundete.

»Rahel, das ist Lust. Pavel hat das in uns ... in dir geweckt. Es ist seine Sündenmacht. Es ist ... ein Laster.«

»Eine Sünde?«, wollte sie leise murmelnd wissen und liebkoste weiter seine Haut. Ashers Herz stolperte unter ihren Fingern und raste umso schneller weiter.

»Nein.«

Sie sah auf in seine Honigaugen, die ihren Blick festhielten.

»Ein Laster. Eine Sünde wird es erst, wenn wir uns der Lust hingeben.«

Seine Lippen, die leicht asymmetrisch waren, blieben geöffnet, als würde er noch etwas hinzufügen wollen und es nicht aussprechen können. Dass er genau das wollte, auch wenn es bedeutete, zu sündigen. Rahel rückte ein kleines bisschen von ihm ab, um ihn dazu einzuladen, alles an ihr zu betrachten. Und das tat er – zugleich gierig und voll Scham, als würde er sich jeden Moment selbst dafür geißeln wollen, dass sein Blick tiefer gewandert war. Ein angenehmes Kribbeln jagte über Rahels Kopfhaut.

»Dann kannst du widerstehen?« Sie löste eine Hand von seiner Brust, um ihr mittlerweile feuchtes Haar nach hinten zu schieben und über den Ansatz ihrer Brüste zu streichen. »Der Lust widerstehen? Mir widerstehen?«

Er setzte an, etwas zu erwidern, doch sie schüttelte den Kopf und fuhr fort. »Selbst wenn du das kannst. Das ist nicht wichtig. Viel wichtiger ist, ob du es willst. Was willst du, Asher?«

Ein sichtbarer Schauder kroch über seinen Körper. Rahel drängte sich eng an ihn, fühlte seinen Oberkörper gegen ihre Nippel reiben und die Härte in seinem Schritt.

Allein Ashers Hand verblieb zwischen ihnen, mit der er immer noch die Spiegelreliquie umschlossen hielt.

Er schluckte, schüttelte den Kopf, und etwas Verzweifeltes trat in seinen Blick. »Ich weiß es nicht. Ich weiß nicht, was ich will. Ich weiß nicht, was ich denken soll.«

Langsam löste Rahel seine Finger von dem Amulett und führte sie an ihre Taille. Asher folgte ihrer Bewegung. Er lieferte sich ihr aus und bat nur stumm darum, dass sie wusste, was sie hier taten. Weil er es nicht mehr wusste. Weil er nicht den Mut fand, sich einzugestehen, was er wollte – wirklich wollte, unabhängig von Pavels Einfluss, der nur den letzten Anstoß hierfür gegeben hatte.

Rahel hingegen schon.

»Ich weiß, was ich will.« Sie schlang die Hände um seinen Nacken, verschränkte sie ineinander und zog sich an ihm hoch. »Ich will dich küssen. Darf ich?«

Ein Vorgeschmack, die Illusion einer Kontrolle, die er

längst nicht mehr hatte. Und zugleich wollte sie es aus seinem Mund hören.

»Ja«, antwortete Asher voller Erleichterung. Als hätte sie ihm Erlösung versprochen. Nun, wenn es das war, was er brauchte, würde sie seine Erlösung sein. Er lehnte sich in den Kuss, umschlang sie fester mit seinen Armen und zog sie an sich. Er wollte sie verzehren und verzehrte sich nach ihr.

Asher stöhnte an Rahels Mund und trieb damit wild prickelnde Hitze in ihre Mitte. Sie nutzte den Moment, um ihre Zunge mit seiner zu vereinen. Der Kuss sprengte sämtliche ihrer Vorstellungen, jeden planvollen Gedanken und ihre Selbstkontrolle. Mit jeder Sekunde schwoll das Gefühl in ihrer Brust an, auf ihren Lippen, überall, bis Rahels ganzer Körper in Flammen stand. Nun entwich auch ihr ein Stöhnen. Eine Hand wanderte in Ashers Haar, mit der anderen tastete sie erneut nach seinem Gürtel. Asher schmeckte nach der salzigen Meeresbrise und warmem Waldboden. Er schmeckte nach Leidenschaft und Unschuld zugleich.

»Rahel«, betete er, als sie seinen Gürtel löste und ihn seiner Reliquie beraubte. Klimpernd landete sie auf dem Fliesenboden. Fehlte noch eine. Sie griff nach Ashers Amulett, das er nun plötzlich wieder umfasste.

Ein Warden durfte seine Reliquien in Anwesenheit einer Vicious niemals ablegen.

»Vertraust du mir?«

Ein Warden durfte einer Vicious niemals trauen.

»Ich werde meinen Hochmut nicht einsetzen. In keiner Sekunde. Nicht gegen dich. Das verspreche ich dir.«

Ein Warden durfte nichts auf das Versprechen einer Vicious geben.

Rahel hatte schon immer ihren Hochmut genutzt, um

zu bekommen, was sie wollte – auch die Befriedigung durch Männer, die ihr in der Cañada Real unterstanden hatten. Das hier war anders. Asher hatte sich ihr nicht unterworfen und stand auch nicht unter ihrem Einfluss. Das hier hatte sie sich ganz allein verdient, ohne die Hilfe ihrer Sündenmacht. Er begehrte sie um ihretwillen. Rahel würde das nicht aufgeben, wie dick die Ketten auch waren, die sie dafür um ihren Hochmut legen musste.

Sie hätte auch nicht darauf bestehen müssen, dass Asher seine Reliquie ablegte. Vermutlich hatte er das nicht ein einziges Mal getan, seitdem er sie erhalten hatte. Allerdings wollte sie, dass er sich ganz und gar auf sie einließ, ohne ständig mit einer Hand am Amulett zu überprüfen, ob sie ihn angelogen hatte.

Kurz waren sie wieder Sünderin und Wächter, während Asher mit seiner Antwort zögerte. Kälte griff nach Rahels Herz, als sie daran dachte, dass er sie einfach von sich stoßen und verfluchen könnte. Grollend regte sich ihr Hochmut, wollte eingreifen, bevor das geschehen konnte. Sie hielt ihn fest und wartete. Hoffte. Einen Moment lang lag ihr Schicksal in Ashers Hand. Ein ungewohntes Gefühl.

Langsam streifte er sich das Amulett über den Kopf. Sofort schmiegte Rahel sich wieder an ihn, platzierte Küsse entlang seiner Brust und zog schließlich seine Hose weit genug herunter, dass sie seinen mittlerweile harten Schwanz umfassen konnte. Mit ihrer warmen Hand rieb sie ein paar Mal über die empfindlich weiche Haut und entlockte Asher damit Laute, die sie weiter anstachelten. Sie küssten sich erneut, und Rahel weitete ihre Bewegungen aus, während seine Erektion immer wieder ihre Leiste streifte. Kurz löste Asher seine Lippen von ihren, um den Kopf mit flatternden Lidern in den Nacken zu werfen, doch sofort zog sie ihn wieder zu sich und eroberte seinen Mund ein weiteres Mal.

»Willst du das hier?«, fragte sie gegen seine Lippen.

»Ja«, antwortete er atemlos.

»Kannst du widerstehen?«

»Nein.« Er umfasste ihr Haar im Nacken und sah sie an, als hätte diese Frage etwas in ihm wachgerüttelt. Vielleicht war es die Erkenntnis, dass es viel zu spät war, um jetzt noch aufzuhören. Sie hatten die Grenze dessen, was angemessen und verzeihlich war, bereits überschritten. »Ich will nicht widerstehen. Ich will dich.«

Rahel begriff erst jetzt, wie sehr sie diese Worte gebraucht hatte. Wie ein Sturm, der seine volle Macht entfaltete, prallten sie aufeinander, und diesmal war es Asher, der erst ihre mittlerweile geschwollene Unterlippe zwischen seine Zähne nahm und dann sanft daran zog. Im nächsten Moment erkundete er mit seiner Zunge begierig ihren Mund, drängte sie mit seinen Küssen zwei Schritte rückwärts, bis sie die Wand im Rücken hatte. Rahel krallte ihre Finger in seinen Hintern. Er wanderte ihren Hals hinab, bedeckte ihre Schultern mit Küssen, fuhr mit seinem Mund weiter zwischen ihre Brüste, bis seine Zunge ihre Nippel berührte.

Aufkeuchend presste Rahel den Hinterkopf gegen die Wand und streckte sich ihm entgegen. Asher verstand die Aufforderung und nahm sie mit einer Hingabe wahr, die ihr einen leisen Schrei entlockte. Er liebkoste und reizte sie an dieser empfindlichen Stelle mal sanft, mal fordernd. Er huldigte ihrem Körper, bis sie so feucht war, dass sie kaum noch wusste, wohin mit sich.

»Ins Wasser«, lautete ihre Antwort auf diese unausgesprochene Frage. Sein Schwanz drückte gegen ihren Bauch, als er sich wieder aufrichtete. »Jetzt.«

Ungezählte Küsse später, weil es ihr unerträglich schien, sich von ihm zu lösen, sanken sie ins heiße Wasser. Tauschten noch heißere Küsse, bis sie Asher auf die Sitzstufe drückte, die einmal um das Becken verlief. Das Wasser reichte ihm bis unter die Achseln, während Rahels Haarspitzen darin schwammen. Erwartungsvoll sah er zu ihr auf, als sie auf seinen Schoß kletterte, die Unterschenkel links und rechts von ihm.

Wie konnte sich etwas, das so verboten war, derart gut anfühlen? Wie sollten sie auf unterschiedlichen Seiten stehen, wenn jede ihrer Bewegungen perfekt harmonierte? Wie sollte das hier eine Sünde sein, wenn sie beide es doch so sehr wollten?

Rahel würde sich immer wieder über das Verbot hinwegsetzen, um Asher zu fühlen.

Sie würde vergessen, dass er ihr Feind war, sie töten sollte, solange sie das hier haben konnte.

Sie würde sündigen, immer und immer wieder. Für ihn.

Rahel umfasste Ashers Schultern und glitt mit ihrer Feuchtigkeit über seinen harten Schwanz. Und wieder. Immer wieder, genoss die köstliche Reibung.

Asher sog zuerst scharf die Luft ein und begleitete jede ihrer Bewegungen mit einem Stöhnen. Etwas erwachte in seinen Augen, deren Honigbraun plötzlich dunkler erschien, und kurz dachte Rahel, dass er sie jeden Moment packen und sich mit harten Stößen in ihr vergraben würde. Dann entspannte er sich und sank ergeben mit dem Kopf gegen den Beckenrand. Mit verklärtem Blick beobachtete er sie dabei, wie sie sich ihrem Höhepunkt entgegenrieb. Schneller, drängender, stöhnend. Ihr Kopf sackte gegen Ashers Schulter, bis sie ihn dicht an ihrem Ohr hören konnte. Eine Hand knetete ihre Brust, die mit jeder Bewegung über ihn rieb. Die andere vergrub sich erst in ihren Locken und wanderte dann hinter sie, um sie festzuhalten. Das Wasser schwappte immer wieder gegen den Beckenrand, lief über, verdrängt und Wellen schlagend durch den absoluten Gleichtakt, in dem sich ihre Körper aneinanderschmiegten.

»Du bist so schön.« Ashers Stimme brach, als Rahels Finger sich tiefer in seine Schultern bohrten. Drei Mal glitt sie noch über ihn, wobei sie das Gefühl seiner prallen Länge an ihrer feuchten Mitte genoss, dann zog sich ihr Unterleib zusammen. Die Hitze zwischen ihren Beinen kochte über und entlud sich in einem lang gezogenen Stöhnen. Kleine Blitze zuckten hell hinter ihren geschlossenen Lidern. Die Erleichterung war überwältigend, sodass sie die Stirn an Ashers Halsbeuge gebettet verharrte und den Wogen der Lust nachspürte, die nur langsam abebbten.

Ihr Körper vibrierte, ihr Geist summte vor angestauter Energie. Hatte sie …? Unbewusst …? Hastig horchte Rahel in sich hinein, doch ihr Hochmut wälzte sich nur unwillig umher. Frustriert, dass sie ihn nicht rausgelassen hatte, aber in träger Zufriedenheit, weil er trotzdem genau das bekommen hatte, was er wollte.

Nachdem sie ihr Gewicht auf eine Seite verlagert hatte, schmiegte sie sich von dort an Asher und griff nach seinem Schwanz. Mit schnellen Bewegungen fuhr sie darüber, und sein Arm schloss sich so fest um ihre Taille, dass er ihr beinahe die Luft zum Atmen nahm. Wie gern hätte sie ihn in sich gespürt.

»Ich wünschte, du würdest mich ficken«, raunte sie ihm ins Ohr. Und mit einem tiefen Grollen, das jeden Divine in Ohnmacht versetzt hätte, kam er in ihrer Hand. Sie spürte, wie sein Schwanz zuckte, und sein Brustkorb vibrierte unter einem Brummen. Er atmete schwer unter ihr. Rahel spürte das Rasen seines Herzens. Immer noch klammerte er sich an sie.

Sie verharrte eine Ewigkeit in seinen Armen. Als sie schließlich ein Stück von ihm abrückte, sah Asher sie an, die Antwort auf eine Frage suchend, die niemand von ihnen gestellt hatte. Es machte sie nervös. Was würde geschehen, wenn er die Antwort fand?

»Was ist los?«, wollte sie wissen, als sie die Stille nicht mehr aushielt. »Hat es dir die Sprache verschlagen oder haben sie dir in deinem Orden so etwas einfach nicht beigebracht?«

Sofort versteifte sich Asher unter ihr, als wäre allein die Erwähnung seines Ordens eine Erinnerung. Sie hatte das bewusst getan, um ihm eine Antwort abzuringen, und bekam plötzlich kalte Füße. Er öffnete den Mund, doch Rahel wollte gar nicht hören, was er zu sagen hatte. Es durfte ihm keine Zeit bleiben, zu hinterfragen, ob es immer noch Pavels Lust war, die sie antrieb. Sie presste die Lippen einfach wieder auf seine, und Asher nahm ihr Gesicht in seine Hände und sog sie auf wie ein Ertrinkender den lebensrettenden Sauerstoff. Denn das erhoffte er sich: Rettung.

Und er würde verdammt sein, sobald er herausfand, dass er sie nicht bei Rahel finden würde. Nicht die Art von Rettung, die er suchte. Die konnte sie ihm nicht geben.

Stattdessen hatte sie etwas anderes zu bieten, etwas viel Besseres, und während sie ihn küsste, wollte sie ihm genau das begreiflich machen. Sie küsste ihn in der Hoffnung, dass er das hier nicht vergessen würde. Dass er für sie sündigen würde. Und seinen Gehorsam zugunsten seines freien Willens endlich hinter sich lassen würde.

13
Geminat peccatum, quem delicti non pudet.

Wer sich einer Sünde nicht schämt, verdoppelt seine Schuld.

Er hatte gesündigt. Schamlos hatte er sich den körperlichen Begierden hingegeben. Es war menschlich, sie mit sich zu tragen. Und ihnen absolut verboten, sie auszuleben.

Nicht so.

Nicht mit einer Vicious.

Nicht mit der Frau, die er töten sollte.

Was er getan hatte, war Asher zu spät bewusst geworden. Nein, schlimmer. Er hatte es ganz genau gewusst, noch während er Rahel geküsst und seiner Sehnsucht nach ihrer Nähe nachgegeben hatte. Er hatte es gewusst und ihr trotzdem nicht Einhalt geboten, sie ebenso drängend für sich eingenommen. Asher hatte es gewollt. Sie gewollt. Eine Vicious, die pure Sünde.

Er hätte ihr Untergang sein sollen – stattdessen war sie seine Verdammnis geworden. Und mit jeder Sekunde, die er in ihrer Nähe verbrachte, wurde er ein bisschen mehr verdammt. Sie verdammte ihn dazu, sie ständig anzusehen, ihre Schönheit und ihren Mut zu bewundern, bei jedem Wort an ihren Lippen zu hängen. Lippen, die er küssen wollte, schwarzes Haar, in das er seine Finger vergraben wollte, um sie an sich zu ziehen. Obwohl er wusste, dass es falsch gewesen war, wollte er das, was in dem Privatbad geschehen war, ein weiteres Mal erleben. Viele weitere Male. Er wollte ihre Haut unter seiner. Seine Gedanken waren erfüllt von ihrem Stöhnen und dem Ausdruck auf ihrem Gesicht, als sie auf ihm gekommen war. Wie gern würde er dafür sorgen, dass er ihn erneut sehen durfte. Und wenn die Schuld dann zu groß wurde, musste sie einfach nur seinen Namen aussprechen oder ihn küssen, und es wäre, als hätten die Vier Heiligen selbst ihm vergeben.

Er würde keine Vergebung bei ihr finden. Nur weitere Sünden.

Asher hätte sie aus seinem Leben löschen müssen, so endgültig wie es nur eine Klinge konnte. Damit hätte er sich bewiesen, dass er resistent gegen ihren Einfluss war. Dass es allein Pavels Macht gewesen war, die ihn zu der Sünde getrieben hatte. Dass es nicht noch einmal geschehen würde.

Beweisen. Das war alles, was jemals wichtig gewesen war. Ständig musste er sich beweisen, immer und immer wieder. Jetzt verstand er: zu Recht. Wäre jemand anderes so schwach gewesen wie er? Hätte sich jeder andere Warden der Versuchung längst entledigt – oder wäre Rahel erst gar keine Versuchung für ihn gewesen? War es das – das Erbe seiner Eltern? Denn es fühlte sich so an, als würde er sämtliche Prinzipien verraten, für die er sein ganzes Leben lang eingestanden war.

Prinzipien eines Ordens, der dich nicht will und dich lieber in den Tod schickt, fauchte eine bösartige Stimme.

Und wenn sie recht damit haben?, antwortete er müde.

Lange war er in der darauffolgenden Nacht vor Rahels Tür auf- und abmarschiert und hatte jedem herannahenden Albtraum ein schnelles Ende bereitet. Nur seinem ganz persönlichen Albtraum in der Schlafkammer nicht. Er stellte sich vor, wie er dort eindrang und sich ihrem Bett näherte. Wie er Rahel schlafend vorfand und sie dabei so viel unschuldiger aussah, als sie in Wirklichkeit war. Oder schlimmer: Wie sie sich aufrichtete, das Haar wild und unter der Decke nackt, weil sie ihn erwartet hatte. Sie würde mit diesen dunkelbraunen Augen, die keiner Herausforderung auswichen, zu ihm aufsehen. Und ihn erneut verdammen.

Wenn er durch diese Tür geschritten wäre, dann nicht, um sie zu töten. Sie war kein Albtraum, sondern etwas weitaus Schlimmeres: ein verlockender, unerreichbarer – ein verbotener Traum.

Allein, dass er hier war, war ein Fehler. Seitdem er sich von den anderen abgesetzt und die Patrouillen übernommen hatte, seitdem die Abnormalität auch die Vicious heimsuchte, war es für ihn zur Gewohnheit geworden, in der Nähe von Rahels Schlafkammer zu wachen. Asher hatte angefangen, nicht länger die Akademie vor den Albträumen zu beschützen, sondern Rahel vor ... allem. Und das strafte jeden Gedanken, dass es allein Pavels Schuld war, Lüge. Es fühlte sich nicht mehr so an, als wäre er ein Wächter im Dienste des Ordens, sondern Rahels. Er sollte sie bewachen, um sie zu töten, wenn sie zur Gefahr wurde. Stattdessen würde er nun alles töten, was ihr gefährlich werden konnte.

Die wenigen Stunden Schlaf, die ihm nach seiner

Nachtwache blieben, waren kaum erholsam und angefüllt von ihr. Sie am nächsten Morgen zu sehen, war unerträglich. Unerbittlich suchte sie seinen Blick, kam ihm viel zu nahe, roch viel zu gut nach Schlaf und Wärme und Trost. Gestern hatte er Rahel einfach wortlos zurück zu den Schlafkammern geführt, und sie war gnädig genug gewesen, die Sache fürs Erste auf sich beruhen zu lassen.

Nun fühlte er sich durch ihre bloße Anwesenheit in die Ecke gedrängt. Asher reagierte instinktiv, indem er sie grob an der Schulter von sich schob und selbst einen Schritt zurückwich. »Bleib auf Abstand, Vicious!«

Sie standen sich im Flur vor ihrer Schlafkammer gegenüber. Am linken Ende bogen gerade ein paar Vicious in den nächsten Gang, rechts von ihnen öffnete jemand die Tür seiner Schlafkammer. Rahels Gesicht entglitt ihr zuerst vor Überraschung, bevor ein tiefer Schmerz in ihren Blick trat. Für einen Moment sprang er auch auf Asher über und wurde so allmächtig, dass er beinahe mit einem entschuldigenden Murmeln nach ihrer Hand gegriffen hätte.

Wie hätte er ihr jemals wehtun können?

Es kam nicht so weit, dass er sie berührte. Rahel fing sich, und Asher fand zurück zu seiner antrainierten Disziplin. »Auf Abstand wolltest du mich gestern Abend aber nicht.«

Er hätte wissen müssen, dass sie das gegen ihn ausspielen würde. »Darauf solltest du dir nichts einbilden«, erwiderte er kühl. »Das war allein der ... Verdienst dieses Vicious. Ansonsten wäre das nie passiert.«

Sie ließ ihn nicht aus den Augen. »Ach ja?«

»Und es wird auch niemals wieder passieren«, schloss er mit fester Stimme.

Rahel neigte den Kopf. Er hatte zornige Verachtung erwartet, oder dass sie ihn hochmütig daran erinnern würde, dass sie ebenfalls kein Interesse daran hätte, das jemals mit einem Warden zu wiederholen. »Bist du dir da sicher?«, fragte sie stattdessen leise.

Ein Vicious lief, sie misstrauisch beäugend, an ihnen vorbei, was Asher Zeit für seine Antwort verschaffte. Und vor vorschnellen Entscheidungen bewahrte. Oh, wie gern hätte er sie gepackt und zurück in ihre Schlafkammer geschoben, um ihr in aller Ausführlichkeit darzulegen, warum es nicht noch einmal geschehen würde. Nur hätte er die Diskussion mit ebenjener Darlegung verloren.

»Absolut sicher«, knurrte er, als der Vicious endlich verschwunden war.

»Ist Lügen nicht eine Sünde?«

»Ich lüge nicht.«

»Du belügst dich selbst. Zählt das nicht dazu? Hilf mir auf die Sprünge, mit Sünden kennst du dich doch viel besser aus, Asher.« Sie blinzelte nicht einmal.

Verdammt, er konnte ihr nicht verbieten, seinen Namen auszusprechen, oder? Er musste dieses Gespräch dringend beenden. »Ich bin nicht dafür verantwortlich, dich über Sünden aufzuklären. Das werden deine Master tun, also komm jetzt.« Als er sich in Bewegung setzen wollte, blieb sie stehen.

Nein, so einfach würde sie es ihm nicht machen. Nichts an Rahel war einfach.

»Du wolltest das gestern genauso sehr wie ich. Du hast es genossen. Vermutlich denkst du immer noch viel zu sehr daran, wenn du so offensichtlich um dein Seelenheil fürchtest.« Sie nahm kein Blatt vor den Mund. In provokanter Weise forderte sie das Messer von ihm, mit dem sie ihm seine Sünden in die Haut ritzen würde. Die Narben würden niemals verschwinden und eine ständige Erinnerung bleiben.

»Das war nicht *ich*!«, fuhr Asher sie an und zerschnitt mit seiner Hand die Luft. »Verstehst du es nicht? Das war Pavels Sündenmacht. *Ich* wollte das nicht!«

»Du wolltest es nicht oder du hättest dich nicht getraut, es zuzulassen?«

Er schüttelte den Kopf. »Das ist unwichtig. Tatsache ist, dass es nie hätte passieren dürfen und ich einfach nur zu schwach gewesen bin, Pavels Lust rechtzeitig zu erkennen und zu zerschlagen.«

»Du bist vieles, Asher. Aufrichtig. Verletzlich. Und ihrem Urteil viel zu ergeben. Aber ganz sicher nicht schwach. Lass nicht zu, dass sie dir das einreden.«

Der Ernst in ihren Worten verschlug ihm die Sprache, obwohl er gerade noch hatte widersprechen wollen.

Rahel verzog den Mund, bevor sie erneut beharrte: »Denkst du, ich habe nicht bemerkt, wie du mich angesehen hast?«

Seufzend rieb er sich über das Gesicht und achtete darauf, seine Stimme zu dämpfen. »Hörst du mir eigentlich zu? Ich habe dich nur so angesehen, weil Pavel es so gewollt hat ...«

»Schon davor«, unterbrach sie ihn. »Du hast mich schon davor so angesehen.«

Asher ließ die Hände sinken. »Wie angesehen?«

Sie zögerte, als würde sie sich selbst Mut für die folgenden Worte zusprechen müssen. Sicher irrte er sich. Rahel mochte, genau wie er, vieles sein, aber niemals unsicher. »Als würdest du darum flehen, dass ich dich von den Regeln des Ordens befreie. Als wärst du mehr als bereit, für mich zu sündigen, wenn sie dir nicht diese fehlgeleitete Ehrfurcht eingepflanzt hätten.« Sie sprach leise und schnell, was ihren Worten ungeahnte Intensität verlieh und Ashers Atmung ins Stocken brachte. »Als würdest du mich küssen wollen – und noch viel mehr –, wenn es nur nicht verboten wäre.«

Sie musste schweigen. Sofort. Er würde sie einfach gegen die Wand drücken, jetzt da Stille in die Gänge eingekehrt war, und ihre Lippen mit seinem Mund verschließen. Diese vollen, weichen Lippen, die ihm seit gestern Abend keine Ruhe mehr ließen. Dieses himmlische Versprechen, über das Rahel nun mit der Zunge fuhr.

Es überraschte ihn selbst, wie entschlossen er klang, als er sagte: »Du irrst dich. So habe ich dich sicher niemals angesehen.«

Etwas loderte in Rahels Augen auf. Es war eine Lüge, und sie wusste es. Doch welche andere Wahl blieb ihm?

»Natürlich ... Dann ist unser Deal, dass wir uns gegenseitig den Rücken freihalten, hinfällig? Hast du vor, mich zu töten?«

Sie reckte das Kinn, als würde sie ihn auffordern, es hier und jetzt zu versuchen. Bei ihr gab es nur alles oder nichts. Allerdings hatte Asher in der vergangenen Nacht lange genug mit sich gehadert, um zu wissen, dass er nicht dazu fähig war. Wenn er sein Schwert gegen sie zog, dann nur, um es ihr zu Füßen zu legen. Und er würde nicht riskieren, sie noch einmal in Ketten gelegt zu sehen.

»Wir können weitermachen wie zuvor. Niemand von uns muss sterben.« Er ballte die Hände zu Fäusten und verlieh seinen folgenden Worten einen drohenden Unterton. »Solange du mir nicht noch einmal zu nahe kommst.«

Er hätte alles gesagt, nur um sie von sich fernzuhalten. Es musste glaubwürdig genug gewirkt haben, denn in diesem Moment erlosch das Feuer in ihren Augen. »Keine

Sorge, wenn ich dir zu nahe komme, dann nur, um dem Orden einen Gefallen zu tun und dich selbst umzubringen.« Wie einen Schutzschild kehrte sie ihren Hochmut nach außen und verbarrikadierte sich dahinter. »Hoffentlich denkst du an dein Versprechen, wenn du mich mal wieder *nicht* so ansiehst.«

»Yudin!« Ausgerechnet Lambert rettete ihn. Asher war noch nie so dankbar gewesen, den glatzköpfigen Mann zu sehen. Sofort nahm er Haltung an, als der Ausbilder sich ihm im gewohnten Marschschritt über den Flur näherte.

Von Rahel kassierte er dafür ein verächtliches Schnauben. Heuchler, hörte er sie förmlich in seinen Gedanken. Er wird dir sofort ansehen, dass die Sünde an dir klebt.

War ihm der begangene Frevel anzusehen? Er fühlte sich nicht unrein, aber vielleicht war er genau das. So oder so musste er sich von seiner Schuld reinwaschen lassen.

»Was stehst du hier mit der Vicious rum, die längst im Speisesaal sein sollte?«

»Verzeihung, Ausbilder.« Ihm fiel auf die Schnelle keine Ausrede ein, also ließ er den Grund für ihre Verspätung offen. »Wir brechen sofort auf.«

Lambert murrte etwas Unverständliches und fasste Rahel ins Auge, die immer noch vor unterdrückter Macht vibrierte. Wenn sie sich nun gegen den Ausbilder richten würde ...

»Ausbilder.« Asher trat einen Schritt vor und damit wie beiläufig zwischen die beiden. »Ich möchte gern, während die Vicious in ihren Kursen beaufsichtigt wird, ins Oratorium.«

Der Besuch bei einem Divine war überfällig. Er musste dringend wieder zur Vernunft kommen, mit jemandem reden, denn je mehr er log und Dinge vor seinen Vorgesetzten verbarg, desto tiefer brannte sich die Schuld in ihn.

Lambert sah aus, als würde er gründlich darüber nachdenken, ob er ihm diesen Wunsch irgendwie abschlagen könnte. »Meinetwegen«, brummte er schließlich. »Wenn du dich rechtzeitig vor Kursende zurückmeldest.«

»Natürlich.«

Auf dem Weg zum Speisesaal bedachte Rahel ihn immer wieder mit forschenden Blicken, die er nicht erwiderte. Die Unsicherheit, was in ihr vorging, nagte an ihm. Dass sie nichts mehr sagte, machte es gleichzeitig einfacher und schlimmer.

Als sie die große Eingangstür erreichten, stellte sich Rahel ihm so schnell in den Weg, dass ihm keine Zeit blieb, ihr auszuweichen. Wie eine Motte, die vom Licht angezogen wurde, tauchte er in ihre Nähe ein, unfähig, sich daraus zu befreien. Also legte Asher die Hand auf den Knauf seines Schwertes.

Rahel folgte der Bewegung mit dem Blick. Und ahmte sie nach. Sie legte ihre Hand ganz einfach über seine, und die Berührung sandte ein Kribbeln über seine Haut. Wenn er die Waffe zog, wäre es nicht er, der sie führte, sondern sie.

»Ich hoffe, du findest bei euren Divines, wonach du suchst«, sagte sie leise. Dann ließ sie ihn wieder los und wandte sich ab, um ihren Weg fortzusetzen. Die Leere, die sie damit hinterließ, war schwieriger zu ertragen als alles andere.

Ja, stimmte Asher ihr in Gedanken zu, während er ihr langsamer folgte. Das hoffe ich auch. Um unseretwillen.

Die Hallen der Sündenhäuser waren jede für sich ein Unikat und voller Kostbarkeiten der Geschichte des jeweiligen Lasters. Sie alle erblassten angesichts der Erhabenheit des Refugiums. Bis auf wenige Ausnahmen wurden hier keine Vicious akzeptiert – es hielt sich sogar hartnäckig die Behauptung, dass jene, die trotzdem hierherkamen, bei lebendigem Leib verbrannten.

Asher hatte es nie bezeugt, trotzdem hätte es ihn nicht gewundert, wenn es so wäre. Obwohl er nicht zum ersten Mal hier war, erfüllte ihn Ehrfurcht, als er das Oratorium über den Eingangsbereich des Refugiums betrat. Der glatte Boden war schwarz und spiegelte das Licht, das gedämpft durch die bogenförmigen Deckenfenster fiel. Die Halle, die an eine Kathedrale erinnerte, war so weitläufig, dass sie links und rechts in den Schatten verschwand, und so hoch, dass Asher sich beim Blick hinauf bedeutungslos und winzig vorkam. Einige mehrarmige Kerzenständer sorgten für zusätzliches Licht, das einen Schimmer über die Verzierungen an den Säulen warf. Und über den Punkt in der Mitte der Ordenshalle, dem er sich nun näherte.

Tausende von Rissen zogen sich dort über den Boden, einige haarfein, andere bildeten grob ganze Krater aus gesplittertem Glasstein. Sie breiteten sich von einer Delle im Boden kreisförmig aus, und ein einzelner Riss kroch länger und brachialer als alle anderen bis zu einem steinernen Altar. Hier war Lucifer herabgefallen, nachdem ihn sein Hochmut zum ersten Dämon gemacht hatte und bevor die Vier Heiligen ihn und die anderen sechs Urdämonen erschlagen hatten. Zu spät, denn zu diesem Zeitpunkt waren die Sündenmächte bereits über die Menschheit hereingebrochen und hatten die ersten Vicious erschaffen. Als die Vier Heiligen erkannt hatten, dass ihr Kampf noch nicht zu Ende war, hatten sie den Orden gegründet.

Rein logisch betrachtet konnten die Schäden nicht von

Lucifers Fall stammen. Es war länger her, als die Erinnerungen und Aufzeichnungen der Menschen reichten, und der Orden und das Refugium waren erst lange danach errichtet worden. Trotzdem predigten es selbst die Divines so. Und weil sie dies taten, hatte Asher diese Geschichte nie infrage gestellt. Eine unbekannte Macht ging von den Rissen aus wie von einem lebendigen Wesen, also hatte er stets einen großen Bogen darum gemacht. Nun schweiften seine Gedanken nicht nur dahin ab, was wohl die Wahrheit hinter diesem Denkmal war, er durchschritt es auch, blieb in der Mitte stehen und ging in die Hocke.

Fürchtete er es weniger, weil er nun von der Sünde einer Vicious gekostet hatte und verdorben war? War ihm die Macht nicht länger fremd, weil er sie zu nahe an sich herangelassen hatte?

Asher legte die flache Hand auf den Boden und strich über den Glasstein, der an den Bruchstellen ganz rau und stumpf war. Der rote Schimmer brach sich darin und zeichnete jeden Kratzer auf der Makellosigkeit der Oberfläche nach. Tatsächlich fühlte es sich seltsam passend dazu an, wie zersplittert er sich fühlte.

Er richtete sich wieder auf und setzte seinen Weg durch die Ordenshalle fort. Dabei kam er an dem Altar vorbei, auf dem Lucifers Krone ausgestellt lag, als Zeichen des Sieges über die Dämonen. Die scharfen Zacken waren aus Gold, und es hieß, dass der polierte Stein, der an der Stirnseite eingelassen war, vom Morgenstern selbst stammte und sein Licht im Moment seines Falls erloschen war. Nun war er schwarz. Weder war die Krone von Geburt an die Lucifers gewesen noch hatte er sie dem Haupt eines Königs entrissen. Er hatte die Krone selbst erschaffen und sich damit zu einer gottgleichen Gestalt über alle anderen Aeterni erhoben – Engel, wie sie gemeinhin genannt wurden. Aus ihm, der der Menschheit dienen sollte, wurde ein Unterdrücker. Er fiel, und bei seinem Sturz brach jeder einzelne Knochen in seinem Leib.

Aus Satan, der die Menschen beschützen sollte, wurde ein Schlächter. Er verbrannte als Aeterni und ging als Urdämon des Zorns aus den Flammen hervor.

Aus Leviathan, der die Menschen lieben sollte, wurde ein Neider. Er ertrank.

Mammon, der den Menschen Wohlstand bringen sollte, beraubte sie all ihrer Schätze, um sie für sich selbst zu horten. Er erstickte.

Asmodeus, der den Menschen ihre Fähigkeit zu lieben gezeigt hatte, nahm sich jeden und jede nach seinen eigenen Gelüsten. Er verblutete.

Baal, der über die Menschen wachen sollte, vergiftete seinen Leib im Streben nach Überfluss, ungeachtet der Zerstörung, die er um sich herum verursachte. Der Aeterni starb an dem Gift und erstand als Urdämon der Völlerei wieder auf.

Belphegor, der die Menschen mit seinem Eifer anstecken sollte, verging in Apathie und entzog sich jeder Verantwortung. Er erfror.

Aus den Aeterni wurden Urdämonen, und die sieben Sünden waren geboren. Unter Lucifers Herrschaft wären die Menschen einer nach dem anderen den Lastern verfallen, bis nichts Menschliches mehr übrig gewesen wäre.

Wer die Vier Heiligen gewesen und woher sie gekommen waren, wusste niemand, weshalb es im Orden auch keine Darstellungen von ihnen gab. Man nahm an, dass es sich um vier weitere Aeterni gehandelt hatte, die ihre Tugendhaftigkeit behalten und sich vor der Sünde verschlossen hatten. Denn wie sonst als mit der Macht der Engel hätten sie über die sieben Urdämonen richten und sie von der Erde tilgen können, um die Menschheit vor dem Untergang zu bewahren? Danach wurden sie zu Märtyrern. Sie opferten sich selbst, um die Essenzen ihrer Tugenden in die Reliquien zu fassen und den Menschen im Kampf gegen die Vicious zu hinterlassen. In Eden empfingen sie seitdem die Tugendhaften nach ihrem Tod, während die Dämonen, die sie erschlugen, in den sieben Höllen auf die Sünder warteten.

So lehrte es der Orden. Das war die Geschichte der Todsünden und der Grund für die Existenz der Warden. Asher führte sich das vor Augen, während er an dem Altar vorbei auf das Podest zusteuerte, das von vier gesichtslosen Statuen umgeben war. Dahinter stellte ein Buntglasfenster das geflügelte Schwert dar. Es war wichtig, dass er standhaft blieb. Er durfte sich nicht blenden lassen. Rahel würde ihn nur herabstürzen, ihn mit sich reißen, sobald sie fiel, genau wie es den Sündern des Hochmuts vorherbestimmt war.

Vor einem aufgeschlagenen Exemplar des Codex, dem ältesten, das noch existierte, stand ein Divine. Es musste zu jeder Zeit des Tages und ununterbrochen sichergestellt werden, dass an diesem Ort ein Divine seine Wacht hielt, um das Oratorium zu sichern und den Ordensmitgliedern ihre Sünden zu vergeben.

Die Roben aller Divines waren weiß. Während ihres Dienstes im Oratorium mussten sie ihr Gesicht verschleiern. Ein feines Tuch, durch das er den Bereich vor sich einsehen konnte, spannte sich über die Gesichtszüge des Divines auf dem Podest. Er hob den gesenkten Kopf, als er Ashers Schritte auf den Stufen vernahm.

»Ich bin gekommen, um meine Sünden zu beichten«, sprach er ihn förmlich an, wie es der Codex verlangte.

Namen zählten ebenso wenig an diesem Ort wie Gesichter.

»Welches Lasters hast du dich schuldig gemacht?«

Ashers innere Anspannung stieg. Er hätte seiner Beichte ruhig und bedächtig entgegentreten sollen, stattdessen sträubte sich nun etwas in ihm gegen diesen letzten Schritt. »Der Lust«, zwang er die Worte über seine Lippen. Und zögerte. Und des Hochmuts, sollte er sagen, denn er durfte nicht darauf vertrauen, dass Rahel ihn nicht doch damit infiziert hatte.

Des Neids, als der Richter Rahel angefasst hatte.

Der Habgier, weil er sie für sich allein wollte.

Des Zorns, als sie verletzt worden war.

Der Völlerei, weil er nicht genug von ihr bekommen konnte.

Der Trägheit, denn er vernachlässigte für sie seine Pflichten.

All dies blieb unausgesprochen und hing einen Moment lang wie ein Richtschwert über Asher. »Nur der Lust«, bekräftigte er noch einmal.

Es war das eine, Lambert irgendeine Geschichte aufzutischen. Und etwas ganz anderes, hier an diesem Ort einen Divine zu belügen.

Falls er etwas ahnte, ließ es sich der Divine nicht anmerken. Hinter dem Schleier erkannte er seine Miene nicht, doch Asher war sicher nicht der erste Adept, der mit dem Laster der Lust hierherkam. Tatsächlich klang er geradezu gelangweilt, als er sagte: »Dann tritt vor die Vier Heiligen und den Codex, auf den du deinen Eid geschworen hast, und bitte um Vergebung. Nur wer seine Sünde eingesteht, erfährt Absolution. Wer sich seiner Sünde nicht schämt, verdoppelt seine Schuld.«

Der Divine drehte sich zu dem Tisch um, auf dem

neben dem Codex die sieben Strafen lagen, eine für jede Sünde. Asher trat an den Richtblock heran, auf den die vier Statuen gesichtslos hinabblickten, und sank davor auf die Knie.

Schämte er sich für das, was letzte Nacht passiert war? Vergeblich suchte er zwischen all den Gefühlen, die Rahel in ihm hinterlassen hatte, nach Scham.

Mit einem Messer in der Hand stellte sich der Divine wieder vor ihn. »Dann erzähl mir, was passiert ist.« Er schlug nun einen vertrauensvollen Ton an, während er sich Asher gegenüber auf die andere Seite des Richtblocks kniete und dabei leise ächzte.

Asher stockte, suchte mühsam nach Worten und versuchte dabei nicht an Rahels lustvolles Stöhnen und ihre weiche Mitte auf seinem harten Schwanz zu denken. »Ich ... habe jemanden begehrt«, setzte er an, und alles daran war eine Lüge. Er begehrte noch immer. Es war nicht nur irgendjemand, sondern eine Vicious. Und er hatte weitaus mehr getan, als sich nur nach etwas zu sehnen, was unerreichbar für ihn war.

»Und hast du diesem Verlangen nachgegeben?«, half der Divine ihm auf die Sprünge.

Ashers Kehle schnürte sich zu, und sein Herz schlug unweigerlich schneller. »Ja.«

»Verstehe. Und geschah das einvernehmlich?«

»Natürlich!«, antwortete Asher und musste daran denken, wie Rahel erst heute früh davon gesprochen hatte, dass auch sie ihn gewollt hatte.

»Befindest du dich oder befindet sich die betreffende Person in einem ehelichen Versprechen, das damit gebrochen worden ist?«

»Nein.«

Der Divine tippte einige Male mit dem Finger auf den

Stein, das einzige Zeichen seiner wachsenden Ungeduld. Seine Stimme blieb sanft, als er fragte: »Habt ihr unangemessene Praktiken, die wider die Natur des Menschen sind, vollzogen?«

»Nein, ich denke nicht.«

»Sind deine Gedanken besessen von der körperlichen Begierde nach der anderen Person?«

Besessen traf es gut, denn Asher konnte an nichts anderes mehr denken als an Rahel. Sie hatte seinen Verstand eingenommen und unverblümt zu ihrem Territorium erklärt. Und statt sie zu verbannen, hieß er sie dort willkommen. »Ich denke manchmal an sie.« Das war die Untertreibung des Jahrhunderts.

Der Divine brummte verstehend und bedeutete Asher, seine Hände auf den Richtblock zwischen ihnen zu legen. »Deine Triebe solltest du nur mit der Person ausleben, mit der du das Ehegelübde teilst, aber es ist nicht ungewöhnlich, sich schon davor nach körperlicher Hingabe zu sehnen. Deine Sünde soll dir also vergeben werden.«

Das hier war anders. Das hier war schwerwiegender. Nur konnte der Divine gar nicht verstehen – weil er davon ausging, dass Asher es mit einer anderen Adeptin in irgendeiner Ecke der Akademie getrieben hatte. Nicht mit einer Vicious. Weil Asher nicht dafür sorgte, dass er verstand. Er wollte sich von der Sünde reinwaschen, ohne die Schwere zuzugeben, denn die Konsequenzen wären untragbar. Der Orden würde ihn ein für alle Mal verstoßen.

»Vertraue auf deine Reliquien und die Führung des Ordens. Solange du das tust und dir selbst treu bleibst, ist dein Eid nicht in Gefahr.«

»Natürlich.« Sein Vertrauen war überwuchert von anderen Gefühlen und sein Eid gebrochen.

»Du bereust es doch, nicht wahr?«

»Ja. Es wird nicht noch einmal geschehen.« Nein. So sehr er es sich auch wünschte, Asher fühlte sich weder beschmutzt noch auf eine andere Weise falsch, obwohl es falsch gewesen sein musste, was er getan hatte. Deshalb hatte er sich innerlich so sehr dagegen gesträubt, hierherzukommen. Deshalb fühlte es sich nicht so an, als würde ihm die göttliche Vergebung irgendwie weiterhelfen.

Der Divine gab sich mit seinen Antworten zufrieden und ging zum letzten Teil der Beichte über. »Die Vier Heiligen haben deine Sünde bezeugt und vergeben dir.« Damit fügte er Ashers Handrücken eine winzige Wunde mit dem Messer zu. Es blutete kaum, reichte gerade mal für einen einzigen Tropfen, der aus dem Kratzer hervordrang. Während die Vicious für jeden Einsatz ihrer Macht erbarmungslos bestraft wurden, sprachen die Divine die Warden von so gut wie jeder Sünde frei, solange sie sich in bestimmten Grenzen bewegte und den Zielen des Ordens diente. Der Hammer sollte die Knochen desjenigen brechen, der dem Hochmut verfiel, doch meist reichte es nicht einmal für einen blauen Fleck. Das Gift, das verabreicht wurde, wenn ein Warden sich der Völlerei hingab, war sehr schwach und verursachte nur leichtes Bauchgrummeln. In seinem ersten Jahr war ihm erklärt worden, dass es eher einem rituellen Akt diene und die Beichte selbst der wichtige Teil sei. Die Warden waren dazu gezwungen, zu sündigen, im Dienste der Menschheit. Die Menschen selbst jedoch bestrafte der Orden erbarmungslos in groß angelegten Tribunalen, die bis zum Tod führten.

Wenn ein Warden zu lange der Sündenmacht ausgesetzt gewesen war, wurde er gereinigt. Und für alles, was über diese Vergehen hinausging, für Delikte gegen den

Orden selbst, war der Richter zuständig. Rafael Esra, der unter anderem Verräter zum Tode verurteilen konnte.

Er sollte viel mehr bluten. Vielleicht würde er dann endlich bereuen. Vielleicht würde es ihm die Erleichterung verschaffen, auf die er gehofft hatte. Vielleicht würde es sich dann nicht mehr wie ein Fehler anfühlen, hierhergekommen zu sein.

Asher verabschiedete sich von dem Divine und machte sich auf den Weg zurück durch das Oratorium. Alles in ihm drängte darauf, das Refugium zu verlassen. Vor den Worten des Divine und der erdrückenden Macht dieses Ortes zu fliehen.

»Yudin?«

Asher fuhr herum. Durch einen Zugang hinter ihm trat Murray in das Oratorium, versicherte sich mit einem Stirnrunzeln, dass es tatsächlich ihr ehemaliger Adept war, und lief schließlich auf ihn zu.

»Was ist los, Yudin?«, wollte Murray wissen. Als sie einen Blick zurück zu dem Divine warf, zeichnete das goldene Dämmerlicht der Halle Schatten, wo ihre Haut von Falten durchzogen war. »Warum bist du hier?«

Ihr Blick ließ mehr hinter ihrer Frage vermuten. Ihr waren seine eingefallenen Wangen und die Schatten unter den Augen nicht entgangen. Dennoch war er hier, am Leben, noch nicht von einer Vicious beseitigt, die dank ihm zur Dämonin geworden war.

»Warum ich hier bin?«, wiederholte Asher leiser und folgte ihrem Blick nicht, sondern fing ihn auf. Sie hatte es gewusst. Auch wenn sie indirekt versucht hatte, ihn durch ihren Befehl vor dem Tod zu bewahren, hatte sie auch nicht mehr als das getan. »Meinen Sie, weil es der Vicious noch nicht gelungen ist, mich zu töten? Werden *sie* etwa ungeduldig, dass ihr Plan nicht aufgeht?«

Rahels Wahnsinn musste von ihm Besitz ergriffen haben. Nie zuvor hatte er auf diese Art und Weise mit einem höherrangigen Ordensmitglied gesprochen, schon gar nicht mit seiner Ausbilderin. Stets war er gehorsam gewesen, folgsam, demütig. Doch zu welchem Preis? Zu welchem Zweck?

Murray stutzte, und zum ersten Mal, seit er sie kannte, sah Asher die stämmige Frau erbleichen. Den Mund öffnen und nach Worten ringen, die sie nicht hervorbrachte. Weil sie nicht damit gerechnet hatte, dass er herausfand, wie der Plan des Inquisitors tatsächlich aussah – oder aus Schuldgefühl? »Yudin, ich ...« Sie räusperte sich, fing sich wieder, denn natürlich würde sie ihm nicht Rede und Antwort stehen. »Ich bin mir sicher, dass du sie bald beseitigen wirst«, urteilte sie hart. »Und ich habe mit dem Inquisitor gesprochen. Du wirst dein Reliquienschwert erhalten. Bald. Er lässt alles für die Prüfung vorbereiten.«

Was ihn normalerweise mit Stolz und freudiger Erleichterung erfüllt hätte, sickerte nun nur langsam zu ihm durch. Sein erster Gedanke galt Rahel, die es nicht überleben würde, sollte er mit diesem Schwert in der Hand jemals eine vorschnelle Entscheidung treffen. Die Reliquienschwerter waren Dämonentöter und Angst und Schrecken jedes Vicious. Sie schlachteten, und wie die Vicious sich an den Sünden nährten, tranken sie ihr Blut und schwelgten in der Gerechtigkeit, die sie über die Welt brachten. Dann erst erreichte ihn die Tragweite dieser Ankündigung mit voller Wucht: Der Inquisitor hatte zugestimmt. Hatten sich Testas Pläne geändert?

Murray würde ihm diese Fragen nicht beantworten. Offensichtlich hatte sie eine andere Reaktion – irgendeine Reaktion – erwartet, denn ihr Stirnrunzeln vertiefte sich und kündigte den bevorstehenden Tadel an wie dunkle

Wolken ein herannahendes Gewitter. »Damit wird dir nicht nur eine unglaubliche Ehre zuteil, es beweist auch, welches Vertrauen der Orden in dich setzt.«

Asher musste ein bitteres Lachen unterdrücken. Und erschrak, wie weit der dunkle Keim in seinem Herzen bereits gewachsen war. Was blieb ihm noch, wenn er nicht das Schwert war? Er senkte das Kinn, das er in einer rebellischen Anwandlung erhoben hatte. »Natürlich. Ich werde mich dieses Vertrauens als würdig erweisen.«

Murray legte ihre schwere Hand auf seine Schulter und drückte sie kurz und fest. Es war die vertraulichste Geste, zu der die Ausbilderin fähig war. »Das wirst du«, sprach sie. Denn sie wussten beide, dass alles andere sein Scheitern bedeuten würde.

14
Nullius nisi insipientis perseverare in errore.

Nur ein Narr verharrt im Irrtum.

»Heute ohne Anhang?« Eden hob eine Augenbraue, als sie sich neben Rahel auf den freien Stuhl im Übungsraum sinken ließ. Dass sie Ashers Fehlen sofort bemerkt hatte, strafte die Beiläufigkeit der Bemerkung Lüge.

»Heute ohne Anhang«, bestätigte Rahel schlicht, was unbestreitbar war. Und beließ es dabei, statt ins Detail zu gehen – vor allem, da sie die Gedanken daran selbst verdrängte.

Sie war sich ihres Throns nicht mehr sicher. Rahel betrachtete die Welt um sich herum nicht mehr von ihrer erhöhten Position aus, wo nichts und niemand sie erreichen konnte, wo sie unantastbar war. Nicht, wenn es um Asher ging. Etwas rührte sich in ihr. Ein Schmerz, als er sie heute Morgen angesehen und von sich gestoßen hatte.

Ein weiteres Stechen, als sie bemerkt hatte, wie sehr er sich selbst quälte. Der Dolch in ihrem Herzen, als er davon gesprochen hatte, dass es ein Fehler gewesen war.

Und sie fand sich plötzlich verletzbar dort, wo ihre Macht sie sonst unverwundbar machte.

Eden ahnte nichts von all dem. Die Vicious lehnte sich ihr entgegen und senkte die Stimme. »Perfekt. Dann wird er sicher nichts dagegen haben, wenn wir noch einen kleinen Abstecher machen.«

»In die Hölle?«

»Wohin denn sonst? Oder hattest du ein kleines Stelldichein in den Bädern im Sinn?« Edens Lippen verzogen sich zu einem Grinsen, das viel zu aufgesetzt wirkte. Doch das war nicht ungewöhnlich, seit Ann nicht mehr da war. Ihre Masken passten ihr nicht mehr richtig, wenn sie lachte, klang es bedrohlich, und wenn sie grinste, zwang sie ihre Mundwinkel mühsam nach oben, wo sie zitternd verharrten.

Bei Edens Worte verkrampften sich Rahels Finger aus anderen Gründen um ihr Handgelenk. »Was soll das denn heißen?«

»Pavel hat heute Morgen erzählt, dass er dir dort begegnet ist und du wenig angetan von seinem Angebot gewesen bist. Und dein Wächter noch weniger.« Eden wickelte sich eine Strähne um den Finger und zuckte mit den Schultern.

Sie können nicht wissen, was danach geschehen ist, beruhigte sich Rahel selbst. Pavel hatte nur erzählt, dass er sie vor den Bädern getroffen hatte. Nichts weiter. Die Mitglieder der Hölle und Eden würden es niemals gutheißen. Sie würde Rahel dazu drängen, die Situation auszunutzen, ihr gratulieren, dass sie es geschafft hatte, einen Warden zur Sünde zu treiben, ja. Aber würde Rahel ihr davon erzählen, würde der verräterische Teil ihres Herzens sie sofort entlarven.

»Ich dachte, er hätte verstanden, dass er *meinen Wächter*«, sie rollte absichtlich mit den Augen, obwohl diese Bezeichnung ein Kribbeln durch ihren Bauch jagte, »nicht anzufassen hat. Ebenso wenig wie mich.«

»Pavel kann manchmal einfach nicht anders. Nimm es ihm nicht übel.«

›Sein Vater hat ihn, bis er vierundzwanzig war und von den Warden aufgegriffen wurde, emotional misshandelt und dazu gezwungen, für Kundschaft in seinem Bordell zu sorgen. Seit er vierzehn ist, kennt Pavel keine andere Form der Bestätigung als Sex.‹ Eden hatte ihr davon erzählt. Gestern war Rahel das egal gewesen.

»Er ist ziemlich fertig gewesen, nachdem du dich mit deinem Hochmut an ihm ausgetobt hast.«

»Geschieht ihm recht«, murmelte Rahel, obwohl sie einen Anflug von Reue verspürte. Sie alle waren gezeichnet, auf die eine oder andere Weise. Und je mehr Vicious sie kennenlernte, desto weniger glaubte sie den Lehren der Warden. Was aus ihnen geworden war, war ein Spiegel der Menschheit.

»Also, bist du dabei?«, hakte Eden nach.

»Klar ist Rahel dabei, oder?« Vergil ließ sich auf dem freien Platz zu Edens anderer Seite nieder, blickte an ihr vorbei zu Rahel und rückte seine Brille zurecht. »Worum geht es?«

Eden stieß ihm mit dem Ellbogen in die Seite, sodass er ein Stück von ihr abrückte. »Die Hölle«, murmelte sie kaum hörbar. Der Raum war voller Vicious, die sich zumeist ebenso leise unterhielten oder aber vor sich hinstarrten und es vermieden, zu den Warden entlang der Wand zu sehen. »Rahels Wächter ist offenbar anderweitig beschäftigt. Perfekter Zeitpunkt, um zu besprechen, wie wir diesen Abnormalitäten endlich auf die Spur kommen.« Und damit meinte sie: Rache an dem Vicious übten, der sie verursachte, und am besten auch an sämtlichen Wächtern, das wahre Übel hinter all dem.

Seit ihrem ersten Besuch war Rahel nicht mehr in den geheimen Gewölben unter der Akademie gewesen – ehrlicherweise hatte sie sich auch nicht darum gerissen, den Weg erneut auf sich zu nehmen. Sie gehörte zu ihnen, und doch nicht ganz, obwohl Eden ständig dafür sorgte, dass Rahel die anderen besser kennenlernte, und sie in Gespräche einbezog. Vergil sowie Sabeela, eine Vicious der Lust, die an ihrem ersten Abend nicht dort gewesen war, waren ihr noch am sympathischsten.

»Hat es schon wieder jemanden von uns getroffen?« Jeglicher Schalk war aus Vergils Miene gewichen.

Eden nickte knapp. »Sabeela.«

Rahel hielt die Luft an.

»Sie hat es geschafft, dem Albtraum standzuhalten, weil er kurz vor Ende der Nacht in ihr Zimmer gekommen ist. Allerdings liegt sie jetzt in der Krankenstation bei Mazur.« Edens Faust ging so heftig auf den Tisch nieder, dass das Holz erzitterte und sich die Vicious vor ihnen erschrocken umdrehten. »Weil diese verfluchten Warden uns einsperren und lieber sterben lassen, als die Tür zu öffnen.«

Beschwichtigend schloss Rahel ihre Hand um Edens Faust und brachte die anderen mit einem bösen Blick dazu, sich wieder umzudrehen. Die Warden krümmten keinen Finger, wenn ein Vicious nachts von der Abnormalität heimgesucht wurde, sondern hielten an der Vorschrift fest, die Türen zu ihren Schlafkammern niemals zu öffnen, und warteten in den Fluren darauf, sie zu erwischen.

Zuerst war es ihnen nicht aufgefallen, aber nach und nach war immer deutlicher geworden, dass die Albträume nicht ganz ziellos vorgingen: Sie stürzten sich bevorzugt auf Mitglieder der Hölle. Auch wenn Rahel nicht mehr unten gewesen war, spürte sie, dass dies die ausgelassen dämonische Stimmung ihrer Treffen trübte. Sie waren bereit, zu handeln. Mehr zu sein.

»Es muss jemand sein, der weiß, wer zu ... uns gehört.« Das Wort schaffte es kaum über Rahels Lippen. Seit Mateo und der Cañada Real hatte sie nicht mehr zu anderen gehört. Sie hatte sich gewehrt, sich als Teil von etwas anzusehen, weil sie gar nicht hier sein sollte. »Oder jemand von uns.«

»Niemals«, widersprach Eden sofort, während Vergil den Kopf neigte.

»Darüber habe ich auch schon nachgedacht. Wer sonst weiß von uns, wenn er nicht zu uns gehört?«

Eden wirkte sichtlich bestürzt. Es war nicht schwer zu erraten, dass die Hölle so etwas wie eine Ersatzfamilie für sie geworden war. Echte Freundschaft, obwohl sie Dämonen unter Dämonen waren. »Aber wer würde ...?«

»Nika«, erwiderte Rahel sofort und glaubte nicht wirklich daran. Das traute sie der Vicious nicht zu. Tatsächlich kam sie abgesehen von Rahel mit allen gut aus.

Vergil schnaubte. »Das ist witzig, weil Nika das Gleiche über dich sagt.«

»Natürlich sagt sie das. Das würde ich auch tun, wenn ich die Schuldige wäre.«

Er zog vielsagend die Brauen hoch, was Rahel ignorierte.

»Wir brauchen ernsthafte Vorschläge. Wir haben geklärt, dass Rahel es nicht gewesen ist, also will ich nichts mehr davon hören. Auch nicht von Nika. Das nächste Mal stopfe ich ihr das Maul.« Edens brennender Blick traf sie beide. Rahel ahnte, dass sie den Gedanken nicht ertragen würde, sich in ihr getäuscht zu haben.

»Ruhig, Eden«, murmelte nun auch Vergil, als einige Warden sie ins Visier nahmen. »Heb dir das auf.« Er tauschte einen schnellen Blick mit Rahel und blieb an ihrer Hand hängen, die immer noch auf Edens lag. »Ich stimme zu, dass Rahel uns heute begleiten sollte. Falls jemand für die Abnormalitäten verantwortlich ist, der uns kennt oder sogar zu uns gehört, müssen wir dem zuvorkommen. Entweder wir lösen uns auf oder … wir organisieren uns neu und stehen das zusammen durch.«

Rahel ahnte, was er zu sagen versuchte, schwieg aber und musterte Vergil aufmerksam.

»Vielleicht war es ja Schicksal, dass uns ausgerechnet jetzt jemand aus Haus Hochmut beitritt.« Er kratzte sich mit einem gequälten Lächeln hinter dem Bügel seiner Brille. »Wer sonst sollte diesen Haufen Vicious irgendwie unter Kontrolle bringen?«

Er wollte, dass sie die Führung übernahm, dafür sorgte, dass sie die Zwiste untereinander beseitigten und gemeinsam nach dem Vicious suchten. »Das klang letztens aber noch ganz anders. Was hat dich deine Meinung ändern lassen?«

»Die Lage hat sich sehr drastisch geändert.« Vergil sah zu Eden, die immer noch um Beherrschung kämpfte und dafür die Tischplatte mit ihren Fingernägeln malträtierte. »Und sie hat mir erzählt, was sie dir in den Kerkern angetan haben.«

Augenblicklich versteifte sich Rahel, ihr Mund wurde trocken, ihr Rücken kribbelte. Und sie hasste sich für diese offensichtliche Reaktion.

»Und dass du trotz allem für sie da gewesen bist«, fuhr

Vergil sanfter fort. »Wir alle sind schon mal dort unten gewesen, wenn auch lange nicht in diesem ... Ausmaß. Zumindest hat es niemand überlebt, um davon zu berichten. Wer während der Folter transformiert, wird getötet. Du gehörst zu uns.«

Rahel erinnerte sich daran, dass sie im Grunde nur auf so eine Gelegenheit gewartet hatte. Es hatte sie frustriert, dass die Hölle nichts als ein Ort vergänglicher Ablenkungen war statt des Infernos, das sie eigentlich sein sollte. Und sie wollte ebenso dringend herausfinden, wer die abnormalen Albträume erzeugte, um ihre Unschuld zu beweisen.

»Schön.« Sie stieß die angehaltene Luft aus. »Ich komme mit. Aber es wird nicht so funktionieren, wie du dir das vielleicht vorstellst. Sie vertrauen mir nicht.«

»Sagte doch, Nika bekommt eine aufs Maul«, murmelte Eden und lächelte schon wieder knapp.

»Euch hingegen schon«, fuhr Rahel fort. Sie wusste, wovon sie sprach. Mateo und Flavio waren ihre Verbindungspunkte gewesen, weil sie menschlich waren und Rahel eine Vicious. Und selbst unter Vicious, selbst unter jenen, die das Dämonische in sich annahmen, gehörte sie nicht ganz dazu. Ganz gleich, was Vergil behauptete.

Eden und Vergil sicherten Rahel ihre Hilfe zu, und sie beschlossen, gleich nach der Lehrveranstaltung nach unten zu gehen. Jedes weitere Gespräch wurde von Master Holden vereitelt, der seinen Kurs begann, eine praktische Übung, bei der sie bis zum Ermüden ihr Laster ablehnen und Albträume erzeugen sollten. Dafür wurde der ganze vordere Bereich des Saals genutzt. Als Rahel sich an ihrer vorgegebenen Position aufstellte, spürte sie intensiver als jemals zuvor, wie die Anspannung der Warden im Raum wuchs und sich wachsame Blicke auf sie richteten. Sonst hatte Asher die Aufgabe übernommen, ihre erzeugten Albträume zu zerstören – und sie gleichermaßen vor den anderen Warden, die nur allzu bereit waren, stattdessen gleich Rahel hinzurichten, abgeschirmt, wie sie nun feststellte. Alle gingen davon aus, dass die Abnormalitäten von ihr stammten. Dass sie eine Bedrohung darstellte, für die Akademie und den Orden und alles, wofür sie standen. Auch wenn sie in diesem Fall keine Schuld traf, würde sie dafür sorgen, dass sie recht behielten.

Es war Chrysander, der sich ihr gegenüber aufstellte und sein Reliquienschwert zog. Er ließ sie nicht für eine Sekunde aus den Augen, und anders als bei Asher genoss Rahel das weder, noch suchte sie seinen Blick. Stattdessen fiel es ihr immer schwerer, ihren Hochmut abzulehnen, sobald sie ihn heraufbeschwor, und ihn nicht Chrysander entgegenzuschleudern. Und ihr wurde bewusst, dass sie auf unterschiedlichen Seiten standen. Sie war die Vicious, er ein Warden, der sie für die Sünde selbst hielt, etwas durch und durch Böses, eine tickende Zeitbombe. Nichts würde daran jemals etwas ändern.

Das war es gewesen, was Asher ihr heute Morgen zu verstehen gegeben hatte, was sie erst jetzt, während der Druck von allen Seiten stieg und sie sich in den Kerker zurückversetzt fühlte, vollständig begriff. Das bewies er ihr in jenem Moment, in dem er um Absolution für seine Sünde bat. Er sah sie nicht anders, nur weil sie in seinen Armen gelegen hatte. Und sie wäre eine Närrin, wenn sie es ihm nicht gleichtäte.

Quien espera desespera, hörte Rahel ihren Vater mit einem wehmütigen Seufzen sagen. Sie hatte ihn gefragt, warum er und *mamá* noch zusammen seien, obwohl sie nichts anderes taten, als zu streiten. Es machte einen Narren aus einem, auf etwas zu hoffen und zu warten, das man nie bekommen würde. Das sich niemals ändern würde.

Und Rahel hatte sich vorgenommen, niemals eine solche Närrin zu sein.

Als Eden und Vergil sie nach dem Kurs mit sich nahmen, zwang sich Rahel, nicht an Asher zu denken, und wie Lambert ihn bestrafen würde, sollte er ihn ohne sie erwischen.

Sie wurden von Klaviertönen empfangen, die durch die Gewölbe hallten. William lehnte am Durchgang zum Barraum, die Arme verschränkt und mit einem versonnenen Ausdruck. Als er die drei bemerkte, legte er den Finger an die Lippen. Sie traten leise zu ihm, und Rahel erhaschte einen Blick auf Callum, der seine Finger geradezu fieberhaft über die Tasten des Pianos fliegen ließ. Anders als bei ihrem ersten Besuch in der Hölle spielte er keine einfachen, sanften Melodien, sondern ein aufrührerisches, intensives Stück, das ihm im wahrsten Sinne des Wortes alles abzuverlangen schien. Er war völlig in sein Spiel versunken.

»Oh, ich liebe es, wenn er das spielt«, hauchte Eden, und Zärtlichkeit lag in ihrem Blick, während sie Callum beobachtete.

»Das ist der Mephisto-Walzer von Liszt«, ließ William Rahel leise wissen. »Ein großartiges Werk. Und wie bei fast allen wirklich relevanten Kreationen ist auch hierbei ein Vicious Teil des Entstehungsprozesses gewesen.« Auf Rahels erstaunten Blick hin lächelte er leicht. »Wie soll man Großartiges mit wahrer Tiefe erschaffen, wenn man nicht den schrecklichsten Zorn und den zerstörerischsten Neid ebenso fühlen darf wie die höchste Glückseligkeit?

Vicious und ihre Sündenmächte haben die Menschen zu mehr inspiriert und ihnen mehr Fortschritt gebracht, als es der starre Codex jemals könnte.«

Die Vorstellung gefiel Rahel, gleichzeitig lastete ihr etwas Bitteres an. Denn was war der Dank? Nichts als Verfolgung und Verleumdung.

»Seltsam genug, dass Callum das zum Besten gibt, während niemand seine Fertigkeiten neidvoll anerkennen kann«, bemerkte Vergil.

Eden wandte sich ihm zu. »Callum nutzt seine Sündenmacht nicht einfach so. Nur wenn er es im Unterricht muss. Oder denkt, sich selbst bestrafen zu müssen. Das haben sie ihm am Königshof ausgetrieben, ihn gelehrt, alles zu unterdrücken.«

Sie überließen Callum sich selbst und zogen sich in einen der anderen Räume zurück, ohne William, der blieb, um der Musik zu lauschen. Die nächsten Stunden brachten ungewohnten Ernst in die Hölle. Sie besprachen, wie sich die Mitglieder gegenseitig unterstützen konnten, wie sie Kontrolle über ihre Albträume übten, welche anderen Vicious sie bewusst mit ihren Sündenmächten für ihre Zwecke einspannen sollten – und wer von ihnen die Abnormalitäten erschaffen könnte. Rahel ließ Eden und Vergil erzählen, was sie über jeden Einzelnen wussten, und ersann danach verschiedene Szenarien und Beschattungsmethoden, um ihnen auf die Schliche zu kommen. Vergil sollte für die Dynamiken innerhalb der Gruppe Sorge tragen, während Eden ihre Strategie außerhalb der Hölle und gegen die Warden organisierte. Rahel würde im Hintergrund bleiben und das Ganze sorgfältig beobachten.

Zwischendurch beendete Callum sein Klavierspiel und stieß auf der Suche nach Eden zu ihnen. Allerdings blieb

er nicht lange, was Rahel ihrer eigenen Anwesenheit zu-
schrieb.

Als sie die Hölle am späten Nachmittag wieder verließ,
um sich auf den Weg zum Dach zu machen, war es eine
Warden mit kurzem Haar und blauen Augen, die sie ab-
fing. Unerwartet sah sich Rahel ihrem Schwert gegenüber.

»Keinen Schritt weiter, Vicious.«

Rahel inspizierte den blanken Stahl. Es war keine Reliquie, konnte ihr aber gefährlich genug werden, solange
sie keine Dämonin war. Die Waffe zitterte keinen Deut im
ausgestreckten Griff der jungen Frau. »Olivia, richtig?«

Nach einer seiner Trainingseinheiten mit Nikolai hatte
Asher ihr von seiner Kindheitsfreundin erzählt, weil Rahel einen spöttischen Witz über den Anteil von Frauen
unter den Warden gerissen hatte. Sie waren selten unter
den Schwertträgern des Ordens, was daran lag, dass Frau-
en erst seit kurzer Zeit Warden werden durften, wie Asher ihr erklärt hatte. Murray hatte damals zu den Ersten
gezählt, die die Ausbildung hatten antreten dürfen, und
auch Olivia hatte alles gegeben, um weder als Divine oder
Archivarin noch als Angestellte im Dienste des Ordens zu
enden, sondern als Wächterin. Rahel dachte daran, wie
entspannt sie miteinander gesprochen hatten, während
Asher sich für eine kurze Verschnaufpause zu ihr gesetzt
hatte. Etwas stach in ihrer Brust bei dem Gedanken daran,
dass es künftig nicht mehr so sein würde.

Olivia verengte die Augen im offensichtlichen Unwillen
über Rahels gelangweilten Tonfall. Als würde sie nicht
gerade mit der Klinge bedroht werden. »*Wächterin* für
dich.«

Richtig, sie sollten einander ja so behandeln, als würden
sie nicht einmal ihre Namen kennen. Beinahe hätte Rahel

versonnen gelächelt bei der Erinnerung, wie oft sie ihren Namen gestern von Ashers Lippen geküsst hatte.

»Schön, Wächterin dann eben. Ich war auf dem Weg zu Asher.« Nun, nur wenige Stunden später, tat es weh, seinen Namen auszusprechen. Sie tat es trotzdem, weil es Olivia ärgerte. »Ich nehme an, du weißt, wo er ist, und kannst mich zu ihm bringen.«

»Versuch es erst gar nicht auf die Tour«, erwiderte Olivia kühl. »Ich lasse mich von deinem aufgesetzten Hochmut nicht verunsichern.«

Oh, wie gern hätte sie ihr *echten* Hochmut demonstriert.

»Los jetzt, du gehst voran. Ich bringe dich zurück zu ihm.«

Rahel versuchte erst gar nicht vorzuschlagen, dass sie nebeneinander laufen könnten. Sich der gezückten Waffe in ihrem Rücken bewusst, lief sie auf Olivias Anweisung los und ließ sich durch die Gärten lotsen. Mit jedem Schritt stieg ihre Anspannung, als sie sich vorstellte, wie sie gleich auf Asher treffen würde. Sie wollte nicht, dass es erneut wehtat, sich nicht die Blöße geben, von seinem Verhalten verletzt zu sein. Also verschloss sie ihr Herz sorgsam hinter hohen Mauern.

Sie fanden ihn und Nikolai in der Nähe der Arena. Als er sich ihr zuwandte und Erleichterung seine angespannten Züge erweichte, hätte Rahel beinahe sämtliche Barrieren niedergerissen, die Lücke zwischen ihnen überbrückt und ihm gezeigt, was er wirklich begehrte. Dann wandelte sich Erleichterung in Bedauern und Bedauern in Zurückweisung.

»Wo war sie?«, wollte Asher mit versteinerter Miene wissen. Er wich ihrem Blick nicht aus, wie er es anfangs getan hatte. Doch während sie ihn erwiderte, fand sie nichts von dem Mann wieder, den sie gestern geküsst hatte.

Nikolai sah an Rahel vorbei zu Olivia, die endlich ihr Schwert wegsteckte. »Ich habe sie auf dem Weg zur Akademie gefunden. Keine Ahnung, wo sie sich da rumgetrieben hat.«

Asher musterte sie noch sekundenlang prüfend, als wäre es vergebliche Mühe, sie wegen ihres erneuten Verschwindens zu belehren, dann wandte er sich einfach ab, um mit Nikolai und Olivia zu sprechen. Was sie sagten, kümmerte Rahel kaum. Offensichtlicher hätte Asher nicht zeigen können, dass er sich fortan auf keine Diskussionen mehr einlassen würde.

Er hatte seine Wahl getroffen – und sie die ihre. Sie würde nicht länger hoffen und warten. Denn sie war keine Närrin.

Rahels Missachtung war schlimmer als ihre Versuche, ihn an die geteilte Leidenschaft zu erinnern. Er hätte froh sein sollen, dass sie von ihm abließ, dankbar, dass sie die Angelegenheit nicht vor Lambert ausbreitete, sich in seiner Annahme bestätigt fühlen, dass es allein Pavels Schuld war. Stattdessen verzehrte sich Asher nach ihr, und mit jedem Tag, der verging, zweifelte er mehr an seiner Entscheidung.

Nur war diese in dem Moment unumgänglich geworden, als Murray ihm angekündigt hatte, dass er sein Reliquienschwert bekommen würde.

Ihm war immer noch nicht ganz klar, wie das in den Plan des Inquisitors passte. Also bereitete er sich mit Nikolais Hilfe so gut wie möglich auf seine anstehende Prüfung vor. Sie trainierten bis zum Beginn der Sperrstunde und ließen manchmal sogar das Abendessen ausfallen. Olivia hatte Wind davon bekommen, nachdem sie Rahel für ihn gefunden hatte und Nikolai eine Bemerkung zum nächsten Training rausgerutscht war, und war ihnen eines Abends gefolgt. Seitdem gesellte sie sich fast täglich zu ihnen in die Gärten, sparte nicht mit Ratschlägen und führte ebenfalls Trainingskämpfe gegen Asher durch. Sie kritisierte ihn für seine Schwerthaltung, lobte ihn für gelungene Vorstöße und sprach ihm Mut zu.

Nur Rahels Anwesenheit war ihr ein Dorn im Auge. Die Vicious beteiligte sich nicht länger an den Übungen, ob nun wegen Olivia oder weil er ihr gleichgültig geworden war, wie er es sich hätte erhoffen müssen. Stattdessen vertiefte sie sich in Bücher – oder verschwand unbemerkt und tauchte erst wieder auf, wenn sie sich auf den Rückweg zum Hauptgebäude machten. Immerhin ließ sie sich nicht allein erwischen. Während Olivia deshalb regelmäßig ausrastete und es Nikolai zumindest ein verärgertes Stirnrunzeln entlockte, nahm Asher Rahels Ausflüge hin. Weil das der Preis für ihr Schweigen über diese Trainingseinheiten war, und weil er wusste, dass jede Konfrontation ihn an den Rand seiner Selbstbeherrschung bringen würde.

Bis sie das Training beendeten und Rahel verschwunden blieb.

»Diese verdammte Vicious bringt dich absichtlich in Schwierigkeiten, und das so kurz vor deiner Prüfung.« Olivia fluchte ausgiebig. Sie standen zwischen den Hecken, während die Schatten immer länger wurden, und hielten Ausschau nach Rahel.

»Ich gehe sie suchen.«

»Ich helfe dir«, bot Nikolai sofort an.

Auch Olivia machte Anstalten, sich ihnen anzuschließen, doch Asher schickte sie zurück zu den Unterkünften der Adepten des ersten und zweiten Rangs. Der Weg dorthin führte in die andere Richtung, und sie hätte es nicht mehr rechtzeitig zurückgeschafft.

»Morgen werde ich ihr den nötigen Respekt beibringen, wenn ihr das nicht schafft«, drohte sie noch an.

»Das möchte ich gern sehen«, murmelte Nikolai und schnaufte leise, nachdem Olivia außer Hörweite war. Er musterte Asher. »Alles okay zwischen euch?«

»Olivia wird früher oder später akzeptieren, dass …«, wollte er abwinken.

»Ich meinte zwischen dir und der Vicious.«

Asher versteifte sich unmerklich. »Was sollte da zwischen mir und ihr sein?« Da war nichts. Nichts als eine Illusion, nichts als ein ferner Traum, der zu den verbotenen gehörte.

Nikolai konnte nichts von dem ahnen, was geschehen war. »Ich frage nur, weil sie nicht mehr am Training teilnimmt.«

Natürlich war ihm das aufgefallen. War Ashers Umgang mit Rahel zuvor locker gewesen, wechselten sie nun kaum noch ein Wort. »Sie macht eben, was sie will.« Er setzte sich in Bewegung, und Nikolai folgte ihm. »Wir sollten uns beeilen, die Gärten kontrollieren und so schnell wie möglich in die Akademie zurückkehren.«

Da es zunehmend dunkler wurde, beendeten sie die Suche auf dem Außengelände schnell und steuerten das Hauptportal an. Hatte Rahel riskiert, ohne ihn erwischt zu werden, und sich auf eigene Faust in ihre Schlafkammer begeben? Auf halbem Weg wehten Stimmen zu ihnen heran, und als sie um die Ecke bogen, machte Asher Rahels unverwechselbare Silhouette aus.

Erleichtert wollte er zu ihr gehen, da packte Nikolai ihn an der Schulter und zog ihn zurück hinter die Hecke. »Warte!«, zischte er.

Instinktiv legte Asher die Hand auf den Schwertknauf und folgte seinem Blick. Mit zusammengekniffenen Augen starrte er in den beleuchteten Pavillon, in dem Rahel stand. In diesem Moment trat ein Warden in roter Uniform an sie heran.

»Der Richter«, murmelte Nikolai düster, und seine Finger drückten sich für einen Moment fester in Ashers Schulter.

Rafael Esra. Er hatte sich verboten, sehr viel länger über diesen Mann nachzudenken, der über das Leben seiner Eltern gerichtet und das Urteil vollstreckt hatte. Er konnte es weder rückgängig machen noch vergelten, denn das lag außerhalb seiner Macht. Der Richter unterstand ebenso dem Codex des Ordens und musste nach den Tugenden handeln. Und der Codex hatte den Tod von Daria und Noah Yudin verlangt.

Doch was, wenn nicht? Es war diese Frage, die Asher in ein Gefühlschaos stürzte, sobald er sich ihr stellte. Was, wenn seine Eltern den Tod gar nicht verdient hatten – und der Richter sie dennoch dazu verurteilt hatte? Kannte er Ashers Namen? Wusste er, wer er war? Erinnerte er sich an das Ehepaar, dessen Leben er genommen hatte und das einen elfjährigen Jungen hinterlassen hatte? Empfand er Bedauern für das, was er hatte tun müssen?

Auf die erste Frage folgten immer weitere, bis Asher vor dem Ansturm die Augen schließen und tief ein- und ausatmen musste, weil kaum genügend Luft in seine Lungen gelangte. Dabei wurde ihm bewusst, dass Nikolai ihn immer noch nicht losgelassen hatte. Als wäre zu befürchten, dass Asher voranstürmen und etwas Dummes tun würde, hielt er ihn an der Schulter zurück.

Vielleicht kannte er die Antworten auf einige dieser Fragen. Er hatte bereits versucht, Nikolai erneut auf den angeblichen Verrat seiner Eltern anzusprechen, doch er hatte ihn jedes Mal abgewehrt.

Als Asher die Augen wieder öffnete, stand der Richter nahe bei Rahel. Viel zu nahe. Sie würde nicht zurückweichen – das würde sie niemals. Wie bereits im Kerker vibrierte sie vor Macht, und seine Spiegelreliquie zeigte ihm, dass sie ihren Hochmut gegen Esra einsetzte. Er ließ sich nicht davon beirren, sondern fasste sie links und rechts an den Schultern, während er auf sie einredete. Es war keine sanfte Geste – ihr lastete etwas Besitzergreifendes an, etwas geradezu Gewalttätiges, bei dem sich Asher sämtliche Nackenhaare aufstellten.

Nun war er froh darum, dass Nikolai ihn festhielt.

»Komm.« Sein Freund zog ihn sacht, aber bestimmt an der Schulter zurück. »Wir nehmen einen anderen Weg und fangen sie am Haupteingang ab.«

Asher wollte nicht auf Rahel warten. Er wollte zum Pavillon marschieren und sie mit sich nehmen, aus den Griffen des Richters befreien. Nur wirkte sie überhaupt nicht so, als müsste sie gerettet werden. Und der Richter nicht so, als würde er die Unterbrechung eines niederrangigen Adepten gutheißen. Nun, da Asher wusste, wer er war, hatte er keine Ahnung, wie er ihm überhaupt begegnen sollte.

Also ließ er sich mitziehen, stapfte schweigsam und aufgewühlt neben Nikolai her, der ihm immer wieder Blicke von der Seite zuwarf. »Dir gefällt nicht, dass Esra sich für die Vicious interessiert, richtig?«, sagte er schließlich, als sie das Hauptportal beinahe erreicht hatten. Sie stoppten weit genug von den Wachen entfernt, die davor auf Patrouille waren, um auf Rahel zu warten.

Asher konnte sich nicht davon abhalten, in die Richtung zurückzublicken, aus der sie gekommen waren. »Ich befürchte nur, dass sie mir meine Aufgabe nicht zutrauen und sie deshalb regelmäßig selbst überwachen.« Dass der Richter nicht nur dort gewesen war, um Rahel im Auge zu behalten, war offensichtlich, also fügte er zähneknirschend hinzu: »Und ich frage mich, was er von ihr will, ja.«

»Regelmäßig?« Nikolai runzelte die Stirn. »Willst du damit sagen, dass Esra sie nicht zum ersten Mal aufsucht?«

»Ja, er hat schon mal mit ihr gesprochen. In ihrer ersten Woche hier. Und er hat sie ... aus dem Kerker geholt.« Das hatte er Nikolai nicht erzählt, weil er zu aufgewühlt von der unerwarteten Begegnung mit dem Henker seiner Eltern gewesen war.

»Tatsächlich?« Sein Stirnrunzeln vertiefte sich, was Asher aufmerken ließ.

»Weißt du etwas über den Richter?«

Nikolais Stirn glättete sich augenblicklich, als wollte er Ashers Misstrauen verscheuchen.

»Weißt du, was er von Rahel will?«, präzisierte er seine Frage. Er brachte es einfach nicht über sich, sie als irgendeine Vicious zu sehen. Vom ersten Moment an hatte sie darauf bestanden, dass er ihren Namen benutzte. Keiner von ihnen hätte ahnen können, wie verhängnisvoll dieser Wunsch noch werden würde.

Diesmal zögerte Nikolai mit seiner Antwort. »Sagen wir, ich habe eine Vermutung, woher sein Interesse rühren könnte«, meinte er schließlich. Wie bei ihrem Gespräch in der Bibliothek wirkte es so, als würde er eigentlich nicht mit Asher darüber reden dürfen. »Sie ist sehr mächtig, das ist kein Geheimnis. Und die Führungsriege der Warden ist nun mal sehr interessiert an mächtigen Vicious, die sie ... einsetzen können.«

Seltsamerweise passte das zu dem Eindruck, den Asher aus dem Verhalten des Richters gegenüber Rahel gewonnen hatte. »Du meinst für die Jagd auf andere Vicious? Dafür muss sie ihr Studium doch ohnehin erst abschließen, ohne zur Dämonin zu werden. Was ihr der Meinung aller anderen nach nicht gelingen wird.«

»Nicht unbedingt für die Jagd, nein«, erwiderte Nikolai. »Sie nehmen nur die folgsamsten Vicious für die Jagd, belassen die klügsten sowie die schwächsten in der Akademie und verkaufen die mächtigsten dahin, wo sie gebraucht werden.«

Asher erstarrte bei seinen letzten Worten. Bevor er ihre Bedeutung vollständig erfasst hatte, sprach Nikolai bereits weiter.

»Der Orden hält sich nicht allein durch die Macht der Reliquien und den Codex aufrecht. Er ist Teil eines Gefüges aus politischen und wirtschaftlichen Interessen – und das basiert allein auf der Macht, die er ihren Repräsentanten verleiht. Vicious werden für Intrigen unter Politikern genutzt, Wissenschaftlern sowie Künstlern an die Seite gestellt, um sie verkaufsfähig zu fördern. Sie dienen den Vergnügungen der Reichen, die sich mit genug Geld Absolution durch den Orden dafür erkaufen. Oder als militärische Unterstützung in Kriegen, die allein den Menschen anzulasten sind, indem Vicious des Zorns die Soldaten bis zum letzten Atemzug kämpfen lassen.« Nikolais Miene verhärtete sich. »Es gibt eine Menge Ungerechtigkeit und Bösartigkeit auf dieser Welt, Asher. Und nicht alles davon geht von den Vicious aus.«

Er erinnerte ihn an etwas, das Rahel gesagt hatte. Dass die Menschen aus der Not heraus sündigten. Dass der Orden eine Ordnung erschaffen hatte, in der ihnen gar keine andere Wahl blieb. Es passte dazu, dass sie die Tugenden einerseits predigten, während sie die Laster andererseits gewinnbringend verkauften. Der Schock blieb aus, weil Asher bereits zu oft gezweifelt hatte, um wahrhaft überrascht zu sein. Stattdessen bohrte sich die Erkenntnis nur tiefer in den Boden dessen, was einst seine Überzeugungen gewesen waren. »Das Böse geht genauso vom Orden und der Ordnung aus, die er erschaffen hat.«

War es dieser verräterische Gedanke gewesen, der seine Eltern das Leben gekostet hatte? Sollte es ihn beruhigen, dass sie damit nicht allein gewesen waren?

»Nicht der Orden ist das Problem. Ich wäre nicht hier, wenn ich glauben würde, etwas Schlechtes zu tun. Das Problem sind jene, die ihn führen.« Nikolai kniff den Mund zusammen, als hätte er zu viel gesagt.

Und das hatte er. So viel, dass Asher Zeit brauchen würde, die unkontrolliert sprießenden Gedanken zu ordnen. Viele davon handelten von dem Schwur, Rahel dem Richter niemals zu überlassen.

15
Fortes fortuna adiuvat.

Den Mutigen hilft das Glück.

Seit ihrer Ankunft an der Academy of Sins wehrte sich Rahel dagegen, sich an bestimmte Dinge zu gewöhnen. Ihre Zelle für die einsamen Nächte wollte sie nicht als etwas ansehen, mit dem sie sich jemals abfinden würde. Die Veranstaltungen und die Lehrenden waren lästig und dienten allein dazu, sie für die Warden zu instrumentalisieren. Dass sie mit jedem Schritt kurz vor ihrer Hinrichtung stand, versuchte sie die meiste Zeit über zu verdrängen. Die Begegnungen mit Rafael waren anstrengend und brachten sie an ihre Grenzen – wie jene im Pavillon. Seine Worte verfolgten sie bis in ihre Träume.

Dennoch gab es etwas, woran sie sich gewöhnt hatte. Es wurde ihr erst bewusst, als es fehlte. Ashers verstohlene Blicke, die er hastig überspielte, sobald sie zu ihm sah. Wie er sie leise zurechtwies, wenn sie ihren Hochmut wieder einmal angenommen hatte. Die Stunden, die sie still nebeneinander in der Bibliothek verbrachten – weil sie dort einfach existieren konnten, ohne dass Erwartungen daran geknüpft waren. Asher hatte bemerkt, wie fasziniert sie in Wahrheit von dieser gewaltigen Menge an Wissen war, und er tat seinerseits gern so, als wäre er in seine Studien vertieft.

Und sie hatte sich an etwas gewöhnt, was sie vom ersten Moment an verflucht hatte: dass Asher stets an ihrer Seite stand. Weil es sich irgendwann nicht mehr so angefühlt hatte, als würde er sie überwachen. Weil das Wort »Wächter« in seiner Gegenwart eine andere Bedeutung bekommen hatte.

Alles, was Rahel hasste, blieb gleich. Und alles, was sie vielleicht irgendwann geliebt hätte, veränderte sich. Keine Blicke mehr, die sie einfangen und für sich beanspruchen konnte, kein Flüstern, das allein ihnen gehörte, kein stilles Einvernehmen in der Bibliothek. Er sah sie nicht an, und wenn er es tat, wünschte sie, er hätte es nicht getan. Er flüsterte nicht mehr, sondern sprach nur noch klar und deutlich und für alle vernehmbar mit ihr. Und statt in der Bibliothek verbrachten sie die Nachmittagsstunden mit den anderen Adepten auf dem Trainingsplatz.

Beinahe hätte Rahel daran geglaubt, dass die Beichte all seine Sünden von ihm gewaschen hatte. Dass Lambert Asher endlich ins Training integrierte, musste allerdings einen anderen Grund haben. Irgendetwas ging vor sich – und am meisten von allen Dingen hasste Rahel es, dass er ihr nichts davon erzählte.

Es war kälter geworden. Der Herbst hatte auf der Insel der Sünder Einzug gehalten wie ein ungebetener Gast, der die Orkneys von einem Tag auf den anderen zu seinem neuen Zuhause erklärt hatte. Die Sonne hatte davor schon kaum genug Wärme gespendet, um ihr Bedürfnis danach zu stillen, nun verschwand sie immer öfter hinter grauen Wolkentürmen, die beliebig oft Schauer über Land und Meer und all ihre Bewohner verteilten. Ein scharfer Wind wehte von Westen her und zerrte grob an Rahels Haaren und Mantel, während sie sich am Rand des Trainingsplatzes die Beine in den Bauch stand und ihre braunen Schnürstiefel aus Wildleder bemitleidete, die langsam im Matsch versanken.

Für die Adepten, die mit fortschreitender Zeit eins mit Grund und Boden wurden, hatte sie dagegen kein Mitleid übrig. Am wenigsten für ihren kahlköpfigen Ausbilder, dessen gebrüllte Befehle mit dem Wind bis zu ihr hinüber getragen wurden. Er stand in der Mitte des Wahnsinns, den er Training nannte und für den Rahel ganz andere Begriffe eingefallen wären. Folter beispielsweise.

»Du da, Vicious! Als Nächstes. Stell dich dort auf.«

Misstrauisch spähte Rahel hinauf in den Himmel und zerrte ihre Kapuze über den Kopf, stopfte die widerspenstigen Haare darunter und vergrub die Hände in den Manteltaschen. Gestern hatte ein Regenschauer sie im wahrsten Sinne des Wortes kalt erwischt. Nie hatte sie sich mehr nach einem heißen Bad gesehnt.

›Ich will nicht widerstehen. Ich will dich.‹

Beinahe hätten es Ashers Finger sein können, die sich statt des Windes in ihr Haar vergruben. Der an ihr zerrte, um sie zu küssen. Beinahe nur.

»Guck dir genau an, was wir mit deinesgleichen machen, kleine Vicious.«

Rahel widerstand dem Drang, sich zu Arthur umzudrehen und auf Abstand zu gehen. Der Wächter stand dicht hinter ihr und hatte in ihren Mantel gegriffen, als wollte er sie an der Flucht hindern. Dabei hätte sie ihm niemals die Genugtuung gegeben, vor ihm zurückzuweichen. Sie blinzelte nicht, obwohl die ersten feinen Regentropfen ihre Wimpern berührten. Starr sah sie auf den Übungsplatz hinaus, wo sich ein Vicious gerade mühsam gegen einen Warden zur Wehr setzte. Sie benutzten sie als Übungsobjekte, wobei sie ihnen niemals eine Chance einräumten. Wenn es so wirkte, als würde der Vicious die Oberhand gewinnen, schickte Lambert Verstärkung in den Ring. Wenn es ihnen misslang, ihr Laster abzulehnen, wurden sie umgehend bestraft. Und wenn sie unter dem Druck zusammenbrachen und das Dämonische aus ihnen hervorbrach, wurden sie getötet.

Die Nachmittage in der Bibliothek waren Rahel lieber gewesen. Da Lambert Asher bis vor Kurzem von den Übungen ausgeschlossen hatte und Vicious erst nach dem Grundstudium dafür eingeteilt wurden – angeblich, um ihre Fähigkeiten im Ernstfall zu schulen –, war ihr der Anblick dieser Trainingsstunden bisher erspart geblieben. Es war bezeichnend, dass die Warden erst lernten, wie man Vicious bekämpfte, statt sie dafür auszubilden, Seite an Seite zu stehen.

»Ich sehe es mir an. Ganz genau.« Rahel rührte sich noch immer nicht. Seitdem sie jeden Tag mit Asher hierherkam, hatte Arthur es auf sie abgesehen. »Mir entgeht keine einzige eurer Schwächen. Ich merke mir jede eurer Strategien und Kniffe. Und wenn die Zeit gekommen ist, werde ich alles, was ich gerade sehe, gegen euch verwenden.« Und schreckliche Rache üben.

Arthur stieß einen Laut zwischen ersticktem Lachen und wütendem Schnauben aus. Ihr Mantel spannte sich enger um Rahel, als er seine Faust um den Stoff ballte. »Als würdest du diesen Tag erleben – und selbst wenn, würdest du ihn nicht *überleben*.«

»Das war ja jetzt beinahe schon ein wenig tiefsinnig,

Snyder«, spottete Rahel in gespieltem Erstaunen. Sie machte sich nicht einmal die Mühe, nach ihrem Hochmut zu greifen – genau das wollte er nur provozieren. Außerdem war Arthurs Schwäche, anders als bei Chrysander, nicht sein Stolz, sondern sein Zorn. »Nur weiter so, vielleicht schaffst du es auch irgendwann zu einer schlagfertigen Antwort.«

Der Schmerz in ihrer Flanke, als er sie von sich stieß, schmeckte bittersüß. Matsch spritzte auf, als Rahel sich mit einem Ausfallschritt vor einem Sturz rettete. Schmal lächelnd sah sie zurück zu Arthur, der ihr drohend nachsetzte. »Vorlautes Miststück. Das hat unten im Kerker aber noch ganz anders geklungen.«

Rahels Brustkorb schnürte sich zusammen und ihr Rücken prickelte unangenehm. Auch wenn die Wunden verheilt waren, würden die Narben sie niemals vergessen lassen.

»Ob du wohl genauso schreien wirst, wenn dich meine Klinge durchbohrt?« Seine Augen glänzten bei diesem Gedanken, und im Gleichtakt strahlte die Waffe an seiner Seite, als er sie einige Zentimeter aus der Scheide zog.

»Das werden wir wohl niemals herausfinden«, erwiderte sie leise. »Schon vergessen? Die Ehre, mich zu töten, hat sich schon jemand anderes gesichert.«

Sie musste nicht einmal in seine Richtung sehen, um zu wissen, dass er sich vor fünf Sekunden in Bewegung gesetzt hatte und fast bei ihnen war. Es war unerträglich und ungeheuer zermürbend, aber sie spürte seine Gegenwart. Immer.

»Lass dein Schwert stecken und verzieh dich, Arthur.« Sie hörte Ashers Schritte durch den Schlamm. Der Adept, der zuvor stoisch und mit beinahe abwesendem Blick jede Beleidigung ertragen hatte, sprach nun mit scharfer Stimme. Es war dieselbe Stimme, die ihren Namen gewispert hatte, als wäre er ein Gebet. Nun hätte sie ihn von seinen Lippen zwingen müssen.

»Ach, Schnauze, Yudin. Glaubst du wirklich, nur weil Lambert Mitleid mit dir hatte, kannst du dich hier so aufspielen?« Arthur setzte einen weiteren Schritt nach vorne, doch in dem Moment stellte sich Asher vor Rahel. Sofort glitt ihr Blick über das feuchte Haar, das in seinem Nacken lag und sich dort leicht lockte, weiter über seine Uniform, die voller Schlammspritzer war. Durch wie viele Übungsläufe hatte Lambert ihn heute schon geschickt? Zuerst hatte der Ausbilder ihn ausgeschlossen, nun verfeuerte er Asher regelrecht. Irgendetwas ging hier vor sich. Und Rahel würde herausfinden, was.

»Die Vicious gehört mir, also wirst du sie mit keinem Finger anrühren.«

Rahel ballte die Hände zu Fäusten und musste daran denken, dass van Hoven an ihrem ersten Tag ganz ähnliche Worte gewählt hatte.

»Wenn sie jemand tötet, dann bin ich das«, präzisierte Asher im nächsten Moment.

Er tat so, als würde er Anspruch auf ihr Leben erheben. Dabei bewies er Rahel jedes Mal, wenn er sich schützend vor sie stellte, dass er den Deal nicht vergessen hatte. Die Konfrontation mit den anderen Warden war unvermeidlich geworden – und er ging sie für sie ein. Jedes Mal.

Arthur zog eine Grimasse und rollte unruhig mit den Schultern. Chrysander absolvierte gerade einen Übungskampf. Heute würde er nicht so schnell nachgeben. »Du hast mir deutlich besser gefallen, als du noch gewusst hast, wo dein Platz ist, Yudin.«

»Geh«, forderte Asher mit ruhiger Stimme.

Arthur bleckte die Lippen, und Rahel spürte instinktiv,

dass seine nächsten Worte unter die Gürtellinie zielen würden. »Dein Platz. Du weißt schon. An der Seite deiner toten Eltern.«

Ashers Schultern verspannten sich, bevor sie erbebten. Rahel spürte, wie er unter Arthurs Worten schwankte. Sie hatte nicht gewusst, dass seine Eltern tot waren. Die Familie Yudin war in ihrem Beisein einmal abfällig erwähnt worden, und ihr war bewusst, wie sehr sich Asher zu beweisen versuchte, dass der Orden ihn irgendwie loswerden wollte. Was wirklich dahintersteckte, erahnte sie erst jetzt. Sein Schmerz schwappte zu ihr über, weil die Barriere, die sie zwischen ihnen errichtet hatten, so verflucht durchlässig war.

Asher atmete zitternd ein, und seine Ferse rutschte Millimeter durch den Schlamm nach hinten. Gleichzeitig nahm Rahel einen tiefen Atemzug und rückte die gleiche Anzahl an Millimetern an ihn heran. Es war mit bloßem Auge kaum wahrnehmbar, als würden sich zwei Bäume demselben Lichtschein entgegenstrecken. Sie widerstand dem Drang, ihn zu berühren, als sie ihre Macht nach ihm ausstreckte. Gierig wollte sie ihn verschlingen, doch Rahel zwang sie sofort zurück in ihren Käfig. Nur ein winziges bisschen Hochmut. Nur der Stolz, den er brauchte, um standhaft zu bleiben und nicht vor Arthur einzuknicken.

Dass er es gehasst hätte, wäre er nicht zu abgelenkt gewesen, um es zu bemerken, diente ihr als Trost.

»Ich habe bereits bewiesen, dass ich nicht wie meine Eltern bin«, sagte Asher beherrscht und festigte seinen Stand. Nur Rahel hörte den Schmerz hinter diesen Worten, auch wenn sie ihn noch nicht verstand.

Arthur spähte an ihm vorbei zu Rahel. »Hast du das?«

Sie setzte eine gelangweilte Miene auf. »Was ist los, Snyder? Sind Mami und Papi nicht stolz auf dich, oder woher die Komplexe?«

Diesmal war Asher nicht schnell genug. Bevor sie sich selbst zu diesem Treffer beglückwünschen konnte, hatte Rahel Arthurs Schwertknauf im Unterleib. Die brutale Gewalt des Angriffs riss sie beinahe von den Füßen. Sie stolperte rückwärts, und Schmerz explodierte dort, wo sich das Metall in ihre Organe bohrte. Obwohl er nicht die Klinge benutzt hatte, spürte sie die Wirkung der Reliquienwaffe. Sie zerrte und zog an ihrer Seele und blitzte so grell auf, als wäre das göttliche Urteil vom Himmel selbst auf sie herabgefahren. Der Schmerz raubte ihr den Atem, während er sich potenzierte. Diese Klinge *wollte* sie leiden lassen. Es war ihr tiefstes Begehren, vergleichbar mit dem Hunger der Vicious nach Sünden. Nur dass sie nach ihrem Blut hungerte.

Rahel krümmte sich stöhnend zusammen, während sich die Dunkelheit vor ihren Augen verdichtete. Mühsam kämpfte sie gegen die Schmerzen an, die ihren Körper wellenartig erzittern ließen. Als sich ihr Blick klärte, war es Asher, den sie zuerst sah. Er war bleich geworden und starrte sie an, blanke Angst hatte seine ausdruckslose Fassade durchbrochen. Seine Lippen bewegten sich, und sie glaubte, ihren Namen darauf zu lesen. Einbildung. Ihr Unterbewusstsein spielte ihr Streiche. Mit dem nächsten Blinzeln hatte sich seine Miene wieder verhärtet. Doch diesmal lag sein Blick auf Arthur.

Wortlos ging er auf ihn los. Im nächsten Moment wälzten sich die beiden Adepten im Schlamm, nicht mehr die erhabenen Wächter des Ordens, sondern zwei junge Männer, die wild um sich schlugen und die niederste Form der Gewalt ausübten.

Quer über den Platz stapfte Lambert auf sie zu. »Auseinander!«, herrschte er sie an und sorgte im nächsten Moment selbst dafür, dass seinem Befehl Folge geleistet wurde. Brutal riss er erst Asher, dann Arthur auf die Beine, um sie mit einem heftigen Stoß auf Abstand zu bringen. Chrysander war sofort zur Stelle, um seinen Freund vorsorglich festzuhalten, während Asher erneut in den Schlamm fiel und sich eigenständig erhob. Seine Brust hob und senkte sich schwer, während Schlamm und Regen von seiner verdreckten Uniform tropften. Einen Moment sah es so aus, als würde er sich sofort wieder auf Arthur stürzen, und hätte der Schmerz Rahels Sinne nicht betäubt, hätte sie sich jetzt vor ihm aufgebaut und ihn angeknurrt, es nicht zu tun.

Ihre Kraft reichte für ein warnendes »Asher«, das niemand außer ihm hörte und ihn erstarren ließ.

»Wisst ihr, wie ich so etwas wie euch nenne?«, blaffte Lambert, während sein Gesicht rot anlief. »Futter für die verfluchten Dämonen! Springt euch gegenseitig an die Gurgel, statt euch auf das verdammte Ziel zu konzentrieren.« Sein Blick streifte Rahel – o ja, wie gern er sie doch in einem dieser Übungsringe gehabt hätte. »Da ihr euch heute anscheinend noch nicht genug verausgabt habt, werdet ihr so lange auf diesem Platz stehen, bis ich euch etwas anderes sage.«

Arthur sah aus, als würde er protestieren wollen, doch Chrysander murmelte ihm etwas zu, woraufhin er zerknirscht den Mund schloss. Asher drehte sich auf Lamberts Worte hin um, als wäre er froh, ins Training zurückkehren zu können. Der Ausbilder packte ihn an der Schulter. »Das wird ein Nachspiel haben«, knurrte er, dann ließ er ihn ziehen.

Unruhig wälzte sich Rahel in ihrem Bett von einer Seite auf die andere, zog die Knie an und vergrub sich tiefer in die Decke. Sie presste die Hände gegen die Brust und rieb die Knöchel aneinander. Doch was sie auch tat, ihre Lippen wollten einfach nicht aufhören zu zittern. Die Kälte hatte sich so tief in ihren Knochen eingenistet, dass ihre Haut einfach keine Wärme aufnehmen wollte. Ihr feuchtes Haar ließ sie frösteln, und nicht zum ersten Mal an diesem Tag sehnte sie sich nach einem heißen Bad.

Lambert hatte Asher bis zur Sperrstunde trainieren lassen. Sie hatten das Abendessen verpasst und waren erst ins Hauptgebäude zurückgekehrt, als die Sonne bereits untergegangen war. Der Regen war ununterbrochen gefallen und hatte sie bis auf die Haut durchweicht, bis sich Rahel sogar gewünscht hatte, selbst trainieren zu dürfen, nur um die Kälte loszuwerden. Stattdessen hatte sie Asher dabei zugesehen, wie er erst gegen Vicious angetreten war, dann Schwertkämpfe gegen andere Adepten absolviert hatte und zum Schluss Runde um Runde um den Platz gelaufen war, weil alle anderen bereits entlassen worden waren – irgendwann auch Arthur. Am Ende war er so erschöpft gewesen, dass er sich kaum auf den Beinen halten konnte. Rahel hatte von jedem möglichen Gespräch abgesehen und sich still in ihre Zelle geleiten lassen.

In der sie nun wach lag und jämmerlich fror. Ihre Gedanken bildeten ein wirres Knäuel aus nachtdunkler Stimme, Vicious in den Gewölben unter der Akademie, Rachegelüsten und Augen voller Scham. Auch Asher wollte sich immer wieder in ihren Kopf schmuggeln, doch sie sperrte ihn mit aller Macht aus. Er hatte dort nichts mehr zu suchen.

Eine Weile lauschte Rahel auf die Geräusche, die gelegentlich von den Fluren durch die gesicherte Tür zu ihrer Zelle drangen. Ferne Kämpfe, die von den Wächtern gegen die Albträume geführt wurden. Ob auch heute

Nacht wieder eine Abnormalität ihr Unwesen treiben würde? Sie hatte von Eden erfahren, dass zwei weitere Vicious angegriffen worden waren, Elliot sowie ein weiteres Mitglied der Hölle. Auch immer mehr Warden landeten auf der Krankenstation. Es war erstaunlich, wie wehrlos sie gegenüber dem Unbekannten waren, wenn man bedachte, dass sie seit Jahrhunderten nichts anderes taten, als Dämonen und Albträume zu schlachten.

Gerüchteweise war nach dem Inquisitor geschickt worden. Noch sorgte Rafaels Schutz dafür, dass Rahel kein weiteres Mal auf der Folterbank gelandet war, um wahlweise ein Geständnis oder einen Dämon aus ihr herauszuquetschen, doch im Schatten um sie herum lauerten Warden wie Vicious darauf, sich ihre eigene Form von Gerechtigkeit zu verschaffen. Lange würden sie nicht mehr ausharren.

Mit diesem Gedanken fiel Rahel in einen unruhigen Dämmerzustand, aus dem sie immer wieder mit zuckenden Lidern und Gänsehaut am ganzen Körper aufschreckte. Dazwischen träumte sie von ihrem Zuhause in der Cañada Real – nicht von dem versteckten Innenhof, sondern vom Haus ihrer Eltern. Sie kehrte dorthin zurück, und Flavio erwartete sie bereits. Er lief ihr entgegen, doch statt sie in seine Arme zu schließen, stieß er sie von sich und beschuldigte sie, ihre Familie zerstört und schon genug in Gefahr gebracht zu haben. Mateo verloren zu haben. Sie wurde sekundenlang wach, bildete sich ein, hellgrüne Augen in einer Ecke ihres Zimmers zu sehen, die sie beobachteten, driftete dann wieder ab. Diesmal stand sie in der Arena, um sie herum die emotionslosen Gesichter unzähliger Warden. Albtraum um Albtraum brach aus ihr heraus, ein niemals endender Ansturm, der sich auf jeden Wächter stürzte, bis Rahel so laut lachte, dass ihre

Kehle davon schmerzte. Erneut flogen ihre Lider auf, flatterten, während sie sich auf die andere Seite drehte, schlossen sich. Sie hörte gedämpfte Schritte und ein ersticktes Keuchen, dann war sie wieder weggedämmert.

Sie stand auf einer Klippe und sah aufs Meer hinaus, erfüllt von einer tiefen Zufriedenheit. Es war windstill und warm, und als sie sich zu der Person hinter ihr umdrehte, lächelte sie. Er sagte etwas zu ihr, voller Zärtlichkeit in der mondweichen Stimme, doch sie verstand die Worte nicht. Im nächsten Moment hatte sie die Hand in seinem kurzen schwarzen Haar vergraben und zog ihn fordernd zu sich heran, näherte sich seinen Lippen ...

Ein Schrei riss sie so abrupt aus ihrem Wachtraum, dass sie kerzengerade im Bett saß. Kalter Schweiß hatte sich in ihrem Nacken gebildet und ließ sie frösteln, als die Decke von ihrem Oberkörper glitt. Mit flachen Atemzügen lauschte sie in die Dunkelheit. Irgendwo im Flur vor ihrer Tür schlug ein Schwert klirrend gegen eine Wand, gefolgt von einem Schmerzensschrei.

Sofort war Rahel auf den Beinen und schlich über die Dielen bis zur Tür. Es war viel zu dunkel, um sich zu orientieren, doch ihre Zelle auch zu klein, um sich darin zu verlaufen. Mit vorgestreckten Händen ertastete sie das eiskalte Metall und presste sich mit zusammengebissenen Zähnen dagegen. Kampfgeräusche in der Nacht waren nicht ungewöhnlich, begleiteten sie durch den Schlaf, doch das hier war etwas anderes. Wenn sie nicht alles täuschte – und mit rasendem Herzen hoffte sie, dass sie sich täuschte –, dann ...

Die Tür erbebte, als jemand heftig dagegen prallte. »Bleib weg von ihr!«

Rahel durchfuhr ein Schaudern, das nichts mit der Kälte zu tun hatte. Wie konnte dieser verfluchte Ausbilder es wagen, ihn nach allem auch noch zu einer Schicht in der Nachtwache einzuteilen? Mit klammen Fingern tastete sie nach dem Schlitz in der Tür. Und erst jetzt wurde ihr bewusst, dass es gar nicht so dunkel sein dürfte. Das Licht in den Fluren brannte die ganze Nacht über und fiel normalerweise als schmaler Streifen in ihre Schlafkammer. Nun lag dahinter nichts als undurchdringliche Finsternis.

»Asher!« Sie hatte flüstern wollen, nun brach ihre Stimme in einem halblauten Schrei. Rahel keuchte und klammerte die Finger um den Rand des Türschlitzes, als könnte sie ihn so irgendwie erreichen. War er überhaupt noch bei Bewusstsein? Und wenn ja, wie lange noch? »Asher? Hörst du mich?«

Sie zwang sich dazu, ruhig und deutlich zu sprechen, während nun auch die anderen Vorzeichen der nahenden Abnormalität in ihr Bewusstsein rückten, als würde sie auf eine andere Ebene der Wahrnehmung gehoben werden. Die Angst folgte den unsichtbaren Schatten wie etwas Gegenständliches. Sie lag als saurer Geruch in der Luft, der Übelkeit in Rahel aufsteigen ließ, und legte sich als schweres Gewicht auf ihre Glieder, die vor Anstrengung zitterten. Wie ein verzerrtes Echo ihrer eigenen Stimme tröpfelten geflüsterte Worte stetig wie aus einem Wasserhahn in ihren Geist und vergifteten ihn.

Der Albtraum war ganz nahe.

»Asher, ich weiß, dass du da bist! Antworte mir!« Sie stieß ein paar Flüche aus, um diese lästige Angst abzuschütteln. »Ich *befehle* dir, etwas zu sagen!«

Das leise Keuchen übertönte einen Moment lang selbst die Einflüsterungen des Albtraums, so erleichtert klammerte sich Rahel an dieses Geräusch. Er musste gegen ihre Tür gestolpert und dann zusammengesackt sein. Sein Schwert schleifte über den Boden, als er sich bewegte.

»Steh auf! Hörst du mich? Du musst sofort aufstehen!«

Ihm Befehle erteilen zu können, schenkte ihr Sicherheit, und wie an einem Tau zog Asher sich daran empor. »Rahel …«, murmelte er ganz nahe neben dem Türschlitz, doch ihr blieb keine Zeit, sich über ihren Namen aus seinem Mund zu freuen. »Du musst weg von der Tür. Ich renne gleich los und locke ihn fort.« Er klang geschwächt und nicht wie jemand, der gleich losrennen würde. In wenigen Minuten, wenn nicht gar Sekunden, würde er überhaupt nichts mehr tun können.

Du brennst auf deine Rache, aber du wirst sie nie bekommen. Du wirst für immer auf dieser Insel festsitzen, deine Brüder nie mehr wiedersehen und in deiner Zelle verrotten. Niemand wird sich noch an dich oder deinen Namen erinnern, denn du vergehst wirkungslos.

Wenn die Angst zu etwas gut war, dann dazu, eine Sünde zu begehen.

»Lös den Riegel, öffne die Tür und komm zu mir rein.« Sie wussten beide, dass der Albtraum ihm einfach folgen würde. »Gemeinsam stehen unsere Chancen besser.«

»Das darf ich nicht. Ich muss …«

»Zur Hölle mit den beschissenen Regeln! Dein Orden ist nicht hier, um dich zu retten!«

Drei Atemzüge lang herrschte Stille, sodass Rahel drauf und dran war, gegen die Tür zu hämmern, um Asher irgendwie zur Vernunft zu bringen. Dann sagte er so leise, dass es in der Finsternis, die sich über ihn stülpte, beinahe unterging: »Ich darf es nicht, um dich zu beschützen.«

Es waren die Worte eines Todgeweihten. O nein, so einfach würde sie ihn nicht davonkommen lassen. »Ich brauche deinen Schutz nicht, Wächter. Du nützt mir gar nichts, wenn du hier vor meiner Tür stirbst und sich der Albtraum dann genüsslich auf mich stürzt.«

Sie ließ es hart klingen, um sich nicht zu verraten. Sich und ihre Verzweiflung, mit der sie um sein Leben kämpfte. Hätte Asher auch nur eine Sekunde lang angenommen, dass sie ihn retten wollte statt sich selbst, wäre er dort draußen geblieben.

Nun wurde sie mit dem Klicken des Bolzens belohnt, der aus seiner Verriegelung gelöst wurde. Die Tür schwang nach innen auf, einerseits durch Ashers Gewicht, das dagegen drückte, andererseits weil Rahel sie aufriss. Der Wächter fiel ihr in die Arme, und gemeinsam taumelten sie an die gegenüberliegende Wand, so weit weg von der Türöffnung wie möglich. Rahel klammerte sich in seine Uniform, vor Erleichterung, aber auch, um ihn zu stützen. Ashers Atem traf auf ihren Hals, als er sich mit einer Hand an der Wand abstützte und mit der anderen sein Schwert fester umklammerte.

Sie entwand es seinen Fingern und schleuderte es in die Ecke des Zimmers, wo es laut klappernd landete. Es war zwecklos, mit dieser Waffe würde Asher nichts gegen den Albtraum ausrichten. Und in seinem Zustand schon gar nicht.

»Was ...?«, keuchte er, doch da hatte sich Rahel bereits von ihm gelöst und war vor ihn getreten. Sie sah den abnormalen Albtraum nicht, doch sie spürte, wie er dazu ansetzte, in ihr Zimmer zu kriechen und es anzufüllen, bis sie an der Angst ersticken würden. Tief durchatmend machte Rahel sich bereit, ihrerseits einen Albtraum zu erschaffen, und schob sich weiter nach vorne.

Und die Abnormalität erstarrte. Sie konnte es nicht anders beschreiben. Das Flüstern brach ab und die Schwärze, die sich gerade noch an den Wänden entlang getastet hatte, hielt inne. Der Albtraum hatte Asher gesucht und

Rahel gefunden. Doch statt sie wie beim letzten Mal anzugreifen, zog er sich zurück.

Viel schneller, als er herangerückt war, löste er sich aus dem Türrahmen und ... Hätte Rahel es nicht besser gewusst, hätte sie gesagt, dass er vor ihr floh. Obwohl kein Wind wehte, knallte die Tür hinter ihm zu. Und sie blieben in Stille zurück.

16
Carpe noctem.

Nutze die Nacht.

»Was war ... das?«

Besser hätte Rahel ihre Gedanken nicht in Worte fassen können. Sie drehte sich zu Asher um, der sich immer noch an der Wand abstützte. Doch er erwiderte ihren Blick nicht, sondern starrte zur Tür, als befürchtete er, dass der Albtraum jeden Augenblick zurückkehren würde. Was durchaus möglich war, denn Rahel hatte keine Ahnung, warum er überhaupt verschwunden war.

»Ich weiß es nicht.«

Endlich sah er sie an. »Hast du es gewusst?«

Sie zog die Augenbrauen zusammen. »Was?«

»Dass er vor dir zurückweichen wird.«

»Er ist nicht ...«, setzte sie an und unterbrach sich. Es hatte keinen Sinn, es zu leugnen. »Nein, ich habe es nicht gewusst. Woher auch?«

In der Dunkelheit konnte sie nur Ashers Umrisse ausmachen, doch sie musste sein Gesicht nicht sehen, um zu ahnen, was in ihm vorging.

»Ich habe ihn nicht erschaffen.« Die Worte schmeckten bitter, nicht nur wegen seines offenkundigen Misstrauens, sondern auch, weil die Stimme des Zweifels in ihr leise kicherte und fragte: Bist du dir sicher?

»Du hast mich in deine Zelle gelockt.«

Rahel schenkte ihm einen vernichtenden Blick, den er bedauerlicherweise nicht sehen konnte. »Um deinen Hintern zu retten, Wächter.«

Als er nichts erwiderte und sich nur aufrappelte, um sich mit dem Rücken gegen die Wand zu lehnen, seufzte Rahel. »Asher«, fuhr sie leiser fort. »Ich habe wirklich keine Ahnung, warum der Albtraum verschwunden ist. Als ich dich reingelassen habe, bin ich davon ausgegangen, ihn bekämpfen zu müssen. Ich habe ihn nicht erschaffen. Nicht ... wissentlich.«

»Wenn ich glauben würde, dass du die Abnormalitäten erschaffst, hätte ich dir diesen Deal nicht angeboten«, murmelte er. Es klang beinahe so, als würde er sich selbst daran erinnern müssen.

Rahel schnaubte. »Das nächste Mal reicht ein einfaches Danke, wenn ich dir mal wieder das Leben rette.«

Vielleicht hätte sie versöhnlicher reagieren sollen, doch ihre Gedanken wirbelten viel zu sehr durcheinander, um Ruhe in ihre Worte zu bringen. Und am meisten frustrierten sie die, die mit Asher zu tun hatten. Es sollte ihr egal sein, was er von ihr dachte, ob er lebte oder starb, sich mutig seinen Ängsten stellte oder daran zugrunde ging. Er sollte ihr egal sein, immerhin hatte sie sich das vorgenommen. Nie zuvor hatte sie sich bei einem Vorhaben so sehr selbst im Weg gestanden.

Asher wurde dank ihrer Worte an all das erinnert, was

an dieser Situation falsch war. Seine Schultern verspannten sich, dann stieß er sich von der Wand ab und tastete nach seinem Schwert.

Rahel beobachtete ihn mit zusammengekniffenen Augen. »Was machst du da?«

»Ich muss hier raus. Ich darf nicht hier sein«, murmelte er, und diesmal meinte er es genau so. Das hier hatte nichts damit zu tun, dass er sie beschützen wollte.

»Das kann nicht dein Ernst sein.« Sie verschränkte die Arme.

Ein leises Klirren erklang, als Asher mit den Fingern gegen die Waffe stieß. Er schnappte sie sich, richtete sich wieder auf und kam auf Rahel zu. »Lass mich vorbei. Ich muss zurück zu meinem Wachdienst.«

Sie hob das Kinn, um ihm ins Gesicht zu sehen, das sie nun schemenhaft ausmachen konnte. »Nein.« Als Asher den Mund öffnete, unterbrach sie ihn, noch bevor er einen Laut von sich geben konnte. »Du musst mir nicht erklären, wie die verfluchten Regeln lauten. Es ist mir egal. Wenn du da rausgehst, wartet die Abnormalität bereits auf dich.« Er wusste, dass sie recht hatte. Vor ihrer Tür herrschte immer noch Finsternis.

Asher hätte sie ganz einfach zur Seite schieben können. Stattdessen blieb er vor ihr stehen. »Auch das kann dir egal sein, oder nicht?«

Ein Schaudern durchlief ihren Körper. »Ist es aber nicht«, erwiderte sie trotzig.

Kopfschüttelnd versuchte er nun doch, an ihr vorbeizukommen, das Schwert immer noch in der Hand. Doch Rahel warf sich ihm förmlich in den Weg. Die Klinge kam ihr gefährlich nahe, als sie nach Ashers Handgelenk griff. Beide schreckten gleichzeitig zurück, während ihm das Schwert erneut entglitt und laut auf den Dielen landete.

»Pass doch auf!«, fuhr er sie an, doch seine Stimme bebte.

»Du glühst ja!«, zischte Rahel.

Sie hatte geglaubt, dass die Begegnung mit der Abnormalität ihn durcheinandergebracht hatte. Nun beschlich sie ein anderer Verdacht. Als sie einen schnellen Schritt auf ihn zu machte, wich er vor ihr zurück. Rahel zwang sich dazu, innezuhalten – Geduld war nie ihre Stärke gewesen. Flavio hatte sich stets um Mateo und sie gekümmert, wenn sie krank gewesen waren. Er hatte sie immer als unerträgliche Nervensäge bezeichnet.

»Lass mich deine Stirn fühlen, Asher«, forderte sie und überraschte sich selbst damit, wie sanft ihre Stimme klang. »Ich verspreche dir, dass ich dich nur dort berühren werde.«

Als sie diesmal an ihn herantrat, rührte er sich nicht. Rahel bemerkte seine flache Atmung und die zitternden Muskeln. Langsam hob sie ihre Hand und bedeckte damit Ashers Stirn.

»Du hast hohes Fieber.« Besorgt presste sie die Lippen zusammen.

Asher seufzte leise und schmiegte seine glühend heiße Stirn gegen ihre kühle Hand. Sein Widerstand schmolz unter ihrer Berührung, als würde er sich endlich erlauben, der eigenen Erschöpfung nachzugeben. »Sicher nur ein kleiner Infekt. Vom Training heute.«

Sie musste ihm die Wahrheit nicht darlegen, die kannte er selbst. Dass Lambert ihn viel zu hart rannahm und die zusätzlichen Wachschichten ihn schwächten. »Leg dich in mein Bett«, befahl Rahel in einem Tonfall, der keinen Widerstand dulden würde. »Du musst dich ausruhen.«

Schwach schüttelte Asher unter ihrer Hand den Kopf,

sodass sein Haar ihre Haut kitzelte. »Das ist eine ganz schlechte Idee.«

»Ich sagte, leg dich in mein Bett, nicht, leg dich *zu mir* ins Bett.« Sie zögerte, als alles in ihr gegen die nächsten Worte protestierte. »Niemand ist hier. Niemand wird davon erfahren. Und morgen kannst du wieder so tun, als würdest du nicht mal meinen Namen kennen.«

Morgen würde er sich einfach wieder von seinen Vergehen reinwaschen lassen und so tun, als hätte er ihre Berührungen nicht genossen. Diesmal würde er dem Fieber die Schuld geben oder dem Albtraum oder Rahel.

Asher gab nach, ob nun aus Vernunft oder weil ihm die Kraft zum Widersprechen fehlte. Sie sorgte dafür, dass er bis zum Kinn zugedeckt war, noch in voller Uniform, die er immerhin gegen eine saubere und trockene ausgetauscht hatte, bevor er zur Nachtwache angetreten war. Dann kauerte sie sich ans Kopfende, den Rücken gegen die Wand gelehnt und mit Blick zur Tür. Dabei achtete sie darauf, Asher nicht zu berühren, obwohl sie nichts lieber getan hätte. Aber das konnte sie sich nicht antun.

Eine Weile lauschte sie seinen Atemzügen. Er war wach, und sie konnte die Flut an Gedanken, die ihm durch den Kopf gingen, beinahe hören. Dass er noch nicht wieder aufgesprungen war, bewies Rahel, wie tiefgehend seine Erschöpfung war. »Ich kann immer noch nicht glauben, dass euer Ausbilder dich nach so einem Trainingstag in die Nachtwache schickt. Ein Wunder, dass es noch so viele von euch Warden gibt.« Sie schüttelte den Kopf.

Kurz blieb es still, dann schnaubte Asher leise. Nur heute Nacht, schien er sich zu erinnern. Niemand sah sie, niemand hörte sie. »Daran liegt es nicht. Lambert mag mich nur wirklich nicht.«

»Wäre mir beinahe entgangen. Und *ich* mag *ihn* wirklich nicht. Hoffentlich hält er es irgendwann nicht mehr aus und umgeht die Regeln, um mich gegen seine kleinen Adepten in den Ring zu schicken. Dann wird er gar nicht so viele Reserven haben, um sich hinter ihnen verstecken zu können.« Sie verzog die Lippen zu einem grausamen Lächeln, das niemand sah. »Und als Letztes nehme ich mir ihn vor.«

»So Furcht einflößend«, murmelte Asher, doch es klang bewundernd statt ironisch.

»Ich habe nie ein Geheimnis daraus gemacht, dass ich diesen Ort und alle Wächter hasse.«

»Nein. Das hast du nicht.« Er nahm es ihr nicht einmal mehr übel. Dafür verstand er ihren Schmerz inzwischen viel zu gut.

Rahel umklammerte die angewinkelten Knie fester und blickte starr geradeaus. »Aber dich würde ich verschonen. Denke ich. Vielleicht.«

Asher lachte leise auf, und der Laut sandte eine Gänsehaut über ihren Körper. Er kam tief aus seiner Kehle und klang rau und roh. »Das ist beruhigend. Denke ich.« Sie hörte ihn schlucken. »Aber wer sagt, dass ich dir als Feind gegenüberstehen würde?« Und nicht an deiner Seite – die Worte hingen unausgesprochen zwischen ihnen.

Rahel löste eine Hand von ihrem Knie und drückte sie flach gegen die Brust. Für einen Moment vergaß sie, dass in dieser Nacht nichts zählte, und sie wurde von der Härte der Realität erdrückt. »Dein Orden sagt das, Asher.«

Es zerriss sie beinahe, als er nicht widersprach.

»Du solltest die Zeit nutzen und schlafen. Ich passe auf und wecke dich rechtzeitig, damit dich niemand erwischt.«

Das Laken raschelte, als er sich auf die Seite drehte.

»Nein, ich höre dir so gern zu. Sprich mit mir. Bitte.« War es das Fieber, das seine Zunge lockerte?

Vermutlich war es ein Fehler, allerdings wollte sie die Gelegenheit auch nicht ungenutzt verstreichen lassen. Hatte sie sich nicht vorgenommen, herauszufinden, was nicht stimmte? Rahel leckte sich über die Lippen. »In Ordnung. Aber nur, wenn du mir zuerst etwas verrätst.«

Asher seufzte leise und entspannte sich wieder unter der Decke. »Was auch immer du wissen willst.«

Ein Lächeln schlich sich auf ihre Lippen, eines, das ihr fremd geworden war, frei von Bitterkeit oder Spott. Bevor sie sich besinnen konnte, hatte sie ihre Hand zurück auf Ashers Stirn gelegt und strich ihm langsam durch das weiche Haar. »Du glühst immer noch«, stellte sie überflüssigerweise fest.

»Und deine Hand ist immer noch so schön kühl.«

Was nicht zuletzt daran lag, dass sie immer noch erbärmlich fror, doch das gab sie nicht zu. Als sie ihre Hand zurückziehen wollte, griff Asher danach und verschränkte ihre Finger miteinander. Erstarrt spürte sie der prickelnden Berührung nach, betrachtete die Umrisse seiner großen Hand auf ihrer, stellte sich einen Moment lang vor, wie er sie auf dem Laken festhielt und sich über sie beugte.

Mit einem Blinzeln kam sie wieder zu sich. »Warum lässt dich der Ausbilder plötzlich an den Nachmittagsübungen teilnehmen?« Sie hielt inne und präzisierte ihre Frage. »Was ist an dem Tag passiert, als du im Refugium gewesen bist, um deine Beichte abzulegen?«

»Ah.« Ashers Finger pressten ihre ein bisschen fester zusammen, als würde er sich an ihr festhalten müssen. Oder sie festhalten. »Ich bin Murray im Refugium begegnet, meiner vorherigen Ausbilderin. Die mir damals ge sagt hat, ich solle dich töten, bevor du mich töten kannst. Schätze, sie wusste irgendwie davon, dass ich nur ein Köder sein sollte.«

Bei der Erinnerung an ihr Gespräch im Kerker, als sie ihm diese Wahrheit abgerungen hatte, drehte sich Rahel der Magen um.

»Jedenfalls hat sie angekündigt, dass ich bald meine Prüfung der Tapferkeit ablegen soll, um mein Reliquienschwert zu bekommen. Ich schätze, der Inquisitor konnte vor der Suprema nicht viel länger rechtfertigen, aus welchem Grund das noch nicht geschehen ist. Oder seine Pläne haben sich geändert.«

Die bittere Hoffnungslosigkeit in Ashers Stimme hätte Rahel unter anderen Umständen zufriedengestellt. Denn es hieß, dass er sich der Wahrheit stellte, so brutal diese auch war. Selbst wenn er dafür alles hinterfragen musste, woran er glaubte. Nun spürte sie, dass es nicht reichte, diesen Teil seiner selbst zu zerstören und verwüstete Wildnis zu hinterlassen. Er musste mit etwas anderem angefüllt, aufgebaut und geheilt werden. »Wie meinst du das? Dass sich seine Pläne geändert haben?«

»Um gesegnet zu werden und sich dem Kampf gegen die Vicious zu stellen, muss ein Warden über die Jahre vier Prüfungen bestehen. Die Prüfung der Weisheit für den Spiegelstein.« Er tastete mit seiner anderen Hand nach der Reliquie. Das hatte er lange nicht mehr getan, was nun auch Asher bewusst zu werden schien. Er verharrte in der Bewegung. »Mit ihm erkennen wir, wenn ein Vicious seine Sündenmacht einsetzt, und sehen Albträume. Was uns wiederum zu Leuchtfeuern für sie macht, sodass sie uns angreifen. Dann die Prüfung der Gerechtigkeit. Ihr Symbol ist die Waage, die als Gürtel zu unserer Uniform gehört und uns die Sündenmächte zerschlagen lässt.«

Unter der Decke sah sie den breiten Gürtel nicht, der um Ashers Hüfte saß, dafür erinnerte sich Rahel nur zu gut daran, wie sie ihn ihm abgenommen hatte. Er war zu Boden gefallen – und kurz darauf auch der Rest seiner Uniform. Sie erinnerte sich an seinen muskulösen Körper, an jeden einzigen harten Muskel, über den ihre Finger geglitten waren.

Wie sollte etwas, das sich so richtig angefühlt hatte, so falsch sein?

»Die Prüfung der Tapferkeit gilt als schwierigste von allen Prüfungen. Nikolai hat mir verraten, was meine Aufgabe sein wird, obwohl er das nicht hätte tun dürfen ... Man bekommt sein Reliquienschwert und muss damit einen Dämon töten, um den Bund mit der Waffe zu besiegeln. Deshalb bewahren sie die Vicious, die sich in Dämonen verwandelt haben, auf, sofern möglich. Wie eure Freundin.«

»Ann? Sie haben sie nicht ...?«

»Nein«, murmelte Asher. Sein Daumen strich sanft über ihren Handrücken. »Sie haben sie zu den anderen Dämonen in die Katakomben unter der Arena gesperrt.«

Das war schlimmer als ein schneller Tod.

»Mit der Prüfung der Tapferkeit bekommt man sein Schwert und mit der Prüfung der Mäßigung die Sanduhr, um alle vier Tugenden in sich zu vereinen. Mit der Sanduhr können wir Menschen befreien, die längere Zeit unter dem Einfluss eines Vicious stehen.« Asher atmete tief ein und aus. »Das Schwert jedoch gilt als wichtigste Reliquie für einen Warden, weil es Dämonen tötet.«

Das war ihr nicht neu. »Also will der Inquisitor plötzlich doch, dass du mich tötest? Wenn er denkt, dass er dir nur ein besseres Schwert in die Hand drücken muss, um ...«

»Nein«, krächzte Asher. »Du verstehst nicht. Es wird ... nicht mehr wie zuvor. Diese Schwerter sind Dämonenschlächter. Sie verändern einen. Alle Reliquien werden, seitdem die Vier Heiligen sie mit ihrer Kraft gesegnet haben, von einer Generation an die nächste weitergegeben. Der Orden verwahrt sie, um sie den würdigen Nachfolgern zu verleihen. Und die Schwerter sind mehr als nur heilig. In dem Schwert, das ich tragen werde, steckt ein bisschen jedes Warden, der es zuvor getragen hat. Seine Erfahrungen. Das Dämonenblut, das er vergossen hat. Der Kampf gegen die Vicious.«

Asher löste sich so plötzlich von Rahel, dass sie fröstelte. Sie betrachtete ihre Hand, die einsam auf dem Laken lag. »Du hast Angst davor, wie das Schwert dich verändern wird.«

Er seufzte tief und rieb sich über das Gesicht. »Ich weiß es nicht. Ich weiß nicht, was geschehen wird, wenn ich es trage. Ich weiß nur, dass es kein Zurück mehr geben wird. Und sollte ich es eines Tages gegen dich verwenden müssen, wäre das ...«

»Mein Ende«, sprach Rahel aus, was er nicht konnte. Sie erinnerte sich daran, wie Arthurs Schwert heute gierig an ihrer Seele gezogen hatte. Wie erschrocken Asher seine Waffe fallen gelassen hatte, als sie sich ihm eben in den Weg gestellt hatte. Wenn die Reliquien wirklich ihren eigenen Willen besaßen, war dieser vielleicht stärker als jedes von Ashers Zögern.

Es hatte ihm einmal mehr aufgezeigt, wie unüberwindbar die Unterschiede zwischen ihnen waren.

»Und wenn du gar nicht erst bei dieser Prüfung antrittst?« Sie würde nicht darüber nachdenken, was ein Reliquienschwert aus Asher machen würde. »Sag ihnen einfach, dass du noch nicht bereit bist.«

»Das ist unmöglich.«

»Warum? Weil du dich so dringend beweisen willst? Weil du den Namen deiner Familie so dringend reinwaschen musst? Für deine toten Eltern?«

»Ich ... nein ... ich ...«

Ashers Brust hob und senkte sich zitternd. Viel zu schnell. Er wand sich unter der Decke und rang um Luft, als würde ihn irgendetwas am Atmen hindern.

»Scheiße.« Das hätte sie nicht sagen dürfen. Sie hatte sich von dem Bedürfnis mitreißen lassen, ihm die Augen zu öffnen, ohne Rücksicht auf Verluste.

Doch sie konnte nicht zerstören, ohne zu heilen.

Ohne darüber nachzudenken, schlüpfte sie zu ihm unter die Decke, schlang ihre Beine um seines und schmiegte sich an ihn. Die Hitze, die von seinem Körper ausging, brannte auf ihrer ausgekühlten Haut. Trotzdem rückte sie noch näher an ihn heran, bis ihre Stirn an seinem Hals lag. Sie drückte ihre Nase an den Kragen seiner Uniform und hätte ihm die verfluchte Spiegelreliquie am liebsten vom Hals gerissen. Stattdessen konzentrierte sie sich auf Ashers Atmung, redete beruhigend auf ihn ein, bis sich die Luft in seinen Lungen löste. Er nahm einige zitternde Atemzüge, bevor er seine starken Arme um sie schloss und sie noch enger an sich drückte. Seine Hände fuhren durch ihre Locken und legten sich dann fest und sicher um ihre Hüften.

Ineinander verschlungen existierten sie wie eins. Sobald sie sich seiner Temperatur angepasst hatte, wusste Rahel nicht mehr, wo Asher begann und sie selbst endete. Er begrub sie gänzlich in seiner Umklammerung, und sie ließ es geschehen und klammerte sich ihrerseits an ihn. Später würde sie noch genug Zeit haben, das zu bereuen.

»Ich war bei ihrer Hinrichtung dabei.« Ashers Stimme klang gedämpft von ihrem Haar, in das er sein Gesicht vergraben hatte, trotzdem trieb der Schmerz darin einen eisigen Keil in Rahels Herz. »Ich war elf.«

Nein! »Wie konnten sie ...«

»Der Inquisitor hatte es befohlen. Er hat mich aus unserem Zuhause in Russland hierherbringen lassen. Ich habe nicht einmal etwas von ihrer Verurteilung gewusst, weil es normal gewesen ist, dass sie wochenlang auf Einsätzen waren. Kindermädchen und Hauslehrer haben sich so lange um mich gekümmert. Als sie mich holen gekommen sind, ohne Erklärung, wollte Marina, meine Amme, mich nicht einfach hergeben. Sie haben sie niedergeschlagen, also bin ich freiwillig mitgegangen, obwohl ich solche Angst hatte. Während wir das Anwesen verlassen haben, habe ich noch mitbekommen, wie mehr Ordensmitglieder gekommen sind, um es zu durchsuchen. Sie haben alle Hausangestellten entlassen. Es ist das letzte Mal gewesen, dass ich sie und mein Zuhause gesehen habe.«

Die Worte sprudelten aus Asher hervor wie etwas, das sich viel zu lange angestaut hatte. Rahels Finger schmerzten, so fest hatte sie sich in seine Uniform gekrallt. Niemals hätte sie gedacht, die Wächter noch mehr hassen zu können.

»Ich bin an der Akademie angekommen – wie und wann, daran erinnere ich mich kaum noch. Sie haben mich direkt auf die Ränge in der Arena gebracht. Dort habe ich sie dann gesehen. Ihre Hände waren hinter ihrem Rücken gefesselt und sie haben im Staub vor Richtblöcken gekauert.« Ashers Körper erbebte unter lautlosen Schluchzern. »Meine Eltern. Daria und Noah. Sie sind ganz ruhig gewesen und haben auf die Vollstreckung ihres Urteils gewartet. Ich habe gar nicht verstanden, was vor sich ging. Bis meine Mutter mich gesehen hat. Ich kann dir das Grauen in ihren Augen nicht beschreiben. Plötzlich haben sie und mein Vater geschrien und geweint. Gefleht, dass man mich fortbringt. Erst da ist ihre Panik auf mich übergegangen. Ich wollte weg ... oder zu ihnen ... ich weiß es nicht mehr.«

Rahel spürte seinen rasenden Herzschlag unter ihren Händen. Inständig wünschte sie sich, dem kleinen Jungen das, was nun folgen würde, zu ersparen. Sie wünschte, sie könnte seine Hand nehmen und ihn von diesem düsteren, kaputten Ort fortbringen.

Irgendwohin, wo er in Frieden trauern konnte.

»Er hat das nicht zugelassen.« Asher wisperte nun nur noch. »Der Inquisitor ... Er hat mich festgehalten und mich gezwungen, es mit anzusehen, wie ihnen die Köpfe abgeschlagen worden sind. Er hat sich zu mir hinuntergebeugt und geflüstert: ›Eine verdorbene Saat lässt die ganze Ernte von innen heraus verfaulen.‹ Dass ich meinen Eltern in den Tod folgen würde, wenn ich ihm jetzt nicht ganz genau zuhörte und Folge leistete. Er sprach davon, dass sie ihr Urteil verdient hätten und meine Familie auf ewig in dieser Schande leben würde, wenn ich ihm keinen Gehorsam leistete.«

Alles in Rahel rebellierte. Sie erinnerte sich an den Mann mit der hakenförmigen Nase und den Habichtaugen. Einem Kind so etwas anzutun ... »Wie kannst du ihn nicht hassen? Wie konntest du ...?«, stieß sie hervor.

Asher ließ sich Zeit mit seiner Antwort. Er hielt sie, und mit jedem Atemzug wurde er ruhiger. Sein Herzschlag verlangsamte sich, das Beben seines Körpers erstarb und seine Muskeln erschlafften. Widerwillig ließ Rahel zu, dass er seine Arme um sie löste, doch er tat es, um ihr Kinn zu heben und ihr ins Gesicht zu sehen. Unter dem fiebrigen Glanz waren seine Augen leer und stumpf. »Wie ich zu dem werden konnte, der ich heute bin? Welche andere Wahl hätte ich gehabt? Ich war ein Kind. Und wenn dich der Inquisitor selbst aufnimmt, lernst du, ganz genau zuzuhören und ihn nicht infrage zu stellen.«

Rahel keuchte. »Er hat dich bei sich aufgenommen?« Wie pervers konnte diese ganze Geschichte noch werden?

Asher senkte bestätigend das Kinn. »Ich habe nie erfahren, wofür genau meine Eltern verurteilt worden sind. Er hat mir nur gesagt, dass sie es nicht geschafft haben, der Versuchung der Vicious zu widerstehen. Sie sind ihrer Macht verfallen und ihre Seelen waren nicht mehr zu retten. Sie sind an der Aufgabe des Ordens, die Menschheit zu beschützen, gescheitert, und die Vier Heiligen heißen die Familie Yudin nicht länger in Eden willkommen. Stattdessen werden ich und alle, die nach mir kommen, in die sieben Höllen verbannt, wo meine Eltern bereits sind. Alles, was ich tun kann, was mir der Codex erlaubt, ist, ein würdiger Wächter zu werden und auf Vergebung zu hoffen. Nur bin ich verdorben. Es wird mir immer schwerer als allen anderen fallen, der Versuchung zu widerstehen.« Er verzog das Gesicht und seine Lider schlossen sich. »Und du bist der beste Beweis dafür.«

In Rahels Brust entflammte etwas, schrecklicher und endgültiger als jedes Höllenfeuer. »Sie haben dir all das angetan, und trotzdem bist du ihnen demütig ergeben?«

»Es ist das, woran ich glaube, Rahel«, antwortete Asher leise. »Wie sollte ich etwas anderes glauben, wenn die personifizierte Sünde unsere Welt heimsucht? Es ist die Aufgabe der Wächter, die Menschheit vor ihrem Untergang zu bewahren.«

Rahel zweifelte nicht daran, dass es notwendig war, Vicious, die ihre Macht missbrauchten, zu stellen. Doch anders als Asher glaubte sie nicht daran, dass die Sünden den Untergang der Menschheit bedeuteten. Sie hatte selbst erlebt, wie ihr Hochmut sie befreit hatte. Ihrer Meinung nach waren es der Orden und sein Dogma, die die Welt zugrunde richteten. Tugenden dort zu fordern, wo Unrecht und Angst herrschten, um die Menschen kontrollieren zu können, war eine ganz andere Art von Grausamkeit.

Asher hätte zornig auf Rache sinnen sollen. Er hätte das Recht gehabt, in der Trauer um seine Eltern zu versinken und sich eine Weile selbst zu verlieren. Und schlussendlich hätte sein Stolz ihn vielleicht davon abgehalten, sich dem Orden zu beugen.

»Dann glaubst du daran, dass deine Eltern den Tod verdient haben?« Unerbittlich hielt sie seinen Blick fest. Als Asher zischend Luft holte, spürte sie seinen Atem auf ihren Lippen.

»Ich möchte nicht daran glauben«, antwortete er leise. »Ich wünschte, ihrer ohne Schuld gedenken zu können. Wenn jemand sie erwähnt, dann nur, um mich daran zu erinnern, welches Vermächtnis sie mir hinterlassen haben. Wäre ich mutiger, würde ich nachforschen, wofür sie verurteilt worden sind.« Stumm suchte er nach Vergebung in ihrem Blick. Er würde sie bei ihr nicht finden – nicht, solange er sich nicht selbst vergeben konnte. »Doch was, wenn das nichts ändert? Oder alles verschlimmert? Oder ich mir nur etwas vormache? Vielleicht ist es besser, wenn ich daran glaube, dass sie den Tod verdient haben.«

Weil er ansonsten nicht so weitermachen könnte. Weil er sich der Wahrheit stellen und alles hinterfragen müsste, was der Orden ihm angetan hatte. Weil er sich erheben und rebellieren müsste. Und bei allen sieben Höllen, Rahel wäre dort, um ihm allen Hochmut zu schenken, den er benötigte.

Sie ließ ihre Stirn gegen seine sinken. Vielleicht würde er sie morgen oder an irgendeinem späteren Tag für ihre Worte verfluchen, doch heute Nacht würde sie nicht schweigen. »Finde es heraus. Finde heraus, wofür sie gestorben sind, denn wenn ich mir einer Sache sicher bin, dann dieser: Du hast es nicht verdient, dass sie dir auf diese Weise genommen worden sind. Sei tapfer. Übe Gerechtigkeit. Und sei nicht solch ein Narr, dich hinter deinem Glauben zu verstecken. Glaub nicht daran, dass du verdorben bist, wenn du besser als sie alle sein kannst.«

Mit einem erstickten Laut rollte sich Asher über sie, sein Knie zwischen ihren Beinen, seine Stirn immer noch an ihrer. Sein Gewicht drückte sie in die Matratze, und ihre Vision ihrer ineinander verschränkten Hände, die sich ins Laken drückten, wurde Wirklichkeit. Wirr fiel sein braunes Haar auf ihre schwarzen Locken.

»Oh, bei den Vier Heiligen, Rahel ...«

»Ich denke, wir sind uns einig, dass die Vier Heiligen hier nichts zu suchen haben.«

Asher ließ eines ihrer Handgelenke los, um ihr eine Locke aus dem Gesicht zu streichen. Und statt es dabei zu belassen, streichelte er mit den Fingerspitzen ihre Schläfe entlang, über ihre Wange und wieder zurück. Die Berührungen sandten kleine, warme Schauder durch Rahel. »Dann eben bei allen sieben Sünden. Du bist unmöglich nur Hochmut. Ich sollte nicht einem deiner Worte lauschen, und doch tue ich nichts lieber. Wenn du nicht der beste Beweis für meine Schwäche bist, was dann?«

»Ich bin weder eine Schwäche noch ein Beweis für irgendetwas. Überhaupt habe ich meinen Hochmut nur drei Mal gegen dich eingesetzt. Niemals sonst.«

Asher hob den Kopf, um sie zu mustern. »Warte, drei Mal? Bei deiner Ankunft am Tor ...«

Als sie in Ketten gelegt zur Akademie verschleppt worden war. Ihr Hochmut hatte unkontrolliert um sie herum gewütet, und nachdem Asher auf ihre Illusion hereingefallen war, hatte er sie zerschlagen.

»In der Arena, als sie deine Menschlichkeit auf die Probe gestellt haben ...«

Er war unter den Zuschauern gewesen, die sie mit ihrer Macht zu Menschen der Cañada Real gemacht hatte. Und mehr als alle anderen war er ihr verfallen und hatte sie mit dem Gesicht ihres Bruders daran erinnert, was es hieß, menschlich zu sein.

»Wann war das dritte Mal?«

Richtig, davon wusste er nichts. Seitdem er ihr Wächter war, verzichtete Rahel darauf, ihren Hochmut gegen ihn zu richten. Zuerst, weil es genau das war, was sie wollten. Dann, weil ihre Macht viel zu sehr danach hungerte, ihn in Besitz zu nehmen, und sie sich selbst nicht mehr trauen konnte. Später sogar, weil sie es ihm versprochen hatte. »Heute, während des Trainings. Als Arthur deine Eltern erwähnt hat und du vor ihm zurückgewichen bist. Ich habe dir nur ein wenig Hochmut geschenkt, damit du es nicht tust.« Ihr fiel ihr wieder ein, wie Asher und Arthur sich im Schlamm gewälzt hatten und vom Ausbilder bestraft worden waren. »Na ja, vielleicht habe ich dir ein kleines bisschen zu viel geschenkt.«

»Das danach hatte nichts mit deinem Hochmut zu tun. Arthur hatte es verdient, genau wie jeder andere, der es wagt, dir wehzutun.« Das tiefe Grollen in Ashers Stimme fuhr ihr direkt zwischen die Beine. Sie wurde sich seines

340

Körpers, der auf ihrem lag, nur allzu bewusst, doch noch viel mehr der eigentümlichen Vertrautheit, die sich zwischen ihnen wie ein hauchdünnes Netz aus Tausenden von Fäden spann. Es war empfindlich, und zöge sie auch nur zu fest an einem der Fäden, würde er sich lösen und vielleicht die ganze Konstruktion zum Einsturz bringen. Also blieb Rahel still unter Asher liegen, so sehr sie sich auch an ihm reiben, seinen Kopf zu sich runter ziehen und seine heißen Lippen überall auf ihrem Körper spüren wollte.

Wenn sie morgen wieder zurück in ihre Rollen schlüpften, würde sie *das* definitiv bereuen. Weil er es bereuen würde.

Mit einem leisen Seufzen entließ Asher die Anspannung, die sich in ihm gesammelt hatte. Rahels Hitze, die keinem Fieber entstammte, blieb von ihm unbemerkt. »Aber du hast recht. Ohne deinen Hochmut hätte ich es wohl kaum geschafft, mich gegen ihn zu behaupten.«

»Doch, das hättest du«, widersprach sie entschieden. »Du bist mehr als das, was sie aus dir gemacht haben, Asher. Du bist besser als sie alle.«

Nun wich er ihrem Blick aus und senkte ihn zu einem Punkt unterhalb ihres Kinns. »Hör auf. Sag das nicht.« Gequält rollte er sich von ihr herunter. Rahel spürte seine Erschöpfung und wappnete sich für den Moment, in dem sie sich zurückziehen würde, um es ihnen zu ersparen, am nächsten Morgen nebeneinander wach zu werden. Wenn der Tag seinen Tribut fordern und all die hässlichen Lügen zwischen ihnen wieder zum Vorschein bringen würde. Wenn sie sich nicht länger in der Dunkelheit verstecken konnten und Rahel wieder die unberechenbare Vicious und Asher der pflichtschuldige Warden war.

Doch bevor es dazu kam, drehte er sie ebenfalls auf die

Seite und zog sie müde an sich. Ihr Rücken lag an seiner Brust, sein Bein schob sich über ihre Hüfte. Wieder hielt Rahel ganz still, und als Asher mit einem zufriedenen Seufzen sein Kinn auf ihr Haar bettete, schloss auch sie die Augen. »Warum soll ich das nicht sagen?«

»Weil ich nicht die höchsten Tugenden verkörpern und gleichzeitig bei dir sein und alles verraten kann, wofür die Warden stehen. Du kannst nicht alle Sünden gleichzeitig für mich sein … und mich nicht in die Verdammnis stoßen.« Seine Stimme war kaum noch ein Murmeln, während sich die Stille wie ein Tuch über sie ausbreitete.

Rahel versank darin, in seinen Armen, seinem Körper, der sich so perfekt um ihren formte. Seiner Hand, die erst zärtlich über ihren Arm strich, bevor sie sich fest und warm auf ihren Bauch legte. Nie zuvor hatte sie sich so geborgen in diesem Bett gefühlt, das ihr immer noch fremd war und das sie jede Nacht verfluchte. Sie hatte vergessen, wie sich Geborgenheit anfühlte. Dass sie sie manchmal brauchte, um menschlich zu bleiben. »Verdammnis?«, flüsterte sie irgendwann in die Nacht.

Und eine Ewigkeit später antwortete Asher ihr: »Süße, wunderbare Verdammnis. Aber letztlich … Verdammnis, ja.«

17
Nitimur in vetitum.

Wir streben nach dem Verbotenen.

Als Asher am nächsten Morgen erwachte, umgeben von ihrem Duft und ihrer Wärme, hätte er am liebsten die Augen zusammengekniffen und sich weiter schlafend gestellt. Solange diese Nacht noch nicht endete, durfte er so tun. Solange er im Takt von Rahels regelmäßigen Herzschlägen atmete, durfte er ihre heilsame Nähe genießen. Solange sie still in diesem Zimmer lagen, durfte er es richtig finden, ihr seinen tiefsten Schmerz und seine größten Ängste anvertraut zu haben.

Er schaffte es gerade einmal eine Minute, sich das einzureden. Sein Schwanz, der gegen Rahels Hintern drückte und pochend nach Aufmerksamkeit verlangte, war dabei keine große Hilfe. Es war nicht der erste Morgen, an dem er mit Gedanken an sie wach wurde und sich der Druck in ihm angestaut hatte. Oft genug nahm er sich dann selbst in die Hand und verschaffte sich mit ihrem Namen auf den Lippen Erleichterung. Heute löste er sich vorsichtig von Rahel, indem er rückwärts bis gegen die Wand rutschte. Asher hielt den Atem an und stieß ihn erleichtert aus, als sie sich nicht rührte. Und fand sich selbst erbärmlich.

Nachdem er mit schmerzenden Gliedern aus dem Bett geklettert war, richtete er seine Uniform und überprüfte Reliquien und Schwert. Wie lange hatte er geschlafen? Inzwischen fiel wieder Licht durch den Türspalt und tauchte den kleinen Raum in graue Schatten. Noch drangen keine Geräusche von Vicious, die zum Frühstück gingen, aus den Fluren, doch sicher war der Morgen bereits angebrochen. Er musste hier raus, bevor ihn jemand erwischte.

Mit einem letzten Blick auf Rahel, für den er sich beinahe noch mehr hasste, wollte er zur Tür gehen – und rührte sich nicht. Unter der Flut ihrer schwarzen Locken, die sich über das Kissen ergossen und die ihn eben noch an der Nase gekitzelt hatten, hatte sie das Gesicht halb im angewinkelten Arm geborgen. Ihre Augen waren geschlossen, doch ihre Brust hob und senkte sich nicht mehr regelmäßig, sondern wirkte wie erstarrt. Kleine Fältchen hatten sich um ihre Lider gebildet, die sie viel zu fest zusammenpresste.

Sie war wach. Und erlaubte ihm, zu gehen, wie sie es in der Nacht versprochen hatte. So zu tun, als hätte es die letzten Stunden nie gegeben.

Dabei wollte Asher jeden Moment davon festhalten. Sie halten.

Er ging vor dem Bett in die Hocke und streckte die Hand nach Rahel aus, um ihr Haar zurückzustreichen, sich vorzubeugen und ihre Wange für einen flüchtigen Moment mit seinen Lippen zu berühren. »Danke«, flüsterte er dicht an ihrem Ohr. Seine Kehle fühlte sich rau und wund an. »Es tut mir leid. Rahel, ich …«

Es gab so viel, das er sagen wollte. Er wollte ihr von den Gefühlen erzählen, die er nicht länger ignorieren konnte, dass er noch nie zuvor jemandem von dem Tag erzählt hatte, an dem seine Eltern gestorben waren. Ihr beschreiben, wie sehr er sie begehrte, dass sie recht gehabt hatte. Sich entschuldigen, dass er sie nicht so lieben konnte, wie sie es verdient hatte.

Stattdessen zog er sich zurück, um sich wieder aufzurichten. Er schaffte es nicht, ein weiteres Mal auf sie hinabzusehen, aus Angst, ihren dunkelbraunen Augen zu begegnen. Erbärmlich. Schon halb aus der Tür, zerriss ein halblautes Schluchzen sein Herz. Der Laut bohrte sich tief in jeden seiner Gedanken und begleitete ihn, während er wie betäubt zur Wachauflöse ging.

Das Schweigen zwischen ihnen hatte sich verändert. Es war nicht länger abweisend und unnachgiebig, weil Asher sich verbot, etwas anderes als Pflichtschuldigkeit zu fühlen, und Rahel ihn dafür verurteilte. Es war erwartungsvoll geworden, als würde es darauf lauern, gebrochen zu werden. Asher fühlte viel zu viel und musste immer wieder an Nikolais Worte über den Orden denken.

Die anderen Vicious begrüßten Rahel mit scherzhaften Kommentaren über ihre geröteten Augen und trübsinnige Laune. Während eine von ihnen gehässig fragte, ob sie heute besonders fiese Albträume gehabt hätte, beugte sich ihre Freundin Eden näher zu ihr. Rahel antwortete nur brummend und kopfschüttelnd.

Das Schweigen zog sich über das Frühstück, bei dem Asher kaum einen Bissen herunterbekam, Rahels Lehrveranstaltungen, während denen sie beinahe einen Albtraum auf Master Holden hetzte, und hielt auch noch an, als sie am Nachmittag über das Außengelände zu seinem Training liefen. Sein Fieber war dank der zusätzlichen Stunden Schlaf, die Rahel ihm geschenkt hatte, zwar gesunken, trotzdem spürte er die Erschöpfung der letzten Tage in jedem Muskel. Sie saß tief und hätte Zeit gebraucht, um geheilt zu werden. Zeit, die er nicht mehr hatte, wenn er sich in der Prüfung der Tapferkeit beweisen wollte.

Trotzdem konnte Asher nichts dagegen tun, dass er heute in fast jeder Übung unterdurchschnittliche Leistungen erbrachte. Ein gefundenes Fressen für den Ausbilder, dessen Ausdruck zwischen gehässigem Grinsen und vor Wut verzerrter Miene wechselte. Als er zwischendurch zu Rahel sah, lag ihr hasserfüllter Blick auf Lambert und er erinnerte sich an ihre Worte von letzter Nacht. Dass sie den Ausbilder hasste und Asher als Einzigen verschonen würde.

Und was hatte er geantwortet? Dass er ihr vielleicht gar nicht als Feind gegenüberstehen, sondern an ihrer Seite kämpfen würde.

Chrysanders nächster Angriff traf ihn ohne die geringste Gegenwehr. »Du musst dich konzentrieren, Yudin!«, forderte der Adept.

Doch das konnte er nicht, nicht in dem Wissen, dass eine düstere Wahrheit in seiner Antwort gesteckt hatte. Eine Wahrheit, die er mit sich getragen, vor der er allerdings die Augen verschlossen hatte. ›Dein Orden sagt das.‹ Nur war ihm das an irgendeinem Punkt, den er rückblickend nicht mehr benennen konnte, egal geworden.

Das zusätzliche Training hatte Nikolai abgesagt, nachdem er Ashers Zustand bemerkt hatte. Während des Abendessens rührte Rahel ihren Teller kaum an. »Ich habe keinen Hunger«, murmelte sie auf seine Nachfrage hin, ohne ihn anzusehen.

Gestern noch hätte er so getan, als würde es ihn kalt lassen.

»Sobald du fertig bist, würde ich gern in die Bibliothek.«

In Ermangelung passender Worte nickte Asher knapp, obwohl nur das Dach eine schlimmere Wahl gewesen wäre. Er sollte wirklich nicht mit ihr allein sein. Das hatte er die vergangenen Tage vermieden, doch nun ...

Nachdem er sich gestärkt hatte, brachen sie auf. Niemand begegnete ihnen, während sie die dunklen Regale abschritten und immer tiefer in das Labyrinth aus Büchern abtauchten. Asher wusste nicht, wonach Rahel suchte, oder ob sie überhaupt ein bestimmtes Ziel hatte. Er folgte ihr schweigend und bewunderte, wie anmutig ihre Finger über die Buchrücken glitten und auf welch anbetungswürdige Weise sich ihr Mund verzog, wenn sie nachdenklich länger bei einem Titel verharrte.

»Wonach suchst du?«, fragte er schließlich, nachdem sie ein weiteres Buch lediglich aufgeblättert und wieder zurückgestellt hatte.

Ihr Blick riss die Reste der Barriere zwischen ihnen nieder und bohrte sich in Asher. »Nach dem Gleichen wie du.«

Die möglichen Erwiderungen darauf beschworen allerlei Vorstellungen in seinem Kopf herauf, bei denen sein Herz sehnsuchtsvoll zuckte.

Rahel wandte sich wieder dem Regal zu. »Nach Erwähnungen über abnormale Albträume.« Sie schnaubte bitter. »So sehr, wie der Orden sich selbst beweihräuchert, sollte man meinen, er hätte zumindest eine Idee, was genau sie sind und wie man ihnen auf die Spur kommt. Schon vergessen, dass ich immer noch herausfinden muss, wer die wirklich verursacht, damit sie mich in Ruhe lassen?«

»Ich dachte, die Anschuldigungen wären dir egal.«

Rahel ließ von dem Regal ab, um sich ihm zuzuwenden. Zu spät, die Herausforderung zu bereuen. In Wahrheit genoss er ihren Austausch – er hatte es vermisst, mit ihr zu reden. »Natürlich sind sie mir nicht egal. Ich lasse mich nicht gern für etwas beschuldigen, das ich nicht getan habe.«

»Das klingt so, als wäre das nicht das erste Mal.«

Sie öffnete den Mund, und er erwartete eine Zurechtweisung. Im letzten Moment schien sie es sich anders zu überlegen. »Kurz nachdem meine Macht in mir erwacht ist, war sie ... unkontrollierbar. Ich habe sie zu Hause ständig eingesetzt, wenn ich wollte, dass Flavio mich noch länger aufbleiben oder Mateo mich beim Murmelspielen gewinnen ließ.« Sie lachte auf, beinahe verlegen. »Kindisch, nicht? Aber es dauerte nicht lange, bis mir der Ernst der Lage bewusst wurde und meine Kindheit endete. Meine Brüder versuchten mich zu zügeln, was ihnen nicht besonders gut gelang.«

Asher konnte sich nur zu gut vorstellen, dass Rahel auch als Jugendliche kaum aufzuhalten gewesen war.

»Gleichzeitig gab es eine andere Vicious in der Cañada Real. Sie hat mir gezeigt, wie ich meine Macht besser kontrollieren kann ... und hat sie für ihre eigenen Zwecke genutzt, wie ich erst später erfahren habe. Als die Warden gekommen sind, um nach mir zu suchen, und dabei Menschen aus ihren Häusern gejagt, verhört und das halbe Viertel verwüstet haben, hat Flavio die andere Vicious an sie ausgeliefert, und sie sind zufrieden abgezogen. Das hat mich gerettet, aber danach hat sich alles verändert.« Rahels Blick richtete sich auf einen Punkt in der Ferne, während sie daran zurückdachte. Sicher vermisste sie ihre Brüder, ihr Zuhause.

»Was hat sich verändert?«

Rahel schluckte, und als sie weitersprach, hauchte sie die Worte kaum noch. Es war das Gegenteil dazu, wie sie ihm ihren Schmerz auf dem Dach entgegengeschrien hatte. »Flavio. Sie haben unsere Mutter, die wir seit dem Verlust unseres Vaters ohnehin kaum noch gesehen haben, gequält. Ich glaube, hätte es diese andere Vicious nicht gegeben, hätte er mich ausgeliefert, um das zu beenden. Ihm ist klar geworden, welche Bedrohung ich für alle um mich herum darstelle, solange ich bei ihnen bleibe. Und ich habe gesehen, was die Warden mit Vicious und Menschen, die sie der Sünde beschuldigen, tun. Es hat uns beide verändert. Flavio hat nie gutgeheißen, was ich in der Cañada Real aufgebaut habe. Und er hatte recht. Wegen mir ist Mateo ...«

Sie räusperte sich, straffte sich, und drehte sich wieder nach den Büchern um, den Blick unruhig über die Titel wandernd. »Also nein, sie haben mich nicht zu Unrecht beschuldigt. Ich möchte nur sicherstellen, dass es diesmal nicht wieder so ist. Der Albtraum gestern ist vor mir geflohen, und wenn er letztlich doch von mir stammt, ohne dass ich davon gewusst habe ...« Den Kopf in den Nacken gelegt und auf Zehenspitzen streckte sie sich nach einem Buch in einem der oberen Regalfächer.

Reflexartig trat Asher dicht hinter Rahel, um über sie hinwegzugreifen und das Buch für sie rauszuziehen. Er achtete nicht einmal darauf, wovon es handelte, denn als sie sich zu ihm umdrehte und sich zwischen ihm und dem Regal in ihrem Rücken wiederfand, war das Buch in seiner Hand vergessen. Ein feuchter Glanz hatte sich über das tiefe Dunkelbraun ihrer Augen gelegt. Mit dem Daumen strich er die Träne von ihrer Wange, die sich aus dem Augenwinkel gelöst hatte.

»Du siehst mich schon wieder so an.«

Ihre Nähe berauschte ihn, ihre raue Stimme nahm ihm jegliche Widerstandskraft. »Als würde ich darum flehen, dass du mich von den Regeln des Ordens befreist?« Asher rückte näher an sie heran, bis er sich mit beiden Händen links und rechts von Rahel an den Regalbrettern abstützen konnte. »Als wäre ich bereit, für dich zu sündigen?«

Sie musste den Kopf leicht heben, um ihm ins Gesicht zu sehen. Wie gestern hielt sie ganz still und nickte nur.

»Als würde ich dich küssen wollen, wenn es nur nicht verboten wäre?« Als die Bedeutung seiner Worte ihn anfüllte und bis in seine Lenden schoss, entwich ihm ein atemloses Keuchen. Oh, wie gern würde er sie küssen.

»Und noch viel mehr«, murmelte Rahel. »Wenn du mich lässt, beweise ich dir, dass es an diesem Abend nicht Pavels Lust gewesen ist, die uns zusammengeführt hat.«

Er hielt es nicht länger aus. Mochte er verdammt sein und seine Seele für immer in der Hölle brennen, mochte es der Orden Verrat nennen und ihn seiner Reliquien berauben, ihn büßen lassen und tiefere Schnitte zufügen, Schnitte, die niemals verheilen würden – er wollte Rahel. Er brauchte sie wie die Luft zum Atmen. Sie musste ihn nicht erst mit ihrem Hochmut täuschen und schaffte es ganz ohne ihre Macht, ihn in unbekannte Sphären aufsteigen zu lassen. Bis er wieder fiel. Immer und immer wieder, während seine Eingeweide sich vor Freude zusammenzogen und er vergaß, wo oben und unten waren. Bis er nicht länger fiel, sondern flog.

Sie war die Sonne. Und er würde sich von ihr verbrennen lassen, nur um ihr nahe zu sein.

Seine Hände bebten, als Asher sie von dem Regalbrett löste und sich die Spiegelreliquie vom Hals streifte, um sie auf das vergessene Buch zu legen. Dann vergrub er sie in

Rahels Haar. Er genoss, wie weich ihre Locken durch seine Finger glitten, und wanderte damit in ihren Nacken. »Ich will nicht, dass du es mir beweist«, murmelte er, während er sie dichter an sich heranzog. »Ich will es mir selbst beweisen.«

Rahels Lippen öffneten sich leicht, was ihn schier um den Verstand brachte. Ihr Atem streifte ihn, und trotzdem hielt sie seinen Unterarm umklammert und hinderte ihn daran, auch den letzten Abstand zwischen ihnen in nichts aufzulösen. Asher suchte ihren Blick, der sich geradezu in den seinen bohrte. »Bitte«, fügte er leise hinzu und strich mit dem Daumen über die weiche Haut in ihrem Nacken.

Sie hätte die Macht, ihn auf Knien betteln zu lassen. »Ich will, dass du dir sicher bist«, verlangte sie stattdessen. »Du sollst es weder bereuen noch danach zu deinem Orden rennen, um deine Sünde zu gestehen. Ich will nicht nur etwas Verbotenes sein, an dem du dich ausprobierst. Das hier soll sich richtig für dich anfühlen.« Sie reckte das Kinn. »Selbst wenn es das nicht ist.«

Einen Moment zog sich Ashers Herz schmerzhaft zusammen. Konnte er ihr das wirklich versprechen? Obwohl Rahel seinem Blick standhielt und keinen Zweifel daran ließ, dass sie nichts als die Wahrheit akzeptieren würde, lag tief darin etwas Verletzliches. Er verspürte den Wunsch, dass sie ihm vertraute und ihn sehen ließ, wovor sie sich fürchtete, und wollte es zugleich niemals so weit kommen lassen, dass sie Angst in seiner Gegenwart empfinden musste.

Er nahm seine Hand aus ihrem Nacken und löste sich vorsichtig ein Stück von ihr. Sofort presste Rahel die Lippen aufeinander, doch er griff nach ihren Händen und behielt sie dicht bei sich. »Das tut es. Es fühlt sich richtig an. Nichts hat sich jemals derart richtig angefühlt. Ich ...«

Er senkte die Stimme. »Du hattest recht. Ich will von dir befreit werden, selbst wenn mich das umbringt. Ich will für dich sündigen, selbst wenn ich mich dadurch selbst verdamme. Ich will dich, Rahel. Und ich will daran glauben, dass auch du mich willst.«

Sie zögerte nur noch einen winzigen Moment, bevor sie sagte: »Dann überzeug dich davon.«

Mehr hatte es nicht gebraucht. Als würde sie ihn freisprechen und seine Gefangenschaft beenden, stürzte Asher sich in das Verlangen, das sich längst um sie aufgebaut hatte. Rahel stieß einen überraschten Laut aus, als er sie rückwärts gegen das Bücherregal drängte, ihre Handgelenke festhielt und mit seinem Körper gefangen nahm. Zu lange war es her, dass er sie so gespürt hatte. Sein Geist war verdorrt und sein Körper ausgehungert. Er brauchte sie so sehr. Jegliche Zurückhaltung verpuffte in der Nähe zwischen ihnen.

Hart – verdurstend – nahm sein Mund ihre Lippen in Anspruch, bis Rahel den Kopf in den Nacken legen musste. Ihr leises Stöhnen hallte aus ihm wider. Einen Moment lang kämpfte sie dagegen an, dass er ihr die Führung entriss. Ihre Lippen drängten ebenso heftig gegen ihn, ihre Hände wanden sich aus seiner Umklammerung und krallten sich in seine Uniform, als würde sie ihn daran hinabziehen wollen, und ihr Körper spannte sich an. So war es beim letzten Mal gewesen. Sie hatte die Kontrolle in keinem Moment abgegeben. Auch jetzt schien es unmöglich, dass sie dazu imstande war.

Er erinnerte sie an seine Bitte, indem er die Arme um sie schlang. Sie sollte sich nicht nur nehmen, was sie wollte. Er wollte es ihr geben.

Geduldig wartete er ab, bis ihre Lippen unter seinen Küssen weicher wurden. Sie passten sich seinen Bewegungen an und gaben unter seinem Drängen nach, bis seine Zunge Einlass in ihren Mund fand. Endlich entspannte sich Rahel in seinen Armen. Das Bücherregal in ihrem Rücken war nicht länger ein Hindernis, sondern eine willkommene Stütze, gegen die sie gemeinsam sackten. Ihre Hände lösten sich aus dem schwarzen Stoff seiner Uniform und fuhren über seinen Rücken.

Nichts passte mehr zwischen sie. Nicht einmal der Codex.

Der Kuss dauerte unendlich lange an, und Asher genoss jede Sekunde davon. Rahel schmeckte himmlisch, noch viel besser, als er sie in Erinnerung hatte, und er trank über seinen Durst hinaus immer weiter und weiter, weil er süchtig nach jedem weiteren Schluck wurde. Es würde niemals genug sein.

Wie von selbst gingen seine Hände irgendwann auf Wanderschaft. Zuerst strichen sie über Rahels perfekte Schultern, dann suchten sie sich einen Weg hinab und unter ihr Oberteil. Als er über ihre Wirbelsäule nach oben strich, erzitterte sie unter seinen Berührungen mit einem wohligen Seufzen, also wiederholte er das, angestachelt von ihrer Reaktion. Testete aus, was ihr gefiel.

Erinnerte sich daran, was ihr beim letzten Mal gefallen hatte. Er löste sich von ihr, und es erzeugte ein schreckliches Gefühl der Leere, sie nicht länger zu schmecken. Fiebrig riss er an ihrem Oberteil, bis er mit seiner Zunge ihre weichen Brüste umkreisen konnte.

»Asher.« Wie er es liebte, seinen Namen auf diese Art aus ihrem Mund zu hören. Sie verlieh ihm eine neue Bedeutung. Hingebungsvoll nahm er die Spitze in den Mund und saugte daran, was Rahel ein weiteres Keuchen entlockte. Unter ihm raste ihr Herz im Gleichtakt mit seinem. Er fuhr fort, einer neuen Sucht verfallen, bis sie seinen

Namen wieder aussprach, und wieder, in immer kürzeren Abständen, bis er eins wurde mit ihrer Atmung, die sich beschleunigte.

Aufgelöst suchte Rahel Halt an ihm. Sie warf den Kopf nach hinten und streckte sich ihm entgegen. Dann fand sie die Beule, die sich unmissverständlich unter seiner Hose abzeichnete, tastete nach seinem Gürtel und löste ihn von seinen Hüften. Die Vorstellung, wie sie ihn in die Hand nehmen würde, beherrschte Asher, doch er verdrängte es mit einem Knurren.

Er ließ von Rahels Brust ab und stoppte ihre Hände, indem er sie erneut gegen das Bücherregal drängte. Er umfasste ihr Kinn mit zwei Fingern. »Ich will wissen, wie feucht du bist«, raunte er dunkel gegen ihre Lippen und erkannte seine eigene Stimme kaum wieder.

Rahels brennender Blick forderte ihn dazu auf, es herauszufinden. Also verschwendete er keine Zeit, bahnte sich einen Weg unter ihren Bund, an dem durchnässten Stoff ihres Höschens vorbei, und stieß auf weiche, süße Erregung. Bei seiner Berührung schloss Rahel halb die flatternden Lider und lieferte sich ihm erneut aus. Asher wusste nicht, was ihn in diesem Moment mehr erregte – dass sie sich bewusst dafür entschied oder die Aussicht auf die Lust, die er ihr noch bereiten würde.

»Ich will, dass du meinen Namen sagst.«

»Asher«, kam sie seiner Forderung bereitwillig nach und öffnete die Augen kaum genug, um ihn anzusehen.

»Nicht so.« Mit zwei Fingern fuhr er in die feuchte Wärme zwischen ihren Schenkeln und winkelte mit dem anderen Arm ihr Bein leicht an, um sie besser zu erreichen.

Rahel stöhnte leise und wand sich in seinem Griff. »Asher.«

Es war wie Adrenalin, das durch seinen Körper jagte. »Besser«, flüsterte er. Aber noch nicht genug. Auch in ihm stieg ein kehliges Stöhnen auf, das er normalerweise hastig unterdrückt hätte. Es war viel zu laut gewesen. Undenkbar, was geschehen würde, sollte sie jemand hier entdecken. Allerdings trieb ihn dieser Gedanke nur noch mehr an. »Oh, Rahel. Du fühlst dich so gut an.«

Sie war so unglaublich feucht. Widerstandslos ließ er seine Finger immer wieder in sie gleiten, bevor er dazu überging, den samtweichen Punkt in ihrer Mitte zu massieren. Zuerst nahm er sie hart mit seinen Bewegungen ein und konnte sich nicht daran sattsehen, wie sich ihr Gesicht dabei vor Lust verzerrte und sie sich auf die Lippe biss, um jeglichen Laut zu ersticken. Dann umkreiste er quälend langsam und sanft ihre Klitoris, weil Rahel genau das liebte. Er sah es daran, wie sie mit angespannten Muskeln und angehaltenem Atem verharrte, wie sie leise seinen Namen seufzte und nichts mehr wahrzunehmen schien außer ihm. Asher nahm nur den Blick von ihr, wenn er sie küsste, und sog jede ihrer Regungen in sich auf. Speicherte sie in seiner Erinnerung, denn er wollte das hier niemals vergessen.

Wie gern hätte er sie gepackt, sie auf den nächsten Tisch befördert und wäre in sie eingedrungen. Wenn es sich derart perfekt anfühlte, wie sie sich um seine Finger zusammenzog, wie überwältigend wäre es erst, wenn ihre Hitze ihn umfing? Wenn sie auf diese Art und Weise verbunden wären, so intim.

Rahel passte sich den Bewegungen seiner Finger an, schob ihre Hüfte nach vorne und hielt sich kaum noch selbst auf den Beinen. Sie verließ sich ganz auf Asher. Erneut küsste er sie, obwohl sich seine Lippen schon ganz wund anfühlten. Dann drehte er sie um, sodass ihr Rücken an seiner Brust lag und sich ihr Kopf in seine Halsbeuge schmiegte. Bevor Rahel protestieren konnte, stellte er ihr Bein auf einem der niedrigeren Regalbretter ab und griff um sie herum, um fortzufahren. Als sie den Kopf diesmal nach hinten warf, schob er seinen über ihre Schulter, um ihren Hals mit heißen Küssen zu bedecken.

Das hier war noch besser, sie so dicht bei sich zu haben, ihr unregelmäßiger Atem in seinem Ohr, ihr Hintern, der sich gegen seine eigene Erregung presste. Schon nach wenigen Sekunden zitterten ihre Muskeln vor Anspannung, und Asher kreiste unaufhörlich über den Punkt in ihr, der immer heißer wurde.

»Bei allen Höllen.« Rahels Fluch verging in einem Wimmern. »Wenn du weitermachst, dann ...«

Asher drückte sie mit dem Arm, der sie umschlungen hielt, noch enger an sich. »Ja«, raunte er und schob sein Bein zwischen Rahels, um ihr zusätzlichen Halt zu geben. »Komm für mich.«

Die Vicious, die ihn unter anderen Umständen spöttisch darauf hingewiesen hätte, dass sie tat, was und wann sie es für angemessen hielt, kam seiner Bitte ohne ein Zögern nach. Alles an Rahel erzitterte und krümmte sich zusammen. Mühsam unterdrückte sie ihr lang gezogenes Stöhnen, indem sie ihr Gesicht an seinem Oberarm vergrub und schließlich den Stoff seiner Uniform zwischen die Zähne nahm. Ihre Nässe lief über Ashers Hand, durchdrang ihre Kleidung und breitete sich sogar auf seiner Hose aus. Doch er hielt nicht inne, bis er ihr das letzte bisschen Lust entlockt hatte, bis ihr Zucken nachließ und sie erschlaffte. Erschöpft ließ sie von seinem Arm ab und lehnte sich wieder gegen ihn.

Einen Moment lang waren ihre Atemzüge, die nur langsam zu ihrem normalen Tempo zurückfanden, alles, was er über das Rauschen in seinen Ohren hinweg hörte. Rahel seufzte leise. Und unendlich zufrieden. Er hätte sie nun loslassen können, doch er wagte es nicht. Viel zu sehr genoss er ihre Nähe.

Was machst du nur mit mir?, dachte er, während er tief den warmen Duft ihrer Haut inhalierte. Sie duftete nach Sonne und Wärme und Licht. Wie sollte auch nur ein Funken Bösartigkeit in ihr stecken? Wie sollte er ihr nicht hoffnungslos verfallen?

»Du bist unglaublich.« Seine Worte klangen so hohl und bedeutungslos im Vergleich zu dem, in was für Gefühle sie ihn stürzte. Er hätte lieber irgendetwas Geistreiches gesagt oder die Frage beantwortet, die unausgesprochen zwischen ihnen in der Luft lag. Allerdings war das alles, wozu er imstande war. Das und weitere Küsse, die er entlang ihrer Schulter verteilte.

Rahel drehte sich in seinen Armen, um ihn anzusehen. Einige Haarsträhnen klebten ihr verschwitzt im Gesicht, ihre Lippen waren so verführerisch prall und sie mussten sich beide dringend umziehen. Das alles nahm Asher wahr, bevor sich ihre Blicke ineinander verhakten und sie ihm wieder einmal nicht erlaubte, wegzusehen. Was er ohnehin nicht länger wollte.

»Wir werden sehen, wie unglaublich.« Ohne seinen Blick für eine Sekunde loszulassen, ging Rahel vor ihm auf die Knie. Sie befreite seinen Schwanz, der ihr sehnsüchtig entgegensprang, und leckte sich über die Lippen. Sie ließ keinen Zweifel daran, dass er nun ihr ausgeliefert war, und Asher war mehr als nur bereit, die Bedingungen seiner Kapitulation zu akzeptieren. Ihm entfuhr ein erregtes Zischen.

»Wer ist da?«

Die alarmierte Stimme erklang irgendwo hinter einem

der Regale, die sie bis jetzt stumm und massiv vor unerwünschten Blicken geschützt hatten. Sie riss Asher und Rahel zurück in die Realität und zeigte ihnen, wie unvorsichtig sie gewesen waren. Ob sie nun einem Vicious des Zorns gehörte, der hier seinen Dienst verrichtete, einer Archivarin oder einem Adepten, der etwas nachschlagen wollte – so verlockend das Verbotene auch war, niemand durfte sie erwischen.

Hastig zog er Rahel zurück auf die Beine, richtete seine Hose und griff nach Gürtel und Amulett. Aus welcher Richtung war die Stimme gekommen? Reichte es, wenn sie einfach so taten, als würden sie in den Regalen nach einem Buch suchen? Obwohl so viel an ihnen war, was sie entlarven würde? Als er Rahels Blick begegnete, legte diese einen Finger an die Lippen und griff nach seiner Hand. Sie lauschte, bis Schritte erklangen und den Eindringling verrieten.

Besonnen schlug sie die entgegengesetzte Richtung ein und zog Asher hinter sich her. Sie schlängelten sich durch das Labyrinth aus Bücherregalen und Arbeitstischen, während sie den Unbekannten hinter sich ließen. Erst als sie aus der Bibliothek hinaus in den Gang traten, ließ sie ihn los. Mit wenigen Handgriffen legte er den Gürtel wieder an und streifte sich die Spiegelreliquie über. Gerade noch rechtzeitig. Ein Wächter bog auf seiner Patrouille um die Ecke, doch er beachtete sie nicht weiter, als sie den Weg zu den Schlafkammern einschlugen.

Die unausgesprochene Frage nahm den größer werdenden Raum zwischen ihnen ein. Ashers Herz schlug viel zu schnell – ob wegen der Nässe, die immer noch an seinen Fingern klebte, der Gefahr der Entdeckung oder Rahel, er wusste es nicht.

»Das war knapp«, murmelte er, um die anhaltende Stille zwischen ihnen zu füllen.

»Nicht wirklich«, erwiderte Rahel. »Er hat uns nicht gesehen, und selbst wenn er uns dort gefunden hätte, wäre es ein Leichtes gewesen, ihn mit einer Illusion zu täuschen oder mit meinem Hochmut zu verjagen.«

Du solltest dich nicht zu sehr auf deine Macht verlassen. Was wir hier tun, ist nicht nur verboten, sondern auch gefährlich. Das war es, was Asher sagen sollte, doch nicht aussprach, als sie zu ihm blickte. Forschend. Argwöhnisch. Ängstlich.

Er hielt sie am Ellbogen zurück, sah den Gang hinauf und hinab, der verlassen dalag, weil sie sich für einen abgelegenen Weg entschieden hatten. Dann schob er sie etwas tiefer in die Schatten und stürzte sie beide in einen heißen Kuss. Sie erwiderte ihn, und sein Herz machte einen verräterischen Satz. Die Hitze zwischen ihnen war noch längst nicht abgekühlt. Doch es wäre unklug, erneut zu vergessen, wo sie sich befanden. Also zwang er seine Lippen auf Abstand, strich ihr eine Strähne aus dem Gesicht und trat einen Schritt zurück. Aufmerksam verfolgte Rahel jede seiner Bewegungen.

»Das ist gut zu wissen. Für das nächste Mal.« Da war sie, seine Antwort. Und als Rahels Blick entflammte, kostete es ihn alle Selbstbeherrschung, aus ›nächstes Mal‹ nicht ›jetzt‹ zu machen.

18
Fiat justitia ruat caelum.

Der Gerechtigkeit soll Genüge geleistet werden, auch wenn der Himmel einstürzt.

Je näher der Tag seiner Prüfung rückte, desto verzweifelter begehrte Asher Rahel. Es war nicht einfach, Orte zu finden, an die sie sich zurückziehen konnten. Vormittags absolvierte Rahel ihre Lektionen bei den Mastern der Sündenhäuser, die Nachmittage verbrachten sie auf dem Trainingsplatz und die Abende mit Nikolai und Olivia in der Arena. Und dennoch gelang es ihnen. Wenn er sie in ihrer Schlafkammer abholte, erwartete sie ihn mit halb zugeknöpfter Bluse, die sie schloss, während sie ihn mit ihrem Blick verschlang. Auf dem Weg zum Frühstück drängte er sie in eine dunkle Ecke, sobald der Gang hinter ihnen leer war, und küsste sie, als würde sein Leben davon abhängen. Manchmal streifte sie wie zufällig seinen Arm oder seine Hand oder berührte ihn mit der Hüfte. Und wenn niemand hinsah, trat er ganz nahe hinter sie und inhalierte den verführerischen Duft ihrer Haut oder flüsterte ihr zu, was er mit ihr anstellen würde, wären sie allein.

Sie war alle sieben Sünden in einer einzigen Frau, die ihren Namen unwiderruflich in seine Seele gebrannt hatte. Seine Liste an Verfehlungen wuchs, und während er zu Beginn noch auf die göttliche Vergeltung gewartet hatte, reichte es ihm inzwischen, durch Rahels hingebungsvolles Stöhnen freigesprochen zu werden.

Manchmal, wenn er es schaffte, sich nachts in ihr Bett zu stehlen, um sie ganz eng an sich gedrückt zu halten, machte er sich sogar der schlimmsten aller Sünden schuldig. Dann wurde er hochmütig genug, um zu glauben, dass es mit ihr an seiner Seite keine Verdammnis für ihn gab.

Statt zu bereuen, nutzte er die Zeit, die ihm noch blieb. Auch wenn Rahel Zweifel in ihm gesät hatte, die zu einem wilden Garten herangewachsen waren, auch wenn sie in Fantasien sämtliche Warden zu Fall bringen oder sich ihre grausame Rache ausmalen konnte – am Ende war sie hier gefangen. Genau wie er.

Also sog er den Hochmut von Rahels Lippen, ohne den er bereits jede Hoffnung verloren hätte. Er ließ sich von ihr in Flammen setzen und bestritt jeden Übungskampf mit ihr vor Augen. Sie musste ihre Macht nicht nutzen, um ihn zu inspirieren. Rahel würde nicht zulassen, dass er nachließ oder sein Urteil vorschnell akzeptierte. Unerbittlich forderte sie *alles* von ihm, ohne auch nur ein Wort zu verlieren.

Wie sollte er ihr begreiflich machen, dass selbst alles von ihm nicht genügen würde?

Der Oktober war klirrend kalt über die Insel hereingebrochen. Asher nahm einen tiefen Atemzug und füllte seine Lungen mit der morgenfrischen Luft, als sie die Akademie durch das Hauptportal verließen. Neben sich spürte er Rahel trotz ihres Mantels frösteln und erahnte den lautlosen Fluch, der ihre Lippen nicht verließ. Er hatte recht behalten: Ihr gefiel die kälter werdende Jahreszeit überhaupt nicht.

Am liebsten hätte er sie an sich gezogen und sie mit seinem Körper gewärmt, jeden Fluch von ihren Lippen geküsst, bis sie vor Hitze zerfloss. Mehr als einen verstohlenen Blick konnte er ihr jedoch nicht schenken. Sie waren nicht allein. Neben Chrysander, der als Vorsteher der dritten Ränge zu jenen gehören würde, die seine Prüfung beaufsichtigten, war Nikolai bei ihnen. Er übernahm auf Lamberts Geheiß hin Rahels Überwachung, bis Asher zurück war.

Als sie davon erfahren hatte, dass ihre Anwesenheit nicht erlaubt sein würde, hatte sich der Himmel verdunkelt und ihr beschworener Albtraum hätte ihn beinahe ausgeknockt. Nikolai hatte diese Information unbedacht während ihres privaten Trainings fallen gelassen, und Olivia hätte sich beinahe auf Rahel gestürzt.

»Warum kann ich nicht dort sein?«, hatte Rahel ihn heute Morgen trotzdem noch einmal gefragt, als er sich verbotenerweise ein paar Minuten mit ihr in ihrer Schlafkammer gestohlen hatte. Die letzten beiden Nächte war er nicht zur Patrouille eingeteilt worden, das geringste Zugeständnis an seine bevorstehende Prüfung, zu dem Lambert vermutlich gezwungen worden war, und er hatte ihre Wärme schmerzlich vermisst.

Sie klammerte ihre Hände in seine Seiten und drückte ihn gegen die Tür, an der er lehnte, als würde sie dem Dämon, der in der Arena auf ihn wartete, sämtliche Arbeit abnehmen wollen.

»Darüber haben wir doch gesprochen«, erklärte Asher in besänftigendem Ton. »Sie erlauben keine Vicious oder Adepten niederen Ranges bei den Prüfungen, um ihre Geheimnisse zu wahren und den Ablauf nicht zu stören.«

Sie sollten zu den Prüfungen antreten, ohne zu wissen, was sie erwartete. Dass Nikolai ihm trotzdem verraten hatte, wie die Prüfung der Tapferkeit ablief, war gegen den Codex. Allerdings befand sich Asher in keiner Position, darüber zu urteilen. »Es werden ein paar Divines anwesend sein, die erste Archivarin, die mir das Schwert überreicht, Chrysander, vielleicht einige hochrangige Warden ... und der Inquisitor.«

Rahels Locken streichelten über ihre Schultern, als sie zu ihm aufsah. »Und genau deshalb sollte ich dort sein. Um dafür zu sorgen, dass sich dieses Arschloch nicht einmischt. Vielleicht ist er ja der Dämon, den du erschlagen sollst.« Ihre Lippen kräuselten sich. »Vielleicht werde ich ihn einfach um Vergebung winseln lassen, während er zu deinen Füßen liegt, und du echte Vergeltung üben kannst.«

Asher musste tief ausatmend für einen Moment die Augen schließen. Vergeltung war nie gewesen, was er gewollt hatte, auch wenn er sich nicht gänzlich gegen diesen Gedanken wehren konnte. Seitdem er Rahel von der Hinrichtung seiner Eltern und der Rolle des Inquisitors erzählt hatte, beschwor sie die Vorstellung von Rache bei jeder Erwähnung dieses Mannes herauf. Allerdings konnte er nicht an seine Eltern denken. Nicht heute. Es würde auch so schwer genug werden.

Als er die Augen wieder öffnete, ließ er seine Finger in Rahels Nacken gleiten und zog sie enger an sich. »Und das ist nur ein Grund mehr, warum du nicht dort sein solltest«, murmelte er rau. »Versprich mir, dass du dich dieses eine Mal an das Verbot halten und keinen Weg suchen wirst, dich darüber hinwegzusetzen.«

»Warum verlangst du nicht gleich, dass ich mich euren Heiligen beuge?«

»Rahel, versprich es mir. Egal, was passiert, du darfst nicht dort sein«, drängte er, und dass sie seiner Bitte nicht sofort zustimmte, ließ eine Furcht in ihm entstehen, die sich eiskalt um sein Herz legte.

»Hast du solche Angst, dass ich dich sterben sehen könnte?«, spottete sie.

Asher entfuhr ein Ächzen, das er nicht mehr unterdrücken konnte. Er löste seinen Blick von ihr, doch Rahel legte ihre Hand an seine Wange und zwang ihn, sie anzusehen. Der Spott war Ernst gewichen.

»Das glaubst du nicht ernsthaft. Lass nicht zu, dass sie das hier aus dir machen, Asher. Wenn du diese Sache unbedingt tun musst, dann tu es. Aber du wirst nicht scheitern, du wirst kämpfen und zu mir zurückkehren. Alles andere erlaube ich nicht.«

Asher senkte sein Gesicht zu Rahels, bis auch ihre Hand um seinen Nacken lag. »Ich werde kämpfen«, schwor er ihr. »Aber damit ich das tun kann, muss ich wissen, dass du in Sicherheit bist. Versprich es mir.«

Sie schmiegte sich so perfekt an ihn, dass es ihm schwerfiel, seine Hände nicht zu ihren Hüften wandern zu lassen. Doch dafür blieb ihnen keine Zeit.

»Schön, ich verspreche es dir.« Rahel verzog unwillig das Gesicht. »Mein temporärer Bewacher wird sich ohnehin nicht so leicht ablenken lassen wie du.«

Er lachte leise. »Ablenken lassen, hm?« Hungrig suchten seine Lippen nach Rahels.

Doch sie drückte sich von ihm weg und betrachtete ihn eingehend. Sein Herz rebellierte in seiner Brust. »Du darfst mich küssen, wenn du wieder da bist«, lautete ihr Urteil, bei dem er protestierend den Mund öffnete.

Dann schloss er ihn wieder, denn sie hatte recht. Dieser Kuss hätte nach einem Abschied geschmeckt, nach Verzweiflung, die sie sich nicht erlauben durften. Er war Rahel mit allem, was er hatte, komplett verfallen, und würde das hier überleben, um zu ihr zurückzukehren.

Als Nikolai zu ihrer Bewachung angetreten war, hatte sie unmissverständlich klargemacht, dass sie Asher bis zur Arena begleiten würden.

Zu viert bewegten sie sich durch den tiefhängenden Morgennebel über das Gelände – drei Warden, eine Vicious, wie die Königin, als die Asher sie verehrte, zwischen ihnen. Nikolai lief augenscheinlich entspannt hinter ihnen, Chrysander zackigen Schrittes voran. Als er kurz über die Schulter sah, huschte sein Blick von Asher zu Rahel. Die Frage, warum sie überhaupt hier war, stand ihm ins Gesicht geschrieben.

»Die Vicious musste sich natürlich ausgerechnet gestern mit dem Lord Rector anlegen«, erklärte Nikolai wie beiläufig und mit einem leisen Seufzen. »Aber immerhin kann ich Asher so noch mal viel Glück wünschen, bevor wir zu ihrem Strafdienst in die Gärten verschwinden.«

Asher bemühte sich, seine Überraschung zu verbergen. Einen anderen Warden anzulügen, war unumstritten ein Vergehen – das Nikolai für sie beging, um sie zu decken.

Rahel hatte weniger Probleme, mitzuspielen. »Er ist wohl etwas unzufrieden mit meiner Anfechtung des Sündenfalls gewesen.« Dann legte sie noch eine Schippe drauf – ob für Chrysander oder Nikolai oder einfach nur, um ihn an den versprochenen Kuss zu erinnern, war ihm schleierhaft. »Außerdem höre ich von den Gärten aus hoffentlich, was in der Arena passiert.« Sie sah Asher dabei nicht an.

Während es für die beiden Wächter so klingen musste, als würde sie sich darauf freuen, Asher leiden zu hören, verstand er. »Wie schön, dass du dich so sehr für mein

Schicksal interessierst.« Er ließ seine Stimme hart und kalt klingen.

Ihre Blicke streiften sich, und für den Bruchteil eines Augenblicks taten es auch ihre Hände. »Ja, nicht wahr?«

Chrysander schüttelte den Kopf und wandte sich wieder nach vorne. »Vielleicht schaffst du ja, was Yudin die letzten Wochen nicht gelungen ist, und befreist uns von dieser Pest, Chandler.«

Nikolai lachte leise hinter ihnen. »Ja, vielleicht.«

Je näher sie der Arena kamen, desto sorgfältiger schloss Asher die Gefühle, die er nicht haben durfte, in die hinterste Ecke seines Bewusstseins, bis er sich ganz auf die bevorstehende Aufgabe konzentrierte. Er würde ihnen allen beweisen, wozu er fähig war. Wenn es eine letzte Chance gab, seine Seele vor der Verdammnis zu bewahren, dann war es diese Prüfung. Verbissen klammerte sich Asher an diesen Gedanken, bis er ihn völlig einnahm. Das hier war, was er immer gewollt hatte, das hier war sein Erbe. Und er würde nicht zögern, es anzutreten, wenn es nach ihm rief.

Vor der Arena wartete Murray bereits auf ihn und runzelte die Stirn, als sie die Prozession bemerkte. Asher wandte sich Nikolai zu, der ihm mit einer Hand auf der Schulter viel Glück wünschte. Er nickte nur und sah zu Rahel, während sein Warden-Freund etwas von »letzten Ratschlägen« dahinredete. Sofort fixierte sie Asher. Was er gerade noch sorgfältig weggeschlossen geglaubt hatte, schwoll in seiner Brust an, hämmerte gegen den Käfig seiner Rippen und drohte seinen trockenen Hals hinaufzusteigen. Er verbot sich jedes Wort, presste die Lippen stattdessen fest aufeinander und neigte den Kopf um wenige Grad. Ein Versprechen. Rahels Lippen kräuselten sich, und Wärme durchdrang ihn, gegen die nicht einmal die herbstliche Kälte ankam.

Murray nahm ihn mit wenigen knappen Worten in Empfang, in denen er eine Anspannung zu spüren glaubte, die ihn sofort aufmerken ließ. In ihren verhärteten Gesichtszügen suchte er die Antwort auf eine Frage, die er nicht stellen durfte. Harsch wies die Ausbilderin ihn an, sich in die Katakomben unter der Arena zu begeben, um sich dort auf den Segen der Divines vorzubereiten.

Gemeinsam betraten sie das stille Gewölbe, und Chrysander wünschte ihm ebenfalls viel Glück, bevor er Murray zu den Tribünen folgte. Ohne zu zögern, lief Asher die Stufen hinunter, ignorierte das Ende des Gangs, wo es tiefer hinab zu dem Dämon ging, der in seiner Zelle auf ihn wartete, und betrat den ersten Raum auf der rechten Seite. Das kalte Gemäuer war schmucklos. Laternen sorgten für orangenes Licht, das die in Schatten gehüllten Ecken nicht erreichte. Neben einer Pritsche und Waffenständern, die Asher ignorierte, war ein Teil des Codex in eine Steinplatte gemeißelt worden. Flüchtig überflog er die wenigen Zeilen, die ihm nicht unbekannt waren. Den Codex hatten sie gebetsmühlenartig in seiner Gesamtheit behandelt.

›Die Vier Heiligen wählten die Würdigsten unter den Menschen. Dann opferten sie sich, um ihnen die Macht zu geben, den Kampf gegen die Vicious fortzuführen. Fortan sollten die Erwählten allein dem Orden dienen und seine Traditionen erhalten.‹

Asher wusste, dass er vor der Steintafel niederknien und um den Beistand der Vier Heiligen beten sollte. Die Warden waren der Schwertarm des Ordens, und meistens waren es die Divines, die für sie beteten und um die Vergebung ihrer Sünden flehten. Trotzdem war es das, was von einem Adepten kurz vor seiner Prüfung erwartet wurde.

In seiner Uniform stand er vor der Gebetstafel und blickte starr auf die Worte hinab. Seine Beine wehrten sich dagegen, einzuknicken, seine Muskeln spannten sich bei dem Gedanken an, die Augen zu schließen und nach der stillen Verbindung zu der göttlichen Macht in seinem Herzen zu suchen. Denn er würde einzig und allein den Nachklang von Rahels Berührungen finden. Ihr Name würde seine Lippen statt des stummen Gebets verlassen, sie war es, die er um Beistand anflehte.

Das war vielleicht die schlimmste seiner Verfehlungen. Dass er sie über alle Götter, Heiligen und die Tugenden des Ordens stellte. Weil sie das Wichtigste für ihn geworden war.

Und *das* wollte er die Vier Heiligen sicher nicht sehen lassen.

Also wandte sich Asher ab und schritt stattdessen durch den Raum, um seine Muskeln zu lockern und seine Gedanken auf den bevorstehenden Kampf zu fokussieren. Irgendwo dazwischen verlor er sein Zeitgefühl. Als die Tür endlich geöffnet wurde, fuhr er erwartungsvoll herum.

Es waren nicht die Divines, die gekommen waren, um ihm den Segen zu erteilen. Mit einem bedrohlichen Klicken fiel der Türriegel hinter dem Inquisitor in seine Halterung. Für einen Moment war Asher wie erstarrt, nur sein Atem zitterte in seiner Brust. Er war allein mit dem Mann, der ihn nach dem Tod seiner Eltern in seine Obhut genommen hatte. Instinktiv huschte sein Blick durch den Raum auf der Suche nach einer Fluchtmöglichkeit.

Erbärmlich. Es gab keinen Weg aus diesem Raum, genauso wenig wie es damals ein Entrinnen gegeben hatte.

Es war seit vier Jahren, seitdem er seine Ausbildung zum Warden begonnen hatte, das erste Mal, dass er Testa wieder gegenüberstand. Und doch war es, als hätte es diese vier Jahre nie gegeben.

»Yudin«, sprach der Inquisitor ihn an, und es hätte nicht mehr Verachtung in einem einzigen Wort liegen können. Nie hatte er Asher bei seinem Vornamen genannt. Er war immer nichts anderes als ein Yudin für ihn gewesen.

Als sich die Falte zwischen Testas Habichtaugen vertiefte, besann sich Asher rasch und senkte den Kopf. »Inquisitor.« Was sollte er sagen? Dass er nicht damit gerechnet hatte, dass er ihn mit seiner Anwesenheit beehrte? Dass er bereit war, den Segen zu empfangen und die Prüfung der Tapferkeit zu absolvieren? Asher hatte gelernt, dass bereits ein falsches Wort zu viel sein konnte.

Vielleicht erwartete er auch gar nicht, dass er sprach. Asher hatte den Blick auf Testas Stiefel unter dem Umhang seiner Uniform gesenkt. Stille und Gehorsam waren dem Inquisitor schon immer lieber gewesen, und auch jetzt hatten sie eine weitaus mächtigere Wirkung auf Asher als jedes Wort. Etwas schlang sich um seinen Brustkorb und drückte ihn so fest zusammen, dass er zu ersticken glaubte. In der Gegenwart des Inquisitors bekam er nie genug Luft, als würde er ihn daran erinnern, dass es ihm nicht zustand, den gleichen Sauerstoff zu atmen. Die Gedanken wirbelten durch Ashers Kopf, vermischten sich mit Erinnerungen, die er verdrängt geglaubt hatte. Dunkle Erinnerungen voller Schmerz und Selbsthass, kalten Räumen und noch kälteren Händen, Worte, die sich in seinen Verstand bohrten und ihn durchlöchert zurückließen, Scham und der Gewissheit, nie genug zu sein.

Sie waren nie fort gewesen, sondern hatten nur darauf

gewartet, wieder emporzukriechen und ihn in der Zeit zurückzuversetzen. Er war verdorben, und der Inquisitor hatte ihm dies auf unzählige Arten auszutreiben versucht.

Obwohl sich Testa in seine Richtung bewegte, kam es einer Erlösung gleich, als er endlich weitersprach. »Heute wird sich also herausstellen, ob du dem Schwert eines Warden würdig bist. Ich habe diesbezüglich doch recht ... unterschiedliche Ansichten gehört.«

Lambert war sicher nur eine der vielen Personen, die sich gegen ihn ausgesprochen hatten, während Murray vielleicht zu den wenigen zählte, die ein gutes Wort für ihn eingelegt hatten.

»Ich hoffe, mich heute beweisen zu können und ...«, begann Asher, doch seine Stimme brach, als Testa ihn harsch unterbrach.

»Du hoffst?«

Sein Mund wurde ganz trocken. Er schluckte angestrengt gegen das Engegefühl in seiner Brust an. »Ich bete dafür.«

Mit einigen Metern Abstand zu ihm blieb Testa stehen und warf einen Blick hinüber zum Gebetsstein. »Tust du das?«

Deutlichere Worte waren nicht nötig. Mit steifen Gliedern kniete sich Asher davor. Er spürte Testa hinter sich, zog den Kopf ein und schaffte es einfach nicht, genug Luft in seine Lunge zu befördern.

»Bete, Yudin.« Die Stimme des Inquisitors klang eiskalt. Und war viel zu nahe. Es endete nie gut, wenn er ihm so nahe war. »Bete darum, dass du niemals vergessen wirst, welches Vermächtnis du in dir trägst.«

Als könnte er das jemals. Bebend atmete Asher ein, und endlich löste sich das Gewicht auf seiner Brust und sank herab. Er begann sein Gebet. Doch die Worte, die monoton über seine Lippen flossen, stammten nicht aus dem Codex. Testa selbst hatte sie ihm eingepflanzt, und es war Jahre her, dass er sie aufgesagt hatte. Trotzdem hatte er kein einziges vergessen.

»Eine verdorbene Saat lässt die ganze Ernte von innen heraus verfaulen. Unwürdig, wie sie ist, muss sie beseitigt werden, bevor sie die Menschen befällt. Denn es liegt in ihrer Natur, der Versuchung zu erliegen und in Sünde zu sterben ...«

Ein Sturm tobte in Rahel, den sie nur mühsam beherrschte. Als könnte sie die Mauern mit der Kraft ihrer Gedanken zum Einsturz bringen, starrte sie in Richtung der Arena. Sie waren bis zum Pavillon gelaufen, in dem sie Rafael das letzte Mal begegnet war. Hinter den Büschen und Bäumen konnte sie nur die äußerste Ecke ausmachen. Sie stellte sich vor, wie sich die hochrangigen Warden gerade auf den Tribünen versammelten, um mit abschätzigem Blick das Schauspiel zu beobachten, das sich ihnen bot. Vielleicht war Rafael unter ihnen, auch wenn Rahel ihn selten in Gesellschaft anderer Warden gesehen hatte. Mit Sicherheit war der Inquisitor dort. Asher hatte seit der Nacht, in der der Albtraum ihn in ihr Bett getrieben hatte, nicht mehr über ihn gesprochen. Doch jedes Mal, wenn Rahel es tat, verschleierten sich seine honigbraunen Augen und alles an ihm spannte sich an. Er musste ihm etwas angetan haben, das noch tiefer reichte als der Tod seiner Eltern.

Dass er nun dort in Ashers Nähe war und über sein Schicksal entschied, brachte sie beinahe um den Verstand.

»Weißt du, du könntest wenigstens so tun, als wäre das hier eine Strafarbeit, statt mehr als auffällig in der Gegend rumzustehen.« Nikolai lehnte mit einer Schulter an der Bogensäule des Pavilloneingangs und beäugte sie offensichtlich unzufrieden.

Rahel hatte nicht mehr als einen schnellen Blick für ihn übrig. »Wenn du nicht gesagt hättest, dass ich zur Strafarbeit eingeteilt worden bin, müsste ich auch nicht so tun. Also mach die Gartenarbeit selbst, wenn sie dir so wichtig ist.«

Nikolai seufzte murrend und verschränkte die Arme vor der Brust. »Ich verstehe wirklich nicht, wie er es auch nur eine Stunde mit dir aushält. Außerdem habe ich das mit der Strafarbeit gesagt, damit das nicht so verdammt auffällig mit euch ist.«

Nun wandte sich Rahel doch zu ihm um und musterte ihn aufmerksam. Gegenüber Nikolai empfand sie deutlich weniger Hemmungen als gegenüber anderen Wächtern, was mit den gemeinsamen Trainingsstunden zu tun haben musste. Er war nahbarer und zugleich weniger leicht zu durchschauen. Irgendetwas an ihm passte nicht ganz ins Bild des beinahe vollständig ausgebildeten Warden, das er nach außen aufrechterhielt. »Was willst du damit sagen?«

Seine Augenbrauen schossen in die Höhe, dann vertiefte sich sein Grübchen und er stellte gelassen fest: »Du magst ihn.«

»Pah. Er ist ein Wächter.« Es fiel Rahel nicht schwer, alle Verachtung in diese Bezeichnung zu legen.

»Und du bist eine Vicious«, ergänzte Nikolai, was ihren Punkt nur unterstrich. »Und trotzdem magst du ihn.«

Rahel hob träge einen Mundwinkel und imitierte ihn damit. »Nein, tue ich nicht. Ich mag keine Wächter. Und erst recht keine, die mir wie abgerichtete Hündchen folgen und haarsträubende Behauptungen aufstellen. Oder die diese Dämonentöterschwerter tragen, als wäre nichts dabei, ein Leben zu beenden. Und dabei auch noch so tugendhaft tun, als würden sie die Welt zu einem besseren Ort machen, während sie es in Wirklichkeit sind, die …«

»Ist ja gut, ist ja gut.« Nikolai hob abwehrend die Hände und fuhr sich genervt über das kurz geschorene Haar. »Dein Punkt ist angekommen. Trotzdem bist du hier.«

Sie sah wieder hinüber zur Arena. Ob er bereits dort stand, wo sie vor wenigen Wochen um ihr Leben und ihre Menschlichkeit gekämpft hatte? Ihr Herz krampfte sich zusammen. Wo das Blut seiner Eltern geflossen und ihre Köpfe gerollt waren? Verdammte Scheiße, sie hätte niemals zulassen dürfen, dass er dort allein reinlief wie das Schäfchen, das sie aus ihm gemacht hatten.

»Was würdest du mit jemandem tun, den du für unwürdig hältst, dessen Eltern du bereits beseitigt hast und der sich trotz allem, was du ihm antust, weiter vorankämpft, wie viel Schmerz er sich damit auch selbst zufügt?«

Sie wusste nicht, woher die Worte kamen. Sie waren da und hinterließen eine angespannte Stille zwischen ihr und Nikolai – und Leere in Rahel. Obwohl sie sich nicht sicher war, ob er überhaupt auf diese Frage antworten würde, sagte er schließlich leise: »Ich würde ihn immer wieder auf die Probe stellen und darauf hoffen, dass sich das Problem von selbst erledigt.«

Das hatte es nicht, weil Rahel selbst zu dem Problem in

der Gleichung geworden war. Damit hatte der Inquisitor sicher nicht gerechnet. »Und wenn es das nicht tut?«

»Dann würde ich es selbst beseitigen.« In Nikolais Stimme schwangen Bedauern und Resignation mit.

Er wusste es. Dennoch tat er jetzt nichts.

Ihr Hochmut floss wie eine dunkle Macht durch ihre Adern, schlug gegen die Käfigstäbe, um das Monster dahinter zu reizen. »Ihr sündigt und sündigt und vergebt euch selbst, während ihr die Menschen unter eure Ordnung zwingt und die Vicious der Sünde beschuldigt. Das, was dort in der Arena stattfindet, ist eine einzige Farce, genau wie alles, was euer Orden verkörpert. Es ist krank. *Ihr* seid krank.«

»Weißt du eigentlich, wie leicht es wäre, dich dafür sofort in den Kerker zu schaffen? Du hast Glück, dass ich kein Wächter bin, der viel auf das Gerede einer Vicious gibt.«

Rahel kaufte ihm das nicht ganz ab, trotzdem war ihr erster Gedanke, dass ihn das von Asher unterschied. Dass Asher das von allen anderen unterschied. Er fürchtete sich vor ihren Worten und was sie ans Licht bringen könnten, aber er hatte sich immer darauf eingelassen.

Sie war nie gut darin gewesen, geduldig auf etwas zu warten. Doch während es in ihr tobte, musste sie hier verharren und sich an ihr Versprechen, das sie Asher gegeben hatte, halten. Sie musste sich zwingen, daran zu glauben, dass er sich erneut den Plänen des Inquisitors entziehen würde. Nur war das eine weitere Sache, die ihr noch nie gelegen hatte: an etwas zu glauben. Nicht, wenn sie sich damit nur selbst belog.

»Ich hatte also recht: Zu etwas Höherem als Gartenarbeit bist du nicht bestimmt.« Rahel erkannte den abschätzigen Spott in der Stimme, noch ehe sie sich zum

Lord Rector umwandte. Unter seinem Bart verzogen sich seine Mundwinkel für einen winzigen Augenblick, nur die dichten Augenbrauen über seinen herabhängenden Lidern zeigten seinen Unmut darüber, dass sie hier war. »Und wenn ich mir das so ansehe – nicht einmal zur Gartenarbeit.« Nikolai, der sich nicht rührte, sondern van Hoven nur aus schmalen Augen musterte, schenkte er keinerlei Beachtung.

Seit ihrem letzten Schlagabtausch hatte sie nicht mehr persönlich mit dem Lord Rector zu tun gehabt. Er hatte sie, genau wie angekündigt, seiner Aufmerksamkeit nicht als würdig erachtet. Allerdings erinnerte sie sich noch zu gut an die blutige Nase, die Rafael ihm verpasst hatte. Unmerklich kräuselten sich ihre Lippen. »Wie geht es Ihrer Nase?«

Van Hovens Augen blitzten, ein sicheres Zeichen dafür, dass sie einen Treffer gelandet hatte. »Du solltest lieber aufpassen, mit wem du dich abgibst, statt stolz auf einen Schlag zu sein, den du nicht selbst ausgeführt hast. Der Richter ist Teil eines Spiels, dem du lieber nicht angehören möchtest, Vicious.«

Etwas an seinen Worten jagte ihr eine Gänsehaut über die Arme und ließ ihren Nacken kribbeln. Dass Rafael eigene Ziele verfolgte, die er bisher vor ihr verborgen hielt, war ihr bewusst. Sie musste vorsichtig in seiner Gegenwart sein. Und dennoch – war das Furcht in van Hovens Blick? »Sie haben doch sonst keine Bedenken, das Spiel der Warden mitzuspielen. Gefallen Ihnen die Regeln etwa nicht mehr, sobald es Sie trifft?«

So schnell, wie der Eindruck von Furcht entstanden war, verschwand er auch wieder. »Du hast keine Ahnung, wovon du da redest. Betrachte dich als gewarnt.« Der

Lord Rector straffte sich. »Und jetzt mach dich an die Arbeit. Ich werde mir das nächste ihrer Spiele ansehen.«

Dass die Arena sein Ziel war, war offensichtlich. Asher, schoss es Rahel sofort durch den Kopf. »Sie erlauben keine Vicious bei den Prüfungen.«

Der Lord Rector lächelte auf sie herab. »Zu schade für dich, nicht wahr? Du warst sicher drauf und dran, ihm einen deiner Albträume zu schicken.«

Er konnte nicht ahnen, wie falsch er damit lag. »Es sollte mich nicht wundern, dass auch Sie glauben, ich wäre für die Abnormalitäten verantwortlich.«

Auf diese Worte hin tat van Hoven etwas, das ihr durch Mark und Bein ging und sie tatsächlich einmal sprachlos zurückließ: Er lachte. Es war kein schöner oder ausgelassener Laut. Er lachte sie aus, und es klang bitter und bösartig. »Kannst du denn mit Sicherheit sagen, dass du es nicht bist?«

Dann war er hier, um seinen Verdacht ihr gegenüber zu überprüfen. Das Desinteresse, das er seit ihrer Aufnahme an der Akademie zeigte, war gespielt gewesen. Nur verstand Rahel eines nicht. »Natürlich, ich hetze ausgerechnet heute einen Albtraum auf meinen Wächter, obwohl ich mich Ihrer Theorie nach seiner schon längst hätte entledigen können.«

»Hast du das denn nicht versucht?« Die abnormalen Albträume verfolgten Asher, seitdem er von seiner bevorstehenden Prüfung erfahren hatte. War das auch van Hoven aufgefallen? »Frag dich eines, Vicious: Warum geben sie dem Wächter ein Dämonentöterschwert in die Hand, nachdem sie lange genug abgewartet haben, ob sie das wirklich *müssen*?« Und sich das Problem nicht von selbst erledigte.

Um Rahel zu töten. Asher hatte selbst davon gesprochen, dass diese Schwerter nach Blut dürsteten und einen Warden veränderten. Wenn er ihr nun gegenübertreten würde und ... Rahel schnappte lautlos nach Luft. Natürlich. Sie hatte Asher selbst bewiesen, dass der Orden nie danach gestrebt hatte, dass er sie tötete, denn das wäre seine Rettung gewesen – und van Hoven hatte es ihr mit seiner Enthüllung gerade bestätigt. Die Pläne des Inquisitors hatten sich nie geändert. Er wollte nach wie vor, dass sie Asher tötete und zur Dämonin wurde, um sie abschlachten zu können.

Was sie tun würde, sobald er sein Schwert führte und eine unberechenbare Bedrohung von ihm ausging. Das Schwert sollte Asher nicht helfen, sondern Rahel provozieren. Weil der Inquisitor nicht daran glaubte, dass er stark genug wäre, sie zu besiegen, nicht einmal mit einer Reliquienwaffe.

Er durfte diese Prüfung nicht bestehen.

»Das Schwert, das sie ihm heute geben, wird dir gar keine andere Wahl lassen, als auf ihn loszugehen. Ebenso wenig wie ihm. Nun, falls er das Ganze überhaupt überlebt natürlich.«

Van Hoven ging davon aus, dass Rahel sich heute einmischen und Asher eine Abnormalität auf den Hals hetzen würde, um ihren Tod zu verhindern – weil die Warden sie abschlachten würden, nachdem sie wegen Ashers Reliquienschwert zur Dämonin geworden war. Niemand glaubte wirklich daran, dass er sie erschlagen würde, erst recht nicht der Inquisitor. Und weil Rafael sie schützte, stellten sie ihr diese Falle. Sie ahnten nicht, dass es die Gefahr war, in der Asher schwebte, die sie in die Ecke drängte. Dass sie um sein Leben fürchtete statt um das ihre.

Als der Lord Rector seinen Weg fortsetzte und sie zurückließ, löste sich Nikolai vom Eingang des Pavillons. Nachdenklich sah er van Hoven hinterher. »Nun, das war … aufschlussreich.«

»Ich werde ihn da rausholen.« Keinesfalls würde sie Ashers Schicksal in die Hände des Inquisitors legen. Oder in seine eigenen, denn er war so fest entschlossen, sich zu beweisen und diese Prüfung zu bestehen, dass er alles dafür tun würde. Und das wäre nicht nur Rahels Untergang, sondern auch sein Ende.

Nikolai stutzte und schüttelte den Kopf. »Das kann nicht dein Ernst sein. Dir ist klar, dass der Lord Rector nur darauf wartet, dass du dich einmischst? Er will dich aus der Reserve locken, weil er wirklich denkt, du würdest die Albträume erschaffen.«

»Dann soll er das denken. Ich brauche keine Albträume, und van Hoven ist mir egal.«

»Bist du wirklich hochmütig genug, um zu glauben, dass du Asher damit helfen würdest?«

Sie hatte Asher versprochen, das Verbot nicht zu umgehen und sich fernzuhalten. Ihrem Stolz widerstrebte es, ein Wort zu brechen, das sie gegeben hatte. Doch noch weniger ließ er zu, dass sie hier tatenlos auf den Ausgang eines Spiels wartete, das über ihrer beider Schicksal entschied.

Sie würde ihn nicht sterben lassen. Das erlaubte sie nicht. Verbissen klammerte sich Rahel an diesen einen Gedanken und merkte, dass sie zitterte. Das war Furcht.

Ich habe Angst um ihn. Solche verdammte Angst um ihn, gestand sie sich selbst ein, und das versetzte ihr einen solchen Stich, dass sie die Augen schloss.

Vielleicht war es nicht einmal nötig, dass sie Asher selbst tötete, um zur Dämonin zu werden. Allein der Gedanke daran, dass er ihr genommen werden könnte, riss sie auseinander und öffnete den Weg zu dem, was unter ihrer menschlichen Fassade lag.

Nikolais Seufzen sorgte dafür, dass sie die Augen wieder öffnete. »Was sage ich da, natürlich bist du hochmütig genug, um das zu glauben«, murmelte er. »Wahrscheinlich bist du sogar hochmütig genug, dich mit einer ganzen Gruppe hochrangiger Warden anzulegen. Du weißt schon, die in den dunkelroten Uniformen.«

»Du unterschätzt mich«, erwiderte sie kühl. »Ich würde diesen ganzen Ort hier in Brand setzen, um den Orden in die Knie zu zwingen und Vergeltung zu üben.« Um Asher zu retten.

Er verzog das Gesicht. »Verlockend. Und wieder frage ich mich, wie Asher es so lange mit dir ausgehalten hat.« Als er anfing, um sie herum zu gehen, als würde er ihr den Weg zur Arena versperren wollen, verfolgte Rahel jede seiner Bewegungen. »Allerdings ist es ausgeschlossen, dass ich das zulasse. Das ist dir hoffentlich klar?«

Er positionierte sich vor Rahel, das Bild eines pflichtschuldigen Wächters – breitschultrig und erhaben in seiner Uniform, die Hand am Schwert. Und dann ... drehte Nikolai ihr den Rücken zu, um zur Arena zu spähen. »Aber nur mal aus Interesse: Wie genau würdest du ihn da überhaupt rausholen wollen?«

Rahel entließ ihre Macht, die wie ein wildes Tier nach vorne stürzte. »Indem ich die Hölle auf Erden ausbrechen lasse.«

19
Flectere si nequeo superos, acheronta movebo.

Wenn ich die himmlischen Götter nicht erweichen kann, so werde ich die Hölle in Bewegung setzen.

Als Asher in der Arena stand, konnte er an nichts anderes als den Tod seiner Eltern denken. Er hatte heute Morgen vermieden, mit Rahel über sie zu sprechen, weil er sie für diesen Tag aus seinen Gedanken verbannen musste. Doch sie waren überall. In dem Staub zu seinen Füßen, in dem sie gekniet und der ihre schweißverkrusteten Gesichter und zerrissenen Uniformen bedeckt hatte. Über den das Blut gespritzt und ihre Köpfe gerollt waren, die Augen voller Entsetzen aufgerissen, weil ihnen klar geworden war, dass ihr Sohn ihre Hinrichtung mit ansehen würde. Seine Mutter hatte die gleiche blasse Haut wie er gehabt, sein Vater hellbraune Augen. Als er zu der Schar hochrangiger Warden blickte, die sich auf den Tribünen versammelt hatte, sah er sich selbst dort weinend und zitternd und um Vergebung flehend stehen. Und erneut war der Inquisitor unter ihnen, der ihn an jenem Tag erbarmungslos festgehalten hatte. Er starrte auf ihn hinab, und

380

Asher stellte sich vor, dass er mit demselben Ausdruck der Hinrichtung der Yudins entgegengeblickt hatte.

Seine Kehle war rau und seine Knie schmerzten. Die Worte, die der Inquisitor ihm als Kind eingetrichtert hatte und die heute ihre volle Bedeutung entfalteten, kreisten unaufhörlich in seinen Gedanken. Die Enge in seiner Brust war zurückgekehrt, sobald Asher das Gewölbe verlassen hatte, um in die Arena zu treten. Der Himmel über ihm war grau und trostlos, doch zumindest regnete es nicht.

Um nicht jeglichen Halt zu verlieren, vermied Asher es, Esra direkt anzusehen, der auf den Tribünen neben dem Inquisitor stand.

Er musste diese Prüfung unter allen Umständen bestehen.

Verbissen klammerte er sich an diesen Gedanken. Es gab keinen Raum mehr für Zweifel, für Zögern, für Furcht. Nicht einmal für Rahel.

In ernster Feierlichkeit schritt die erste Archivarin Eirene Darnell vom Rand der Arena auf ihn zu. Sie verwahrte die Relikte im Refugium und entschied gemeinsam mit dem High Divine, wer welches bekam. In seltenen Fällen traf diese Entscheidung der Inquisitor selbst.

Das Schwert, das für Asher bestimmt war, schlummerte noch in der schwarzen Scheide mit den goldenen Verzierungen, perfekt auf die Uniformen der Warden abgestimmt. Darnell war mittleren Alters und trug gemäß ihrer Position eine mitternachtsblaue Tunika.

»Asher Yudin«, verkündete die erste Archivarin, nachdem sie vor ihm stehen geblieben war. Sein Name hallte Unheil verkündend über den leeren Platz. Er war sein Erbe und sein Fluch, und am heutigen Tag würde er ihn endgültig brechen. »Ich überreiche dir dein Schwert, das du im Namen des Ordens führen sollst, um ihn und die Menschheit als Warden zu schützen.«

Adrenalin breitete sich in seinem Körper aus, als Darnell einen letzten Schritt auf ihn zutrat. Sie hielt ihm das Schwert mit beiden Händen entgegen.

»Ich überreiche dir: Morgenrot.«

Ihre Worte trafen ihn wie ein Schlag in den Magen. Sein Kopf ruckte empor, doch statt des Inquisitors fand sein Blick Rafael Esra. Für einen Moment verzog sich das Gesicht des Richters vor tiefem, urtümlichem Hass. Auf Asher – oder das Schwert, das ihm nun in die Hände gelegt wurde? Er hatte gar nicht gemerkt, dass er sie ausgestreckt hatte.

Sogleich gesellten sich drei Divines zu ihnen und rezitierten mit tiefer Stimme Verse auf Latein. Asher spürte, wie Morgenrot erwachte. Von seinen Fingern breitete sich ein Kribbeln über seine Arme und dann weiter in den Rest seines Körpers aus. Er kannte dieses Gefühl von den beiden Prüfungen, die er zuvor durchlaufen hatte. Es war die göttliche Macht der Heiligen, die in den Relikten steckte und mit der er nun verbunden und gesegnet wurde. Doch diese Erfahrung übertraf Amulett und Gürtel bei Weitem. Unsichtbare Schlingen legten sich um seine Brust, ketteten das Schwert an ihn, dessen Bewusstsein sich träge und unwillig neben seinem ausbreitete. Einen Moment lang befürchtete Asher, dass sie sich vermischen würden, dass sie etwas Neues erschufen, gegen das er machtlos sein würde. Doch kurz bevor das geschehen konnte, hielt Morgenrot inne.

Es war ein uralter Schlummer gewesen, in dem es die vergangenen Jahrhunderte verharrt hatte. Soweit Asher wusste, war es nur bei einer Handvoll Gelegenheiten geweckt worden. Denn Morgenrot war das Schwert, mit dem Lucifer, der Urdämon des Hochmuts und Ursprung aller Verderbtheit, erschlagen worden war. Es hatte dem gefallenen Morgenstern die blutrote Morgendämmerung gebracht.

Dass er es nun erhielt, war kein Zufall.

»Erweise dich Morgenrots würdig, indem du dem Orden die Tugend der Tapferkeit demonstrierst und einen Dämon tötest. Wenn er fällt, hast du die Prüfung bestanden und euer Bund wird besiegelt.« Scheitere, und du wirst verstoßen, sofern dich der Tod nicht zuvor findet, ergänzte Asher in Gedanken, was die Divines nicht aussprachen.

Er packte den Schwertgriff und zog Morgenrot aus seiner Scheide. Die Klinge glänzte schwarz wie Obsidian. Als wäre das untere Ende in Blut getaucht, das niemals abgewaschen worden war, lag ein glühend roter Schein darauf. Die Reliquienschwerter der Warden strahlten normalerweise golden, wenn sie geführt wurden, doch dieses Licht war anderer Natur.

Als wäre es nicht himmlischen, sondern höllischen Ursprungs.

Mit einem tiefen Atemzug begab sich Asher in Position, während die erste Archivarin und die Divines die Arena verließen. Er klärte seine Gedanken und beruhigte sein zitterndes Herz. Warum sie ausgerechnet Morgenrot für ihn erwählt hatten – und im Grunde kannte er die Antwort auf diese Frage –, würde er noch früh genug herausfinden. Jetzt zählte nur eins: der Dämon, den er töten würde. Sie hatten ihn in einen Käfig unter der Arena gepfercht, und sobald das Gitter hochgezogen werden würde, würde er nach draußen kommen. Keine Ketten hielten ihn, und niemand würde in den Kampf eingreifen.

Während er die Dunkelheit hinter dem Gitter fixierte,

gingen Asher Nikolais Ratschläge durch den Kopf. Dämonen jedes Lasters besaßen eine bestimmte Schwachstelle, und sie waren die Vicious durchgegangen, die während der letzten Monate den Kampf gegen ihre Sündenmacht verloren hatten und nicht direkt getötet worden waren. Vielleicht würde er ein weiteres Mal auf Ann treffen, die nun ein Dämon des Zorns war. Kontrolle und taktische Zurückhaltung waren der Schlüssel zu seinem Sieg. Ein Dämon des Zorns verpulverte seine ganze Kraft in den ersten paar Minuten des Kampfes. Er durfte sich nicht von seiner Wut anstecken lassen.

Oder vielleicht war es ein Dämon der Habgier, der sich auf ihn stürzen würde. In einem Kampf würde er auf Manipulation und Täuschung setzen, ihm unermessliche Reichtümer versprechen, wenn er ihn nur verschonte. Stattdessen musste Asher ihn in eine Falle locken.

Die Schwachstellen eines Dämons der Trägheit waren ... Seine Gedanken kamen zum Erliegen, als das Gitter mit einem Ruck nach oben gezogen wurde. Mit Morgenrot in der Hand erwartete er still, was auch immer aus der Finsternis emporkriechen würde. Der Dämon ließ sich Zeit – also kein Zorn. Mit einer Hand am Amulett prüfte Asher, ob er bereits unter dem Einfluss einer Sündenmacht stand. Nichts deutete darauf hin, also blieb er wachsam und verharrte an seiner Position.

Und dann schritt *sie* aus der Finsternis.

An irgendeinem fernen Punkt seines Herzens hatte er gewusst, dass sie hier sein würde. Allein aus diesem Gefühl heraus hatte er auf ihr Versprechen beharrt. Er kannte sie inzwischen gut genug – oh, wie verdammenswert gut er sie kannte –, um sich darauf zu verlassen, dass sie sich an ein gegebenes Wort halten würde. Trotzdem war sie hier. Das war schlimmer als all seine Befürchtungen.

»Nein.« Das Wort entschlüpfte ihm kaum hörbar mit dem Keuchen, das er ausstieß. Sein Schwertarm zitterte und die Hand, mit der er nach seinem Amulett gegriffen hatte, sank kraftlos hinab.

Rahels ganze Erscheinung wirkte erhaben. Sie betrat die Arena nicht wie eine Dämonin, die ihrem Henker vorgeführt wurde. Auch nicht als die Vicious, die in Ketten gelegt worden war, ihrer Familie und Heimat beraubt. Sie war die Göttin, die hochmütig beschlossen hatte, ins Schicksal einzugreifen – nur um alles um ein Vielfaches schlimmer zu machen.

Als sich ihre Blicke für einen Wimpernschlag begegneten, wandte sie ihren sofort wieder ab. Geradezu beiläufig, als wäre sie nicht wegen ihm hier, wandte sie sich ein paar Meter von ihm entfernt den anderen Warden zu.

Ein Raunen, wie das Zischen eines Schlangennestes, erhob sich unter ihnen. Nur am Rande nahm er wahr, wie der Richter einen Schritt nach vorne treten wollte, aber vom Inquisitor aufgehalten wurde. Ashers Blick haftete auf Rahels Hinterkopf.

»Was soll das?« Es war die Stimme des Inquisitors, die sich wie ein Donnergrollen über die Arena erhob. Asher packte Morgenrot fester, froh darum, dass Rahel bisher genügend Abstand zu ihm hielt. Schweiß rann ihm unter der Uniform sein Rückgrat entlang. Dann hatten sie Rahel nicht absichtlich gegen ihn ausgesandt. Sie war aus eigenem Willen gekommen, wie auch immer sie das bewerkstelligt hatte.

Das machte es nur schlimmer.

»Wie kannst du es wagen, diesen heiligen Prozess zu stören?« Testa verengte die Augen. »Wo ist der Dämon?«

In den Gewölben der Arena war es verdächtig still, dabei hätten schon längst Warden herausstürmen müssen, um sich Rahel zu schnappen. Das war auch dem Inquisitor nicht entgangen. Was hast du getan, Rahel?, schoss es ihm durch den Kopf.

Sie breitete ihre Arme aus. »Ich bin eure Dämonin. Das ist es doch, was ihr in mir seht.« Damit strömte ihr Hochmut aus jeder Pore und versengte jeden, der nicht rechtzeitig den Blick abwandte. Ihre Arme wurden zu Flügeln aus gleißendem Licht, die sich links und rechts um ihren Körper spannten. Ein goldener Schimmer ging von ihr aus und brachte die Luft um Rahel herum zum Flimmern. Und damit einher ging eine Aura der Macht, die wie eine Welle gegen die Tribünen schwappte und die Warden unter sich begrub.

Sie war die Sonne. Und er war der Narr, der sich ihr wider besseres Wissen genähert hatte.

Obwohl Asher die Illusion sah, die sie erschuf, verschonte sie seinen Verstand. Dass er ihre Schönheit bewunderte und für einen Moment versucht war, in ihrem Licht zu baden, entsprang ganz allein seinem törichten Herzen. Den Inquisitor und die anderen dagegen traf Rahels Macht mit voller Wucht, und Asher bezweifelte keinen Moment, dass sie es genau darauf angelegt hatte. Sie hielt sich nicht zurück.

Drei der Rotuniformierten stürzten sich in wildem Entzücken über die drei Meter hohe Mauer hinab in die Arena. Unkoordiniert prallten sie auf und blieben stöhnend liegen. Zwei andere brachen in Tränen aus und sanken auf die Knie. Esra blieb aufrecht, blickte jedoch wie erstarrt, mit glänzenden Augen und einem kaum merklichen Lächeln auf den Lippen zu Rahel hinab. Nur der Inquisitor sowie ein anderer Warden kämpften sichtbar gegen Rahels Hochmut an. Ihre Gesichter waren vor Anstrengung verzerrt und ihre Finger hatten sich um ihre Reliquien verkrampft.

Auch Asher kämpfte – mit sich selbst. Er kannte seine Pflicht, und was sie von ihm verlangte. Was er fühlte, war gleichgültig, die Illusionen, die er sich für Rahel und sich selbst machte, waren zerstörerisch. Wenn er das hier überstehen wollte, ohne seinen Eltern als Verräter in den Tod zu folgen, musste er jetzt hinter Rahel treten und dem ein Ende bereiten. Auch Morgenrot wusste das und bewegte sich in seinem Bewusstsein. Doch bis auf diese Regung blieb es still, als würde es seine Entscheidung abwarten.

Die er längst getroffen hatte. Bereits in der Nacht, in der die Abnormalität ihn zum ersten Mal in ihr Zimmer getrieben hatte. ›Wer sagt, dass ich dir als Feind gegenüberstehen würde?‹

In dem Moment, als er sich in Bewegung setzte, stürzte der Himmel über der Arena ein. Zumindest fühlte es sich ganz genau so an, bis Asher begriff, dass es nicht der Himmel, sondern die Hölle selbst war. Dämonen stürmten den Platz und die Ränge, deren Zugänge sich wie auf ein gemeinsames Zeichen öffneten. Die Vicious, die sie einst gewesen waren, waren nur noch in verdrehter Form in ihrer fleischlichen Hülle zu erkennen. Sie stürzten sich auf die Warden, zähnefletschend, krallenwetzend, schwingenschlagend, Hörner senkend, fauchend, brüllend und kreischend. Knochensplitternd und blutspritzend, wo die Reliquienschwerter sie aufschlitzten. Rohe Gewalt unterstützte die Sündenmacht, mit der sie Geist, Seele und Leib ihrer Opfer befielen. Diese Kreaturen hatten wochen- oder sogar monatelang Zeit gehabt, in ihrem Zorn zu schwelgen und das bisschen ihrer selbst zu verlieren, das nach der Transformation noch übrig geblieben war.

Angestiftet von ihren Befreiern wollten sie nichts mehr, als Chaos und Tod zu verbreiten.

Asher selbst hatte Rahel verraten, dass der Orden Dämonen unter der Arena gefangen hielt.

Ein Dämon der Habgier, ausgemergelt und mit langen Krallen, wo einst seine Finger gewesen waren, stellte sich ihm in den Weg. Kurz durchzuckte ihn die Ironie, dass er auf diese Weise letztlich doch noch seinen Dämon töten würde, gleichzeitig wurde das Licht, das von Morgenrot ausging, stärker. Im nächsten Moment wich der Dämon vor ihm zurück und machte den Blick auf Rahel frei, die mit einer gebieterischen Geste auf den Ausgang der Arena wies. Und er gehorchte ihr, als hätte er nie eine andere Herrin gekannt, sprintete los und verschwand nach draußen auf das Akademiegelände.

Endlich trafen sich ihre Blicke und vereinten sich miteinander, als würde es den Schrecken und die Zerstörung um sie herum nicht geben. Asher erwartete, den gleichen Hochmut darin zu erkennen, mit dem Rahel diese Arena heimgesucht hatte. Stattdessen fand er tiefe Furcht und Erschöpfung, die nur langsam von zärtlicher Erleichterung abgelöst wurden. Sie überdeckte den bitteren Geschmack ihres gebrochenen Versprechens. Das Dämonische war von ihr abgefallen, und darunter blieben ihre tiefsten und menschlichsten Gefühle. Und sie alle galten ihm.

Als sie auf ihn zusetzte, zerriss es ihn beinahe. Er wollte sie in seine Arme schließen. Er musste Morgenrot seine Hand führen lassen und sie töten. Er durfte sie nicht zu nahe an sich heranlassen, damit genau das nicht geschah.

Diesmal wurde Rahel aufgehalten. Jemand bekam ihr Haar zu fassen und zerrte sie so heftig daran zurück, dass sie aufschrie. Ihr Gesicht verzerrte sich vor Schmerz, als der Inquisitor sie erst in die Knie zwang und dann bäuchlings zu Boden drückte. Einen Fuß stemmte er in ihr Kreuz, um sie zu fixieren, mit der Hand im Haar zerrte er ihren Kopf so weit nach oben, dass ihre Kehle frei lag.

Rahels zorniger Schmerz wurde zu Entsetzen und schließlich blanker Panik, als sie Asher ansah, der wie erstarrt war. Seit sie diese Arena betreten hatte – und obwohl es ihm wie Stunden vorkam, waren erst wenige Minuten vergangen – fühlte er sich wie losgelöst von seinem Körper, nahm alles um ihn herum wahr, als wäre er lediglich Zuschauer von etwas, das sich seiner Kontrolle entzog. Denn genau dazu hatte sie ihn gemacht.

Gegen jeden anderen Warden hätte er sich gestellt und das Schwert mit seinem eigenen abgefangen. Doch seine aufgefrischten Erinnerungen lähmten ihn, zeigten ihm, wie er auf ganz ähnliche Weise vom Inquisitor zu Boden gedrückt worden war, immer und immer wieder. Er wollte einschreiten. Er schrie sich selbst an, dem Mann, der ihm sein ganzes Leben lang nichts als grausame Härte entgegengebracht hatte, das Schwert aus der Hand zu schlagen, das er nun aus der Scheide zog. Er wollte ihn hassen und diesen Hass gegen ihn richten. Dann erinnerte er sich daran, wie er als Junge gegen ihn aufbegehrt hatte. Wie er ihn Gehorsam gelehrt hatte. Wozu er ihn gezwungen hatte. Welche Sätze er ihm in den Kopf gepflanzt hatte, und wie sehr er irgendwann selbst daran geglaubt hatte.

»Niemand wird dich sterben sehen.«

Asher hörte die Worte des Inquisitors, die er an Rahel richtete, als würde er neben ihm stehen. Nein, er würde sie sterben sehen, er allein, während alle anderen um sie herum zu beschäftigt mit dem Ansturm der Dämonen waren, der sich mittlerweile über die ganze Arena und darüber hinaus ausgebreitet hatte. Waren die Warden zuerst zahlenmäßig unterlegen gewesen, so stürmten nun immer mehr von ihnen herbei, um sich dem Kampf anzuschließen. Diesmal machten sie kurzen Prozess und nahmen keinen der Dämonen gefangen.

»Asher ...« Sein Name war nur ein flehentliches Flüstern, doch erreichte ihn trotzdem. Erinnerte ihn daran, dass sie schon immer mehr in ihm gesehen hatte als der Orden. Durchbrach die Stimmen und Erinnerungen in seinem Kopf. Bat um Hilfe.

Endlich stürmte er nach vorne.

»Asher?«, wiederholte der Inquisitor, hielt mit erhobenem Schwert inne und folgte Rahels Blick. An dem Hass in seinen Augen wäre Asher beinahe gescheitert. Er galt ihm und dem Funken, den Rahel in ihm entfacht hatte. Denn Asher würde nicht zulassen, dass er ihm nach allem auch noch sie nahm.

Rahel nutzte diesen Moment, in dem der Inquisitor abgelenkt war und Gehorsam von Asher forderte, auf ihre Weise. Sie würde nicht länger darauf warten, gerettet zu werden. Mit einem Ruck warf sie sich herum, was sie ein Büschel Haare kostete, und trat nach dem Inquisitor. Zielsicher traf sie ihn zwischen die Beine. Er taumelte zurück, und das verschaffte Rahel genug Zeit, um auf die Füße zu kommen. Diesmal rannte sie nicht los, um zu Asher zu gelangen. Sondern um vor Schmerz zitternd die Flucht zu ergreifen. Er sah ihr nach, wie sie aus der Arena verschwand.

Zu spät bemerkte Asher, dass Testa an ihn herangetreten war, statt Rahel nachzusetzen. Seine Nackenhaare stellten sich auf, als sich die große Hand des Inquisitors um seinen Schwertarm schloss. »Du wirst ihr folgen. Und wenn du dein Leben und dieses Schwert behalten willst, wirst du sie damit erschlagen.« Wie während seiner Gebete kroch die Stimme in ihn. Er verlangte das von ihm, weil er ganz genau wusste, dass Asher nicht dazu fähig sein würde.

Der Plan war perfekt gewesen. Im selben Moment, als sie Eden von Ann erzählt hatte, hatte festgestanden, dass die Vicious ihr bei der Umsetzung helfen würde. Wie Mateo an ihrer Seite einst die Bewohner der Cañada Real von der Rechtmäßigkeit ihrer Ziele überzeugt hatte, war Eden an die Mitglieder der Hölle herangetreten und hatte ihnen von den Dämonen erzählt, die unter der Arena gefangen gehalten wurden. Sie mussten sich nicht einmal selbst in den Kampf begeben, sondern den Warden nur zum Verhängnis werden lassen, was sie selbst so töricht – ja, beinahe schon hochmütig – unter ihrer Kontrolle glaubten. Und ganz nebenbei würden sie auch Rahel vor ihrem Schicksal bewahren.

Eden allein hatte sie sich anvertraut, nachdem sie Nikolai außer Gefecht gesetzt und sich durch die Gänge bis zu ihrer Schlafkammer geschlichen hatte.

»Ihr müsst die Wachen ausschalten und die Dämonen befreien. Sie haben keine Chance, wenn ihr zusammenarbeitet. Zieht euch dann sofort zurück. Je weniger sie später von euch identifizieren können, desto besser.« Das war der Teil ihres Plans, der ihr am meisten Bauchschmerzen bereitete: Sie würden die Vicious der Hölle später in ihrem Kerker dafür leiden lassen, was sie getan hatten. »Und lasst euch nicht von van Hoven erwischen. Er schleicht dort irgendwo rum und hofft, dass ich endlich auffliege.«

Eden hatte ihre Hände gedrückt, die sie in ihre genommen hatte, und genickt. Niemals hätte sie Ann, ihre Schwester, dort unten ihrem Schicksal überlassen, wochenlang auf ihren Tod in der Arena zu warten oder als Versuchsobjekt für die Warden zu dienen. Wenn die Warden sie schon töten mussten, dann sollte sie wenigstens eine faire Chance auf Rache bekommen. »Was ist mit dir?«

Rahel atmete tief durch. »Ich werde die Warden in der Arena lange genug ablenken, um Asher danach vor den Dämonen abzuschirmen und da rauszuholen.« Falls sie es nicht schaffte, ihn wegzubringen – und Rahel fielen mehrere Szenarien ein, warum ihr das nicht möglich sein könnte –, so würde immerhin kein Dämon übrig bleiben, um seine Prüfung zu vollenden.

»Was ...? Aber warum lassen wir die Dämonen ihn nicht einfach ...?« In diesem Moment begriff Eden und erstarrte.

Rahel fürchtete sich vor dem Urteil der Vicious und ihrem erbitterten Hass auf die Warden. Am liebsten hätte sie es weiterhin vor ihr verheimlicht, nur wäre das nicht fair gewesen, wenn sie ihr Leben für sie riskierte. Sie musste es wissen.

»Fuck, das kann nicht dein Ernst sein! Ich riskiere mein Leben sicher nicht für einen verfickten Warden!«

»Du nicht, nein. Nur für Ann. Und ich ... für Asher.«

»Und das soll mich jetzt beruhigen?«, fauchte ihre Freundin. Sie fluchte noch ein wenig vor sich hin, schwor, dass Rahel vollkommen den Verstand verloren hatte, und zog sie schließlich in eine grobe Umarmung. »Wenn ich ihm begegne, bring ich ihn um.«

Rahel lehnte ihre Stirn an ihre Schulter und lächelte knapp. »Nein, das wirst du nicht.«

William hatte ihnen die unterirdischen Zugänge zu den Katakomben unter der Arena gezeigt, und alles war nach Plan verlaufen. Bis der Inquisitor sie beinahe getötet und Asher tatenlos danebengestanden hatte. Sie hatte gesehen, wie er mit sich gekämpft hatte, verstand sogar, warum sein neu gewonnener Mut am Inquisitor gescheitert war, und erkannte den Triumph darin, dass er sich letztlich doch in Bewegung gesetzt hatte. Trotzdem hatte es sich so angefühlt, als hätte er das, was sie füreinander empfanden, verraten.

Kopflos war sie aufs Dach geflohen, an den einen Ort, an dem sie niemand suchen würde außer ihm.

Und er fand sie.

Wie sie es erhofft und gefürchtet hatte. Ersehnt und verdammt. Rahel lauschte auf seine Schritte, die sich ihr näherten. War er gekommen, um sich ihr anzuschließen oder um sie für das zu bestrafen, was sie getan hatte? War sie hier, um auf ihn zu warten oder um ihn zur Rede zu stellen?

Als er schon ganz nahe war und sich Rahel zu ihm umdrehte, fand sie die Antworten in Gestalt des Reliquienschwerts in seiner Hand. Sein rötlicher Schein rührte an einer Erinnerung, die nicht die ihre war. Angst und Hass auf diese Klinge vermischten sich zu etwas, das sie nicht kontrollieren konnte.

»Nein.« Es sollte atemlos und flehend klingen, doch das tat es nicht. Es war ein Befehl, der ihren Lippen eiskalt entschlüpfte und Asher zum Stehenbleiben zwang. Ihr Hochmut sprudelte hervor und griff nach ihm wie ein ausgehungertes Monster, das zu lange im Käfig gehockt und den Leckerbissen davor angestarrt hatte. Sie hatte es aus reinem Überlebensinstinkt befreit – genau, wie der Inquisitor es von Anfang an beabsichtigt hatte.

Überrascht keuchte er auf und sank mit einem Knie zu Boden. Mit panisch geweiteten Augen sah er zu Rahel auf, die wie erstarrt dabei zusah, wie sich ihre Macht an dem Warden vor ihr labte. Sie würde ihn verschlingen, denn es gab nichts, was er ihr entgegenzusetzen hatte. Entzückt würde er seine Klinge, die ihr Tod gewesen wäre, gegen sich selbst richten, um ihr zu gefallen. Er würde sie lieben, wie er niemanden zuvor geliebt hatte, und niemals jemanden nach ihr lieben würde. Er würde für sie sterben, und sie würde sich von allen irdischen Fesseln befreien.

»Nein.« Rahel schwankte, stolperte rückwärts und schloss die Augen. Das wollte sie nicht. Selbst wenn seine Klinge sie tatsächlich durchbohren würde. Sie durfte das nicht zulassen.

Obwohl sie Asher nicht länger sah, verrichtete ihre Sündenmacht ihre Arbeit und entließ ihn nicht. Als sie danach griff, um sie von sich abzureißen und einen Albtraum zu erschaffen, schmiegte sie sich fester an Rahel. Es war zwecklos. Sie wollte ihn zu sehr.

Rückwärts stieß sie gegen die halbhohe Brüstung. Und statt sich daran festzuklammern oder davon abzustoßen, drehte sich Rahel um und ließ sich fallen. Niemals hatte sie den Sturz dringender gewollt. Sie durfte nicht fliegen. Denn wenn ihr Flügel wuchsen und sie zur Dämonin wurde, bedeutete das Ashers Ende. Sie musste fallen und am Boden zerschmettern, genau wie der erste Sünder.

Ob Lucifer sich auch aus Liebe geopfert hatte?

Plötzlich wurde sie von hinten gepackt. Fest umklammerte er sie mit seinen Armen, drückte sie ganz eng an sich und schwebte mit ihr über dem Abgrund. »Ich werde nicht zulassen, dass du fällst«, wisperte er an ihrem Ohr. Asher atmete angestrengt, als würde es ihn all seine Kraft kosten, hier bei ihr zu sein. Mit purer Willensstärke hielt er Rahels Hochmut stand. Das Schwert hatte er zurück in die Scheide gesteckt. »Nicht für mich. Für niemanden.«

Tränen quollen Rahel aus den halb geschlossenen Augen, liefen über ihre Wangen und in ihr Haar. »Asher ... nicht.«

»Du magst mir vieles befehlen können. Dich loszulassen, gehört nicht dazu.« Er zog sie noch dichter an sich und vergrub sein Gesicht an ihrem Hals, um seine Worte zu unterstreichen. »Es tut mir leid, dass ich mich nicht gegen ihn stellen konnte.«

»Asher«, hauchte Rahel und spürte, wie er immer stärker zitterte. Sie musste etwas tun. Irgendetwas.

›Erschaffe keine Albträume. Erschaffe Träume.‹

Seit Wochen dachte Rahel über die Bedeutung dieser Worte nach, und endlich verstand sie.

Sie hatte schon einmal Träume erschaffen. Träume für die Menschen der Cañada Real, die sich ihrem Hochmut verschrieben hatten und den Pakt mit ihr eingegangen waren. Rahel hatte sie davon überzeugt, mehr verdient zu haben, sich zur Wehr setzen zu können. Dafür hatten sie ihr Schutz geboten, und der heraufbeschworene Hochmut hatte Rahels Macht genährt. Ihr Geist hatte ihr gehört, sie hatte ihn zu jeder Zeit erreichen können.

Mit einem Schluchzen hielt sie in ihren Versuchen inne, ihren Hochmut in einem Albtraum von sich zu lösen. Ungebremst prallte ihre Macht auf Asher und nahm jeden Winkel seines Seins ein, gefräßig, frohlockend und unendlich erleichtert. Im selben Moment verloren sie den Halt und sackten über die Brüstung in den Abgrund.

»*Du wirst nicht fallen*«, flüsterte sie Asher im Geiste zu. Nie zuvor hatte sie ihn so intensiv gespürt. Sie waren eins, und während sie sich an diesem Ort, den sie geschaffen hatte, ungeniert ausbreitete, stieß er überrascht und vorsichtig dazu. »*Dein Orden glaubt nicht an dich, aber ich tue es. Er wird dich nicht retten, aber ich werde es – wenn du daran glaubst, was ich dir sage. Du wirst nicht fallen. Weil du fliegen kannst.*«

Sie hatte es ihm prophezeit, doch damals hatte er es abgetan. Nun begehrte sein Verstand nur ganz kurz dagegen auf, während der Wind an ihren Kleidern zerrte und sich der Boden in rasender Geschwindigkeit näherte. Immer noch spürte sie Ashers Gesicht an ihrem Hals, seinen Atem an ihrer Haut. Kopfüber presste er sie an sich, hielt sie immer noch fest.

Doch Rahel verlangte viel mehr von ihm, als nur an sie zu glauben. Er sollte an sich selbst glauben, so unerschütterlich, dass es jede Macht überstieg, die sie hervorrufen konnte. So kompromisslos, dass sie seinen Glauben Wirklichkeit werden ließ.

Er öffnete sich ihrer Macht und begrüßte sie in seinem Geist, wie sie es vom ersten Moment ihrer Begegnung erahnt hatte. Sie musste keine Bilder in seinem Kopf erzeugen, er schuf sie selbst, indem sich Schwingen in seiner Vorstellung entfalteten und ihren Sturz mit einem mächtigen Schlag abfingen. Es war ein Traum, kein Albtraum, eine Sünde, der frevelhafte Gedanke daran, fliegen zu können und einen tödlichen Sturz zu überleben. Und Rahel ließ diesen Traum wahr werden.

In einem Moment fielen sie, im nächsten standen sie unten vor der Akademie, als hätte die Welt einen Rundumschlag gemacht. In gewisser Weise hatte sie das, denn in seinem Traum hatte Asher die Wirklichkeit selbst gedehnt, und Rahel hatte sie ihrem Willen unterworfen. Obwohl sie mittlerweile festen Boden unter den Füßen hatten, ließ er sie nicht los. Auch Rahel spürte sekundenlang der berauschenden Verbindung nach, die sich in ihr geöffnet hatte und auf direktem Wege zu Asher führte. Ihr Hochmut hatte sich nicht an ihm sattgefressen, sondern ihn erobert, sich ihm zur Verfügung gestellt. Sie hatte ihn nicht durch Asher gemehrt, sondern mit ihm geteilt. Mit jedem ihrer Herzschläge ebbte das Gefühl ab.

Was blieb, war eine Leere, die sie frösteln ließ. Obwohl sie sich am liebsten an Asher geklammert hätte, um sich von ihm halten zu lassen, rückte sie von ihm ab. Zögernd gab er sie frei, als hätte er noch nicht ganz verstanden, was gerade geschehen war. Dass sie am Leben waren, entgegen sämtlichen geltenden Gesetzen – und zwar nicht dank eines Wunders seiner Heiligen.

Sie mied seinen fassungslosen Blick, um sich umzusehen. Der Großteil der Dämonen hatte sich um die Arena herum in den Gärten verstreut, von dort klang auch Kampflärm herbei, doch auch hier in der Nähe des Haupteingangs konnten jederzeit Warden vorbeikommen.

»Was hast du getan?«

Ashers Flüstern riss sie aus ihren Gedanken, trotzdem sah sie ihn nicht an. »Nicht ich«, erwiderte Rahel und räusperte sich, als ihre Stimme zitterte. Sie war ebenso erschüttert und vor allem durcheinander – von dem, was gerade passiert war, was es bedeutete, von ihren Gefühlen, die sich nie verhängnisvoller angefühlt hatten. Nur war jetzt nicht die Zeit für Fragen. Vielleicht auch, weil sie Angst vor den Antworten hatte. »Das warst du.« Sie presste die Lippen aufeinander, korrigierte sich. »Wir.«

Sie musste Eden finden und sicherstellen, dass sie es rechtzeitig weggeschafft hatte. Über ihr eigenes Schicksal wagte sie nicht nachzudenken. Rahel hatte sich bisher mit dem Gedanken beruhigt, dass sie eine Vicious nicht töten konnten, solange sie nicht zur Dämonin geworden war. Die Stunden im Kerker hätte sie ertragen. Vielleicht wäre Rafael ihr ein weiteres Mal zu Hilfe gekommen. Allerdings hatte sie sich getäuscht. Der Inquisitor war durchaus bereit, sich über sämtliche Regeln hinwegzusetzen.

Irgendwo tief in sich hatte sie sogar gehofft, diesem Ort gemeinsam mit Asher entfliehen zu können. Dann hätte sie nicht mehr darauf warten müssen, dass Rafael sein Versprechen einlöste und sie zu Mateo brachte. Ihr Bruder brauchte sie.

Als sie loslaufen wollte, griff er so schnell nach ihrem Handgelenk, dass der Schwung sie zu ihm zurückprallen ließ. »Wo willst du hin?« Er klang alarmiert.

Sie blickte auf seine Hand. »Warum? Willst du mich zu deinem Inquisitor bringen?«

Als hätte er sich an ihr verbrannt, ließ er sie los. »Das glaubst du? Wirklich?« Seine Stimme klang tonlos, er suchte ihren Blick vergeblich. »Nach allem, was du getan hast, solltest du nicht …«

»Was ich getan habe? Du meinst, dich gerettet zu haben?«

»Mich gerettet? Wie sollte mich das retten? Warden sterben, und …«

Rahel wandte sich ab. Wenn er glauben wollte, dass sie die Böse in dieser ganzen Geschichte war, sollte er das. Vielleicht war es besser so. Es bewahrte sie vor weiteren Illusionen und enttäuschten Erwartungen.

Diesmal setzte Asher ihr nicht nach.

»Tu nicht so, als hättest du nicht von Anfang an gewusst, was ich bin.«

20
Nec violae semper nec hiantia lilia florent, et riget amissa spina relicta rosa.

Weder Veilchen noch sich öffnende Lilien blühen immer, und starr ist der Dorn, nachdem er die Rose verloren hat.

Tausend Stimmen lachten und schrien in ihrem Kopf, während sie ihren Brustkorb aufrissen und mit ausgestreckten Fingern auf ihr Herz deuteten. Erneut lief sie davon und widersprach damit allem, was ihre Natur von ihr verlangte. Rahel wich niemals zurück. Heute tat sie es zum zweiten Mal, und es bewies, wie Unrecht sie alle damit hatten, eine Dämonin in ihr zu sehen.

Niemals hatte sie sich menschlicher gefühlt. Fehlbarer, weil sie hochmütig genug gewesen war, daran zu glauben, Asher retten zu können. Sie lief nicht davon, weil er sie sterben gelassen hätte – sie hatte die lähmende Furcht in seinem Blick gesehen. Der Inquisitor hatte weitaus mehr getan, als ihn die Hinrichtung seiner Eltern mit ansehen zu lassen, das hatte sie in dem Moment seines Gehorsams begriffen. Sie lief auch nicht davon, weil er oben auf dem Dach das Reliquienschwert in der Hand gehalten hatte, als wollte er zu Ende bringen, was Testa begonnen hatte – denn sie hatte gespürt, wie sehr er sie liebte, als er mit ihr vom Dach gestürzt war.

Rahel lief davon, weil sie sich schämte.

Für jeden einzelnen ihrer Fehler, die sie heute begangen hatte.

Und vom höchsten Punkt der Insel führte ihr Fall sie in die Hölle.

Bereits als sie die Worte »omnes sumus peccatores« in das geöffnete Schlangenmaul flüsterte, wusste sie, dass irgendetwas nicht stimmte. Es dauerte viel zu lange, bis ihr das Zischen antwortete und sich der Durchgang öffnete. Bisher hatte William nur Sekunden benötigt, um sie einzulassen, und nachdem er ihnen den Durchgang zu den Katakomben der Arena gezeigt hatte, hatte er versprochen, ihren Rückzug abzuwarten. Misstrauisch blickte Rahel in die Finsternis des Tunnels, bis sie ihn mit einem tiefen Atemzug betrat. Wenn irgendetwas vor sich ging, war es umso wichtiger, dass sie nach dem Rechten sah.

Immerhin hatte sie das alles angezettelt.

Tonnenschwer lastete die Erde über ihrem Kopf, und sie glaubte, die Erschütterungen der Kämpfe in den Gärten zu spüren. Als würden sie selbst diesen abgelegenen und vergessenen Ort in Aufruhr versetzen. Mit laut pochendem Herzen verzichtete sie auf die Laterne, um sich stattdessen mit beiden Händen die Stufen nach unten zu tasten, in Dunkelheit, die sie vollkommen umhüllte und in der sie die Orientierung zu verlieren drohte, wenn sie auch nur für einen Moment zögerte und über ihren nächsten Schritt nachdachte. Also tat sie es nicht, sondern brachte den Weg schneller hinter sich als bei irgendeinem ihrer Besuche zuvor.

Als sie den Vorraum mit der langen Tafel betrat, empfing sie zuerst Stille. Was ungewöhnlich genug war, sodass Rahel abrupt, noch halb in die Schatten des Tunnels gehüllt, innehielt.

Ein Schaben zu ihrer Rechten ließ sie herumfahren.

Sie sah in Williams geweitete Augen in einem leichenblassen Gesicht. Der alte Mann zwängte sich aus einer Nische heraus, die Rahel nicht einmal aufgefallen wäre, und legte sofort den Finger an die Lippen.

Fragend neigte sie den Kopf zur Seite und starrte ihn durchdringend an. Was geht hier vor sich?, verlangte sie lautlos zu wissen.

Fahrig griff sich William ins schüttere Haar, bevor er den Kopf schüttelte. Er wirkte durcheinander, geradezu verstört, und das ungute Gefühl in Rahel wuchs. »Der Lord Rector«, murmelte er schließlich, kaum vernehmbar. »Er ist ihnen nach unten gefolgt.«

Van Hoven. Er hatte ihr also tatsächlich aufgelauert, vermutlich gehofft, sie unter den anderen zu finden.

»Wo?«

Mit einer kaum merklichen Kopfbewegung deutete William zum Durchgang am anderen Ende des Raumes, der ins Herz der Hölle führte, in der sie tranken, spielten und tanzten. »Wer zurück hierher ist, hat die Hölle geräumt, als er ... die Kontrolle verloren und eine Abnormalität erschaffen hat.«

Rahel runzelte die Stirn. »Van Hoven?« Das konnte nicht stimmen. War es letztlich der Lord Rector selbst gewesen, der die Akademie heimgesucht hatte? War das sein Plan gewesen, sie zu Fall zu bringen, indem er ihr die Schuld gab? Und seine Worte vorhin in den Gärten – nur ein Ablenkungsmanöver, eine Farce?

William überging ihre Worte und drückte sich auf zittrigen Beinen an ihr vorbei. »Ich hole den Herrn. Er wird wissen, was zu tun ist.« Er hielt noch einmal inne, um einen nervösen Blick in Richtung der Bar zu werfen und Rahel sacht am Arm zu berühren. »Keine Sorge, er wird Ihnen nichts antun. Sie sollten trotzdem lieber versteckt bleiben, bis ich mit dem Herrn wieder hier bin.«

Sie wollte ihn aufhalten und fragen, wer sein Schirmherr war, welchem Sündenhaus er angehörte. Warum sie nichts von van Hoven zu befürchten haben sollte, der nie einen Hehl aus seiner Verachtung für sie gemacht hatte. Doch schneller, als sie den Mund öffnen konnte, war der alte Mann in die Schatten gehuscht, vermutlich um einen der anderen Zugänge zwischen unterirdischen Gewölben und Akademie zu nehmen.

Einen Moment verharrte sie unschlüssig. Dann straffte sich Rahel und nahm die dunkle Öffnung zum Barraum ins Visier. Sie war lange genug für diese Albträume verantwortlich gemacht worden, hatte sogar an sich selbst gezweifelt. Ann war ihnen zum Opfer gefallen, woran Eden beinahe zerbrochen wäre. Und nicht zuletzt hatten sie es auf Asher abgesehen.

Sie hatte nicht vor, auf einen unbekannten Vicious zu warten.

Das endete, hier und jetzt.

Als Rahel den Raum betrat, fand sie van Hoven mit leerem Blick am Boden liegend. Seine Brust hob und senkte sich, sodass sein ganzer Körper unter den Atemzügen, von denen die Stille pfeifend unterbrochen wurde, zusammenfiel und sich wieder aufblähte. Mit den Fingernägeln hatte er so heftig über den steinernen Boden gekratzt, dass er voller Blutspuren war. Er starrte in ein substanzloses Nichts, das sein Gesicht in eine Maske des Schreckens verwandelt hatte und sich irgendwo über ihm, unsichtbar für Rahel, befand. Unsichtbar, aber spürbar als lähmende Furcht in ihrer urtümlichsten Form.

Endlich verstand sie auch, woher die unnatürliche Stille rührte. Sie ging von der Abnormalität aus, die gerade den Geist des Lord Rectors vergiftete, bis nichts mehr davon übrig bleiben würde. Nur: Warum sollte sie sich gegen ihren Meister richten?

Erst als Rahel es endlich schaffte, den Blick von van Hoven zu lösen, fiel ihr auf, dass er nicht allein zwischen zur Seite gefegten Möbeln und zerbrochenem Inventar war. Die flackernde Lampe warf ihren unruhigen Schein über eine weitere Gestalt, die stocksteif auf den Lord Rector hinab starrte.

»Callum?«

Er zuckte heftig zusammen, und zugleich stöhnte van Hoven auf, als würde die Abnormalität wie ein wütendes Tier, das um seine Beute fürchtete, aufbegehren und ihren Griff um ihn festigen. Mit abwehrend erhobenem Arm fuhr Callum zu Rahel herum. In diesem Moment dachte sie nicht daran, wie ätzend er sich ihr gegenüber verhalten hatte oder warum er dort stand und dem Lord Rector beim Sterben zusah. Sie dachte allein an Eden, die einen weiteren Verlust nicht verkraften würde – nicht Callum.

»Callum, pass auf! Weg von dem Albtraum!«

Als Rahel einen Schritt in seine Richtung setzte, wich er zurück. »Nein! Nicht du! Bleib weg von mir!« Seine Stimme verzerrte sich schrill und hallte durch die Gewölbe. Gleichzeitig zog der Albtraum erneut an van Hoven und entlockte ihm damit unterdrückte Laute. Wimmernd warf das Oberhaupt von Haus Hochmut den Kopf hin und her.

Rahel erstarrte in der Bewegung, sah von ihm zu Callum, der mehr Angst vor ihr als vor der Abnormalität zu haben schien.

»Diese Albträume stammen von dir.«

Sie waren nicht aufgetaucht, nachdem Rahel an die Akademie gekommen war. Sondern nach Callums Streit mit Eden, kurz bevor sie Rahel in die Hölle geführt hatte. Callum, der die Warden und ihre Überwachung mehr fürchtete als alle anderen und Rahel wegen Asher nie in seiner Nähe akzeptiert hatte. Es ergab Sinn, dass die Albträume hinter Asher her gewesen waren. Sie verstand nur nicht, warum Callum sie so sehr fürchtete, dass selbst seine Albträume vor ihr zurückwichen. Und ...

»Warum hast du Ann das angetan?« Und Eden. Sie ballte die Hände zu Fäusten. Gerade noch hatte sie ihn retten wollen. Doch das hatte er nicht verdient. Er war für so viel Leid verantwortlich, hatte tatenlos zugesehen, wie sie für seine Vergehen bestraft und missachtet worden war. Damit würde sie ihn nicht davonkommen lassen.

Callum schlang die Arme um seinen Körper und zog die Schultern hoch, als könnte er sich so irgendwie gegen ihre Worte schützen. Die Schatten unter seinen Augen, die im Takt der flackernden Lampe umherhuschten, verliehen ihm etwas Zwischenweltliches. »Geh!«, spie er ihr entgegen. »Das hier ist alles deine Schuld!«

»Ich habe Ann nicht zur Dämonin gemacht, ebenso wenig wie ich all die anderen Vicious mit Abnormalitäten gequält habe«, erklärte sie ruhig, ohne auch nur mit der Wimper zu zucken. Es war Zeit, dass er ihr ein paar Antworten lieferte. »Warum Ann, Callum?«

Er zitterte, stieß aber ein raues Lachen aus, das ganz

und gar freudlos klang. »Sie wollte dir wehtun«, raunte er bitter und starrte einen Punkt auf dem Boden zwischen ihnen an. Er hatte ihrem Blick nie standhalten können. »Sie hat euch an diesem Abend wieder aufgelauert und wollte zu Ende bringen, was sie in der Bibliothek begonnen hat. Ann wollte es darauf anlegen, dass der Wächter dich, infiziert von ihrem Zorn, angreift. Sie wollte Eden genauso sehr vor dir schützen wie ich. Ich habe versucht, mit ihr zu reden, sie aufzuhalten.«

»Aber Ann hat sich mit Worten nicht aufhalten lassen«, erriet Rahel das Ende der Geschichte.

Wieder stieß Callum diesen Laut aus, der ihr sämtliche Haare zu Berge stehen ließ. »Sie hat es abgetan, als wäre es halb so schlimm, Gefahr zu laufen, von den Warden erwischt zu werden. Das hier ist alles nur ein Spiel für die Mitglieder der Hölle. Deshalb hasse ich diesen Ort.« Sein Blick huschte durch den Raum und blieb ganz kurz an van Hoven hängen, dessen Haut aschfahl geworden war. »Ich habe mir gewünscht, mich nicht mehr zu fürchten, war neidisch auf den Mut aller anderen. Bis ich wollte, dass sie sich ebenso fürchten wie ich. Zweifeln. Und mein Traum ist in Erfüllung gegangen.«

Es wirkte nicht wie ein Traum, sondern wie eine Bürde, die er mit sich herumgeschleppt hatte.

»Also hast du mit den Abnormalitäten auch Angst unter den Vicious gesät.« Damit sie fühlten, was er fühlte, weil er nicht dazu imstande war, seine Furcht und seinen Neid loszuwerden. Am Ende hatte er nur Leid verursacht, selbst unter denen, die er liebte.

Rahel schüttelte langsam den Kopf, während sie all das realisierte. »Und van Hoven? Was ist in den Katakomben der Arena passiert?«

Der Lord Rector zuckte mittlerweile nur noch gelegentlich.

»Ich bin dort gewesen, um eine Abnormalität auf deinen Wächter zu hetzen, nachdem ich ihn die Nächte zuvor nicht erwischt habe. Es durfte nicht so weit kommen, dass er sein Reliquienschwert bekommt. Als die anderen aufgetaucht sind, bin ich abgehauen, aber van Hoven hat mich gesehen und ist mir gefolgt.« Und Callum hatte sich in die Ecke gedrängt gefühlt und eine Abnormalität auf ihn losgelassen.

»Das verstehe ich nicht«, stieß Rahel aus. »Warum versuchst du, mich zu beschützen? Warum hast du Ann aufgehalten, sie dafür bestraft, dass sie mir wehtun wollte? Warum wolltest du verhindern, dass Asher mich umbringt? Und warum haben die Abnormalitäten mich nicht angegriffen?« Immerhin hätte er sie, folgte sie Callums Logik, mehr als alle anderen das Fürchten lehren müssen.

»Das haben sie.« Er schloss die zuckenden Lider und rang nach Luft. »Ein einziges Mal.« In der Nacht, als sie zum ersten Mal einem abnormalen Albtraum begegnet waren. »Ich war panisch, als ihr dort aufgetaucht seid, und habe die Kontrolle verloren. Und bin hart dafür bestraft worden. Ich musste dich beschützen, weil er es mir befohlen hat. Niemand darf dich anrühren. Du bist unantastbar.«

Das war sie nicht, wie ihr mickriges Herz ihr bewiesen hatte. Es gab eine Person, die sie auf unzählige Arten berührt und damit verwundbar gemacht hatte. Doch es war etwas anderes, was sie stutzig werden ließ. »Wer hat dich bestraft? Wer hat dir diesen Befehl erteilt?«

Callums Blick ging wieder hinab zu van Hoven, und diesmal beugte er sich zu ihm runter. »Die Warden wollen, dass wir unsere Sündenmacht von uns lösen. Nur die

Angst bleibt. Aber Dämonen fürchten nichts mehr, richtig?« Er legte seine Hand an die Stirn des Lord Rectors. Ein Funkeln trat in seinen Blick, der kaum noch Menschliches an sich hatte.

»Lass das, Callum!«, befahl Rahel scharf, doch ihr Hochmut regte sich kaum, weil sie zu viel davon mit Asher geteilt hatte. »Was ist mit Eden?«

Seine Lippen zuckten, erst nach oben, dann nach unten. »Ich war immer eine Last für sie«, murmelte er blind vor Selbsthass. »Sie wird es verstehen, irgendwann. Und bis dahin hoffe ich, dass du mein Opfer zu würdigen weißt. Meine Königin.«

Mit seiner Sündenmacht griff er nach van Hovens letzter Lebenskraft, um sie sich anzueignen. Neid stahl und sabotierte die Kräfte anderer, um sie für sich selbst zu nutzen. Und es hatte nicht mehr viel gefehlt, um Callum den letzten Stoß zu versetzen. Während seine Worte, die nichts Ehrfürchtiges oder Demütiges an sich gehabt hatten, sondern voller Schmerz waren, in Rahel nachhallten, durchbrach seine dämonische Natur die menschliche Hülle. Der Albtraum verschwand augenblicklich, als hätte seine Existenz damit das Ablaufdatum erreicht. Van Hoven tat seinen letzten Atemzug, und Callum stieß einen gurgelnden Laut aus, als würde er unter Wasser gezogen werden.

Unzählige Augen öffneten sich über sein ganzes Gesicht verteilt.

Als Eden ihn abgefangen und gefragt hatte, ob er *seine* Vicious suche, hätte Asher beinahe aufgelacht.

Er hatte schon immer viel mehr ihr gehört, als dass sie die seine gewesen war.

Wie sonst ließe sich erklären, dass er Eden hinab in eine unbekannte Dunkelheit gefolgt war? Fernab der letzten Gefechte, die gegen die Dämonen geführt wurden, wäre er hier leichte Beute für sie. Allerdings beachtete sie ihn kaum, während sie immer tiefer vordrangen und ihm die Wände um ihn herum die Luft zum Atmen nahmen. Sie musste verzweifelt sein, wenn sie ausgerechnet ihn um Hilfe bat. Und wissen, dass er der Einzige war, der Rahel niemals etwas antun würde.

»Vergil ist mit den anderen aus unserem Versteck geflohen, als van Hoven sie dort gefunden hat. Ich vermute, Rahel ist dort unten, um sich ihm zu stellen. Sie hat etwas davon erzählt, dass er ihr auflauern würde«, hatte sie geknurrt, und nach einigem Zögern leise hinzugefügt: »Und ich kann Callum nicht finden.«

Er verstand nicht, was der Lord Rector mit dem geheimen Versteck der Vicious zu tun haben sollte, doch Rahel war van Hoven schon immer ein Dorn im Auge gewesen. Wenn sie sich ihm entgegenstellte, konnte das nicht gut enden – und so hatte Asher trotz aller Bedenken keine Sekunde gezögert. Vielleicht würde sie danach endlich aufhören wegzulaufen und ihm stattdessen erklären, warum sie erst behauptete, ihn gerettet zu haben, und ihn dann von sich stieß.

»Wie tief geht es hier noch runter?«, fragte er, als das Ende des Tunnels einfach nicht in Sichtweite rücken wollte.

Eden schnaubte ungehalten. »Du bist ja genauso schlimm wie Rahel.« Ihre Stimme zitterte unter dem gereizten Tonfall.

Auch Ashers Brust zog sich bei dem Gedanken zusammen, dass Rahel etwas zugestoßen sein könnte. Unbewusst legte er seine Hand auf den Knauf von Morgenrot, das er immer noch bei sich trug. Wenn das hier erledigt war, würde er das Schwert wieder abgeben. Allem, was dann kommen würde, würde er sich stellen. Jetzt galt es erst mal, Rahel zu retten. Er verstand immer noch nicht, warum sie seine Prüfung sabotiert hatte, doch sie hätte ihr Versprechen nicht grundlos gebrochen. Sie war dort gewesen, um ihn vor den Dämonen abzuschirmen, er hatte die tiefe Erleichterung in ihrem Blick gesehen, als sie in seine Richtung gerannt war. Und sie hätte sich lieber vom Dach gestürzt, als zuzulassen, dass ihr Hochmut ihn verzehrte.

Sie hatte recht: Er hatte von Anfang an gewusst, was sie war. Und bereute keinen Moment, den sie geteilt hatten, in stiller Verbundenheit oder hingebungsvoller Leidenschaft. Nun befürchtete er, dass Rahel glauben könnte, er würde genau das tun, bereuen, erneut, obwohl er ihr das Gegenteil geschworen hatte.

Als sie das Ende des Tunnels erreichten und ein Gewölbe durchschritten, das in einen großen Raum mündete, fanden sie Rahel. Sie blickte wie erstarrt hinab auf einen Dämon, der vor ihr kauerte. Glühende Augen, die unterschiedlichste Emotionen, von Angst bis Hass zeigten, bedeckten sein Gesicht, seinen Hals und seine Arme. Langes Haar fiel ihm wie eine Mähne über den Rücken und seine Haut hatte sich verfärbt, war von feinen Schuppen überzogen.

Asher achtete nicht auf Eden, die ebenso überrascht von der Szene stehen geblieben war, sondern setzte einen Schritt in den Raum hinein. Instinktiv zog er sein Schwert, um den Dämon von Rahel weg zu scheuchen – im Gegensatz zu Albträumen machten sie nicht vor Vicious Halt. Morgenrot tauchte die Wände in den roten Schein der Hölle.

Sofort fuhr der Dämon zu ihm herum. Ashers Blick streifte Rahel, die ihm eine Warnung zurief, dann stellte sich der Dämon ihm in den Weg. Alle seine Augen waren auf ihn gerichtet.

»Du wirst sie nicht bekommen, Königsschlächter«, zischte er mit gespaltener Zunge. Und dann verblasste der Raum um Asher herum, als der Dämon in einen Dialog mit seinem Geist trat. Die Stimme hallte in seinem Kopf wider, als wäre sie aus seinen eigenen Gedanken geboren.

Glaubst du wirklich, sie sieht dich? Sie ist die Königin des Hochmuts, niemand übertrifft ihre Macht und ihren Glanz. Du bist nur jemand, der leicht zu ersetzen ist. Nur ein weiteres Gesicht in einer Armee aus Narren, die versuchen, ihrer würdig zu sein.« Der Dämon wusste, dass er ihn nicht mit Vergleichen zu anderen Warden und seiner Unwürdigkeit verunsichern konnte – genau wie die Abnormalitäten. *»Du wärst nur ein Schatten in ihrem Licht. Sie könnte jeden haben – und das wird sie.«*

Asher wurde daran erinnert, wie Rafael nach Rahel gegriffen hatte, wie ihre Macht in seiner Anwesenheit vibriert und sie selbst gestrahlt hatte. Neid schlich sich durch die Bruchstellen in seinem Herzen. Und der Dämon bot ihm einen Ausweg an. *»Du musst dir nur nehmen, was du begehrst.«*

»Nein«, keuchte Asher, und ehe der Dämon mit seinen Einflüsterungen fortfahren konnte, machte er einen Satz nach vorne und zielte mit Morgenrot auf sein Gesicht. Gerade noch rechtzeitig wich sein Gegner ihm aus, indem er die Bewegung spiegelte.

Auch mit den nächsten beiden Hieben war es, als würde der Dämon seinen Angriff voraussehen und ihm genau so viel Kraft nehmen, wie er in die Bewegung steckte. *»Du bist nicht stark genug. Leg dein Schwert nieder und schließe dich unserer Königin an«*, beschwor er ihn dabei immer wieder. Doch Asher hörte nicht auf ihn, sondern erinnerte sich daran, was Rahel gesagt hatte. Dass er besser als sie alle sei.

Mit dem dritten Hieb bohrte sich Morgenrot in seinen Leib.

Der Dämon schrie.

Und erst jetzt wurde Asher bewusst, dass auch Eden und Rahel die ganze Zeit über geschrien hatten. Rahel immer wieder seinen Namen, während sie ihre Freundin festgehalten hatte. Eden den Namen ihres Freundes.

»Callum!«

Als der Dämon zu Boden stürzte und dickes schwarzes Blut über den Steinboden verteilte, ließ Rahel sie los. Sofort stürzte Eden vor und sackte schreiend und weinend neben ihn. Zitternd nahm sie seinen Kopf in die Hände, schluchzte und brach über ihm zusammen.

Und Morgenrots Präsenz rastete in einer Stelle in Ashers Seele ein, in die es sich perfekt einfügte. Er spürte die Ketten um seine Brust enger werden, während das Schwert sich von seiner Lebenskraft nährte und ihm im Gegenzug die göttliche Macht der Heiligen zukommen ließ. Es versprach Blut und Zerstörung, Vergeltung und Ruhm, wie es in der jahrhundertelangen Tradition geschrieben stand.

Und brachte Tränen und Schmerz.

Mit dem Schwert in der Hand wich Asher vor Eden und dem toten Dämon zurück. »Ich wusste nicht ...« Die Stimme versagte ihm. Das hier fühlte sich weder richtig noch gerecht an. Hilfe suchend sah er zu Rahel, die die Lippen aufeinandergepresst hatte. Es hatte keinen anderen Ausweg gegeben, oder? »Er hat mich angegriffen.«

»Er hat seine Königin vor dir und deinem Dämonentöterschwert beschützt.« Rafael Esra betrat den Raum, gefolgt von einem alten Mann, der am Eingang stehen blieb, während der Richter wie selbstverständlich zwischen sie schritt: ihn, Rahel und Eden, die Callum in ihren Armen barg. Er sah auf den toten Dämon herab und verzog bedauernd das Gesicht. Dann bedachte er Asher mit einem undeutbaren Blick, bevor er sich an Rahel wandte und seine hellgrünen Augen bei ihrem Anblick leuchteten. »Unsere Königin«, korrigierte er sich mit samtweicher Stimme, die Asher das Schwert fester umklammern ließ.

Rahel senkte das Kinn. »Ich bin nicht seine Königin gewesen. Ebenso wenig wie deine.«

Der Richter näherte sich ihr geradezu lauernd, ohne ihren Blick loszulassen. Am liebsten hätte sich Asher zwischen die beiden gestellt, doch das schwarze Blut, das von Morgenrot tropfte, hielt ihn davon ab. Woher wusste Esra überhaupt von diesem Ort, offensichtlich ein Zufluchtsort für abtrünnige Vicious? Was in der Arena geschehen war, die Leiche des Lord Rectors, der sich Asher erst jetzt bewusst wurde, und dass hinter ihm eine Vicious am Verlust ihres Freundes zerbrach, schienen ihm gleichgültig. Er war allein wegen Rahel hier.

»Wir nennen dich so, weil es deine Bestimmung ist, eine Königin zu sein. So wie Lucifer der König der Aeterni gewesen ist. Weißt du, warum ich nicht wollte, dass du an einer einfachen Sünde zu einem ungezügelten Monster wirst, das sie ganz einfach abschlachten können? Weil du zu etwas viel Größerem bestimmt bist, Rahel. Du wirst eine welterschütternde Todsünde begehen und die Erzdämonin des Hochmuts werden.«

Ashers Herz setzte einen Schlag aus. Er hatte noch nie von so etwas wie Erzdämonen gehört, wie der Richter sie beschrieb, erinnerten sie ihn an die Urdämonen. Am liebsten hätte er die Vorstellung, dass so etwas existieren sollte, abgeschmettert. Das war Blasphemie, denn der Codex lehrte sie, dass die Vier Heiligen die Urdämonen von dieser Welt getilgt hatten. Sie warteten in den sieben Höllen auf die Sünder, nicht in irgendwelchen Vicious auf ihre Wiedererweckung. Allerdings war es in den vergangenen Wochen nicht das erste Mal, dass sein Glauben ins Wanken geriet und er sich im Orden täuschte. Und was hätte Esra für einen Grund, so etwas zu erfinden?

Wenn es stimmte, was er sagte, rückte Rahel in unerreichbare Ferne. Es erhob sie zu etwas, das ihm fremd war.

»Erzdämonin des Hochmuts?«, wiederholte Rahel mit leisem Spott in der Stimme. »Ist das schon wieder eines deiner Rätsel? So wie ich Träume statt Albträume erschaffen sollte?«

Ein Lächeln umspielte seine Lippen. »Dann ist es dir gelungen?« Als Rahel schwieg und ihr Blick nur zu Asher flatterte, der vergeblich versuchte, ihn einzufangen, drehte er sich zu ihm um. »Interessante Wahl. Und nur der beste Beweis dafür, dass du eine Erzdämonin bist. Nur die machtvollsten Vicious können Träume erschaffen.«

»Sie ist keine Dämonin«, knurrte Asher.

Rafael hob eine Augenbraue. Noch nicht, schien er zu erwidern, bevor er sich wieder ganz und gar Rahel widmete. »Erzdämonen sind die Reinkarnationen der Urdämonen und erscheinen in unregelmäßigen Abständen auf dieser Welt. Um sie zu verändern. Oft genug tötet der Orden sie, bevor das passieren kann. In dir schlummert Lucifers Macht, und da er der König der Aeterni gewesen ist, sehen auch die Dämonen dich als ihre Königin an. Und wer wäre geeigneter, diese Welt in ihren Grundfesten zu erschüttern, als du, meine Rahel?«

Asher starrte sie an, als hätte sie bereits jetzt die Gestalt einer Erzdämonin angenommen – genau so, wie Mateo sie angesehen hatte, als er das Monster in ihr erkannt hatte. Dabei war es das, was sie für ihn fühlte, was Rahel davon überzeugte, noch menschlich zu sein. Sie zweifelte Rafaels Worte nicht an, denn es klang plausibel, dass der Orden die Existenz von so etwas Machtvollem verschwieg, um seine Überlegenheit nicht zu gefährden. Es klang plausibel, dass die Urdämonen nicht einfach wirkungslos von dieser Welt getilgt worden waren. Und nicht zuletzt spürte Rahel die Wahrheit hinter seinen Worten in der feinen, aber nicht zu leugnenden Verbundenheit zum ersten Sünder.

»Du weißt, dass ich recht habe.«

Die Selbstgefälligkeit in Rafaels Stimme ließ Rahels Blick von Asher zurück zu ihm wandern.

»Du weißt, dass du nie menschlich gewesen bist. Nie dazugehört hast.«

›Mache ihnen weis, dass du menschlich bist.‹

Er beugte sich leicht vor. »Weil du schon immer über ihnen gestanden hast.«

Rahel hätte am liebsten die Arme um sich selbst geschlungen und irgendwo Halt gesucht. Bei Asher, auch

414

wenn sie nicht wusste, ob er noch bereit war, ihr den zu schenken. Oder ob sie das länger von ihm einfordern durfte. Allerdings sagte ihr etwas, dass Rafael ihre Schwäche nicht nur ausgenutzt, sondern aufs Schärfste verurteilt hätte. Vom ersten Moment ihrer Begegnung an hatte sie gespürte, dass sie sich mit ihrer Macht gegen ihn stemmen musste. Also nutzte sie ihren Hochmut, um sich aufrecht zu halten.

»Selbst wenn ich das wollen würde ...«

Oh, wie sehr du es willst. Du willst diese Welt brennen sehen, flüsterte ihr Rafaels mondweiche Stimme zu.

»Warum solltest du das alles wollen? Woher weißt du, was und wer ich sein soll? Du bist ein Warden.« Rahel sah zurück zu William, der in der Tür stand, als würde er dort Wache halten. Obwohl er immer noch blass und mitgenommen aussah, schenkte er ihr ein winziges Lächeln. Nein, Rafael war weit mehr als irgendein Warden, weit mehr als der Richter. Er war der Schirmherr der Hölle und schien abtrünnige Vicious ebenso gutzuheißen wie die Erzdämonin des Hochmuts und ihre welterschütternde Todsünde, die sie begehen sollte.

Vielleicht hatte van Hoven recht gehabt. Vielleicht wollte sie nicht Teil seines Spiels werden. Nur war es dafür zu spät, denn sie befand sich bereits mittendrin.

»Ich kann dir Antworten auf diese Fragen und so viel mehr liefern. Nicht hier. Und wir müssen zuvor entscheiden, was mit deinem kleinen Versuchsobjekt passiert.« Er drehte sich zu Asher, der zwischen ihnen hin und her sah.

»Nenn ihn nicht so!«, zischte Rahel und entließ nun doch einen kleinen Teil ihres Hochmuts, obwohl sie wusste, wie wenig sie damit gegen Rafael ausrichten konnte.

Mehr als ein schmales Lächeln hatte er nicht für diesen

Versuch übrig. »Dir sollte klar sein, dass er dich nun, da er um deine wahre Identität weiß, jederzeit verraten kann. Und wenn bestimmte Kreise davon erfahren, kann selbst ich dich nicht mehr beschützen.«

»Ich brauche deinen Schutz nicht!«

»Sondern seinen?« Rafael schüttelte den Kopf. »Ihm wird ohnehin der Prozess gemacht werden. Wenn du möchtest, beschleunige ich das Ganze einfach und richte ihn sofort für dich hin.«

Die Furcht überwältigte sie und ließ Rahel ihr Vorhaben vergessen, keine Schwäche zu zeigen. »Nein!« Sie wollte zu Asher, der bei Rafaels Worten erstarrt war, doch der Rotuniformierte hielt sie auf, indem er seinen Arm um ihre Taille schlang.

»Lass mich los!« Wütend stemmte sich Rahel gegen seinen Griff, schmetterte ihm ihren Hochmut entgegen, trat nach ihm. Doch Rafael lachte nur leise und verstärkte den Druck um ihren Körper, indem er sie an sich drückte.

»Lass sie los!«, verlangte nun auch Asher mit der gleichen Wildheit im Blick, als er sich für sie gegen Arthur gestellt hatte. Vielleicht, weil das hier nicht der Inquisitor war, vielleicht, weil er nicht noch einmal tatenlos danebenstehen würde. Er hätte keinen schlechteren Zeitpunkt wählen können.

»Befiehl ihm, auf Abstand zu bleiben, oder ich werde nicht auf deine Erlaubnis warten, ihn töten zu dürfen«, sprach Rafael dicht an ihrem Ohr.

Ihr blieb keine Wahl. »Asher! Stopp!« Sie nutzte ihren Hochmut nicht, nicht gegen ihn. Trotzdem blieb er nach dem ersten Schritt wie angewurzelt stehen.

»Sieh ihn dir an, Rahel. Er führt das Schwert, das Lucifer getötet hat, und hat gerade einen Dämon niedergestreckt. Er ist einer von ihnen, und ich habe dich gerade noch rechtzeitig vor dem Untergang bewahrt, den er verursacht hätte.«

Das Dämonenblut verschwand auf Ashers schwarzer Uniform, trotzdem klebte es für Rahel unübersehbar an ihm und seiner Waffe. Sie sah zu Eden, die sich kaum noch regte. Falls sie überhaupt noch mitbekam, was um sie herum geschah, so fehlte ihr die Kraft, irgendetwas zu tun. Sogar, um Callum als Dämonin zu folgen.

Callum. Er hatte ihn umgebracht. »Er hat Asher angegriffen«, erinnerte sie sich selbst.

»Also wird er jeden Dämon töten, der dich beschützen will?«

»Asher würde mich nicht an den Orden ausliefern«, wisperte sie. »Niemals.«

Sie spürte Rafael beherrscht ein- und ausatmen, und sein Atem streifte ihre Schulter. Immer noch stemmte sie sich gegen seinen Griff, auch wenn ihre Gegenwehr langsam erschlaffte. Während er das hier geradezu genoss. »Dann lass ihn schwören, dass er sich lieber hinrichten lassen würde, als dich zu verraten. Dank des Pakts, den er mit dir eingegangen ist, um einen Traum zu erschaffen, wird es ihm nicht möglich sein, diesen Schwur zu brechen.«

Rahel stockte der Atem. Selbst wenn er dazu bereit wäre, wollte sie das nicht. Sie wollte nicht, dass er für sie starb, nur deshalb hatte sie sich von diesem Dach gestürzt.

»Denk daran, was ich dir an jenem Abend in dem Pavillon gesagt habe.«

Ihre Muskeln erschlafften gänzlich und sie sackte gegen Rafaels stahlharten Körper, der hinter ihr aufragte. »Mateo?« Gegen das Zittern in ihrer Stimme war sie machtlos.

Seine Brust vibrierte in ihrem Rücken, mit einem Arm hielt er weiterhin ihre Taille umklammert, während die Hand seines anderen Arms hinauf zu ihrer Kehle wanderte, darüber streichelte und sich darum schloss. Sanft, und doch mit einer Rohheit, bei der Rahel ein leises Keuchen entfuhr. »Ja«, knurrte er an ihrem Ohr. »Ich bringe dich zu ihm. Ich lasse sogar deinen lächerlichen Wächter am Leben. Wenn du mir zeigst, dass du verstanden hast, wer du bist und wer du sein wirst. Er soll es dir schwören.«

Sie war nicht Ashers Königin. Obwohl sie Warden und Vicious waren, hatten sie einander verstanden und Trost darin gefunden. Nun hätte die Kluft zwischen ihnen nicht größer sein können. Vielleicht würde sie machtlos zusehen müssen, wie sie wuchs, doch wenn sie ihn in diesem Moment vor dem Urteil des Richters bewahren konnte, dann musste sie es tun.

»Lass mich zu ihm.« Der Druck um ihre Kehle erhöhte sich, als sie sich in Rafaels Griff wand.

»Das ist keine gute Idee«, lautete seine Erwiderung, doch zumindest ließ er seine Hand wieder sinken. »Er soll es schwören, Rahel. Komm schon, ich weiß, dass du es kannst.« Dunkel wie die Nacht und sanft wie das Mondlicht. Erzitternd schloss sie für einen Moment die Augen.

»Asher.«

Er hatte den letzten Teil ihres Gesprächs nicht mitbekommen, sondern nur mit zusammengebissenen Zähnen dabei zugesehen, wie Rafael sie für sich eingenommen hatte. »Rahel«, stieß er nun sofort aus, beinahe erleichtert, seinen Namen aus ihrem Mund zu hören. Er packte sein Schwert fester und trat näher. »Sag es mir, wenn du das hier nicht willst und er dich loslassen ...«

Rafaels leises Lachen brachte sie dazu, ihn zu unterbrechen. »Bleib, wo du bist!«, fuhr sie ihn an und unterdrückte mühsam die Panik in ihrer Stimme.

Asher erstarrte. Sein Schwertarm sackte herab.

»Schwöre, dass du dem Orden ... dass du niemandem verraten wirst, dass ich eine Erzdämonin bin.« Rafael erinnerte sie daran, dass das noch nicht alles war, indem er sie fester gegen seinen Körper drückte. »Schwöre es bei deinem Leben.«

Wie betäubt starrte er sie an.

Sie konnte es ihm nicht verdenken, denn in diesem Moment hasste sie sich mehr als jemals zuvor.

»Du willst, dass ich ...«

»Ich will, dass du dich lieber töten lässt, als mich an den Orden auszuliefern.« Sie kämpfte gegen die Tränen und ignorierte den Schrei, der sich aus ihrer schmerzenden Brust lösen wollte. »Wenn ich dir wirklich etwas bedeute, wenn du mir beweisen willst, dass du nicht bereust, dass es nicht nur leere Worte gewesen sind ... schwöre es mir.« Bitte, fügte sie in Gedanken flehentlich hinzu. Bitte, versprich es einfach.

Sekunden, die sich wie eine Ewigkeit hinzogen, schwieg er. Rahel schaffte es kaum, seinen Blick zu erwidern. Sie wollte so viel sagen, doch zum ersten Mal schafften es keine Worte über ihre Lippen. Jedes davon hätte sie verraten. Wie gern wäre sie zu ihm gegangen und hätte sich endlich von ihm küssen lassen.

Sie hätte es tun sollen, solange sie noch die Gelegenheit dazu gehabt hatte.

»Wenn du darauf bestehst, dass ich mich dir *beweise*«, sprach Asher schließlich, doch seine Worte klangen hohl, erreichten sie kaum, »dann schwöre ich dir, dass sie mir eher den Kopf abschlagen sollen, als dass ich auch nur ein Wort darüber verliere, wer du seiner Meinung nach bist.«

Er stieß Morgenrot zurück in die Scheide, sodass der höllische Schein erlosch. »Aber du sollst wissen, dass ich das nicht akzeptieren werde.«

›Ich werde nicht zulassen, dass du fällst. Nicht für mich. Für niemanden.‹ Asher hatte es genau so gemeint. Selbst wenn es ihr Wunsch sein sollte, ihre wahre Form als Erzdämonin anzunehmen und die menschlichen Fesseln zu lösen, würde er sie festhalten.

Der Gedanke, dass er nicht da sein könnte, um das zu tun, schmerzte auf vielfache Weise.

»Sehr gut gemacht«, lobte Rafael sie. »Und jetzt werde ich dir zeigen, wer du wirklich bist.«

Danksagung

Dieses Buch ist eine besondere Erfahrung für mich gewesen. Ich verliere mich in jedem meiner Projekte ein bisschen, doch Rahels und Ashers Geschichte hat mich wie noch keine zuvor für sich eingenommen – und eine ganz andere Herangehensweise ans Schreiben gefordert. Nie zuvor hat so viel Chaos am Ende so viel Sinn ergeben, und zum ersten Mal habe ich nicht komplett chronologisch geschrieben. Die Recherche war manchmal ein einziger Fiebertraum und hat mich definitiv außerhalb meiner Komfortzone geführt (und hinein in Abgründe in mir, die ich selbst noch nicht vollständig ergründet habe). Was soll ich sagen – es hat sich gelohnt.

Großartige Menschen haben mich auf diesem Weg begleitet.

Meine kleine Familie, allen voran mein Mann, der mich nach schlaflosen Nächten gerettet hat. »Rafael« wird uns wohl noch eine ganze Weile als Insider begleiten.

Das Team von between pages, bei dem diese Geschichte ein so wundervolles, wertschätzendes Zuhause gefunden hat. Danke vor allem dir, liebe Elke, dass du an dieses Projekt geglaubt und es ermöglicht hast.

Stephanie Kempin, die mich durch das Lektorat begleitet und mich dabei vor wichtige Fragen gestellt hat, die ich selbst einfach aus den Augen verloren habe. Vielen Dank für die liebe Zusammenarbeit.

Lia, die immer ein offenes Ohr für mein Gejammere hat und ohne die ich oft einfach vergessen würde, was ich eigentlich alles schaffe und schon geschafft habe. Wir rocken das!

Jenny, die zuallererst an dieses Buch geglaubt und mir Mut gemacht hat, als ich es schon aufgeben wollte. Danke für alles.

Meine Schwester Anne, die meine zusammenhanglosen WhatsApp-Nachrichten ertragen und mich ermutigt hat, mehr expliziten Spice zu schreiben. Ich hoffe, das Ergebnis war ... zufriedenstellend.

Mein liebes Team aus Bloggerinnen, die sich auf die Academy of Sins eingelassen haben. Danke für euer Vertrauen und eure Unterstützung.

Emily Bähr, von der die Cover der Dilogie stammen. Danke für deine fantastische Arbeit.

Saphira Holzken, die Rahel und Asher für mich illustriert und zum Leben erweckt hat. Thank you so much!

Und jetzt hast auch du mich begleitet und bist ein Teil des Ganzen geworden. Danke, dass du dieses Buch gelesen hast – hoffentlich sehen wir uns in Band zwei wieder.

Glossar der lateinischen Kapitelüberschriften

Vincere aut mori.	*Siegen oder Sterben.* Findet sich erstmals bei Dares Phrygius in einer Beschreibung des Trojanischen Krieges. Später Wahlspruch der Belling'schen Husaren im Siebenjährigen Krieg.
Etiam sanato vulnere cicatrix manet.	*Auch nachdem die Wunde verheilt ist, bleibt eine Narbe.* Römische Lebensweisheit, manchmal den *Sententiae* von Publilius Syrus zugeschrieben.
Etiam innocentes cogit mentiri dolor.	*Selbst Unschuldige zwingt der Schmerz zur Lüge.* Aus den *Sententiae* von Publilius Syrus.
Non timebo mala.	*Ich fürchte kein Übel.* Aus Psalm 23 (Hirtenpsalm) der lateinischen Übersetzung der hebräischen Bibel.
Incepto ne desistam.	*Möge ich nicht vor meiner Be-*

	stimmung zurückweichen. Nach Vergils *Aeneis.*
Nemo sine vitio est.	*Niemand ist ohne Schuld.* Nach Horaz.
Per aspera ad astra.	*Über raue Pfade gelangt man zu den Sternen.* Redewendung nach Senecas *Hercules furens.*
Pulvis et umbra sumus.	*Wir sind nichts als Staub und Schatten.* Von Horaz. Gedichte (Carmina) 4, 7, 16.
Omnes sumus peccatores.	*Wir alle sind Sünder.* Frei übersetzt, keine Originalquelle hinterlegt.
Oderint dum metuant.	*Sie mögen mich hassen, solange sie mich nur fürchten.* Ursprünglich vom römischen Tragödiendichter Lucius Accius. Später Wahlspruch Caligulas.
Veritas nunquam perit.	*Die Wahrheit stirbt nie.* Seneca der Jüngere.
Ira furor brevis est.	*Zorn ist eine kurze Raserei.* Horaz. Briefe (*Epistolae*).
Vivamus, moriendum est.	*Lass uns leben, da wir sterben müssen.* Wird Seneca dem Älteren zugeschrieben.

Geminat peccatum, quem delicti non pudet.	*Wer sich einer Sünde nicht schämt, verdoppelt seine Schuld.* Aus den *Sententiae* von Publilius Syrus.
Nullius nisi insipientis perseverare in errore.	*Nur ein Narr verharrt im Irrtum.* Nach Cicero aus den *Orationes Philippicae*.
Fortes fortuna adiuvat.	*Den Mutigen hilft das Glück.* Als lateinisches Sprichwort in mehreren Quellen zitiert, unter anderem von Cicero und Vergil.
Carpe noctem.	*Nutze die Nacht.* Abwandlung von »carpe diem«. *(Nutze den Tag.)*
Nitimur in vetitum.	*Wir streben nach dem Verbotenen.* Ovid. Liebesgedichte (Amores).
Fiat justitia ruat caelum.	*Der Gerechtigkeit soll Genüge geleistet werden, auch wenn der Himmel einstürzt.* In der Form vermutlich 1601 von William Watson, danach vielfach als Maxime benutzt. Ursprung könnte bei Seneca liegen.

Flectere si nequeo superos, acheronta movebo.	*Wenn ich die himmlischen Götter nicht erweichen kann, so werde ich die Hölle in Bewegung setzen.* Aus Vergils *Aeneis.*
Nec violae semper nec hiantia lilia florent, et riget amissa spina relicta rosa.	*Weder Veilchen noch sich öffnende Lilien blühen immer, und starr ist der Dorn, nachdem er die Rose verloren hat.* Von Ovid aus den *Ars amatoria.*

Dunkle Magie und eine Ermittlerin wider Willen

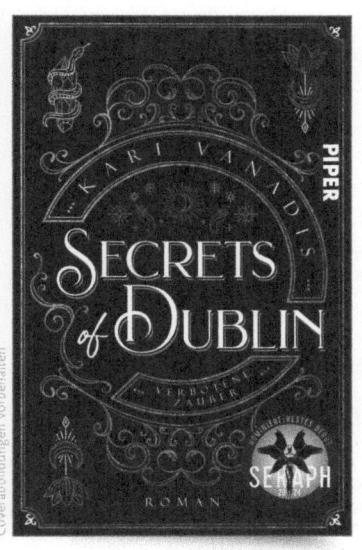

Coverabbildungen vorbehalten

Kari Vanadis

Secrets of Dublin: Verbotene Zauber

Roman

Piper Taschenbuch, 396 Seiten
ISBN 978-3-492-50671-7

Die magiebegabte Leslie arbeitet im Antiquitätenladen *Pot of Gold*, wo sie sich mit Kunden herumschlägt und ihrer Leidenschaft für sarkastische Kommentare und magische Artefakte nachgeht. Letztere wird ihr zum Verhängnis, als sie ein geheimnisvolles Ouijabrett öffnet, denn dass es sich in den dämonischen Nathaniel verwandelt, hatte sie nicht geahnt. Und kurz darauf kreuzt auch noch der Privatdetektiv Victor auf, der sie erpresst, mit ihm zusammenzuarbeiten: Der Vorbesitzer des Brettes ist ermordet worden, und damit Leslie sein Schicksal nicht teilt, müssen sie wohl oder übel zusammenarbeiten …

PIPER

Leseproben, E-Books und mehr unter www.piper.de

Unkonventionelle Charaktere und gefährliche Flüche

Coverabbildungen vorbehalten

Kari Vanadis

Secrets of Dublin: Gebrochene Flüche

Roman

Piper Taschenbuch, 368 Seiten
ISBN 978-3-492-50802-5

Die Hexe Ciara setzt alles daran, eine erfolgreiche Reporterin zu werden, und endlich zahlt sich ihre Mühe aus: Sie darf ihr Idol, einen berühmten Duellmagier, interviewen. Als er Hilfe sucht, weil eine Banshee seiner Familie den Tod ankündigt, wendet Ciara sich an ihre Freundin Leslie und den Privatdetektiv Victor. Gemeinsam sollen sie den Todesfall aufklären und verhindern – nur wie löst man einen Fall, bevor er eintritt? Insbesondere, wenn zeitgleich schwarzmagische Kräfte Dublin bedrohen – und Leslie aufgrund ihrer düsteren Vergangenheit zwischen die Fronten gerät.

PIPER

Leseproben, E-Books und mehr unter **www.piper.de**